DROEMER ✶

Audrey Burges

Das *Wunder* der kleinen *Dinge*

Roman

Aus dem amerikanischen Englisch
von Karin Dufner

Die Originalausgabe erschien 2023 unter dem Titel
»The Miniscule Mansion of Myra Malone« bei Berkley,
an imprint of Penguin Random House LLC, New York

Besuchen Sie uns im Internet:
www.droemer.de

Aus Verantwortung für die Umwelt hat sich die Verlagsgruppe
Droemer Knaur zu einer nachhaltigen Buchproduktion verpflichtet.
Der bewusste Umgang mit unseren Ressourcen, der Schutz unseres Klimas
und der Natur gehören zu unseren obersten Unternehmenszielen.
Gemeinsam mit unseren Partnern und Lieferanten setzen wir
uns für eine klimaneutrale Buchproduktion ein, die den Erwerb von
Klimazertifikaten zur Kompensation des CO_2-Ausstoßes einschließt.
Weitere Informationen finden Sie unter: www.klimaneutralerverlag.de

Deutsche Erstausgabe Oktober 2023
Droemer Hardcover
© 2023 Audrey Burges
© 2023 der deutschsprachigen Ausgabe Droemer Verlag
Ein Imprint der Verlagsgruppe
Droemer Knaur GmbH & Co. KG, München
Alle Rechte vorbehalten. Das Werk darf – auch teilweise – nur
mit Genehmigung des Verlags wiedergegeben werden.
Das Gedicht in Kapitel 22 stammt aus: Marianne Moore,
A Child's Treasury of Nature Poems,
in der Übersetzung von Karin Dufner.
Redaktion: Angela Kuepper
Covergestaltung: Buxdesign, Lisa Hoefner
Coverabbildung: Buxdesign | München
nach einer Idee von Caro Bambach unter Verwendung
von Motiven von Mauritius, Shutterstock und Adobe Stock
Satz: Adobe InDesign im Verlag
Druck und Bindung: CPI books GmbH, Leck
ISBN 978-3-426-28284-7

*Für meine Eltern Dennis und Jená, denen ich
meine ersten Geschichten, die ersten Blicke in
dieses Buch und die ersten Anmerkungen dazu verdanke –
und außerdem auch meine erste große Liebe.*

*Und für Nina, unsere eigene Trixie,
die wir bis ans Ende unserer Tage vermissen werden.*

1

EIN AUFBRUCH INS UNGEWISSE

(Aus *Die Villa Liliput der Myra Malone*, 2015)

Es war einmal ... ein Haus.
Bevor Sie weiterlesen, halten Sie bitte einen Moment inne. Konzentrieren Sie sich auf Ihre Atmung, wenn Sie sich damit wohlfühlen, und denken Sie gründlich nach. Ich möchte, dass Sie den Ort besuchen, der Ihnen beim ersten Satz auf dieser Seite spontan eingefallen ist, denn mit ihm beginnt fast jede Geschichte, die ich als Kind gehört habe. Wenn Sie also ein wenig Zeit mit der *Villa Liliput* verbringen möchten, sind diese Worte ein guter Anfang: *Es war einmal ein Haus.*
Was für ein Haus sehen Sie, wenn Sie die Augen schließen? Wie viele Zimmer hat es, und wie ist es eingerichtet? Wo würden Sie schlafen, wenn Sie dort wohnen würden, welche Farbe hätten die Gästehandtücher, und wie würden Sie am liebsten Ihren Tee trinken? Welche Musik würde von den Wänden widerhallen? Kommt sie aus einer schicken Stereoanlage oder einem alten Grammofon?
Falls Sie Märchen lieben, haben Sie sich vielleicht ein Steinhäuschen mit einer schmalen Rundbogentür ausgemalt. Einer, wo man sich ducken muss, damit man sich nicht den Kopf am hölzernen Rahmen stößt. Und wenn man ganz genau hinschaut, erkennt man möglicherweise die winzige Delle oben im Holz, wo zahlreichen Gästen ebendas passiert ist. Vielleicht steht ja deshalb gleich neben der Tür eine mit Polsternägeln beschlagene gemütli-

che Ottomane, auf die man sich fallen lassen und sich ein wenig den Schädel reiben kann, während man sich umsieht.

Es könnte natürlich auch sein, dass Sie rein gar nichts für Märchen übrighaben. Das ist völlig in Ordnung. Meine Freundin Gwen hält auch nichts von Feenstaub und Lebkuchenhäuschen, und deshalb ist das Haus in ihrem Kopf eben ein mondänes Anwesen am Strand mit vielen Glasfronten. Nichts als glatte Flächen und helles Licht, etwa so wie Supermans Festung der Einsamkeit, nur mit einer ordentlichen Portion Prada und außerdem ein paar knackigen Poolpflegern als Dreingabe. Aus irgendeinem Grund hält Gwen einen Delfin als Haustier. Also lassen Sie Ihrer Fantasie ruhig freien Lauf. Schließlich hat jeder Mensch das Recht, sich seine eigenen vier Wände und die Schätze darin vorzustellen, ohne sich Gedanken darüber machen zu müssen, wie sich Delfinkacke von italienischem Leder entfernen lässt. (Nein, ich habe keine Ahnung, warum der Delfin auf ihr Sofa darf, aber ich fühle mich der Neutralität verpflichtet.)

Wie dem auch sei: Ganz gleich, was Sie sich für ein Haus ausdenken, in dem Sie Ihre »Es-war-einmal«-Zeit verbringen möchten, es gehört ganz allein Ihnen, und zwar, weil Sie das so beschlossen haben. Sie haben freie Wahl, was Möbel, Bilder, die Konservendosen in den Schränken und auch die Knäufe an den Türen dieser Schränke angeht, denn nur Ihre Fantasie zählt – und sie allein setzt Ihnen Grenzen.

Bei mir ist das genauso. Nur mit einem einzigen großen Unterschied: Ich darf meinen Traum verwirklichen.

Vermutlich bin ich da nicht die Einzige, denn manche Leute verfügen über beliebig viel Zeit und Geld, um ihre Wünsche wahr zu machen. Bei mir ist das anders. Ich besitze ein Haus im Miniaturformat, und zwar ein ziemlich großes. Eine Villa, um genau zu sein. Die *Villa* (wenn ich sie im Text nicht hervorhebe, wird sie sauer). Diese *Villa* dient mir praktisch als Leinwand für eine ganz besondere Form der Kunst. Sie ist eine Galerie winziger Träume, einige davon meine eigenen, andere geerbt und manche mir von Dritten – Freunden, Angehörigen und Menschen wie Ihnen – großzügig überlassen. Mit diesen Träumen darf ich eine ganze Welt bevölkern. Ich kann ein winziges Badezimmer mit einer Löwentatzenwanne voller Meerschaum erschaffen. Wenn ich den richtigen Geschirrschrank fürs Esszimmer nicht finde, mache ich mir einfach selbst einen. Denn meine Lehrmeister – mein Opa Lou und seine Frau Trixie – haben all ihre Kenntnisse im Schnitzen, Malen, Bildhauern und Nähen an mich weitergegeben. Und was ich nicht von ihnen habe, habe ich mir selbst beigebracht. Ich weiß, welche Edelsteine wie Wasser aussehen und mit welchem Stift man am besten täuschend echte Stiche auf einen Waschlappen zeichnet, der zu klein zum Besticken ist. Ich kann Stilrichtungen bunt zusammenwürfeln und, wenn ich will, traditionell, modern oder romantisch sein. In der *Villa* ist Platz für all meine Träume. Zunächst war ich nicht sicher, ob und wie ich diese Träume anderen Menschen vermitteln soll. Aber ich bin bereit, es auf einen Versuch ankommen zu lassen.

2

PARKHURST, ARIZONA, 2015

Diese Teekanne will Teil des Zimmers sein, wird sich jedoch niemals richtig integrieren.

Myra hörte auf zu tippen und wartete, den blinkenden Cursor starr im Blick, auf die nächste Eingebung. Jedes Wort war wohl gewählt, und jeder Buchstabe leuchtete kreischrosa. Wenn Myra die Augen schloss, sah sie unzählige Bildschirme mit ebenso vielen Gesichtern vor sich, deren Besitzer alle darauf brannten, das winzige Zimmer zu betreten, um das es hier ging. Myra stand vom Schreibtisch auf, kauerte sich vor die *Villa Liliput*, die auf dem Dachboden des Hauses auf einer gewaltigen Plattform ruhte, und spähte in die Miniaturbibliothek im hinteren Teil. Vorsichtig angelte sie mit den Fingern nach der mit Gänseblümchen verzierten Teekanne aus Porzellan und schob ein silbernes Tablett darunter, ein Versuch, sie besser in die Kaminatmosphäre des Zimmers einzufügen. Dann stellte sie zwei Schaukelstühle links und rechts des gemalten Kaminfeuers auf.

Falsch. Schrecklich falsch. Oder noch schlimmer: absolut unter ihrem Niveau.

»Die da passt einfach nicht rein.« Auf den Fersen hockend, musterte Myra weiter den Raum. »Ich gebe der Sache noch eine Minute, doch ich glaube, meine Entscheidung steht fest.«

Gwen schaute von ihrem Laptop auf, ohne im Tippen innezuhalten. Ihre Miene war bemüht neutral. Myra merkte ihr an, welche Anstrengung es sie kostete, nicht die Augen zu verdrehen. »Wie viele Wochen räumst du jetzt schon an der Bibliothek herum? Und wie lange, meinst du, kannst du die Leute noch mit *Die Meisterdetektivin und der Fall der irrlichternden Teekanne* bei Laune halten?«

»Du wolltest, dass ich sie benutze. Es war deine Idee, nicht meine.« Myras Arbeit an der Bibliothek war, so wie alles andere an der *Villa,* einzig und allein für sie selbst bestimmt. Eigentlich. Nur dass ihre Geschichten, die Fotos und die geschmackvolle Gestaltung des Hauses immer mehr Follower anlockten. Erst waren es Hunderte, dann Tausende gewesen. Und inzwischen (wie hatte das geschehen können?) fieberte eine in die Hunderttausende gehende Gemeinde jedem neuen Post von *Die Villa Liliput der Myra Malone* entgegen. Die Webseite war Gwens Idee gewesen. Und als ein paar Wochen nach der Freischaltung die ersten Miniaturen auf ihrer Türschwelle gelandet waren, war Myras anfänglicher Schreck rasch einem massiven Unbehagen gewichen. Die *Villa* gehörte nur ihr. Sie hatte keine Gäste eingeladen. Gwen hingegen öffnete jedes Wochenende die Päckchen und aktualisierte den Auftritt der *Villa* in den sozialen Medien mit überschwänglichen Dankeshymnen für den winzigen Porzellanclown oder ein Paar kleiner Kaminböcke aus Messing, die unaufgefordert mit der Post gekommen waren.

»Ich habe nur gesagt, dass du irgendwann wenigstens einem einzigen dieser Geschenke eine Chance geben solltest«, widersprach Gwen nun. »Lediglich als Experiment. Du musst ja nicht alles verwenden – das wäre auch keine gute Idee, denn je exklusiver du dich gibst, desto mehr Leute werden unbedingt reinwollen. So kriegen wir mehr Feedback.«

»Ich räume alles wieder genauso ein, wie es war. So geht das nicht.«

Gwen, die auf dem Boden saß, stellte den Laptop mit Nachdruck auf den breiten Dielenbrettern ab. »Niemals würde ich es wagen, der allmächtigen Myra Malone ins Handwerk zu pfuschen. Aber lass mich mal etwas nachschauen.« Sie stand auf, marschierte zu Myra hinüber, schnappte sich die Teekanne aus der *Villa* und begutachtete das zarte Porzellanobjekt auf ihrer Handfläche.

»Echt?« Myra blickte erleichtert auf. Es kam selten vor, dass Gwen wirklich verstand, was von derartigen Entscheidungen abhing.

»Ja. Es ist nämlich nur eine gottverdammte Teekanne, kein uralter Talisman der Mayas, den man genau an der richtigen Stelle platzieren muss, wenn man nicht von einem gewaltigen Felsbrocken zermalmt werden will. Du schiebst das Ding jetzt seit zwanzig Minuten hin und her, weshalb ich beinahe gehofft habe, dass es tatsächlich wichtig sein könnte.«

»Niemand zwingt dich zu bleiben. Warum gehst du nicht wieder in dein Büro und lässt mich arbeiten, Gwen?«

»Ich liebe dich auch, Myra.« Als Gwen ihr die Zunge herausstreckte, war sie sofort wieder sieben Jahre alt und hänselte ihre Sandkastenfreundin, obwohl sie inzwischen beide vierunddreißig waren. »Außerdem haben wir Samstag. Und am Samstag aktualisieren wir unsere Webseite. Vergiss nicht, dass ich auch Geld in die *Villa Liliput* gesteckt habe. Und ich bin noch immer überzeugt, dass es eine große Sache wird. Das Wortspiel war meine volle Absicht.« Sie schnappte sich ein winziges Schaukelpferd, das in einer Ecke der Bibliothek stand, ließ es auf ihrer Handfläche wippen und nickte im Gleichtakt nachdenklich mit dem Kopf. Das Licht fing sich im abblätternden Rot seines Sattels, während Gwen wortlos Ideen hin und her wälzte. Wenn man sie beobachtete, fühlte man sich wie die Zuschauerin bei einem Tennisspiel, das außer einem selbst niemand sah. »Du könntest Wohnraum versteigern. Platz in der *Villa* verkaufen. Ganze Zimmer, die

die Leute selbst einrichten können.« Sie holte Luft. »Ich hab's, ein Schreibwettbewerb!«

»Nein.« Myra hielt eine weitere Erklärung für überflüssig. Sie nahm Gwen das Schaukelpferd ab und stellte es zurück in seine Ecke in der Bibliothek.« »Bitte sei vorsichtig damit«, sagte sie. »Dieses Pferd habe ich mit Trixie und Opa gemacht.«

Gwen verzog missmutig das Gesicht, was eher der Ablehnung ihres brillanten Einfalls als der Rüge wegen des Schaukelpferds geschuldet war. Das Planen lag ihr eben im Blut. Auch die kleinste Idee war nicht sicher davor, von ihr aufgegriffen und vertieft zu werden. In ihrem Kopf entstanden bereits gewaltige Multimedia-Imperien. Manchmal bereute Myra, dass sie Gwen die *Villa* überhaupt gezeigt hatte. Doch dieser Zug war schon vor vielen Jahrzehnten abgefahren. Nämlich damals, als sie beide sieben Jahre alt gewesen waren und Gwen, gerade neu zugezogen, sich in Myras Dachkammer gedrängt und verkündet hatte, ab jetzt würden sie beste Freundinnen sein.

Zu diesem Zeitpunkt hatte Myra schon seit fast achtzehn Monaten nicht mehr das Haus verlassen. Sie war fünfeinhalb gewesen, als das Krankenhaus sie endlich nach Hause entlassen hatte. Ein halbes Jahr lang hatte sie dort um ihr Leben gerungen, und dann, als sie nach langem Kampf zurück in der Welt war, stellte sie fest, dass alles sie plötzlich überragte und ihr Angst machte. Nur im Haus ihrer Eltern fühlte sie sich sicher. Und zwar deshalb, weil Opa Lou die Balken und Wände lange vor ihrer Geburt eigenhändig zusammengefügt und ihm dieselbe Ruhe eingehaucht hatte, die er selbst verströmte. Ein weiterer Grund war, dass der Dachboden dieses Hauses die *Villa Liliput* beherbergte. Sie hatte Trixie gehört, Opas Frau. Das war vor dem Unfall gewesen, der sie getötet hatte und Myra beinahe das Leben gekostet hätte. Im

Haus war es sicher, weil die *Villa* Myras Seele ein Zuhause bot, und zwar auf eine Weise, die sie selbst nicht in Worte fassen konnte. Mit ihrer Hilfe hatte sie die Möglichkeit, neue Welten zu entdecken. In einem leichter zu handhabenden Maßstab. Und sie im Handumdrehen verschwinden zu lassen, ein Geheimnis, das Myra mit dem Haus teilte.

Für Myra waren die Wände dieses Hauses die Grenzen ihres Lebens. Sie verschloss sich wie die *Villa* selbst, und ihr eigener Körper diente als Tür. Ihre einzige Freundschaft existierte nur deshalb, weil Gwen sie mit schierer Willenskraft am Leben erhielt. Und auch mangels anderer Alternativen. Wenn Gwen – erst nach der Schule, später nach den Kursen am College und schließlich nach den Seminaren an der Universität – die Speichertreppe heraufgestürmt kam, traf sie Myra stets an genau demselben Ort an wie schon am Vortag: im Haus, auf dem Dachboden und beim Einrichten von Zimmern, die damals außer ihnen beiden nie ein Mensch sah.

Bis Gwen endlich, vor sechs Monaten, mit dem Fuß aufgestampft und verkündet hatte, die *Villa* sei zu schön, um sie dem Rest der Welt vorzuenthalten. Entnervt hatte sie den Ausdruck von Myras letzter Kurzgeschichte in die Luft geworfen und gebrüllt, es sei allmählich an der Zeit, den Hunderten von Textseiten ein Dasein unter Menschen zu ermöglichen, die sie auch lasen. *Wenn du dich selbst schon nicht zeigen willst, zeig wenigstens deine Arbeiten. Erzähl die Geschichte deiner Projekte. Lade die Welt zu dir ein.*

Nun war es zu spät, diese Einladung zurückzunehmen. Weder Gwen noch die unzähligen virtuellen Besucher, die sie angelockt hatte, würden sich wieder verscheuchen lassen. Und deshalb hatte Myra jetzt diese Teekanne am Hals. Nein, es waren sogar Unmengen von Teekannen in den verschiedensten Größen und Dekors. Kartons und Taschen, die von

Teekannen, Kaffeekannen und Kakaokannen schier überquollen. Es befanden sich sogar zwei winzige Samoware aus Messing darunter. Und sie alle wetteiferten um einen Platz in der *Villa*. Geistesabwesend berührte Myra die Eichel aus Lapislazuli an ihrem Hals und ließ sie an ihrem Kettchen hin und her gleiten. Dabei musterte sie weiter die Bibliothek. In den auf Kirschbaumholz gebeizten Regalen standen die Werke von Plath und Baudelaire und warteten darauf, dass vor dem marmornen Kamin mit den fröhlich flackernden, aufgemalten Flammen der Teetisch gedeckt wurde.

Diese Teekanne will Teil des Zimmers sein, wird sich jedoch niemals wirklich integrieren.

Myra wusste genau, was diese Teekanne empfand.

Nachdem sie sie wieder eingepackt hatte, wischte sie sich die Hände an den Hosenbeinen ab, um auch die letzte Spur der Außenwelt von ihrer Haut zu tilgen. In der unteren Etage, einem Teil des Hauses, das sie nach Möglichkeit mied, stapelten sich windschiefe Stöße aus ungeöffneten Kartons und Kisten entlang der Wände, machten die Flure eng und ließen die Räume schrumpfen. Und inmitten dieses Kartonlabyrinths lauerten die Umschläge in immer schriller werdendem Gelb, Orangefarben und Rot, nicht minder bedrohlich als ein giftiges Tier: *Warnung! Warnung! Ignorieren auf eigene Gefahr.*

Deine Zeit wird knapp.

3

PARKHURST, ARIZONA, 1987

»Sind da wirklich keine kleinen Mädchen, die Geschenke wollen? Gar niemand? Na, dann muss ich dieses Schlachtschiff wohl zurück in den Geschenkeladen steuern.« Opa Lou hielt sich die Hand wie ein Visier vor die Stirn und wendete den Kopf hin und her, ein Periskop, scheinbar blind für das Paar blonder Zöpfe, das dicht unterhalb seines Gesichtsfelds auf und nieder hüpfte.

Myra wusste genau, dass er sie sehen konnte. Natürlich wollte er sie nur auf den Arm nehmen. Allerdings hatte ihr Großvater eine Art zu scherzen, die jederzeit von fröhlich zu selbstvergessen umschlagen konnte. Er brauchte zu lange, um zu bemerken, dass seine sechsjährige Enkelin keinen Spaß mehr an dem Spiel hatte.

»Opa, du siehst mich doch!«, rief Myra, als ihr klar wurde, dass alles Springen nicht reichte, um seine Aufmerksamkeit zu erregen. »Du siehst mich. Ich will meine Geschenke!«

»Du? Oh, nein. Du bist doch kein kleines Mädchen. Du bist doch schon fast alt genug zum Autofahren.«

»Opa! Nein. Ich bin erst sechs.«

»Ich bin ziemlich sicher, dass das alt genug ist, mein kleines Eichhörnchen.« Er hob Myra in seine Arme und strich mit rauen Fingern über die Halskette, die sie Tag und Nacht trug, seit Trixie sie ihr an ihrem fünften Geburtstag umgehängt hatte. »Eichhörnchen« war Trixies Kosename, der sich nach ihrer und Lous Hochzeit – Myra war gerade zwei gewesen – rasch in der gesamten Familie eingebürgert hatte. »Trixie würde sich so freuen, wenn sie sehen könnte, wie gut du auf diese Kette achtest, Myra.«

Als Myra den Kettenanhänger umfasste, war sie wie immer erstaunt, wie schwer und warm er sich anfühlte. »Er erinnert mich an sie. Muss ich deshalb traurig sein?«

»Sich an Menschen, die wir lieben, zu erinnern, ist immer ein wenig traurig, wenn sie nicht mehr am Leben sind. Aber es kann auch schön sein. Und jetzt fangen wir mit den Fahrstunden an.« Lou führte Myra zum Auto und öffnete die Fahrertür seines riesigen Lincoln, der in dieser Kleinstadt in den Bergen völlig fehl am Platz wirkte. Auf den staubigen Straßen der Siedlung, die sich an den Rand einer Bergkette namens Mogollon Rim schmiegte, waren sonst nur Pick-ups und SUVs zu sehen. Lou setzte Myra hinters Steuer und legte ihre Hände auf das große, wegen des eiskalten Metalls mit Leder bezogene Lenkrad. Myra hörte hinter sich einen Schrei.

»Dad? Was soll das werden?« Myras Mutter, die Lockenwickler noch im Haar und eine brennende Zigarette zwischen den makellos geschminkten Lippen, kam den Kiesweg entlang auf sie zugehastet. »Hol sie sofort da raus.«

»Du brauchst dich doch nicht gleich so aufzuregen, Diane. Ich tu doch nur, als würde ich ihr das Autofahren beibringen.«

»Wenn ich richtig informiert bin, ist Autofahren keine legale Freizeitbeschäftigung für Sechsjährige, Dad.«

»Und was, wenn sie ein Naturtalent ist? Ich habe ein paar Telefonbücher hier, um sie ihr unter den Hintern zu schieben. Außerdem kann ich ja notfalls auf die Bremse treten.«

Myra schaute zwischen den Erwachsenen hin und her und wartete auf die Pointe, die unweigerlich kommen würde. Lou war schon immer ein Witzbold gewesen, nur dass seine Fähigkeit, die Reaktionen seiner Mitmenschen auf diese Scherze einzuschätzen, durch den Unfall gelitten hatte. Trixie hatte einen mäßigenden Einfluss auf ihn ausgeübt und war wie ein Puzzleteilchen gewesen, welches Harmonie in das Familiengefüge gebracht hatte. Seit ihrem Tod waren die Beziehungen der einzelnen Mitglieder in Schieflage geraten.

»Was willst du eigentlich hier, Dad?«

Myra seufzte erleichtert auf. Eine Unterbrechung – zum Beispiel durch einen Themenwechsel – lenkte ihren Opa oft von seinem ursprünglichen Vorhaben ab und sorgte dafür, dass er sich einem anderen Gesprächsstoff zuwandte. Auch jetzt trat er ein Stück von der Autotür zurück, sodass Myra Gelegenheit hatte, hinter dem Lenkrad hervorzuschlüpfen. Sie rannte zu ihrer Mutter hinüber und zerrte an ihrer Hand.

»Opa sagt, er hat Geschenke dabei und braucht jemanden, dem er sie geben kann, damit er sie nicht in den Geschenkeladen zurückbringen muss.«

»Geschenke?« Diane wies auf den Kofferraum der Limousine. »Was hast du denn diesmal angeschleppt?«

Lous Händereiben war offenbar eher ein Versuch, sich warm zu halten, als Ausdruck von Zufriedenheit. Als er, begleitet von einem leisen Pfeifen, ausatmete, entstand in der kalten Novemberluft eine Dampfwolke vor seinem Mund. Aus dem Norden wehte eine steife Brise heran und trug die Wolke weg, nach Süden, fort von den kühlen Ausläufern der Hügel Arizonas in die Wüste, in die Großvater später zurückkehren würde. »Dann wollen wir doch mal schauen.« Gemessenen Schrittes wie ein Quizmaster näherte er sich dem Kofferraum und hielt Myra den Schlüsselbund hin. »Mach schon auf, kleines Eichhörnchen.«

Myra holte tief Luft, bevor sie den schweren Schlüssel ins Schloss steckte und ihn umdrehte. Der Kofferraumdeckel sprang mit einem Knall auf, der sie jedes Mal aufs Neue überraschte. Da dieser Kofferraum stets unvorhergesehene Dinge enthielt, erinnerte er sie eher an das Zuhause eines Schachtelteufels als an ein Auto.

Diesmal war es nicht anders als sonst.

Lou lachte leise auf, ein tiefes Brummen, das seine lange, schlaksige Gestalt zum Vibrieren brachte. Dabei hakte er die Daumen unter seine Hosenträger wie Santa Claus. »Bei deinem letzten Besuch hast du doch gesagt, wie sehr du sie magst«, verkündete er. »Als Trixie den Auflauf gemacht hat, weißt du noch?«

Myra wusste es nicht mehr. Schließlich war sie nicht mit einem für sechsjährige Kinder – eine ohnehin nicht als Auflaufenthusiasten verschriene Bevölkerungsgruppe – überdurchschnittlichen Auflaufgedächtnis gesegnet. Und selbst wenn das anders gewesen wäre, hätte sie sich auf den Inhalt des Kofferraums keinen Reim machen können. Denn zwischen den Radkästen türmten sich mindestens fünf flache Kartons, voll mit dicken blauen Dosen. Und auf jeder dieser Dosen prangte eine identische Abbildung.

»Sind das ... sind das Wiener Würstchen?« Dianes Fassungslosigkeit verwandelte ihre Stimme in ein Flüstern, das der immer noch in sich hineinlachende Lou anscheinend als Staunen missdeutete.

»Aber ja doch! So einem Sonderangebot konnte ich einfach nicht widerstehen, vor allem deshalb, weil Myra diesen Würstchenauflauf förmlich verschlungen hat. Sie konnte gar nicht genug davon kriegen, weißt du noch?«

»Dad.« Diane schüttelte den Kopf. »Ich kann mich selbst kaum noch daran erinnern. Wann soll das denn gewesen sein? An Neujahr? Vor zwei oder drei Jahren?«

»Tja, ich habe es noch deutlich vor Augen. Myra hat gefuttert wie ein Scheunendrescher. Trixie hat noch lange darüber geredet, stimmt's?« Lou richtete die Frage an einen

Punkt über Dianes Schulter, so als stünde ihre Stiefmutter direkt hinter ihr, anstatt in einem Eckgrab unter einer Trauerbirke auf dem Friedhof Saint Mark's, etwa eine Autostunde von hier entfernt, zu liegen – so, als könnte sie ihre Hand mit der pergamentdünnen Haut in die Hüfte stemmen, nicken und sagen: *Wie recht du hast, Lou.* Und dann würde sie, begleitet vom Beifall der Beschenkten, die in den Genuss von Lous Großzügigkeit kamen, helfen, eine Kofferraumladung Wiener Würstchen auszupacken. Eigentlich war es ja auch nur logisch, also ebenso logisch wie alles andere an Trixie, im Zusammenhang mit Würstchen an diese Frau zu denken, die die Welt der Familie unerwartet und unter sonderbaren Umständen betreten und wieder verlassen hatte.

»Okay. Das ist ... wirklich nett von dir. Myra, kannst du dich bei deinem Großvater bedanken?«

Myra starrte auf die kleinen blauen Dosen, erfüllt von der grausigen Gewissheit, dass ihre Eltern diese gehorsam in der Waschküche stapeln würden. Jeden Tag würden sie eine davon öffnen und neue Rezepte für Aufläufe und andere Gerichte erfinden, um die Würstchen zu verarbeiten, bis jede der glitschigen, gummiartigen Walzen vertilgt war. Unweigerlich würden die Würstchen auf Myras Regina-Regenbogen-Tablett landen, gleich neben einer der matschigen Dillgurken aus den riesigen Vier-Liter-Gläsern, die seit einem von Opas Ausflügen in einen Großmarkt die Speisekammer vollstellten. Myra nahm sich fest vor, während der nächsten Mahlzeit in Gegenwart ihres Großvaters die Mundwinkel entschlossen und angewidert nach unten zu ziehen. Schließlich konnte man nie wissen, mit welcher Überraschung der magische Kofferraum als Nächstes aufwarten würde.

Sie griff nach einer blauen Dose und hielt sie von sich weg wie ein faulendes Blatt oder einen ganz besonders schleimigen Wurm. »Danke, Opa.«

»Gern geschehen, mein Schatz. Lass es dir gut schmecken, ja?«

»Ja, Opa.«

»Möchtest du jetzt gleich etwas essen?«

»Nein, danke.«

»Übernachtest du heute bei uns, Dad?« Über Myras Kopf hinweg spähte Diane ins Auto, um festzustellen, ob Lous abgewetzte Reisetasche auf dem Beifahrersitz stand. Seit Trixies Tod war ihr Vater ein häufiger Überraschungsgast in ihrem kleinen Haus. Meist erschien er zum Abendessen und saß danach mit seinem Schwiegersohn im Gästezimmer, wo die beiden Spiele spielten, bis sie irgendwann einschliefen wie kleine Jungen auf einer Pyjamaparty. Dave war so wortkarg wie Lou redselig, und die beiden ergänzten sich so großartig, dass Diane sich manchmal in ihrer Ehe wie das fünfte Rad am Wagen fühlte. Aber zumindest gaben ihr seine Besuche Gelegenheit, mit einem anderen Menschen zu sprechen, was nicht zu verachten war, da Dave und Myra meist in ihrer eigenen Welt lebten.

»Nein, heute nicht. Es war nur ein Tagesausflug, um Vorräte aufzufüllen. Ich sollte aufbrechen, bevor die Straßen zu dunkel werden. Aber davor möchte Myra vielleicht noch einen Blick auf die Rückbank werfen.«

Myra, die noch immer angeekelt die Dose mit den Wiener Würstchen beäugte, sah ihre Mutter erschrocken an und stellte fest, dass deren Miene die gleiche Bestürzung widerspiegelte. »Wir haben wirklich genug zu essen im Haus. Wenn du uns weiter so viel mitbringst, müssen wir noch anbauen ...«

»Es ist nichts Essbares.« Als Lou nach Myras Hand griff, streckte sie sie ihm widerstrebend hin. Die Würstchendose stellte sie auf den Boden, wo Opa sie, so das Glück es wollte, mit dem Lincoln überrollen würde. »Dann machen wir mal die Tür auf, ja, mein Schatz?«

Myra verabscheute die Autotüren ihres Großvaters. Sie waren schwer und schwangen von allein hin und her, sodass sie sich schon öfter den Finger eingeklemmt hatte. Also wich sie zurück und schüttelte den Kopf. »Darf ich fernsehen?«, fragte sie ihre Mutter.

»Myra, sei nicht so ungezogen.«

»Schon gut, Diane. Wahrscheinlich haben die Würstchen sie überwältigt. Moment, Myra, ich mache die Tür für dich auf.« Er nahm die Tür am verchromten Griff und riss sie weit auf wie ein Scheunentor. Dann vollführte er eine ausladende Handbewegung. »Das alles gehört dir, Schätzchen.«

Myra ließ Lous Hand los und trat zögernd einen Schritt vor. Dann noch einen. Bis sie schließlich auf dem kalten Ledersitz kniete.

Es waren zu viele Einzelheiten, um sie auf einen Blick zu erfassen, obwohl Myra so viele davon bereits kannte. Sie betrachtete die weißen viktorianischen Verschnörkelungen an den winzigen Giebeln der *Villa*, die sich in den Fenstern aus echtem Glas spiegelten, und fuhr mit den Händen über das breite Spitzdach, gedeckt mit Hunderten kleiner Schindeln. An einer Ecke erhob sich ein sanft geschwungenes Türmchen. Das Haus war gewaltig und thronte auf einer Plattform aus Pressspan, deren Kanten sich in die Lehne des Vordersitzes bohrten. Darum herum verlief ein schmiedeeiserner Zaun im Miniaturformat. Am Rand des mit Pflastersteinen bemalten Gartenwegs hing eine Laterne an einem Haken.

Myra hörte ihren Opa hinter sich auflachen. »Wahrscheinlich kriegen wir sie jetzt gar nicht mehr raus aus dem Auto, Diane.« Er steckte den Kopf in den Wagen. »Aber womöglich muss sie sowieso drinbleiben. Das Ding hat kaum reingepasst, und rauswuchten könnten wir es nur mit vereinten Kräften.«

Diane steckte ebenfalls den Kopf ins Auto und schnappte

nach Luft. »Dad, das ist ja riesig.« Vorsichtig berührte sie den schmiedeeisernen Zaun. »Hast du ... hast du das gemacht?«

»Ein paar Teile hier und da. Nur Kleinigkeiten. Früher war es nicht ganz so groß, weil es das hier noch nicht gab.« Zärtlich strich er über die Plattform. »Aber das Haus selbst gehörte Trixie. Sie hat es mit in die Ehe gebracht, und wir haben es gleich auf den Speicher gestellt, weil es so groß war. Manchmal ist sie mit Myra hinaufgegangen, um damit zu spielen. Ich glaube, sie hat es Myra sowieso eines Tages schenken wollen.«

Myra hatte ihrer Mutter nie von der *Villa Liliput* erzählt. Obwohl Trixie nicht ausdrücklich von ihr verlangt hatte, das kleine Haus geheim zu halten, hatte Myra ihr Wissen wie einen kostbaren Edelstein in ihrer Tasche versteckt. Die *Villa* war ein ganz besonderer Ort, den es nur auf dem Dachboden im Haus ihres Großvaters an der Flussbiegung gab. Es existierte in einer magischen Blase, die man nicht verpflanzen konnte. Nach Trixies Tod, als Myra endlich im Krankenhaus aus den Abgründen der Schmerzen und Verbände aufgetaucht war, hatten ihre ersten Gedanken ihrer Stiefoma und der *Villa* gegolten. Gefolgt von einer überwältigenden Trauer, weil sie beide nun nie mehr wiedersehen würde.

Diane fasste ihren Vater am Ellbogen. »Dad, wenn es Trixie gehört hat, solltest du da nicht besser ...?«

»Was, es behalten? Darauf warten, dass ihre Leute antanzen und mit ihren fettigen Fingern etwas betatschen, das sie derart geliebt hat? Die Familie, die sich nicht einmal hat blicken lassen, als sie ...« Lou zog ein Taschentuch aus der Tasche seiner Jeans und fuhr sich damit übers Gesicht, als müsste er sich trotz der Novemberkälte den Schweiß abwischen. »Als wir sie verloren haben? Nein, ich finde nicht, dass ich es behalten sollte. Myra soll es haben.«

Myra seufzte erleichtert auf, so leise, dass nur sie selbst es hören konnte. Sie hatte gar nicht bemerkt, dass sie die Luft angehalten hatte. Denn sie war so sicher gewesen, dass er das Haus behalten würde, allein und ungeliebt, aber zu sperrig, um es zu transportieren. Nun befürchtete sie, ihre Mutter könnte Nein sagen. Dann würde sie zuschauen müssen, wie Opa rückwärts aus der Auffahrt rangierte, das Haus eingeklemmt auf dem Rücksitz des Lincoln. Und Myra würde zurückbleiben ohne eine Gelegenheit, einen Blick ins Innere der *Villa* zu werfen und eine Bestandsaufnahme der Schätze durchzuführen, die sich, wie sie wusste, darin verbargen.

»Übrigens hat es Scharniere.« Lou wies auf die fest geschlossenen Messingbeschläge an der Rückseite des Hauses. Doch das war für Myra nichts Neues. »Es klappt seitlich auf wie eine Muschelschale, und drinnen hat es winzige Zimmer, ebenfalls mit Scharnieren. Es ist fast, als würde es sich entfalten. So was Verrücktes habe ich noch nie gesehen. Ich habe es bloß an der Plattform festgeklemmt, damit sie alle Teile bewegen kann. Außerdem ist da noch eine ganze Hutschachtel voller Zubehör. Die steht auf dem Vordersitz. Ein Glück, dass ich nicht vorhabe, bei euch zu übernachten, denn ich hatte nicht einmal mehr Platz für eine Zahnbürste!« Er ging zur Beifahrerseite und holte eine runde Hutschachtel heraus. Sie war mit zerschlissener Seide bezogen, die die Farbe welker Rosen hatte. »Keine Ahnung, was da alles drin ist. Möbel und Zeug. Myra hat bestimmt Spaß daran.«

»Und wo sollen wir es deiner Ansicht nach hinstellen, Dad? Ja, es ist wirklich sehr hübsch, und Myra wird sicher begeistert sein. Aber eigentlich ist es kein Spielzeug, sondern sollte besser in einem Museum stehen. Bist du sicher, dass ...«

»Es hat Trixie gehört, Diane.« Sein barscher Tonfall ließ

sie beide innehalten, und Myra sah, dass er sich mit der knorrigen Hand über die Augen fuhr. »Es hat Trixie gehört, und jetzt gehört es Myra. Du kannst es auf den Speicher stellen. Dann kann sie dort damit spielen. So hat sie es immer mit Trixie gemacht. Es nimmt euch keinen Platz weg.«

Myra überlegte, ob die Zeit jetzt vielleicht reif für Gebettel war. Würde es die Entscheidung in Richtung eines Ja beeinflussen oder ein Nein wahrscheinlicher machen? Sie beschloss, es zu riskieren.

»Ich habe das Haus so lieb, Mom«, verkündete sie mit einer Ehrfurcht, die sonst für Süßigkeiten reserviert war. »Ganz fest. Und ich werde mich sehr gut darum kümmern, versprochen.« Sie blickte Lou aus großen blauen Augen an. »Oma Trixie wäre so stolz auf mich, Opa. Ich bin bestimmt vorsichtig.«

Lou nickte. »Das weiß ich, mein kleines Eichhörnchen.« Er sah seine Tochter an und zog eine Augenbraue hoch. »Wie kannst du diesem Gesichtchen etwas abschlagen?«

Viele Stunden später – inzwischen hatten Opa, Mom und Dad das Haus samt Plattform aus dem Auto gewuchtet und es den Gartenweg entlang und die schmale Treppe hinauf bis in den Dachboden geschleppt – schaute Myra in den Spiegel, der über dem großen offenen Kamin der *Villa* angebracht war. Sie fragte sich, was genau an ihrem Gesicht es wohl so erschwert haben mochte, ihr etwas abzuschlagen, und stellte fest, dass ein blaues Auge ihr zuzwinkerte.

Es geschah so schnell, dass sie es sich bestimmt nur eingebildet hatte.

Denn schließlich konnte sie gar nicht zwinkern.

4

PARKHURST, ARIZONA, 2015

Als Myra die ersten bunten Umschläge fand, die eine sich von Gelb über Orange bis hin zu Rot steigernde Alarmstimmung verbreiteten und wie Herbstlaub an den ungewöhnlichsten Stellen herumlagen, war es fast zu spät. Diane hatte stets alles vor Myra geheim gehalten, um ihre Tochter vor der Wirklichkeit und der Welt da draußen zu schützen, als wäre sie noch ein Kind und keine relativ selbstständige Frau von Mitte dreißig. Wenn auch eine, die nie das Haus verließ.

Zu guter Letzt war es Gwen, die ihr die Hiobsbotschaft überbrachte. Die Räder ihres windschnittigen BMW knirschten auf dem Kiesweg vor dem Haus, dessen stabile Holzbohlen in den Jahrzehnten, seit Opa Lou es gebaut hatte, immer gleich geblieben waren. Myra ging nicht an die Tür, denn sie wusste, dass Gwen es genauso halten würde wie üblich: Sie würde einfach zur Haustür herein und schnurstracks herauf zum Dachboden marschieren, wie schon damals in ihrer Kindheit. Als sie oben ankam, war sie außer Atem.

»Wusstest du das?« Mit zwei Schritten durchquerte Gwen den Dachboden und ließ eine Zeitung vor der *Villa* auf den Boden fallen. Eine Annonce war rot eingekreist.

Myra griff danach. »Wieso sollte ich etwas über eine Zwangsversteigerung wissen?«

»Weil es sich bei dem zu versteigernden Objekt um dein Haus handelt.«

Myra studierte die kleine Schrift, denn bis jetzt hatte sie nur die Adresse des Amtsgerichts gesehen, wo die Auktion stattfinden sollte. Dass es die Immobilie mit dieser Adresse – ihr Haus, die Heimat der *Villa Liliput* und ihres gesamten Lebens – war, die hier zum Verkauf stand, fiel ihr erst jetzt auf. »Wie ... wie kann das sein?« Myra starrte Gwen entgeistert an. »Hast du meine Mom gesehen?«

»Sie ist im Garten und gräbt.«

»Was auch sonst?« Diane ließ sich durch nichts von ihrem Ziel abbringen, den in einer Hochwüste gelegenen Garten in eine üppig grüne, fruchtbare Oase zu verwandeln. Dass sie im Laufe der Jahrzehnte trotz Einsatzes eines Frühbeets nur etwa ein Dutzend Tomaten geerntet hatte, konnte sie nicht davon abschrecken. Ihre neueste Leidenschaft waren Rosen, die sie in großer Zahl auf der Südseite des Hauses pflanzte und ersetzte, wenn sie unweigerlich an Kälte und Lichtmangel im Schatten der Gelbkiefern eingingen.

»Wie lange bleibt sie denn normalerweise draußen?«

»Stundenlang.«

»Soll ich mit dir warten?«

»Ich habe nicht vor zu warten.« Myra stand auf und sah sich auf dem Dachboden nach ihren abgewetzten Clogs um, die einzigen Schuhe, die sie je trug, wenn sie überhaupt welche anzog. »Ich rede mit ihr.«

Gwen sah sie aus großen Augen an. »*O-kaaay.* Was du heute kannst besorgen ... Ich komme mit.«

»Nein, du bleibst hier.« Myra wies auf die Speisekammer der *Villa*. »Staple diese Dosen.«

»Aber die sind ja so klein wie Fingerhüte.«

»Deshalb wird es auch eine Weile dauern. Tu es einfach. Ich bin gleich zurück.« Myra ging die Treppe hinunter und schlängelte sich zwischen gewaltigen Kistenstapeln in Richtung Garten durch. Unterwegs sammelte sie die bunten Umschläge ein, die sie in letzter Zeit immer wieder fand, und stürmte zur Fliegengittertür hinaus.

Erstaunt riss Diane den Mund auf. »Myra? Was machst du denn hier draußen?«

»Tja, Mom, offenbar werde ich jede Menge Zeit draußen verbringen müssen, wenn man uns das Haus unter dem Hintern wegverkauft. Deshalb habe ich es für eine gute Idee gehalten, mal rauszukommen und dich zu fragen, ob du vielleicht irgendwelche Vorschläge hast, die du womöglich mit mir teilen möchtest. In Sachen Haus. Das verkauft werden soll. In sechs Wochen.«

Diane presste trotzig die Lippen zusammen. »Ich habe nicht gedacht, dass es so schnell gehen könnte.«

»Das klingt nicht gerade nach einem Vorschlag, Mom.«

»Ich dachte, sie geben mir mehr Zeit.«

»Ich höre noch immer keinen Vorschlag, Mom.«

»Ich muss John anrufen und ihn fragen, ob wir bleiben ...«

»Mom! Wo, verdammt noch mal, ist der Vorschlag? Warum hast du mir nicht gesagt, dass wir Geldprobleme haben? Ich war in dem Glauben, dass das Haus abbezahlt wäre!«

»War es auch.«

»Die Vergangenheitsform gefällt mir irgendwie gar nicht. Was hat sich geändert?«

»Sie hat es beliehen«, verkündete Gwen, die gerade aus der Hintertür trat. »In der Ankündigung der Zwangsversteigerung wird die Bank als Gläubiger aufgeführt.«

»Warum, um alles in der Welt, musstest du das Haus beleihen, Mom?«

Diane schaute zwischen Myra und Gwen hin und her und ließ die Schultern hängen. »Ach, da war dieses und jenes ...«

Gwen machte einen Schritt vorwärts und legte Myra eine Hand auf die Schulter. »Die Kartons, Myra.« Sie wies in Richtung Haus, wo sich Behältnisse aus Pappe stapelweise türmten, die Wände säumten und die Flure vollstellten. Myras Zimmer im ersten Stock und der Dachboden waren die einzigen kartonfreien Zonen im Haus. Obwohl Myra die Schachteln nur am Rande zur Kenntnis genommen hatte, war auch ihr aufgefallen, dass sie entweder nur ein einziges Mal oder gleich gar nicht geöffnet und auch nicht ausgepackt worden waren. Sie lief ins Haus und griff willkürlich nach einer großen Schachtel, die neben der Küchentür stand.

»Mom?« Myra förderte eine rosenrote Handtasche aus weichem Leder zutage, noch eingewickelt in Seidenpapier. Unter der Tasche trudelte ein Etikett hervor, das einen Verkaufspreis von 797,99 Dollar auswies. »Warum hast du eine Achthundert-Dollar-Handtasche in einer Schachtel?«

Gwen öffnete einen weiteren Karton und stieß einen langen, leisen Pfiff aus. »Stiefel von Frye. Oh, sind die schön. Sie sind sogar noch mit Papier ausgestopft ...«

»Ich wollte nicht, dass sie kaputtgehen.« Diane stand, von hinten angeleuchtet wie ein Scherenschnitt, in der Küchentür. »Ich fand sie so hübsch, hatte aber nie die Gelegenheit, sie zu tragen.«

»Steht auf dieser Schachtel etwa Valentino?« Gwen klappte den nächsten Karton auf, worauf ein seidenes Gewand wie Sahne aus seiner Papierhülle floss.

»Mom, was ist das für Zeug?« Zum ersten Mal nahm Myra die Enge in den Räumen richtig wahr, die wenigen verbliebenen Laufwege zwischen windschiefen Türmen aus Paketen und ungeöffneter Post. Da sie so wenig Zeit unten oder überhaupt mit ihrer Mutter verbrachte, hatte sie den Krimskrams bis jetzt nicht wirklich bemerkt. Ihre Eltern hatten sich vor über zehn Jahren getrennt, als Myra gerade ein Fernstudium absolviert hatte. Ihre Arbeiten hatte sie auf immer leistungsstärker werdenden Laptops an einem alten Eichenschreibtisch geschrieben, der auf dem Dachboden stand. Irgendwann hatte unten in der Küche ein Streit stattgefunden. Myra hatte ihn zwar gehört, aber erst richtig davon Notiz genommen, als Dave ausgezogen war. Und da hatte es sich für sie schon so angefühlt, als wäre er bereits seit einer Ewigkeit fort. Eine Weile – eigentlich seit Jahren – hatte er versucht, Diane und auch Myra davon zu überzeugen, dass es an der Zeit sei, sich wieder in die Außenwelt hinauszuwagen. Myra müsse auf eine normale Schule gehen, die Familie in einem echten Restaurant essen. Oder Orte bereisen, die jenseits der gewaltigen Gelbfichtenwälder rings um ihr Haus lagen. Myra hatte so heftig den Kopf geschüttelt, dass es ihren gesamten Körper erschüttert hatte. Worauf Diane geschrien hatte, Dave rege Myra nur auf und sorge für Unruhe. Bis Dave eines Tages die Segel gestrichen und beschlossen hatte, nicht länger an dem Boot zu rütteln, in dem sie alle saßen und mit dem Diane einfach nicht in See stechen wollte. Er war ausgestiegen.

Inzwischen kam er nur noch selten zu Besuch und bewohnte zusammen mit seiner Freundin, die Myra nie kennengelernt hatte, eine schicke Eigentumswohnung in der Nähe des Skigebiets. Hin und wieder schickte er geschwätzige E-Mails, die sich eher wie Monologe lasen als wie Aufforderungen, ihm darauf zu antworten.

Im Laufe der Zeit hatten sich dann die Kartons und Einkaufstüten angesammelt. Und da Myra selbst jede Woche eine Unmenge an Päckchen erhielt – viel kleinere zwar als die von Diane, aber immerhin –, hatte sie sich nie gefragt, ob die Schachteln, die das Haus zunehmend verstopften, nicht eigentlich eine andere Art von Leere füllen sollten.

»Ich wollte nicht, dass du dir Sorgen machst.« Diane ging quer durch den Raum zu einer wasserblauen Schachtel mit weißer Schleife und reichte sie Myra. »Ich habe so viele schöne Sachen für dich gekauft, aber der Zeitpunkt passte irgendwie nie. Ich dachte, wir könnten uns eine Kleinigkeit gönnen, für die Zeit, wenn wir einmal das Haus verlassen und einen Weg zurück nach draußen finden werden ...« Diane zeigte auf die hohen Berge hinter dem Haus. »Da draußen ist nämlich eine ganze Welt, die ich aufgegeben habe, Myra.«

»Soll das heißen, du hast das mit Absicht gemacht?«

»Nein.« Diane zwängte sich zwischen den Kartons in Richtung ihres Schlafzimmers durch, das hinter der Treppe lag. »Ich bin nur so müde, Myra. Ich lege mich eine Weile hin.« Sie schloss die Tür, bevor Myra etwas erwidern konnte.

Myra starrte Gwen an. »Was ... was sollen wir jetzt tun?« Sie ließ sich schwer auf einen mit blaugrünem Samt bezogenen Lehnsessel fallen, der noch zur Hälfte in Luftpolsterfolie gewickelt war. »Was macht man in so einem Fall?«

Gwen setzte sich auf den Boden. »Ich bin nicht sicher. Es dürfte nicht schwierig sein, herauszufinden, wie hoch sie verschuldet ist, und sicher gibt es auch Mahngebühren und so weiter. Sie wird alles zurückzahlen müssen. Keine Ahnung, ob man da gleich ein Gericht bemühen muss oder ob du es besser telefonisch mit der Bank klärst. Aber ich kann mich informieren.«

»Warum tut sie so etwas?« Verzweifelt wies Myra auf die Kartons. »Sie braucht dieses Zeug doch gar nicht!«

»Sie brauchte, glaube ich, etwas anderes.« Gwen seufzte auf. »Ich hätte schon früher etwas sagen sollen. Es fällt mir nämlich schon länger auf, und mir war klar, dass du nichts gemerkt hast, weil du nicht auf solche Dinge achtest.«

»Was genau soll das heißen?«

»Das, was ich gesagt habe. Du achtest nicht sehr auf andere Menschen. Selbst wenn sie direkt vor deiner Nase sind. Es gehört viel dazu, über die Mauern zu springen, mit denen du dich umgibst, und ich vermute, dass deine Mom es einfach leid war. Sie ist schon sehr lange einsam. Manchmal, wenn ich herkomme, um an der Webseite zu arbeiten, sitzt sie unten und trinkt Tee, und ich lasse sie eine Weile monologisieren. Es ist wie ein Taifun aus Wörtern. Aber sie ist immer da, allein, Tag für Tag. Und zwar schon seit ...«

»Wehe, wenn du es aussprichst.«

»Ich bin ja schon still. Schließlich hast du sie nie darum gebeten. Und du wärst sicher auch allein klargekommen, wenn sie gegangen wäre. Wahrscheinlich hat sie einfach vergessen, wie das funktioniert.«

Myra erinnerte sich an einen Geburtstag – irgendein längst vergangener Meilenstein, der sechzehnte oder der achtzehnte – und an eine Torte in Form eines Autos, die ihre Mutter gebacken hatte. An ihren hoffnungsvollen Blick beim Anzünden der Kerzen. *Wir könnten irgendwo hinfahren*, hatte Diane gesagt.

Myra hatte keinen Bissen angerührt. Sie verabscheute Torte. Und sie war wütend auf ihre Mutter gewesen, weil sie das vergessen hatte. Wieder ein Tropfen, der das Fass voller Missverständnisse irgendwann zum Überlaufen bringen würde. Myra begriff, dass es Diane offenbar gelungen war, eine neue Realität zu erzwingen. *Jetzt müssen wir irgendwo hinfahren, denn hierbleiben können wir nicht.*

Sie schüttelte den Kopf. »Nein. Wir können das lösen. Ich habe Geld.« Sie rechnete nach. Schließlich hatte sie ja ihre sich ständig vermehrenden Ersparnisse, die sie niemals anrührte. »Ich habe den Großteil meiner Honorare auf die hohe Kante gelegt.«

»Ich besorge dir die besten Aufträge, und unsere Kunden lieben dich. Allerdings glaube ich nicht, dass das Geld, das man als Werbetexterin verdient, genügt, um eine Bank zufriedenzustellen. Außerdem darfst du nicht all deine Reserven auflösen. Es muss einen anderen Weg geben.«

»Ich bin ganz Ohr.«

»Komm mit rauf. Wir überlegen uns etwas.« Gwen winkte Myra zurück ins Haus, ein drastischer Widerspruch zu ihren üblichen Bemühungen, sie hinauszulocken. Myra folgte ihr, und die beiden durchquerten langsamen Schrittes das Kartonlabyrinth, bis sie wieder auf dem Dachboden waren.

Myra setzte sich neben die *Villa* und schlug die Hände vors Gesicht. »Ich habe keine Ahnung, wo wir anfangen sollen.«

»Irgendwo eben. Du hast keine andere Wahl. Lass mich nachdenken ...« Gwen trat auf den anwachsenden Stapel aus Miniaturen in einer Ecke des Raums zu, alles Geschenke hoffnungsfroher Follower, die um einen Platz in der *Villa Liliput* wetteiferten. Sie suchte eine verzierte Schachtel heraus, kaum größer als ein Kartenspiel und noch in ihrer Zellophanhülle. Die winzige Porzellanpuppe darin versank fast in ihrem blonden Lockenschopf. »Außerdem würde ich mich freuen, wenn du dich von mir überreden lassen würdest, eine hübschere Puppe zu nehmen. Du hast so viele geschickt bekommen.«

»Eigentlich wollte ich nie Puppen verwenden, schon vergessen?« Myra griff in die Küche der *Villa* und versuchte wieder einmal, das hölzerne Wäscheklammerpüppchen vor dem blau emaillierten Herd gerade hinzustellen. Auf dem Herd stand ein winziger Schmortopf von Le Creuset, dessen satter Goldton um einiges überzeugender war als das struppige gelbe Garn auf dem runden Kopf des Wäscheklammerpüppchens. Myra gefiel dieser Kontrast, denn das Püppchen war ein Eindringling und deplatziert, was man ihm auch ansehen musste.

Gwen griff ebenfalls in die Küche, schnappte sich die Wäscheklammer, hielt sich das Püppchen neben das Gesicht und ahmte seine mürrische Miene nach. »Hallo, ich bin Myra. Meine supertolle beste Freundin ist ein Social-Media-

Genie und sagt, dass die Leute sehen wollen, wie ich in meiner *Villa Liliput* lebe. Also habe ich mich für den passiv-aggressiven Weg entschieden und dieses jämmerliche Wäscheklammerpüppchen gebastelt, das aussieht wie eine Requisite aus *Unsere kleine Farm*. Ich kann nicht mal schicke Schuhe anziehen, weil ich keine Füße habe! Und meine Klamotten bestehen aus einem alten Taschentuch, wahrscheinlich einem benutzten. Kein Wunder, dass ich so ein muffiges Gesicht ziehe! Ich bin nämlich das einsamste vierunddreißigjährige Wäscheklammerpüppchen auf der ganzen weiten Welt!«

Myra riss Gwen das Püppchen aus der Hand. »Ich bin nicht einsam. Ich sagte nur, dass ich keine Puppen verwenden will, und das hier ist keine Puppe, sondern eine Nähübung. Das Taschentuch gehörte meiner Oma Trixie. Ich habe das Püppchen gemacht, als sie mir das Nähen beigebracht hat. In meiner Hutschachtel sind noch ein paar mehr davon. Nur dass ich diesem da Haare wie meine gegeben habe.« Sie fuhr sich mit den Fingern durch die strohblonde Krause auf ihrem Kopf. Diese war noch nie zu einer Frisur gebändigt worden, hatte eine gnadenlos kantige Form und erinnerte deshalb an eine Geometrieaufgabe, die kein Haarpflegemittel auf diesem Planeten je würde lösen können. »In der *Villa Liliput* geht es nicht um Menschen, sondern um Dinge. Um winzige Dinge. Um kleine Zimmer, die man gerne betreten würde, aber nicht kann. Nicht wirklich. Ungefähr so wie in diesen Einrichtungssendungen im Fernsehen. Man gestaltet etwas, in dem sich die Leute selbst sehen können. Und wenn es dort von anderen Menschen wimmelt, sehen sie sich eben nicht.« Sie hielt sich das Püppchen neben den Kopf und verzog, so wie Gwen vorhin, traurig das Gesicht. »Du wolltest eine Puppe, also habe ich eine Puppe hineingestellt. Aber mögen muss ich sie trotzdem nicht.«

Gwen seufzte kopfschüttelnd. »Myra, genau das versuche ich dir ständig zu erklären. Dir geht es um Dinge. Nur dass dir dein Geschöpf inzwischen über den Kopf gewachsen ist. Manche Leute haben überhaupt erst wegen dieser kleinen Dinge und der Geschichten, die du dazu schreibst, zu lesen angefangen. Doch sie sind nicht nur deshalb bei der Stange geblieben, sondern weil du dabei winzige Teilchen von dir selbst preisgibst, die Eingang in diese Geschichten finden. All die kurzen Blicke auf eine Person, die sie gern kennenlernen wollen. Eine Frau, mit der sie am liebsten Tee in der Bibliothek trinken würden, und zwar mit der Teekanne, die sie dir geschenkt haben. Eine Frau, der sie wünschen, dass sie glücklich ist. Deshalb kommen sie immer wieder.«

»Ich habe nicht um Aufmerksamkeit gebeten.«

»Aber du hast sie trotzdem bekommen. Meinst du nicht, dass du deinen Followern dafür ein bisschen Entgegenkommen schuldest? Ich weiß, dass du kaum vor die Tür kommst ...« Gwen fuchtelte mit den Händen in Richtung der Dachgaubenfenster und zeigte auf die weite Welt. »Aber ich komme raus, Myra, und ich kann dir nur immer wieder bestätigen, dass die Menschen etwas mehr Leichtigkeit brauchen. Offen gestanden geht es da draußen meistens ziemlich übel zu. Also schenk uns ein bisschen Glück. Vielleicht sogar einen Hauch von Romantik!« Sie griff nach einer weiteren verzierten Schachtel mit einem Porzellanpüppchen darin, diesmal einem männlichen, das einen Frack trug. Dann hielt sie die beiden Püppchen aneinander und machte Kussgeräusche.

»Ich bin keine Einsiedlerin, Gwen, sondern lege nur Wert auf meine Privatsphäre. Mir ist bekannt, was sich draußen abspielt.« Sie ahmte Gwens Fuchteln zum Fenster hin nach. »Doch ich gebe mir Mühe, die *Villa Liliput* so zu erhalten, wie Trixie es wollte. Ich habe noch jedes Möbelstück, das sie mir geschenkt hat. Fast.« Mit finsterer Miene beäugte Myra ihre Wäscheklammer-Doppelgängerin. Seit einiger Zeit fehlten nämlich immer mal irgendwelche Stücke oder tauchten an neuen Orten wieder auf. Die türkisblau lackierte Kommode mit dem abgebrochenen Haarnadelbein und dem eingebauten Plattenspieler, ein Garderobenschrank aus Mahagoni, der ins Schlafzimmer im ersten Stock gehörte, und zwei mit Elefanten verzierte Schirmständer aus Porzellan. »Sie hat mir nie Puppen gegeben, und ich habe sie auch nicht vermisst. Ich hatte genug zu tun.«

Myra bemerkte, dass Gwen sich auf die Lippe biss und sich eine Antwort verkniff. Vermutlich handelte es sich um einen Kommentar zu dem Satz »Ich bin keine Einsiedlerin«. Myra konnte die Male, die sie in den letzten beiden Jahrzehnten das Haus verlassen hatte, abzählen, ohne all ihre Finger und Zehen zu benutzen. Und dennoch lehnte sie die Bezeichnung »Einsiedlerin« strikt ab. Schließlich hatte sie eine ganze Welt hier oben auf dem Dachboden. Und außerdem noch eine andere Welt, die da draußen, die sie mithilfe von Bildschirmen besuchen konnte, ohne je einen Fuß vor die Tür zu setzen. Nun aber drohten die Bewohner dieser anderen Welt, in Myras kleines Reich einzumarschieren. Sie war also das genaue Gegenteil von einsam.

Gwen formte die Lippen zu einem großen O. »Jetzt hab ich's. Gerade hatte ich einen Geistesblitz. Was ist mit dem Wettbewerb?«

»Was für ein Wettbewerb?«

»Du erinnerst dich nie an meine besten Ideen. Der Schreibwettbewerb. Du hast Follower, die es kaum erwarten können, der *Villa Liliput* ihren Stempel aufzudrücken. Wir müssen sie nur lassen. Sie alle haben deine Geschichten gelesen. Gib ihnen Gelegenheit, selbst eine zu schreiben. Und der Sieger oder die Siegerin darf dann ein Zimmer im Haus einrichten.«

»Wir können keinen Hauskredit mit Aufsätzen abbezahlen.«

»Aber mit Eintrittsgeldern. Wir müssen nur ermitteln, wie viel wir brauchen. Und abhängig davon können wir dann Aktivitäten versteigern. Gib der Treppe einen Namen! Kauf dir eine Gartenbank! Wir könnten ein kleines Branding-Universum erschaffen.« Gwen schlug die Hände vor den Mund. »Ein Mittagessen mit dir! Der erste Preis könnte ein Mittagessen mit dir und eine persönliche Führung durch die leibhaftige *Villa Liliput* sein. Exklusiv und individuell.«

»Niemand wird Geld für ein Mittagessen mit mir ausgeben wollen.« Erschrocken hielt Myra inne. »Bitte zwing mich nicht, mit einem fremden Menschen zu Mittag zu essen.«

»Ich werfe im Moment nur mit Ideen um mich, Myra. Allerdings wirst du aus deiner Blase rauskommen müssen, wenn du dieses Problem lösen willst.« Gwen beschrieb eine ausladende Geste, die das Haus und die darin lagernden unbenutzten Konsumgüter einschloss. »Denn deine Blase wird nämlich bald versteigert.«

Myras Blick folgte Gwens Armbewegung bis zu den grob behauenen Bohlen, die ihr Großvater lange vor ihrer Geburt zusammengefügt hatte. Die Fenster boten einen Ausblick auf die Berge, die sich in der Ferne erhoben. Hier war alles, was ihr Schutz gewährte. Alles, was sie kannte. »Kapiert.«

»Wenigstens ist etwas zu dir durchgedrungen. Also. Nehmen wir mal an, wir lassen eine Leserin eines der Zimmer einrichten. Welches würde wohl am besten ankommen?«

Myra starrte sie entsetzt an. »Du würdest mich tatsächlich dazu verdonnern, Einrichtungsgegenstände zu benutzen, die jemand anderes ausgesucht hat?«

»Das ist die Bedeutung des Wortes ›einrichten‹, zumindest, als ich das letzte Mal nachgeschlagen habe. Wie oft hast du die Zimmer in den letzten Jahren eigentlich neu gestaltet?«

»Öfter, als ich zählen kann.« Myra erwähnte nicht, dass das Haus niemals fertig wurde, weil es unmöglich war, sämtliche Baustellen aufzuspüren. Manchmal erschienen neue Zimmer über Nacht, leere dreidimensionale Leinwände, einige nicht größer als ein Wandschrank, andere gewaltig wie ein Ballsaal. Myra verbrachte Tage und Wochen damit, sie fertig auszustatten. Nur, um am nächsten Morgen feststellen zu müssen, dass sie sich in Luft aufgelöst hatten. Jedes handgearbeitete Möbelstück, jedes bestickte Taschentuch oder bemalte Buch, jede Vase, jedes Dielenbrett, alles wurde irgendwann von der *Villa* verschluckt, für Myra eine endlose Reihe an Gelegenheiten, ihre Fähigkeiten im Gestalten, Nähen und Schreinern zu schulen, die sie vor so vielen Jahren von Trixie und ihrem Großvater erlernt hatte. Doch dass sie die Ergebnisse loslassen musste, transportiert in die Regionen, wohin die *Villa Liliput* Gegenstände verschwinden ließ, tat hin und wieder noch immer weh.

Als es zum ersten Mal geschehen war, war sie acht Jahre alt gewesen. Tagelang hatte sie geweint, worauf ihre Eltern ihr das Betreten des Dachbodens verboten hatten. Es sei wirklich an der Zeit, dass sie sich öfter im Freien aufhielte, *denn im Garten ist nichts, was dir gefährlich werden könnte, Myra, und sehen kann dich dort auch niemand.* Doch im Laufe der Jahre hatte Myra die abhandengekommenen Zimmer als immer weniger bedrohlich empfunden. Sie spürte es in ihrem Innersten, dass die Zimmer eigentlich gar nicht fort waren. Sie lebten nur an einem anderen Ort, wo jemand die Liebe fühlen konnte, die sie hineingesteckt hatte. Nie machte sie Fotos von den neuen Zimmern, bevor sie sich auflösten, und sie schrieb auch nicht über sie in ihrem Blog. Und trotzdem erinnerte sie sich mit fotografischer Genauigkeit an jedes einzelne.

»Wenn du sowieso die ganze Zeit neu dekorierst, sollte doch eine Umgestaltung durch deine Leserschaft kein Problem sein. Allerdings wird das bestimmt nicht die Hauptattraktion, wenn wir ein Mittagessen mit dir versteigern.«

Myra stöhnte auf. »Können wir bitte so tun, als wäre das nur ein Scherz gewesen?«

»Ich mache niemals Scherze, wenn es ums Geschäft geht.«

»Die *Villa Liliput* ist kein Geschäft.«

»Für dich vielleicht nicht. Aber die Sponsorenangebote, die ich ständig im Maileingang habe, sprechen eine andere Sprache.« Da Gwen die Organisation der *Villa Liliput* betreute, landeten sämtliche offiziellen Mails direkt bei ihr. In nur wenigen Monaten hatte sie ein Postfach eingerichtet und in Myras Namen eine GmbH gegründet, und alles lief so reibungslos, dass Myra es kaum zur Kenntnis nahm. Sie wusste zwar, dass es da noch etwas gab, das größer war als sie selbst und sie und die *Villa Liliput* einhüllte wie eine Blase, doch diese war so transparent, dass es ihr meistens gelang, sie zu ignorieren. Gwen, die bei der größten Marketingagentur von Phoenix tätig war, verstand etwas von diesem Metier.

»Ich will keine Sponsoren, Gwen.«

»Aber die Sponsoren wollen dich. Und wenn wir erst den richtigen gefunden haben, wirst du deine Einstellung ändern. Oder besser gesagt, die richtigen. Genauso machen wir es mit dem Buchvertrag.«

»Ich will kein Buch schreiben.«

»Du schreibst doch schon eines.« Gwen hielt ihr Smartphone hoch, auf dessen Display die Webseite der *Villa Liliput* prangte. »Wenn die richtigen Leute ein bisschen daran feilen und du dir vielleicht noch ein paar zusätzliche Texte einfallen lässt, wird es ein Knaller. Der Tisch im Eingangsbereich von Buchladenketten wie Barnes and Noble wäre dir sicher. Insbesondere dann, wenn wir ein paar gute Bewertungen von Promis kriegen.«

Myra hatte das Gefühl, keine Luft mehr zu bekommen, und ihr Herz begann zu rasen. »Das ist mir zu viel, Gwen.«

»Myra, Schätzchen, ich liebe dich. Wirklich. Du darfst nicht immer sagen, dass dir alles zu viel ist.« Gwen grinste, ein himmelweiter Unterschied zu dem Ausdruck, der sich gerade auf Myras Gesicht abzeichnete. Sie sah wieder genauso aus wie damals, als Gwen mit sieben in dieses Viertel gezogen war. Sie hatte einfach an Myras Tür geklopft, und zwar mit einem Krönchen auf dem Kopf, vier Ketten aus Plastikperlen um den Hals und einem Plastikring an jedem ihrer zehn Finger. *Hallo, ich bin Gwen. Mein Dad hat gesagt, dass hier ein kleines Mädchen wohnt, das meine beste Freundin werden wird.*

Das Problem mit Gwen war, dass sie immer recht behielt.

5

PARKHURST, ARIZONA, 1988

Myra starrte das kleine Mädchen auf ihrer Vortreppe entgeistert an. Noch nie im Leben hatte sie so viele Schmuckstücke auf einmal gesehen. Sie wusste gar nicht, wo sie hinschauen sollte.

»Myra, du musst sie begrüßen.« Diane legte ihrer siebenjährigen Tochter eine Hand auf die Schulter. Myra hatte das mit dem Grüßen noch nie richtig hingekriegt. Auch nicht mit dem Verabschieden. Oder überhaupt mit Gesprächen.

»Hallo«, flüsterte sie.

»Hallo! Ich bin Gwen und hier, um mit dir zu spielen.«

»Ich muss arbeiten. Also bis bald irgendwann.« Myra machte auf dem Absatz kehrt und steuerte die Treppe zum Dachboden an.

»Cool! Mein Dad arbeitet auch zu Hause. Er hat eine Werkstatt wie Santa Claus. Aber statt Spielsachen macht er große Computermonster aus Metall. Manchmal darf ich den Schraubenzieher umdrehen! Oder den Werkzeugkasten halten. Und ab und zu lässt er mich auch Computerspiele spielen! Ich habe eins, in dem ich an der Olympiade teilnehme. Ich bin richtig gut im Schwimmen. Nicht im echten Schwimmen, sondern im Computerschwimmen. Am Computer schwimme ich die ganze Zeit. Kannst du eigentlich schwimmen? Gibt es hier Schwimmbäder? Daddy sagt, in den Bergen ist es zu kalt für Schwimmbäder, aber ich wette, er hat sich nicht richtig informiert. Weißt du vielleicht mehr?«

Inzwischen hatte Myra, gefolgt von Gwen, die oberste

Treppenstufe erreicht. Das plötzliche Verstummen der Geräuschkulisse sorgte dafür, dass sie stehen blieb und sich umdrehte. »Was soll ich denn wissen?«

»Ob es hier ein Schwimmbad gibt.«

»Oh, ich glaube schon. Im College. Das Becken ist riesengroß und kalt.«

»Cool! Dürfen wir dort auch schwimmen?«

»Bestimmt.«

Als Gwen den Kopf zur Seite neigte, streifte ihr kastanienbrauner Zopf ihre Schulter. Das Ende des Zopfes war gewellt, so als hätte es jemand mit dem Plätteisen knitterig gemacht, anstatt es zu glätten. Außerdem glänzte ihr Haar so sehr, dass sich die pinken, orangefarbenen und neongrünen Haargummis darin spiegelten. »Wir gehen zusammen hin. Was hast du denn für einen Badeanzug? Auf meinem sind Ananas drauf.«

Myra schüttelte den Kopf. »Ich habe keinen Badeanzug.«

»Oh! Das macht nichts. Ich habe zwar noch nicht alles ausgepackt, aber auf meinen Kartons sind Aufkleber. Dad will nämlich wissen, wo alles hinmuss, wenn die ganzen Möbel erst mal da sind. Ich habe einen Karton voller Badeklamotten, weil ich in Scottsdale jeden Tag schwimmen gegangen bin! Wenn ich bei Mom wohne, mache ich das bestimmt wieder. Doch im Moment wohne ich bei Dad, und das ist okay, denn Mom und Dad haben mich beide ganz doll lieb. Ich habe auch einen Badeanzug mit Wassermelonen drauf. Magst du Wassermelonen? Sie sind rosa!«

Myra machte den Mund auf, aber es kam kein Ton heraus. Ihre Lippen bildeten ein kreisrundes O wie das Maul ihres liebsten Goldfisches unten im Aquarium. Als Gwen sich an ihr vorbei in Richtung Dachboden schob, hatte sie noch immer kein Wort von sich gegeben.

»Das ist echt superschön! Du hast ein Puppenhaus! Du hast das größte Puppenhaus, das ich je gesehen habe. Es ist sogar größer als das Barbie-Dreamhouse von Stephanie, die an der Ecke derselben Straße wohnt wie meine Mom. Es steht in dem Zimmer, wo ihre Oma schläft, wenn sie Weihnachten zu Besuch kommt. Manchmal lässt sie mich damit spielen, aber nur, wenn ihre Mom sagt, dass sie muss, weil ich der Gast bin.« Gwen schnappte nach Luft und zeigte mit dem Finger auf Myra. »Toll! Hier bin ich ja auch Gast, also musst du mich damit spielen lassen.« Sie stürmte auf das Puppenhaus zu, griff nach einem Esstisch im Queen-Anne-Stil und hielt ihn sich vor die Augen. »Ist das echtes Holz? In Stephanies Haus ist alles aus Plastik. Das ist ja so cool!«

»Nicht!« Das Wort brach sich aus den Tiefen von Myras Lunge Bahn. »Stell das hin! Aber sofort!«

Gwen fuhr zusammen und stellte den Tisch weg. Myra hastete zu ihr und rückte ihn wieder an seinen Platz.

»Du klingst wie mein Dad, wenn ich einen Prozessor anfasse.« Gwen grinste. »Das ist das Gehirn des Computers. ›Gwendolyn Christina Perkins, ein Prozessor ist kein Spielzeug‹, sagt er dann immer.«

»Das ist auch kein Spielzeug, sondern eine *Villa*.«

»Ich weiß selbst, dass das eine Villa ist, ich bin doch nicht blöd. Das größte Puppenhaus, das ich je gesehen habe.«

»Es ist kein Puppenhaus.«

»Nein?«

»Oder siehst du hier irgendwo Puppen?«

Gwen ließ den Blick über den Dachboden schweifen und kauerte sich dann hin, um in die Zimmer der *Villa* zu spähen. Das Haus war aufgeklappt, weil Myra an einem der hinteren Räume gearbeitet hatte. Doch abends wurde es stets fest verriegelt. »Wo sind denn die Puppen?«

»Ich habe keine.«

»Gibt es echt Mädchen, die ein Puppenhaus ohne Puppen haben?«

Myra zuckte die Achseln. »Offenbar. Und hör endlich auf, es Puppenhaus zu nennen.«

»Hat dir schon mal jemand gesagt, dass du redest wie die Frau in *Mord ist ihr Hobby*? Ich habe noch nie gehört, dass jemand in unserem Alter das Wort *offenbar* benutzt hat. Du bist auch sieben, oder?«

Myra nickte. Sie kannte zwar ihre tägliche Obergrenze für Wörter nicht, doch das viele Sprechen fühlte sich in ihrer Brust ungewohnt an.

Gwen schien es gar nicht zu bemerken. »Wer wohnt denn in der Villa, wenn du keine Puppen hast?«

»Niemand. Das heißt, die Möbel wohnen dort. Und die Teller und Tassen und Kerzenleuchter. Alle Sachen, die du hier siehst.«

Wieder neigte Gwen den neonbunt verzierten Kopf zur Seite und machte ein verdattertes Gesicht. »Ich mag Sachen ja auch. Kleine Sachen sind echt cool. Aber ich finde es trotzdem traurig, dass niemand sie benutzt.«

»Ich benutze sie.« Myra war selbst ein wenig erstaunt über die Wut und die Abwehr, die in ihrer Antwort mitschwangen.

»Okay, schon gut. Darf ich es auch benutzen?«

Myra hörte, dass ihre Mutter sich unten zu schaffen machte. Sie hatte das kleine Tablett mit den aufgemalten Veilchen in den Ecken und die Feigenplätzchen vor Augen, die Diane zu einem hübschen Fächer aus Rechtecken anordnen würde. Dazu gab es mit Erdnussbutter bestrichene Apfelspalten. Lächeläpfel. Myra verspeiste ihren Imbiss stets allein. Sie arbeitete allein an der *Villa*. Wie sie wusste, gefiel es ihrer Mutter nicht, dass sie immer allein war. Und außerdem wusste sie, dass ihre Mutter ihr nicht erlauben würde, Gwen wegzuschicken.

»Nur unter Bewachung. Das heißt, wenn ich dich bewache.« Myra ballte die Fäuste, reckte das Kinn und machte sich auf Widerspruch gefasst.

Gwen musterte sie prüfend. Dann lächelte sie. »Du klingst echt wie diese Krimifrau, aber irgendwie gefällt mir das. Schräg.« Sie zuckte die Achseln. »Und was machen wir jetzt?«

Die Frage brachte Myra aus dem Konzept. *Wir* war für sie ein Fremdwort. »Ich arbeite am Schlafzimmer.«

»Oh, spitze. Hast du auch so ein großes Bett mit so Stangendingern und einem Baldachin?«

»Keine Ahnung. Ich kann ja nachschauen.« Myra ging zu der altrosafarbenen Hutschachtel in der Ecke und öffnete sie. Sie war nie völlig sicher, was sie darin finden würde, und schob die Hand tief in das Durcheinander aus Lehnsesseln, Teetassen und winzigen Grünlilien in Töpfchen mit blauem Chinamuster. Als sie die Hand wieder herauszog, hatte sie ein verstellbares Kopfteil mit Schiebetüren aus Holz, eine breite Matratze, eine Tagesdecke aus blauem Pannesamt und eine Nachttischlampe aus Messing zwischen den Fingern.

Gwen schnitt eine Grimasse. »Das hätte ich zwar nicht ausgesucht, aber okay. Bring es her. Woher hast du eigentlich die vielen Sachen? Meine Mom geht mit mir ständig zu Toys 'R' Us, aber so eine Puppenhauseinrichtung habe ich da noch nie gesehen.«

»Von meiner Stiefoma.«

»Deiner Stiefoma? Ist das so was wie eine böse Stiefmutter?«

Myra schüttelte so heftig den Kopf, dass ihr die Ohren klingelten. »Sie war überhaupt nicht böse, sondern sehr, sehr lieb. Sie war zwar außerdem ein bisschen komisch, aber das ist mein Opa Lou auch. Ich vermisse sie sehr.«

»Wo ist sie denn?«

»Sie ist gestorben. An meinem fünften Geburtstag.«

»Woran? War sie sehr alt? Meine Uroma ist auch gestorben, aber die war wirklich alt.«

Myra schloss die Augen. Sie hörte das Splittern von Glas und ein Kreischen, vermutlich als Metall an Metall scharrte. Doch noch immer fühlte es sich an, als dränge das Geräusch durch ihre zerschmetterten Rippen aus ihrer eigenen Brust. »Nein. Sie war noch gar nicht alt. Es war ein Autounfall.« Sie atmete tief durch und überlegte kurz, ob sie fähig wäre, die Geschichte zu erzählen. Sie konnte sich nicht erinnern, je die Worte ausgesprochen und sich jemandem anvertraut zu haben. Nicht einmal der netten Polizistin, die ihre Hände gehalten hatte, um sie vor dem vom eisigen Dezemberwind aufgepeitschten Schnee zu schützen. *Gleich kommt Hilfe, Liebes, gleich kommt Hilfe, lass mich jetzt bloß nicht im Stich,* hatte sie immer wieder gesagt und dabei Myras blaue Augen mit ihren braunen fixiert, damit sie sich nicht abwandte und das Grauen auf dem Fahrersitz sah. *Das macht überhaupt nichts, Liebes,* hatte sie gesagt, als Myra sich entschuldigt hatte: *Tut mir leid, dass meine Hände so klebrig sind.* Sie hatte ihren Geburtstagskuchen, geformt wie eine Fünf, auf dem Schoß gehabt, als das Auto von der vereisten Straße abgekommen war. Nun waren die rosafarbene Glasur und die bunten Zuckerblumen – gemacht aus Gummibonbons, noch heute Morgen hatte sie Trixie geholfen, sie mit dem Nudelholz platt zu walzen – kaputt und überall verstreut. Nicht mehr zu reparieren. Nicht mehr zu retten. Und das alles war nur ihre Schuld.

Myra spürte, wie die Temperatur auf dem eigentlich warmen Dachboden plötzlich absackte. Es war so kalt, dass sie ihren Atem sehen konnte. Doch Gwen schien es nicht zu bemerken.

Sie stieß einen Pfiff aus. »Scheiße! Das darf ich zwar nicht sagen, aber es passt.«

Myra umfasste den Eichelanhänger an der Kette um ihren Hals und erinnerte sich daran, wie Trixie sie in die Arme genommen und sie fünfmal auf den Scheitel geküsst hatte. *Einmal für die Liebe, zweimal für das Leben, dreimal, um dich vor Schaden zu behüten, viermal für die Elemente, die uns zusammenhalten, fünfmal für alles, was uns verbindet.* »Das stimmt. Es ist scheiße. Absolute Oberscheiße.«

Gwen musste so lachen, dass sie umkippte und sich fast an einer Ecke der *Villa* den Kopf angeschlagen hätte. Ihre neonbunten Haargummis blieben an den ausladenden Ästen der Eiche hängen. Myra eilte ihr zu Hilfe, beugte sich vor und befreite in höchster Konzentration die verfangenen Haarsträhnen.

Gwen hielt still und sah sie an. »Warst du auch in dem Auto? Ist dabei das mit deinem Gesicht passiert?«

Myra erstarrte, und wieder öffnete und schloss sich ihr Mund wie das Maul des Goldfischs.

»Entschuldige, entschuldige, entschuldige. Dad sagt immer, dass ich zu viel rede. Vergiss einfach, was ich gesagt habe. Es tut mir so leid, Myra.« Gwen löste ihr Haar von der Eiche und aus Myras Fingern, setzte sich auf und griff nach Myras Händen. »Es tut mir wirklich leid. Deswegen habe ich wahrscheinlich nur wenige Freundinnen. Eigentlich habe ich gar keine. Bitte sei mir nicht böse, Myra. Bitte schick mich nicht weg.«

Noch einmal öffnete Myra den Mund und wartete auf Wörter. Sie wollte nicht, dass Gwen wieder ging. Zum ersten Mal war jemand von draußen hereingekommen, bevor sie Gelegenheit gehabt hatte, den Eindringling abzuwehren.

Nun breitete sich etwas Festes in ihrer Brust aus, und sie spürte, wie es immer weiter wuchs, und zwar – wie ihr klar wurde –, weil sie da drinnen so leer gewesen war. Vielleicht reichte der Platz ja. Reichte für einen Menschen von draußen, damit sie nicht mehr ganz so allein war. »Ja, dabei ist das mit meinem Gesicht passiert.« Nur einen Moment lang war da wieder die Hitze. Ihre Haut spannte sich zu straff am Kiefer, der schief zusammengewachsen war. Ein Spinnennetz von Narben zog sich ihre linke Körperhälfte entlang, unter dem Rollkragenpulli mit den langen Ärmeln, den sie, unabhängig vom Wetter, immer trug. »Du brauchst nicht zu gehen.«

Die beiden Mädchen saßen eine Weile da und hielten sich an den Händen. Schließlich lösten sie sich wieder voneinander.

»Wie war sie denn, deine Stiefgroßmutter?«

»Wie eine gute Fee.«

»So eine habe ich mir auch immer gewünscht.«

»Ich war Blumenmädchen bei ihrer Hochzeit.« Myra lief zum Schrank in der Ecke und nahm ein Kleid an einem Holzbügel heraus.

Erst zwei Jahre alt war sie gewesen, als man sie in seine schillernden Stofffalten gehüllt hatte. Schicht um Schicht aus gewitterwolkenfarbener Moiréseide und Taftrüschen, ein tiefdunkles Mitternachtsblau, durchzogen von Lichtblitzen. Der gewellte Halsausschnitt und die durchscheinenden Glockenärmel waren mit winzigen Saatperlen bestickt. Kein Mensch, der je Bekanntschaft mit einem Kleinkind gemacht hatte, hätte auch nur im Traum daran gedacht, dieses in ein solches Kleid zu zwängen. Es war eigentlich gar kein Kleid, sondern ein Ballgewand. Etwas, das ein kleines Mädchen tragen würde, wenn man es zur Königin eines winzigen Reiches krönte. Doch als Diane das Kleid entsetzt angestarrt und gesagt hatte, sie könne es unmöglich anziehen, hatte Oma Trixie nur gelacht. *Myra schafft auch Unmögliches. Sie hat eine alte Seele. Ihre Seele war schon dabei, als die Welt erschaffen wurde.*

Wieder stieß Gwen einen Pfiff aus. »Das Kleid ist der Wahnsinn. So eins hätte ich auch gern.«

»Meine Oma Trixie hat es genäht.« Immer wieder versuchte Diane, Myra dazu zu überreden, das Kleid für wohltätige Zwecke zu spenden. Sie könne sich unmöglich noch daran erinnern, wie sie es getragen habe. Wie könne es ihr da so wichtig sein? Aber Myra fing dann stets an zu weinen, und Diane ließ sich erweichen. Zumindest bis zu ihrer nächsten Ausmistaktion, wenn das Kleid unweigerlich wieder zum Thema wurde. *Es passt dir doch gar nicht mehr, Myra!*

Was auch gut so war. Schließlich war sie damals erst zwei gewesen. Sie hatte die Fotos oft genug gesehen, um den Größenunterschied zu erkennen.

Doch manchmal, spätnachts, wenn die *Villa* fest verriegelt war, schlich Myra sich auf den Dachboden, um sich zu vergewissern, dass alles noch genauso perfekt aussah wie zuvor. Und manchmal war es auf andere Weise perfekt geworden. Vielleicht leuchtete in einem der Zimmer im Obergeschoss ein Licht, obwohl es dort keinen Strom gab. Oder im Wohnzimmerkamin züngelten Flammen und malten Schatten an die Wände des Dachbodens, wo sie sich in einem geisterhaften Tanz bewegten. Womöglich schwang auch die geschnitzte Haustür auf, und von innen wehte leise Musik heraus, ganz leise, wunderschön und unbeschreiblich traurig.

In Nächten wie diesen besaß Myra die Fähigkeit, in das Ballkleid zu schlüpfen. Sie spürte, wie sich der Halsausschnitt weitete. Die Ärmel wurden länger, und der changierende Taft floss in Wellen bis hinunter auf die Bodendielen. Die mit Stoff bezogenen Knöpfe schlossen sich wie von selbst fein säuberlich entlang ihrer Wirbelsäule. Und wenn Myra die Füße in den Boden stemmte, stellte sie fest, dass sie wuchs, bis die Fenster der *Villa* aus einer größeren Tiefe als sonst zu ihr hinauffunkelten.

Und sie hörte ein hauchzartes Flüstern, das aus dem Inneren der *Villa* kam. *Bald. Aber jetzt noch nicht.*

6

DAS PERFEKTE IST NICHT DER FEIND DES GUTEN

(Aus *Die Villa Liliput der Myra Malone*, 2015)

Manchmal sperren sich Dinge gegen das, was man von ihnen erwartet. Man kann die ganze Nacht damit zubringen, einen wackeligen Rollschreibtisch neu zu lackieren, fest entschlossen, ihn unter ein Stillleben zu stellen, das eine Schale mit Pfirsichen zeigt. Und dann muss man erkennen, dass der rosafarbene Lack, den man verwendet hat, um den Tisch aufzupeppen, die absolut falsche Farbe ist, weil sie sich mit den Pfirsichen beißt. Also hängt man das Bild ab. Doch nun ist die Wand dahinter verblichen, weshalb man neu tapezieren muss. Und da man gerade schon dabei ist, nimmt man am besten ein Muster, das zum Schreibtisch passt. Nur dass jetzt, da man genauer hinschaut, das verschnörkelte Kopfteil des Bettes in der Zimmerecke eine orangefarbene Patina aufweist, die sich ebenfalls mit Rosa beißt. Außerdem sollte der Teppich auf dem Fußboden den leicht rötlichen Farbton der Pfirsiche wieder aufgreifen. Denn in seinem jetzigen Zustand wirkt er schäbig. Und ehe man sich's versieht, ist alles falsch. Die Harmonie zwischen den Gegenständen ist zerstört, und zwar einzig und allein deshalb, weil man etwas Neues ausprobieren wollte.

Was also tun? Den Schreibtisch entfernen, das Pfirsichbild wieder aufhängen und das Ganze vergessen? Obwohl man jetzt weiß, dass sich an den verblichenen Wänden ein viereckiges Stück Unvollkommenheit befindet und man die Kluft zwischen dem Istzustand dieser winzigen Welt und den eigenen Wünschen nicht ungesehen machen kann?

Oder räumt man alles aus, streicht die Wände, schmirgelt den Dielenboden ab und fängt noch mal ganz von vorne an? Entscheidet man, ob der Raum ein Atelier, ein Büro oder ein Kinderzimmer sein will?

Das ist eine echte Zwickmühle, in die ich immer wieder gerate. Ich mache mich mit einem ganz einfachen Vorhaben, einer kleinen Veränderung ans Werk und muss mir zu guter Letzt schlüssig werden, ob ich umfangreiche Renovierungsarbeiten durchführen oder meinen Blickwinkel ändern möchte. Ein Einstellungswandel oder eine Gebäudeentkernung? Beides hat seine Berechtigung, doch inzwischen habe ich gelernt, dass nichts jemals wirklich perfekt ist. Man kann ein Zimmer bis zur letzten Schraube zerlegen und wieder aufbauen – und hat trotzdem übersehen, dass die Vorhänge einen knappen Zentimeter zu kurz sind. Man kann auch umstellen, was man bereits hat – Möbel anders anordnen oder Dinge herausnehmen –, und abwarten, bis die leise Stimme im Kopf sagt: *Schau nur. Du hast es geschafft.*

Nur dass die Stimme diese Worte niemals ausspricht. Falls das bei Ihnen anders ist, Glückwunsch! Meine Stimme sagt mir nur, dass ich den falschen Gelbton für die Fußbodenleisten genommen habe. Und was habe ich mir eigentlich dabei gedacht, überhaupt gelbe Fußbodenleisten zu verwenden?

»Du darfst nicht zulassen, dass das Perfekte der Feind des Guten wird«, pflegte meine Mutter zu sagen. Als ich klein war, stellte ich mir »Das Perfekte« und »Das Gute« stets als Personen vor. Ich malte mir aus, wie sie einander an einem Küchentisch gegenübersaßen, mit den Griffen von

Messer und Gabel aufs Holz klopften und einander beschimpften. Ich mochte das nicht. Meine Eltern stritten auch so. Beim Arbeiten an der *Villa* stopfte ich mir Füllmaterial für Quilts in die Ohren und tat, als passierte das alles nicht wirklich. Auf das Verhalten von Mom und Dad hatte ich keinen Einfluss. Aber Perfekt und Gut? Die waren bei mir oben auf dem Dachboden, sodass ich das tun konnte, was meine Mutter stets von mir verlangte: dafür zu sorgen, dass sie sich gut verstanden. Ich durfte nicht dulden, dass sie miteinander stritten. Doch dass einer der beiden gewann, kam auch nicht infrage. In der *Villa Liliput* war Platz für beide. Ich konnte sie dabei unterstützen, einen Weg des Zusammenlebens zu finden.

Zu diesem Zweck muss ich Perfekt davon überzeugen, dass Perfektion stets ortsgebunden ist. Es muss nicht alles überall perfekt sein. Perfektion währt nicht ewig, denn in diesem Fall wäre das Leben ja stinklangweilig. Sie ist vergänglich, und genau das macht sie so besonders. Der Rollschreibtisch, an dem ich die ganze Nacht herumlackiert hatte, sah in meiner Hand perfekt aus, als ich ihn für vollendet erklärte. Doch dort, wo ich ihn hinstellen wollte, ist er ganz und gar nicht mehr perfekt. Das heißt nicht, dass er an sich nicht gelungen wäre. Doch die *Villa* hat eben ein Mitspracherecht, und das Zimmer hat noch nicht entschieden, was es sein will.

Deshalb muss ich zuhören, den Dingen Zeit geben und mich unterdessen einer anderen Aufgabe zuwenden. Vielleicht können die Pfirsiche ja neben dem Garderobenständer in der Küche hängen, gleich bei der Tür zur Speisekammer. Möglicherweise möchte sich der wackelige rosafarbene Schreibtisch lieber in zwei Stücke aufteilen. Der obere hochrollbare Teil würde einen wunderbaren Brotkasten abgeben, und die Beine können bei anderen Möbelstücken einem neuen Zweck zugeführt werden, da Möbel mit streichholzdünnen Beinen gelegentlich zusammenbrechen. Ich kann mich genauso gut mit weiteren Räumen und Arbeiten beschäftigen. Nach einer Weile wird es mir wie Schuppen von den Augen fallen, was in das leere Zimmer hineingehört, und dann greift ein Rädchen ins andere. Bis dahin kann ich mich anderweitig trösten, und zwar mit allem, was gut ist. Und wenn ich ehrlich bin, kommt das der Perfektion ziemlich nahe.

7

LOCKHART, VIRGINIA, 2015

Es gab nichts, was Rutherford Alexander Rakes III. so inbrünstig hasste wie die Arbeit im Ausstellungsraum von Rakes and Son. Gerade war er dabei, so zu tun, als interessiere er sich – und zwar von ganzem Herzen – für die Frage, ob das zweisitzige Sofa aus Bambusimitat, das er einer Frau mit steif gespraytem blondem Haarhelm vorführte, wirklich ein Gewinn für die südwestliche Ecke ihres Florida-Zimmers wäre.

»Es ist eigentlich eine sonnige Ecke, wissen Sie, obwohl sie leider eher halbschattig ist. Unsere Nachbarn weigern sich nämlich standhaft, ihre ins Kraut geschossene Ligusterhecke zu stutzen. Eine Schande ist das. Außerdem befürchte ich, die Ecke könnte durch dieses Muster irgendwie zu …« Die Frau verstummte und wedelte Alex mit den Händen vor dem Gesicht herum. »… zu wimmelig werden. Zu viel Bewegung. Verstehen Sie, was ich meine?«

»Natürlich. Deshalb bieten wir auch Bezüge nach Wunsch an, Mrs. Sherrill. Ich gebe Ihnen gerne einige Stoffmuster mit, die Sie sich in Ruhe zu Hause anschauen können.« Alex schob eine dicke Mappe mit Stoffmustern über die polierte Holztheke zu ihr hinüber.

»Ach, herrje, wenn ich noch mehr Stoffmuster anschleppe, wird mein Mann vermutlich beschließen, das Zimmer in einen Hobbyraum zu verwandeln. Er ist strikt gegen ein Florida-Zimmer und sagt, wenn ich Lust auf tropische Gefühle hätte, könne ich ja ohne ihn nach Florida ziehen. Ist das zu fassen?«

Alex erfasste das durchaus. Er hatte den leidgeprüften Mr. Sherrill bildlich vor sich, wie er in einem Ledersessel saß, während seine Frau versuchte, in ihm die Begeisterungsstürme zu wecken, für deren Ausbleiben er, Alex, gerade als Lückenbüßer herhalten musste. Offenbar hoffte sie verzweifelt, der Anblick eines ganz besonders reizenden Kirschrots, eines Musters aus winzigen aufgestickten Lamas oder eines Brokats mit seriösem Hahnentrittmuster möge ihn endlich in Verzückung – oder Erschrecken oder sonst einen irgendwie gearteten Gemütszustand – versetzen. Das Bambussofa selbst war eine Monstrosität und wahrscheinlich das von Alex am meisten verabscheute Stück in der gesamten Möbelausstellung, die einen ganzen Häuserblock am Flussufer einnahm. Allerdings verkaufte es sich im Florida-Segment ausgezeichnet, wobei die Kundinnen samt und sonders aussahen wie Mrs. Sherrill. »Er wird vom Ergebnis sicher beeindruckt sein, Joan. Sie haben ja so einen ausgezeichneten Geschmack.«

Mrs. Sherrills Wangen erblühten rosarot, sodass hektische Flecken durch die spachteldicke Schicht Foundation auf ihrem Gesicht schimmerten. Kurz wirkte sie, als wäre sie wieder neunzehn und strahle vor Lebenskraft und Leidenschaft, die sie, wie Alex annahm, sicher in diesem Alter besessen hatte. Damals, bevor die Auswahl eines Sofas für ein Florida-Zimmer zum Höhepunkt ihres Tages wurde. »Ich finde es wirklich reizend, wenn Sie ein wenig vertraulich werden, Mr. Rakes.« Ihre Stimme wurde dunkel und rauchig, als sie sich über die polierte Holztheke beugte, sich mit den Armen auf die Mappe mit den Stoffmustern lehnte und dabei ganz leicht seine Hand streifte. »Alex.«

In Alex' Lächeln schwang eine Aufrichtigkeit mit, die ihm selbst ans Herz ging, eine Maske, um ein Sofa an die Frau zu bringen, obwohl diese eigentlich etwas brauchte, das man mit Geld nicht kaufen konnte.«»Vertrautheit hilft mir dabei, den Wünschen meiner Kundschaft auf den Grund zu gehen, Mrs. Sherrill. Dieses Sofa ist das letzte Stück, das wir noch auf Lager haben. Aber wenn Sie sich heute entscheiden, stelle ich es gerne für Sie beiseite, bis Sie einen Bezug ausgewählt haben. Ich werde es mit Argusaugen bewachen.«

»Die Sache mit dem Beziehen werden Sie dann natürlich auch selbst abwickeln müssen.« Mrs. Sherrill steckte die manikürte Hand in ihre Prada-Handtasche und pflückte mit muschelrosa lackierten Nägeln eine Kreditkarte heraus.

»Aber selbstverständlich. Unser heutiger Preis beträgt ...« Als Alex seinen Computer konsultierte, war er wieder einmal erschrocken darüber, wie viel dieses Sofa kostete. »Er beläuft sich auf 2799,99 Dollar, das wären 2925,95 Dollar inklusive Steuern. Soll ich den Kaufvorgang für Sie starten?«

»Ja, bitte tun Sie das. Qualität hat eben ihren Preis.« Joan Sherrill grinste wie ein Honigkuchenpferd. »Ich freue mich schon auf den nächsten Kauf eines hochwertigen Möbelstücks bei Ihnen, Mr. Rakes.« Sie reichte ihm die Kreditkarte zusammen mit ihrer aus cremeweißem Karton bestehenden Visitenkarte. Alex wusste, dass es mehr als die Monatsmiete der meisten Menschen gekostet hatte, das Papier mit ihrem Namen und ihrer Adresse zu bedrucken. Und auch, dass ihm eine schwungvoll mit dem Füllfederhalter hingetuschte Textzeile verraten würde, wie und wann er sie am besten erreichen konnte. Alex waren schon viele solcher Karten zugesteckt worden. Manchmal folgte er den Anweisungen darauf, manchmal auch nicht. Doch mit jeder Karte wurde die Last, die auf seiner Seele ruhte, ein wenig schwerer. Hin und wieder entdeckte er Spuren eines schüchtern errötenden Mädchens unter dem zu dick aufgetragenen Make-up und der makellosen Maniküre. Dann erinnerte er sich an seine eigene Jugend und an den Tatendrang seines zwanzigjährigen Ich, das an den Wochenenden, an denen es nicht an einer Pekinger Privatschule Englisch unterrichtet hatte, kreuz und quer durch China gereist war.

Meistens jedoch fühlte er sich einfach nur benutzt, ja, sogar abgenutzt, und außerdem niedergedrückt von der monumentalen Entscheidung, nach Hause zurückzukehren, um seinen Vater zu unterstützen. Nun saß er in Lockhart fest, gefesselt an alles, was er eigentlich hatte hinter sich lassen wollen. Er zog Mrs. Sherrills Kreditkarte durch das Lesegerät, gab sie ihr zurück und streckte ihr den Bon entgegen, auf den er jedoch kein Wort geschrieben hatte. Dabei lächelte er zähnefletschend, sodass er sich dabei fast den Kiefer verrenkte. »Bis zum nächsten Mal, Mrs. Sherrill.«

»Adieu, Mr. Rakes.« Sie vollführte eine elegante Pirouette auf einem Absatz ihres rot besohlten Schuhs und schwebte auf die Milchglastür in ihrem Rahmen aus recyceltem Holz zu, ohne sich noch einmal umzudrehen.

»Wieder eins von den Bambussofas?« Lautlos wie eine Katze hatte Alex' Vater sich von hinten angeschlichen. Seine Stimme war so dumpf und düster wie ihr Besitzer. »Ich hätte nie gedacht, dass sie sich so gut verkaufen. Sei doch so gut und bestell noch mal zwanzig Stück, wenn du einen Moment Zeit hast.«

Alex knirschte mit den Zähnen. »Wird gemacht, Dad.«

»Ach, spar dir das Theater. Ich weiß, dass sie deinen Sinn von Ästhetik verletzen, Alex. Aber das hier ist ein Möbelhaus, Alex, kein Laden, der aus alten Zigarrenkisten und den Scharnieren von Scheunentoren zusammengebastelte Schauvitrinen oder ähnliches Zeug verkauft.« Rutherford Alexander Rakes jr. hielt nachdenklich inne. »Obwohl die wahrscheinlich weggehen würden wie warme Semmeln. Schau mal, ob du so etwas auftreiben kannst.«

»Wird gemacht. Schauvitrinen mit Scheunentorscharnie-

ren. Endlich ein Projekt, das meinem Leben Sinn verleiht.«
Alex erhob sich von dem Rollhocker hinter der an ein iPad angeschlossenen Kasse und steuerte auf die Tür zu.

»Wo willst du jetzt hin?«

»In den ehemaligen Nachtklub am Ende der Straße ist vorübergehend ein Trödelladen eingezogen. Ich wollte mal schauen, ob die was Neues reingekriegt haben.«

»Meinst du das Velvet Cage oder wie auch immer der Schuppen geheißen hat? Auf dem Ladenlokal lastet ein Fluch. Ich habe mir überlegt, ob ich darin eine Dependance für Wohnaccessoires aufmachen soll, aber ich denke, ich lasse die Finger von der Bude. In den letzten vier Jahren haben, wenn ich mich recht entsinne, mindestens zehn Firmen dort dran glauben müssen.«

»Und die jetzige könnte dasselbe Schicksal erleiden, wenn ich mich nicht beeile. Also lass mich endlich gehen.«

»Ich weiß, dass du diesen … Zeitvertreib, die Suche nach billigem Krimskrams, als eine Art Hobby betrachtest, Alex. Aber wenn man dabei nichts findet, was man in einer Möbelausstellung präsentieren und verkaufen kann, verschwendet man damit Zeit und Geld.«

»Falls ich mich recht entsinne, hast du einmal gesagt, ich hätte einen geschulten Blick.«

Rutherford atmete tief durch. »Meinetwegen. Mach Mittagspause und schau, ob du etwas entdeckst. Und dann komm zurück und verkauf noch ein paar Sofas.«

Alex trat aus der Tür des Möbelhauses und spähte in den hellen Sonnenschein, der sich auf dem Kanal spiegelte. Rakes and Son war in einer Zeile aus umgebauten Lagerhäusern in Lockhart untergebracht. Alex' Urgroßvater hatte gegen Anfang des zwanzigsten Jahrhunderts mit einem einzigen Ladenlokal angefangen. Und dank des blaublütigen Familienstammbaums der Rakes, verbunden mit Theodore

»Teddy« Rakes' Geschäftssinn, hatte sich das Unternehmen im Lauf der Zeit zu einem Publikumsmagneten für Raumausstatter und wohlhabende Familien entlang der amerikanischen Ostküste entwickelt. Eigentlich hatte Alex nie geplant, die Rolle des Sohnes im Firmenzusatz »and Son« zu übernehmen. Doch sein Vater war krank, weshalb er bereit gewesen war, nach Hause zu kommen und vorübergehend auszuhelfen. Allerdings war daraus jetzt schon ein halbes Jahr geworden, und ein Ende war nicht abzusehen.

Lockhart war für Alex nur insoweit seine Heimat, als dass es keinen anderen Ort gab, auf den diese Bezeichnung zugetroffen hätte. Sein Vater hatte ihn mit fünf in ein Internat in den Bergen von North Carolina geschickt in der Hoffnung, man würde ihm dieselbe militärische Disziplin angedeihen lassen, die Rutherford selbst während seiner Zeit dort vermittelt worden war. Der Versuch war gescheitert. Und das angespannte Verhältnis, welches das aktuelle Gespann mit dem Namen »Rakes and Son« prägte, hatte sich nie von der jahrzehntelangen Entfremdung und den Verständigungsschwierigkeiten erholt. Bis vor sechs Monaten hatte Alex deshalb in China gelebt und dort an besagter Privatschule Englisch unterrichtet.

Die Rückkehr zu seinen Wurzeln in der Oberschicht der Südstaaten war eine Art umgekehrter Kulturschock gewesen, da von ihm erwartet wurde, dass er sich wieder den vielen unausgesprochenen Regeln unterwarf, die er längst vergessen hatte. Zum Beispiel keine weiße Kleidung nach dem Labor Day Anfang September zu tragen, keine Socken in Mokassins und rosafarbene Polohemden zu Kakishorts ausschließlich auf dem Golfplatz (und anderen Örtlichkeiten, die Alex nach Kräften mied).

Zumindest hatte die malerische Lage am Flussufer Lockhart zu einer – wenn auch wankelmütigen – Renaissance verholfen. Inzwischen gab es einige nette Restaurants und außerdem ausgeflippte Secondhandläden, die Alex durchstreifen konnte, wann immer die väterlichen Geschäftsinteressen es gestatteten. Der kürzlich entdeckte Laden hatte nicht einmal einen Namen. Es hing nur ein provisorisch mit Seilen befestigtes Plastikschild über dem Eingang, auf dem in violetten Buchstaben das Wort ANTIK prangte. Vielleicht hatten die Inhaber ja dasselbe Gerücht zum Thema Fluktuation aufgeschnappt wie sein Vater und waren deshalb zu dem Schluss gekommen, dass sich die Investition in ein richtiges Schild nicht lohne.

Die eigenartige Kommode im Schaufenster stach Alex sofort ins Auge. Der hauptsächlich türkisfarbene Lack blätterte ab. Allerdings war eines der beiden vorderen Beine – ein gedrechseltes Stück Holz, das aussah, als stammte es von einem anderen Möbelstück – leuchtend rosa, während die restliche Kommode auf eisernen Haarnadelbeinen ruhte. Rechts, oberhalb der mit Lamellen versehenen Schiebetüren, befand sich eine Aussparung. Alex wandte sich an die gelangweilt wirkende Studentin, die hinter einer Glasvitrine mit Modeschmuck lümmelte.

»Ist diese Kommode zu verkaufen?«

Die junge Frau ließ ihre Kaugummiblase platzen und rückte die orangefarbene Baskenmütze auf ihren langen blauen Haaren zurecht. »Wenn sie hier steht, ist sie zu verkaufen.«

»Ist sie vollständig? Es scheint ein Stück zu fehlen.«

Das Mädchen reckte den Hals, um an Alex vorbeizuschauen. »Meinen Sie das Bein? Ja, wir haben sie so reingekriegt. Aber im Hinterzimmer ist noch ein Teil, das wir selbst benutzen. Ein Plattenspieler. Der gehört dazu, falls Sie ihn haben wollen.«

Alex überlegte. »Ja, ich denke schon.« Die Kommode hatte etwas Asymmetrisches, das ihm gefiel, obwohl er es nicht hätte begründen können. »Wie viel kostet sie denn?«

Das Mädchen konsultierte ein Klemmbrett auf der Vitrine. »Fünfundsiebzig.«

»Dollar?« Alex dachte an den astronomischen Preis des Bambussofas.

»Nein, Murmeln. Wir verkaufen hier alles für Murmeln. Die aus venezianischem Glas sind uns am liebsten.« Das Mädchen starrte Alex mit regloser Miene an und wartete offenbar darauf, dass er sich zu seiner geistigen Beschränktheit bekannte. Als er schwieg, verdrehte sie die Augen. »Ja. Fünfundsiebzig Dollar. Für fünfundzwanzig können sie auch die Schallplatten haben, die dabei waren, falls Sie die interessieren.«

Alex nickte. Wenn die Musik nicht sein Geschmack war, konnte er die Platten immer noch verkaufen. »Ja, die nehme ich auch.« Er griff in die Brieftasche, holte fünf Zwanzigdollarscheine heraus und reichte sie über die Theke.

»Eigentlich bin ich ganz froh, dass Sie sie kaufen, damit ich es nicht tue«, meinte die junge Frau. »Sie hat so etwas echt Villamäßiges, aber ich habe momentan keinen Platz dafür.« Wieder ließ sie den Kaugummi knallen. *Beziehungskrise,* flüsterte sie übertrieben deutlich, als rechne sie damit, dass Alex sich nach Einzelheiten erkundigte.

Doch Alex war neugierig auf etwas anderes. »Was meinen Sie mit ›villamäßig‹?« Das Haus, das er derzeit bewohnte, wurde manchmal als Villa bezeichnet, obwohl es inzwischen so verwahrlost war, dass es jeden Moment zusammenbrechen konnte, während er darin schlief. Die Kommode würde zu den restlichen zusammengewürfelten Möbelstücken passen, die er in verschiedenen Wandschränken und Zimmern entdeckt hatte: ein vertäfeltes Kopfteil aus den Siebzigern mit eingebautem Bücherregal, eine Tischlampe aus

Messing, die aus einer Bibliothek zu stammen schien, und ein blauer Überwurf aus Pannesamt, den sein Vater vermutlich auf der Stelle verbrennen würde, sollte er ihn je in die Finger bekommen.

»Das sagt man halt so.« Das Mädchen verstaute Alex' Geld in einem weißen Portemonnaie aus Lackleder, das die Form eines Hello-Kitty-Kopfes hatte. »Sie würden es sowieso nicht verstehen.«

VON SPEISEKAMMERN UND VERDERBLICHEM

(Aus *Die Villa Liliput der Myra Malone*, 2015)

In jeder gut ausgestatteten Villa müssen genügend Lebensmittel für sämtliche Bewohner vorrätig sein. Obwohl Ihnen gewiss schon aufgefallen ist, dass es in dieser *Villa* kaum Bewohner gibt. Gut, eine Bewohnerin, Singular, und das auch nur, weil Gwen gedroht hat hinzuschmeißen, wenn ich nicht wenigstens die aufnehme. Jedenfalls muss dort niemand Hunger leiden. Die verfügbare Speisenauswahl mag nicht jedermanns Geschmack treffen, aber schließlich reden wir hier von einer Wäscheklammer, und da diese Wäscheklammer mich verkörpert, kriegt sie von mir das, was ich auch bekommen habe.
Also, kurz zusammengefasst: *ausschließlich Esswaren, die im Sonderangebot und in Großhandelsmengen verfügbar sind.*
Lassen Sie uns deshalb über Wiener Würstchen aus der Dose sprechen.
Haben Sie je ein Dosen-Wiener-Würstchen gegessen? Falls die Antwort Ja lautet, seien Sie sich meines tief empfundenen Beileids gewiss. Ich empfehle Ihnen außerdem, im Archiv der *Villa Liliput* nach einem anderen Artikel zu suchen. Betrachten Sie diesen Rat als Warnung vor unangemessenen Inhalten. Sie könnten die Ausführlichkeit, in der ich das Thema Wiener Würstchen in Dosen erörtern werde, als verstörend empfinden. Vielen Dank, dass Sie das gelesen haben! Ich muss mich bei Ihnen entschuldigen!

Sollten Sie jedoch noch nie ein Wiener Würstchen gegessen haben, herzlichen Glückwunsch! Es ist Ihnen gelungen, den messerscharfen Klauen der Speise zu entrinnen, die meine Kindheit geprägt hat. Ebenso wie zwischen den Zähnen knirschendes Welch's-Traubengelee, Essiggurken ungeklärter Herkunft und Lutscher von irgendeiner obskuren Hausmarke. Doch während viele dieser Produkte in meiner Erinnerung zu einer klumpigen Masse aus Salz, Zucker und Fett geronnen sind, haben die Dosen-Wiener-Würstchen eine Sonderrolle unter ihren en gros gekauften Artgenossen erobert.

Ein Dosen-Wiener-Würstchen ist ein Meisterwerk der Ingenieurskunst. Laut Gwen weist es geschmackliche Gemeinsamkeiten mit den eingeschweißten Minisalamis auf, die sie als kleines Kind bei ihren Cousins essen musste. Seit jenem Tag, damals waren wir sieben, hat sie diese kulinarische Errungenschaft mit keinem Wort mehr erwähnt, allerdings nicht, ohne mir zuvor das Versprechen abzunehmen, sie niemals damit zu konfrontieren. Da ich nicht einkaufen gehe, bin ich nicht ganz sicher, ob es sich bei echten Wiener Würstchen um ein Produkt handelt, das auch in einer Metzgerei erhältlich wäre. Die einzigen Wiener Würstchen, die ich kenne – nämlich die, die es bei mir jahrelang Tag für Tag gab –, sind eben die in Dosen abgefüllten. Gummiartig und länglich dümpeln sie im Wasser vor sich hin und haben einen ähnlichen Auftrieb wie die Äpfel zum Hochtauchen, die bei Kindergeburtstagsspielen in einer Schüssel schwimmen. Nur dass sich niemand deswegen das Gesicht nass machen würde.

Meine erste Dosen-Wiener-Würstchen – ein Stück Lebenserfahrung, das mir eigentlich für den Rest meiner Tage gereicht hätte – bekam ich von meinem Großvater. Opa Lou hatte als kleiner Junge hungern müssen. Seine frühe Kindheit begann in Oklahoma in bitterer Armut und endete mit einer Dürre, deren Staub die Ernte auf der kleinen Farm seiner Eltern erstickte und bald auch seiner Mutter endgültig die Luft zum Atmen raubte. An die Hand seiner großen Schwester geklammert, ließ er sich nach Westen schleppen, auf der Flucht vor einem prügelnden Vater und vor dem Staub, der drohte die beiden unter sich zu begraben. Irgendwann landeten sie in Arizona auf der Farm eines entfernten Cousins, wo sie sich für ein paar Bissen zu essen krumm schufteten. Doch es reichte nie für alle, die an diesem ausgetrockneten Zufluchtsort in der Einöde gestrandet waren.

Den Hunger hat mein Großvater nie vergessen. Als ich noch klein war, erzählte er mir davon und betonte das Wort so ehrfürchtig, als handelte es sich um ein bedrohliches Wesen, das, jederzeit zum Zuschlagen bereit, in dunklen Ecken lauerte. Sobald ich auch nur einen Fuß in das Haus meines Großvaters setzte, wurde ich zu einem Tisch oder Stuhl geführt und bekam etwas Essbares vorgesetzt. Die einzige Waffe gegen den Hunger war ein voller Teller, der die Funktion eines Schutzschilds hatte. Und die schlagkräftigste Munition bezog Opa Lou aus dem Lagerhaus-Abverkauf.

Wenn ein Lebensmittel es wert war, gekauft zu werden, dann am besten gleich palettenweise. Und seine eigene Speisekammer vollzustapeln genügte ihm nicht, um seine Ängste zu zerstreuen. Das größte Geschenk, das er seinen Mitmenschen machen konnte, war die Abwesenheit von Not, ein nicht versiegender Nachschub an Speisen, die er uns in einem Nebensatz hatte loben hören. Als kleines Mädchen soll ich Gerüchten zufolge beim begeisterten In-mich-Hineinschaufeln eines Auflaufs mit Wiener Würstchen einen Teller zertrümmert haben. Mein Opa vergaß das nie. Und so lieferte er, als ich sechs wurde, eine ganze Cadillac-Ladung Wiener Würstchen vor unserer Tür ab, ein lachender, zwinkernder Santa Claus mit einem Schlitten voller Industriefleisch. Inzwischen hatte ich mir eine wohldosierte Mischung aus verbal geäußerter Dankbarkeit und angemessener Begeisterung angeeignet. Ein Geschenk war schließlich ein Geschenk, für das man sich erkenntlich zeigen musste. Außerdem konnte mir nichts so sehr das Kinderherz brechen wie das enttäuschte Gesicht meines Opas. Allerdings musste ich darauf achten, dass es nicht später gegen mich verwendet wurde, wenn ich mich zu sehr freute, denn damit riskierte ich womöglich weitere Großhandelsorgien.

Dass ich mit sechs die Diplomatie aus dem Effeff beherrschte, trug, wie ich bis heute glaube, dazu bei, dass ich an jenem Tag auch Opas zweites Geschenk erhielt: diese *Villa*, eine Welt im Miniaturformat, die ich mit Ihnen allen teile. Ein Jahr nachdem wir eine Frau verloren hatten, die uns beiden viel bedeutete, packte Opa die *Villa* in sein Schlachtschiff von einem Auto. Das Haus hatte dieser Frau gehört, und wir beide spürten, dass die Erinnerung an sie in seinem mit Messingscharnieren versehenen Korpus weiterlebte. Als Opa meine Stiefgroßmutter Trixie heiratete, war ich noch sehr klein. Trotzdem behandelte sie mich nie wie ein Kind und brachte mir mithilfe der *Villa* Fähigkeiten bei, die ich bis heute zu schätzen weiß, nämlich den Umgang mit Nähnadel, Pinsel und Werkzeugen. Sie und Opa zeigten mir, wie man feilte und schnitzte. Stundenlang verbrachten wir mit Hobeln, Leimtöpfen und Lackdöschen und schufen uns den Rückzugsort, den wir alle drei brauchten.

Dass wir uns so in eine Welt aus winzigsten Details vertieften, ließ uns die andere Welt, die da draußen, erträglicher erscheinen. Wenn ich mich nur richtig ins Zeug legte, konnte ich riesige und überwältigende Dinge so lange schrumpfen, bis sie in meine Handfläche passten, um sie dann in eine kleine Zimmerecke zu stellen und sie sicher wegzuschließen. Es war eine Gabe, die mir in jenen machtlosen Zeiten Macht verlieh. Und als Trixie aus meiner Welt verschwand, war ich sicher, dass ich ihren Geist in der *Villa* am Leben erhalten könnte. So, als hätte ich sie niemals verloren.

Außerdem half mir die *Villa* auch dabei, die Tradition meines Großvaters zu wahren. Ihre Speisekammer ist niemals leer, denn ich fülle sie mit Nudeln, Traubengelee und Gläsern voller rubinroter Tomaten in Großverbraucherpackungen. Und natürlich mit dosenweise Wiener Würstchen. Am Ende dieses Posts finden Sie einige Abbildungen der Pinsel, die ich zum Malen der Etiketten verwende. Manche haben nur die Dicke einer Wimper, sodass ich eine Lupe brauche. Andere Effekte erziele ich mit Photoshop und einem hochauflösenden Drucker. Doch am liebsten male ich mit der Hand. Bei jedem Pinselstrich höre ich die Stimmen meiner Großeltern. *Wer zweimal nachmisst, muss nur einmal schneiden. Und hier hast du noch einen Happen zu essen. Greif zu, kleines Eichhörnchen, greif zu.*

9

ELLIOTT, ARIZONA, 1983

Opa Lous Haus war zwar klein, aber hübsch, ein sogenanntes Nurdachhaus, das unweit der Stromschnellen des Verde Rivers aus den Wacholderbüschen ragte. Ringsherum wuchsen Birken und Pappeln. Das Brachland hatte in den Jahrzehnten, seit Lou es für ein Butterbrot gekauft hatte, stark an Wert zugelegt. Es befand sich in einem unbesiedelten Teil von Arizona, den die meisten Leute nur durchquerten, weil sie irgendwo hinwollten. Doch da sich die Grenzen dieses »Irgendwo« zunehmend ausdehnten, wuchsen auch die Begehrlichkeiten nach den freien Flächen dazwischen.

Als Lou also bei uns anrief, von seiner neuen »Damenbekanntschaft« erzählte und alle zu sich zum Essen einlud, weil sie »bald zur Familie gehören würde«, löste er damit zunächst Argwohn aus. Außerdem antwortete er nur ausweichend auf die Frage, wie die zwei sich kennengelernt hätten. Weil er dazu neigte, zwischen den Extremen »ausweichend« und »redselig« zu schwanken, war diese Zurückhaltung an sich erst einmal nicht bemerkenswert. Viel bemerkenswerter war es hingegen, dass er offen darüber sprach, wie einsam er gewesen sei, etwas, das er sich nicht einmal selbst eingestanden habe. Hinzu kam sein ruhiger Tonfall, als er von seinen Reisen und von der »wundervollen Frau« berichtete, der er unterwegs begegnet sei.

Lou reiste nicht mehr so viel wie früher, seit er nicht länger als Vertreter für Hausverkleidungen kreuz und quer durchs Land tingeln musste, um Baufirmen abzuklappern. Er besaß auch keinen Musterkoffer mehr. Aber selbst im Ruhestand verspürte er weiterhin den Drang, sich auf den Weg zu machen, Gespräche mit fremden Menschen anzuknüpfen und herauszufinden, was sie antrieb. Und wenn er dabei seinen Vorrat an Wörtern aufgebraucht hatte, kehrte er in sein stilles, einsam gelegenes Haus in der Wildnis zurück. Seine drastischen Schwankungen zwischen Geselligkeit und Einsiedlertum waren unberechenbar, seit seine erste Frau, Dianes Mutter, an Krebs gestorben war. Diane war noch zu klein gewesen, um sie zu vermissen. Wenn Lou beruflich unterwegs gewesen war, hatte sie bei ihrer Tante gewohnt. Doch ihre restliche Kindheit hatte sie bei ihrem Vater verbracht und ihm bei seinen Heimwerkerprojekten geholfen, zu denen auch das Haus gehörte, in dem sie später mit Myra und Dave lebte.

Als Lou das Reisen eingeschränkt und von der Rente geredet hatte, hatten Diane und Dave ihn häufig dabei angetroffen, wie er in Elliot auf dem Dach seines Hauses saß oder auf einen der Zäune entlang der Grundstücksgrenze kletterte, ständig damit beschäftigt, etwas zu reparieren, zu verbessern und umzubauen. Seine eigene Gesellschaft und die seiner Familie hatten ihm scheinbar genügt, weshalb die Ankündigung in Sachen Beatrix eingeschlagen hatte wie ein Blitz aus heiterem Himmel. Lou hatte nur gesagt, er habe sie unterwegs getroffen und sei bis ins Mark davon überzeugt, dass sie ein Teil seiner Welt werden müsse.

Deshalb war ein gewisser Argwohn offenbar angebracht.

Doch als die Malones die lange staubige Straße zum Haus entlangrollten und Beatrix sahen, die ein Paar alter Gummistiefel trug und, bis zu den Ellbogen versunken, in Erde und Dung wühlte, waren alle sogleich erleichtert. Besonders Myra freute sich. Inzwischen war sie knapp zwei, ein schüchternes, zurückhaltendes Kind, das in Gegenwart von Fremden kaum einen Mucks herausbekam. Beim Anblick der auf den Samentütchen neben Beatrix' Schubkarre abgebildeten Blumen fing sie jedoch freudig an zu glucksen. Die Schubkarre selbst war rosa, Beatrix hatte sie eigenhändig lackiert. »Hier musste einfach Farbe in die Bude«, verkündete sie. Dann richtete sie sich zu ihrer ganzen, nicht sehr großen Größe auf und breitete mit einer Geste die Arme aus, die die ganze Welt willkommen zu heißen schien. »Ich bin ja so froh, dass ihr hier seid. Lou hat mir viel von euch erzählt. Ich weiß, dass es komisch ist, wenn plötzlich eine fremde Frau bei eurem Daddy aufkreuzt und behauptet, sie habe ihr ganzes Leben darauf gewartet, euch kennenzulernen, aber so ist es eben.«

Die Familie wechselte Blicke, und Diane ergriff – wie immer – das Wort. »Sie müssen Beatrix sein.«

»Stimmt. Aber seid nicht so förmlich, sagt bitte Trixie zu mir. Das Essen ist schon fertig. Ich werde euch nicht reinbitten, denn schließlich ist es euer Haus, und ich bin nur die Neue. Doch hoffentlich habt ihr nichts dagegen, dass ich gleich mit angepackt habe.« Trixie zwinkerte Myra zu, die bereits ihre Hand hielt und sie aus großen Augen anstaunte, so wie jemand die goldenen Ränder der Sonne betrachtet, kurz bevor sie hinter den Wolken hervorbricht.

Trixie hatte auf jeden Menschen diese Wirkung. Bevor man ihre Wärme auf dem Gesicht spürte, hatte man gar nicht bemerkt, wie wolkenverhangen der Tag war.

Sie folgten ihr in Lous Haus, das seit ihrem letzten Besuch auf den ersten Blick unverändert schien. Und dennoch war hier fast unmerklich etwas vor sich gegangen, als führte die Haustür nun in eine Parallelwelt, in der alle ein wenig glücklicher waren als sonst. Jede früher etwas düstere Ecke wurde von einem Farbtupfer erhellt – ein Wacholderzweig, Gänseblümchen in einer winzigen Vase, ein pfauenbunter Seidenschal über einer Sessellehne. Ein warmer Dufthauch nach Blumen und Gewürzen schwebte in der Luft. Lous grob behauener Tisch war mit Porzellan gedeckt, das bis jetzt nie seinen Schrank verlassen hatte und erleichtert, ja, sogar froh schien, nun endlich als Gefäß für Maisbrot und Suppe zu dienen. Ein Teller, offenbar für Myra bestimmt, war mit einem gewaltigen Berg aus Makkaroni mit Käsesoße und aufgeschnittenen Hotdogs beladen. Myra steuerte auf den Tisch zu, bis ihr Blick auf einen schillernden Haufen aus dunkelblauem Stoff neben dem Sofa fiel. Sie trippelte darauf zu.

»Hoppla, das scheint etwas Teures zu sein, mein Schatz.« Diane hob sie hoch, bevor sie sich in die schimmernden Stofffluten werfen konnte.

»Ach, sie kann es sich gern aus der Nähe anschauen.« Trixie lachte. »Ich habe noch nichts daraus geschneidert, denn der Stoff verrät mir nicht, was er einmal werden will. Also muss ich weiter die Ohren spitzen, bis ich sicher bin. Vielleicht kann Myra mir ja helfen, es herauszufinden.«

»Sie ist noch zu klein zum Nähen«, entgegnete Diane.

»Mag sein, aber sie kann mir Gesellschaft leisten, während ich mir etwas überlege.« Beatrix griff nach einer Schachtel, die neben dem Sofa stand. Es war eine Hutschachtel, mit altrosafarbener Seide bezogen. »Ich habe hier drin ein paar kleine Sachen, mit denen sie spielen kann. Vielleicht lernt sie ja etwas dabei. Dinge, die ihr später nützen, wenn sie älter ist.« Trixie wies auf einen unvollendeten blauen Quilt, der über der Sofalehne hing. Er hatte ein Muster aus Sternfragmenten und war mit verschiedenen Sternbildern bestickt. »Wenn man nähen kann, muss man nie frieren.«

»Du redest doch schon seit Jahren davon, dass du einen Buchhaltungskurs belegen willst, Diane«, meinte Lou, der gerade aus der Küche kam. »Warum bringst du das kleine Eichhörnchen nicht hin und wieder zu uns, damit du und

Dave etwas Zeit für euch habt? Du wolltest ja immer einen Abschluss in Wirtschaft machen, richtig?«

Diane und Dave starrten erst einander und dann Lou verdattert an. Sie brachten Myra zwar ab und zu mit, aber meistens war es Lou, der sie auf dem Weg zum nächsten Großhändler oder zurück nach Hause besuchte. Er hatte recht damit, dass Elliott nah an der Hauptstraße lag, sodass Diane auf der Fahrt nach Phoenix Myra hier hätte absetzen können, wenn sie etwas zu erledigen hätte, bei dem ein Kleinkind hinderlich wäre. Und es stimmte auch, dass sie die Möglichkeit erwähnt hatte, ihren Abschluss nachzuholen. Allerdings hatte sie diese Idee nie mit ihrem Vater erörtert.

»Wir können darüber reden«, erwiderte Diane. »Allerdings sprechen wir hier von mehreren Tagen pro Woche, Dad. Bist du sicher?«

»Sind wir.« Lou legte Trixie den Arm um die Schulter. Die beiden strahlten übers ganze Gesicht.

Dann setzte sich die Familie an den Tisch im Esszimmer, den Lou sonst nie benutzte. Besteck klapperte auf Geschirr, ein gleichzeitig völlig ungewohntes und höchst angenehmes Geräusch. Lou erzählte zwar dieselben Geschichten, die er schon tausendmal erzählt hatte, doch weil Trixie stets an den richtigen Stellen lachte, erschienen sie wie neu. Das Kinn in die Hand gestützt, forderte sie Lou auf, von Begebenheiten zu berichten, die sie offenbar längst kannte – *Was war denn noch mal mit diesem Mann, der mit einem Pfau am Flughafen aufgekreuzt ist?* –, und zwar mit einer Begeisterung, die sich auf Diane, Dave und Myra übertrug. Diese liebten es nämlich, wenn Lou Seemannsgarn spann, hätten aber nie erwartet, dass es einem anderen Menschen genauso ergehen könnte.

Als sie nach dem Essen gemütlich im Wohnzimmer saßen, fädelte Trixie für Myra einen Wollfaden in eine dicke

Nadel ein und reichte ihr ein herzförmiges Plastikgitter. »Wenn wir zusammen nähen wollen, beginnst du am besten damit, denn am Anfang ist es das Schwierigste, den Faden hin und her zu führen.«

Myra lächelte Trixie strahlend an und tätschelte das rosafarbene Wollknäuel auf ihrem Schoß. »Rosa«, gluckste sie.

»Dein Opa hat gesagt, dass das deine Lieblingsfarbe ist«, antwortete Trixie. »Hoffentlich kommst du oft zum Handarbeiten her.«

Alles war auf wunderbar alltägliche Weise ungewöhnlich.

10

LOCKHART, VIRGINIA, 2015

Alex kehrte gerade noch rechtzeitig zu Rakes and Son zurück, um Zeuge zu werden, wie sein Vater ein gnadenlos modebewusstes Paar ansprach. Die beiden umkreisten einen abblätternden Couchtisch, der aus einer alten Schiffstür bestand. Oder zumindest einem Stück Holz, das nach Auffassung irgendeines Möbelherstellers aussah wie eine. Als Rutherford Alex erblickte, marschierte er schnurstracks auf ihn zu. »Nun? Hast du etwas entdeckt?«

»Nichts, was dir gefallen würde. Aber ich bin auf eine interessante Kommode mit eingebautem Plattenspieler gestoßen. Ich wollte mir rasch eine Sackkarre oder einen Handwagen ausleihen, um sie zu holen.« Alex steuerte auf das Lager hinter dem Verkaufsraum zu, doch sein Vater legte ihm die Hand auf die Schulter.

»Nicht, bevor du deine Arbeit erledigt hast.« Rutherford wies auf das Paar und den Couchtisch. »Nachdem du Boris und Natasha da drüben bedient hast, kannst du gehen und dein Ungetüm herbringen.«

Alex warf sich in Positur und schlenderte auf das Paar zu, das, wie ihm bald klar wurde, gerade einen erbitterten Streit führte. Diskret verharrte er in einigen Metern Entfernung, während die beiden abwechselnd auf ein Telefondisplay und aufeinander deuteten.

»Der Look ist einfach falsch«, zischte die junge Frau. Ihr akkurat geschnittenes Haar lief am Kinn spitz zu, und ihre hellgrünen Augen waren mit einem dunklen Flügel aus mitternachtsblauem Lidstrich umrandet. Gerade war sie dabei, diese Augen in Richtung ihres Beanie tragenden Begleiters zu verdrehen. »Das ist keine *Villa*-Ästhetik. Und. Damit. Basta. Je-re-my.« Jedes überbetonte Wort hing anklagend in der Luft.

»Bei der *Villa*-Ästhetik geht es darum, Dinge zu finden, die zu einem sprechen, Kirstin. Zumindest sagt Myra das immer. Und dieses Stück hier …«, als Jeremy mit der Hand über die raue Tischplatte strich, hoffte Alex, dass er sich keinen Splitter einziehen würde, »… spricht zu mir.«

Alex sah seine Gelegenheit gekommen und nutzte sie prompt. »Es spricht zu vielen Menschen. Ein wirklich seltenes Exemplar. Heutzutage gibt es auf hoher See nicht mehr viele Piratenschiffe, die uns Material für Couchtische liefern.« Er durchsuchte die Tiefen seines Selbst nach einem weiteren Lächeln und fand tatsächlich noch eines, obwohl er schon befürchtet hatte, er könnte seinen Vorrat bei Mrs. Sherrill aufgebraucht haben. »Ein wirklich hübsches Stück.«

Kirstin blickte von ihrem Smartphone auf. »Ist das Ihr bester Preis?«

Alex lächelte tapfer weiter. »Ja, ist es. Alles hier verkaufen wir zum besten Preis.« Die Worte seines Vaters hallten ihm in den Ohren: *Keine Rabatte. Niemals. Für die Kunden, die wir ansprechen, machen unsere Preise einen Teil unseres Geheimnisses aus.* »Aber wir bieten individuelle Anpassungen zu sehr günstigen Konditionen an. Natürlich handelt es sich hierbei nicht um ein Polstermöbel. Doch einige von Hand angebrachte Abnutzungsspuren könnten ganz neue Akzente setzen.« *Einzuräumen, dass diese Abnutzungsspuren zwar von Hand, aber mit dem Schwingschleifer angebracht werden, könnte das Risiko einer Klage verringern. Ich muss mit Dad über die Stücke sprechen, die er im Laden ausstellt.*

Kirstin sah Alex zweifelnd an und betrachtete dann den Tisch. »Könnte man ihn bei Ihnen auch neu beizen lassen?

Weniger Walnussoptik, sondern eher in Ahorn? Mir schwebt in etwa diese Optik vor.« Sie hielt Alex ihr Smartphone dicht unter die Nase. Das Display zeigte einen modernen Tisch aus den 1950er-Jahren, der fast in allen Punkten – allerdings nicht ganz – anders aussah als das Exemplar, das Jeremy ausgesucht hatte.

»Äh … schon, obwohl ein dunklerer Farbton weniger Mühe machen würde, als das ganze Möbelstück abzuschleifen und heller zu beizen. Insbesondere wenn es, so wie dieses hier, bereits eine derart gereifte … Patina hat. In unserer anderen Möbelausstellung nebenan haben wir einige weitere reizende Stücke aus den Fünfzigern. Soll ich Sie hinbegleiten?«

»Wir wollten uns nur umschauen.« Kirstin entzog ihm das Telefon und wischte weiter nach unten. »Wie wäre es mit so etwas? Wo finden wir Schlafzimmermöbel?« Sie gab Alex das Telefon zurück.

»Den Großteil der Schlafzimmereinrichtungen haben wir in Lagerhaus vier, aber ein solches Stück …« Alex erstarrte und zoomte das Bild näher heran, überzeugt, dass die Übereinstimmung nicht so groß sein konnte, wie er auf den ersten Blick vermutete. Doch er hatte eine exakte Kopie vor Augen: ein Kopfteil aus glatt poliertem Holz mit einer Schiebetür, hinter der sich ein Bücherregal verbarg. Das Licht der Nachttischlampe aus Messing fing sich in einer Tagesdecke aus blauem Pannesamt. Alles war absolut unmodern und folgte keinem einzigen Trend, war also genau so, wie es Alex gefiel. Einzigartig eben. Zumindest hatte er das gedacht, bis er es jetzt in Miniaturausgabe vor sich sah.

»Ist Ihnen nicht gut?«, fragte Kirstin. Alex wurde klar, dass er mit offenem Mund auf das Telefon starrte.

»Wa… Nein, nein, das Bett sieht nur aus … Es sieht offen gestanden ein wenig aus wie mein eigenes.«

Kirstins Miene erhellte sich. »Ist es zu verkaufen?«

»Oh. Nein. Das heißt, natürlich haben wir in Lagerhaus vier einige Kopfteile, die ganz ähnlich sind. Wie ich schon sagte, kann ich Sie gerne hinbegleiten.« Alex fing wieder an zu atmen und versuchte, sich seine Verwunderung nicht anmerken zu lassen. »Was ist das übrigens für eine Webseite?«

Kirstin zog die dunklen, in Form gezupften Augenbrauen hoch, bis sie zwei erstaunte kleine Bogen bildeten. »Haben Sie etwa noch nie von der *Villa Liliput* gehört?«

»Nein. Ist das ein Laden?«

Kirstin lachte auf, ein perlendes Trillern, in dem Spott und Schadenfreude mitschwangen, weil es tatsächlich einen Menschen gab, der so sehr hinter dem Mond lebte. Nun konnte sie diejenige sein, die dem Bedauernswerten auf die Sprünge half, natürlich nicht, ohne ihn dabei spüren zu lassen, dass er sich gefälligst wie der letzte Idiot zu fühlen habe. »Die *Villa Liliput der Myra Malone* ist kein Laden. Leider! Ich würde ihn sofort leer kaufen. Myra ist ein Genie, doch ich versuche, von ihrem Geschmack zu lernen. Ich habe ihr sogar einige Stücke geschickt, und zwei silberne Kerzenleuchter haben es tatsächlich einige Wochen lang auf den Kaminsims in der Bibliothek geschafft. Deshalb weiß ich, dass ich mich weiterentwickle.«

Alex straffte die Schultern und machte sich auf den Augenroll-Tsunami gefasst, den seine nächste Frage mit Sicherheit auslösen würde. »Wer ist Myra Malone?«

»Eine Einsiedlerin. Sie wohnt irgendwo in einer abgelegenen Gebirgsgegend im Westen. In Arizona, glaube ich. Aber sie hat ein einfach traumhaftes Puppenhaus. Eigentlich ist Puppenhaus eine Beleidigung. Es ist eine richtige Villa. Eine, in der man wirklich wohnen könnte. Das heißt, wenn man so klein wie eine Wäscheklammer wäre. Außerdem schreibt sie über die Zimmer und die Möbel und die *Villa* selbst in einer Art, die einen einfach mitreißt. Es ist so wundervoll und perfekt. Am liebsten würde ich es mir in einem Sessel gemütlich machen und bei einem Tee ein Schwätzchen mit ihr halten.« Wieder hielt Kirstin Alex ihr Smartphone vors Gesicht. »Schauen Sie nur hin, dann wissen Sie, was ich meine.«

Zum zweiten Mal bekam Alex den Mund nicht mehr zu und brachte außerdem keinen Mucks heraus. Sein entgeisterter Blick fiel auf die geschnitzte Haustür und die breite Vortreppe, bedeckt mit dem Laub einer sich nicht im Bild befindlichen Eiche, die sich – wie er, auch ohne sie zu sehen, wusste – in der nordwestlichen Ecke des Gartens erhob. Eines Gartens, um den ganz bestimmt ein schmiedeeiserner Zaun verlief, durch dessen Tor er jeden Morgen zu seinem blauen Mini ging, der davor auf der Straße parkte …

»Und Sie sagten, das ist ein Puppenhaus?«

»Nein, eben kein Puppenhaus. Das habe ich Ihnen doch erklärt.« Kirstin seufzte enttäuscht. »Aber leider hat es die Größe von einem, was ein Jammer ist. Würden Sie nicht auch gern darin wohnen?«

Alex klappte den Mund zu, bevor ihm noch eine Antwort herausrutschte: *Ich wohne darin. Ich schlafe jede Nacht in diesem Bett. Ich fege das Eichenlaub von der Treppe.*

Was, zum Teufel, wurde hier gespielt?

11

PARKHURST, ARIZONA, 2015

Allmählich habe ich den Verdacht, ich könnte die Fragestellung für den Testlauf unseres Wettbewerbs ein wenig zu offen formuliert haben.« Gwen klappte den Laptop zu und verzog angewidert das Gesicht. »Ich hätte wissen sollen, dass der Satz ›Beschreiben Sie, was Sie mit der *Villa* machen würden‹ auch ein paar Perverslinge aus ihren Löchern locken könnte.«

Myra blickte von dem handtellergroßen Sofa auf, das sie gerade mit winzigen Knötchenstichen bestickte. »Will ich mehr wissen?«

»Besser nicht. Drücken wir es mal so aus, dass es Leute gibt, die dein Haus wirklich ganz fest lieben, und zwar auf eine Art und Weise, die nicht unbedingt jugendfrei ist.«

»Ächz!«

»Ein wahres Wort. Ich richte ein paar Filter ein. Keine große Sache. Hast du dir schon Gedanken darüber gemacht, welches Zimmer du versteigern möchtest?«

»Bei dir klingt es so, als müsste ich einen Teil der *Villa* absägen und weggeben.«

»Nein, auf gar keinen Fall.« Gwen hielt inne und neigte nachdenklich den Kopf. »Obwohl wir natürlich eine Kopie basteln könnten, etwas, das die Leser behalten dürfen. Wir müssten zwar alles in doppelter Ausführung herstellen, aber die Leute würden für eine Gelegenheit, einen greifbaren Gegenstand zu bekommen, sicher mehr bezahlen. Insbesondere, wenn du ihn selbst gemacht hast.«

»Ich arbeite nicht so schnell, Gwen.«

»Nein, weil du eine Perfektionistin bist. Aber vergiss nicht, dass der erste Preis die Möglichkeit ist, dir zu sagen, wie du das Zimmer einrichten sollst. Wenn sie also zu viele Details verlangen, müssen sie eben warten. Das können wir von Anfang an klarstellen und auch weitere Einschränkungen aufstellen. Das Wichtigste ist, dass wir die Teilnahmegebühr kassieren.«

»Und zwar so schnell es geht. Die Bank wird nicht viel auf mein Ehrenwort geben, dass möglicherweise bald Geld reinkommt. Ich muss es parat haben.«

Gwen machte ein ernstes Gesicht – ihr »Geschäftsgesicht«, wie Myra es im Stillen nannte – und beugte sich vor. »Ich helfe dir, so gut ich kann, Myra. Aber ich muss genauso ehrlich zu dir sein, wie ich es zu jedem Klienten wäre. Es handelt sich hier um ein langfristiges Projekt. Deine Mom hat dieses Haus in bester Lage, nämlich in einer Urlaubsregion in den Bergen, mit einem sechsstelligen Betrag belastet. Selbst wenn wir sämtliche Register ziehen, besteht die Möglichkeit, dass es nicht klappt.«

»Wir müssen es versuchen. Außerdem behämmerst du mich doch ständig damit, dass ich mich reinknien, reinknien und noch mal reinknien soll. Deshalb dachte ich, du wärst Feuer und Flamme.«

»Das bin ich ja auch! Als deine Managerin und Marketingbeauftragte bin ich voll und ganz auf deiner Seite. Und als deine gelegentliche Chefin und Investorin in ein Unternehmen, dem ein noch erfolgreicheres Jahr bevorsteht, wenn die *Villa* ein Renner wird, bin ich mit Leib und Seele dabei.«

»Aber?«

»Aber. Als deine beste Freundin mache ich mir Sorgen. Ich will nicht, dass die Sache dir das Herz bricht.« Gwen lehnte sich zurück und ließ den Blick über die frei liegenden Balken des Dachbodens schweifen. Durch die Fenster strömte Licht herein. »Obwohl ich mir wünschte, du würdest nicht so an diesem staubigen, alten Speicher hängen, ist es mir sehr, sehr wichtig.«

»Ich weiß.« Myra trat neben ihre beste Freundin und legte ihr die Hand auf die Schulter. »Danke.«

»Und wann geben wir den Startschuss zum Wettbewerb?«

»Ist schon passiert.« Myra ging quer durch den Speicher zum Schreibtisch, griff nach ihrem Laptop und reichte ihn Gwen. »Ich habe heute Vormittag die Infos und außerdem Fotos vom Zimmer gepostet.«

»Warum hast du mir das nicht erzählt?«

Myra zuckte die Achseln. »Es ging eben so schnell.«

Gwen klappte den Laptop auf, studierte den letzten Post auf *Die Villa Liliput* und scrollte zum Ende der Seite. »Das Schlafzimmer oben im Turm? Daran erinnere ich mich.« Sie kauerte sich vor die *Villa*. »Das ist das erste Zimmer, mit dem wir zusammen gespielt haben.« Sie nahm das Bett, das fast in der Mitte des Zimmers stand, strich über die Tagesdecke aus Pannesamt und öffnete die Schiebetür im Kopfteil. »Ich glaube, das ist noch das Bett von damals.«

»Stimmt. Ich habe nicht viel mit diesem Zimmer gemacht. Wegen der Fenster hat es so viele Glasflächen, dass es an den Wänden fast nichts zu tun gibt. Immer wieder überlege ich mir, ob ich einen Wandschrank einbauen soll. Aber hauptsächlich benutzte ich das Zimmer für Stücke, die überholt werden müssen oder für die ich ein neues Zuhause suche.«

»Dann ist es ein guter Kandidat für den Wettbewerb. Die Leute können nicht viel kaputt machen. Und es müssen auch kaum Wände gestrichen werden.«

»Richtig. Und wenn der Gewinner nicht auf Sachen wie handbemalte Terrakottafliesen steht oder Mini-Sukkulenten oder Teetassen sammelt, wird die Umgestaltung nicht lange dauern.«

»Die Umgestaltung wahrscheinlich nicht, der Rest vielleicht schon. Die anderen Infos über den großen Preis hast du nämlich recht gut versteckt.«

»Wovon redest du? Es steht da doch klipp und klar.«

»Ja, das sehe ich selbst. Auch wenn es wegen der lavendelfarbenen Acht-Punkt-Schrift recht schwirig zu lesen ist, findest du nicht? Es ist nicht leicht, für ein Mittagessen und eine Besichtigungstour der *Villa* mit Myra Malone höchstpersönlich zu bieten, wenn man gar nichts davon weiß.«

»Die werden es schon mitkriegen, sie brauchen nur richtig hinzuschauen.« Als Myra wieder Gwens »Geschäftsgesicht« bemerkte, seufzte sie entnervt auf. »Schau, wir reden hier von Leuten, die begeistert von winzigen Dingen sind, richtig? Also dürfte eine kleine Schriftgröße nicht das Problem sein.«

»Myra.«

»Außerdem ist Lavendel keine unserer üblichen Schriftfarben. Deshalb sticht sie auch sofort ins Auge. Ich hätte die Stelle genauso gut markieren können.«

»Myra.«

»Okay, schon gut, war nur ein Witz.«

»Wie oft soll ich dir noch predigen, dass man über Geschäftliches keine Witze reißt?«

»Ich habe noch immer keine Ahnung, wie diese Sache deiner Ansicht nach funktionieren soll. Was erwartest du von mir? Dass ich jemanden hierher einlade, damit der erst mal unten über all die Kartons klettert? Oder soll ich mich irgendwo verabreden und die *Villa* mitbringen? Sie auf einem Tisch in einem Restaurant oder einem Konferenzraum oder so auspacken? Und wer soll eigentlich meine Rolle übernehmen? Meine Mom? Du?«

»Niemand übernimmt deine Rolle. Du bist einfach du selbst.«

Myras mit spinnwebenartigen Narben überzogene Hand fuhr unwillkürlich hinauf zu ihrem Gesicht und dem schiefen Kiefer. »Ich treffe mich nicht mit Menschen.«

»Ich weiß.«

»Ich kann mich nicht mit Menschen treffen, Gwen.«

»Das ist etwas, was ich nicht weiß. Oder dem ich zumindest nicht zustimme. Meiner Meinung nach hast du so viele Jahrzehnte damit verbracht, dir das einzureden, dass du es inzwischen selbst glaubst. Aber es ist nicht richtig, Myra. Die Menschen erleben dich jeden Tag in diesem Blog, und sie sehen mehr von dir, als dir klar ist. Du wendest dich mit deinen Geschichten an eine Leserschaft, und das ist ein himmelweiter Unterschied zu Werbetexten oder Ghostwriting. Die Geschichten handeln nämlich von dir und vermitteln ein sehr klares Bild von der Frau, die du bist. Und das ist eine Frau, die den Menschen etwas bedeutet. Mir bedeutet sie auch etwas. Ich kenne die Frau besser als jeder andere, und allmählich ist es höchste Zeit, dass ich damit nicht allein bleibe.« Gwen griff nach Myras Händen. »Es ist Zeit, dass du dir mehr Raum zugestehst als nur diesen Dachboden.«

Myra starrte sie finster an. »Ich habe alles, was ich brauche.«

»Ich denke, das hast du dir ebenfalls eingeredet, nur dass es eben nicht stimmt. Deine Mom hat es ganz richtig ausgedrückt: Da draußen ist eine ganze Welt, der ihr beide den Rücken zugekehrt habt. Sie hat diese Lücke mit Dingen gefüllt, die sie nicht braucht. Und du füllst sie auch mit Dingen, nur in einem viel kleineren Maßstab. Wenn du etwas aus dieser Situation lernen kannst, Myra, dann, dass Mauern dazu da sind, sie niederzureißen.«

»Ein seltsamer Rat von jemandem, der will, dass ich ebendiese Mauern Leuten vorführe, die dafür Geld bezahlen sollen.«

»Nun, wir alle sind voller Widersprüche. Wir haben eine Vielzahl an Facetten.«

Myras Computer gab eine Reihe von »Pings« von sich, woraufhin sie sich beide über den Bildschirm beugten. »Offenbar kommen schon die ersten Anmeldungen rein«, stellte Myra fest.

»Super! Dann schauen wir mal, wer mitspielen will!« Gwen schnappte sich den Laptop. Ihre Miene erhellte sich. »Eigentlich fand ich, dass fünfzig Dollar ein bisschen viel sind, um ein abgewracktes Puppenhaus mit Minimöbeln vollstellen zu dürfen – schau mich nicht so an, war nur ein Scherz, also lächeln! Aber wir haben bereits zwanzig Anmeldungen nur für die Raumausstattung. Und dabei hast du den Post erst vor ein paar Stunden ins Netz gestellt!« Als sie weiterklickte, blieb ihr vor Staunen der Mund offen stehen. »Und wir haben schon zwei Gebote in Höhe von zweihundert Dollar für das Mittagessen!«

Myra schüttelte den Kopf. »Ich kapiere nicht, aus welchem Grund sich jemand dafür interessieren sollte.«

»Nun, dann öffnen wir mal die Anschreiben und finden es heraus.« Gwen klickte eine der E-Mails an und begann, mit der volltönenden, lauten Stimme eines Redners auf dem Forum Romanum den Text zu deklamieren: »*Guten Morgen, Ms. Malone. Mein Name ist Alex Rakes. Ich wohne in Lockhart, Virginia. Mein Haus ist, und das meine ich absolut wörtlich, die* Villa Liliput. *Oder, um genauer zu sein, eine Villa, die ganz und gar nicht klein, sondern gewöhnlich groß ist und genauso aussieht wie die auf Ihrer Webseite. Das Schlafzimmer, das Sie umgestalten lassen möchten, ist das, in dem ich meine Nächte verbringe.*« Gwen brach ab und warf Myra einen verdatterten Blick zu, bevor sie weiterlas. »*Falls das nicht genügt, um Ihr verrücktes Spiel zu gewinnen, weiß ich auch nicht weiter.*«

12

ELLIOTT, ARIZONA, 1985

»Es war einmal ein Haus.« Über ihren Schoß hinweg griff Trixie nach Myras Händchen und rückte den winzigen Fingerhut an ihrem Zeigefinger zurecht, damit sie die Nadel durch die vielen Schichten des für den Quilt bestimmten Stoffquadrats schieben konnte. Die noch unvollendete, über das Sofa gebreitete Decke wies ein Patchworkmuster aus Sternfragmenten in einem satten Lapislazuliblau und Türkis auf, durchbrochen von silberfarbenen Einsprengseln.

Hoch konzentriert bohrte Myra die Nadel durch den Stoff und schaute dann auf der Rückseite nach, um den Faden wieder nach vorne zu führen. Nähen mit Oma Trixie war eine ihrer Lieblingsbeschäftigungen, ein gemeinsamer Zeitvertreib, während ihre Mutter in Phoenix Seminare besuchte. Beim Hantieren mit den bunten Stoffstücken erzählte Trixie ihr immer Geschichten. »Darf es auch eine Villa sein?«

»Darf es. Es kann alles sein, was die Menschen dort sich wünschen. Es war nicht immer ein Haus, aber von jeher ein Zufluchtsort. Ein geschützter Raum.«

»Wer wohnt dort?«

»Eine Dame.«

»Ganz allein?«

Trixie verzog das Gesicht, nahm Myra das Stoffstück aus der Hand, trennte den Stich auf und gab ihr die Nadel zurück, damit sie das Manöver wiederholen konnte. »Nicht immer, aber ja, sie war oft allein.«

»War sie da nicht einsam?«

»Manchmal. Am Anfang war es schlimmer, aber das ist schon ganz lange her, als sie sich noch nicht so gut auskannte. Doch als die Jahre vergingen und die Welt um sie herum erwachsen wurde, war es ihr gar nicht mehr möglich, allein zu sein. Die Menschen wandten sich an sie, wenn sie Hilfe brauchten. Oder eine Chance, aus ihrer Welt zu entkommen, einen sicheren Ort also. Deshalb war das Haus immer das, was die Menschen suchten, allerdings nur, wenn sie offen für sein Hilfsangebot waren.«

»Dann war sie also nicht einsam. Sehr gut.«

Beatrix lachte auf. »Ach, Schätzchen, um etwas gegen Einsamkeit zu tun, braucht es mehr als nur andere Menschen. Man kann unter Leuten und trotzdem einsam sein. Und manche Menschen … manche Menschen vermitteln einem das Gefühl, dass man allein vielleicht besser dran wäre.«

Myra nickte. »Opa Lou sagt, er mag Zäune lieber als Leute.«

»Wenn es um Leute im Plural geht, hat er vermutlich recht. In der Masse können Leute gefährlich sein. Doch mit einem einzelnen Menschen hier und da ist es etwas anderes. Die Menschen sind nicht alle gleich. Vor einigen muss man sich in Acht nehmen, aber andere sind wirklich eine Bereicherung. Und das bleiben sie auch, in deinem Gedächtnis und deinem Herzen, sogar falls sie sich verändern, dir wehtun oder deine Geschenke zurückweisen sollten.« Beatrix' Blick verschleierte sich. »Selbst wenn sie dir fremd geworden sind oder dich nicht wiedererkennen.«

»Oma Trixie, geht es dir nicht gut?«

»Alles in Ordnung, Schätzchen.« Beatrix wischte sich mit den Händen über die Augen und lächelte tapfer weiter. »Erwachsene sind eben manchmal ein bisschen traurig.«

»Wenn ich in der Sonntagsschule traurig werde, sagt Mrs. Price immer, dass ich an etwas Schönes denken soll.«

»Und woran denkst du dann?«

»An Zuckerstangen.«

»Das ist eine prima Idee.«

Myra gab Beatrix das Stoffstück, damit diese den nächsten Stich setzen konnte. »Erzählst du mir mehr über die Villa?«

»Gerne. Sie war groß, stand auf einem Hügel und bot einen Blick auf einen wunderschönen Fluss, der sich schon vor Urzeiten einen Weg durch diese Landschaft gebahnt hatte. Die Ufer des Flusses waren gesäumt von felsigen Buchten, und in manchen von ihnen gab es richtige Höhlen, Verstecke, viel größer als die Villa selbst, gut verborgen unter Eichen, wogenden Gräsern und Blauregenranken. Deshalb wusste auch kaum jemand von ihrer Existenz.«

»Was war in diesen unterirdischen Räumen?« Myra beobachtete, wie Trixies schlanke Finger rasch und mühelos mit Nadel und Faden hantierten. Genauso selbstverständlich ging ihre Mutter mit dem Stift um, wenn sie bis spät in der Nacht die Aufzeichnungen aus ihren Seminaren ins Reine schrieb. Trixie konnte die Nadel in den Stoff auf ihrem Schoß bohren, ohne in der Bewegung innezuhalten oder den Blick von Myras Gesicht abzuwenden. Myra hingegen musste sich tief über die Stickerei beugen, um die Stiche zu sehen, die den Verlauf der Webfäden mit kaum auszumachenden Strichen und Punkten unterbrachen.

»Die unterirdischen Zimmer waren voller Magie.« Trixie verknotete den Faden, spannte ihn, um ihn abzureißen, und reichte Myra das Stoffstück. »Es wehte ein warmes Lüftchen von unsichtbaren Feuern heran, Feuern, die schon brannten, bevor es auf Erden Lebewesen gab. Und da waren auch einige Bilder, in die Felswand geritzt von Händen, die schon vor Menschengedenken zu Staub zerfallen waren.«

»Wusste die Dame von den Räumen?« Myra wünschte, ihre Stiche wären ebenso präzise wie die von Trixie. Außerdem hätte sie so gerne die Nadel geführt, ohne hinzuschauen, weil sie Trixie beim Erzählen am liebsten ansah. Ihre Augen hatten die Fähigkeit, Myra tief unter die Oberfläche der wirklichen Welt zu ziehen. Sie entführten sie in die magischen Räume unter dem Haus in der Geschichte. Deshalb passte Myra stets gut auf. Anfangs hatte sie gefragt, ob sie nicht zum Schutz vor der Nadel an jedem Finger einen Fingerhut tragen könne. Doch Trixie hatte lachend erwidert, es sei nicht so wichtig, Schmerzen zu vermeiden. Man müsse sich damit abfinden, dass es sie gebe, und erkennen, dass man sie in vielen Fällen selbst verursachte. Und deshalb sei es das Beste, eben damit zu leben.

»Die Dame wusste von den Räumen«, erzählte Trixie nun. »Wie schon gesagt, war da nicht immer ein Haus. Und dennoch hatte es in dieser weiten Landschaft aus Wasser und Stein schon seit jeher einen Zufluchtsort gegeben. Im Laufe der Jahre fiel es den Leuten dann immer schwerer, zwischen der Dame und dem Schutz zu unterscheiden, den sie gewährte. Sie war immer da. Es gab noch mehr Menschen wie sie, allerdings nur wenige, und zwar an Orten, wo die große, im Strom vorbeitreibende Welt anderen Zeitläufen zu folgen schien. Einem einzelnen Menschen mochte das gar nicht auffallen. Aber die Leute – im Plural –, die tratschen eben und verbreiten Gerüchte. So passierte es hin und wieder, dass sich ein anfangs sicherer Ort in etwas Finsteres und Bedrohliches verwandelte. Und die Gerüchteküche fing kräftig an zu brodeln.«

»Haben sie über die Dame geredet?«

»Über die Dame, das Haus und auch alles andere, das in der Welt, wie diese Leute sie kannten, keinen Sinn ergab. Und wenn die Leute etwas nicht verstehen, machen sie es schlecht. Sollte dabei auch noch eine Frau im Spiel sein, können diese Gerüchte viele verschiedene Formen annehmen. Manchmal werden sie zu Märchen, wie das von der Dame in dem funkelnden See, die Zauberschwerter verteilt. Oder es entsteht ein Mythos wie der von der Frau, die auf einer Insel lebt und Männer in Schweine verwandeln kann. Es gibt auch eine Sage über eine Dame, die auf einem Felsen sitzt und singt und damit Schiffe ins Verderben lockt. In manchen Fällen jedoch entstehen gar düstere und bedrohliche Geschichten, die von Buhlteufelinnen, Trollen und Hexen handeln. Und was wird wohl aus den Frauen, über die man sich solche Geschichten erzählt? Tja.« Die Lippen finster zusammengepresst, stieß Beatrix die Nadel in den blauen Stoff. »Hexen müssen sterben.«

Myras blaue Augen wurden so groß wie Untertassen. Das Licht im Nähzimmer fing sich in ihren langen Wimpern, die zarte Schatten auf ihre blassen Wangen malten. »Was war mit dem Haus? Konnte sie sich denn nicht dort verstecken?«

»Manchmal. Aber nicht für immer. Hin und wieder schützt man sich vor Gefahr, indem man der Welt einfach Zeit gibt, sich neu zu ordnen. Man wartet, bis Gras über eine Sache gewachsen ist und die Leute sich anderen Geschichten zuwenden, anstatt Gräuelmärchen über das Haus und seine Bewohnerin zu verbreiten. Allerdings hieß das immer, dass die Dame fortmusste. Manchmal für einige Jahre, manchmal für eine ganze Lebenszeit. Bis aus den Geschichten Erinnerungen wurden. Diese Erinnerungen versanken schließlich im Nebel über dem Fluss, und für die Dame wurde es Zeit, wohlbehalten in einer anderen Gestalt zurückzukehren.«

»Hat die Villa auf sie gewartet?«

»Immer. Die Villa war ein Teil der Frau, und die Frau war ein Teil der Villa. Und rate mal, was wirklich passiert ist.«

»Was denn?« Atemlos beugte Myra sich vor.

»Sie hat die Villa eigentlich nie verlassen.« Beatrix legte das Stoffstück auf den Tisch. »Möchtest du sie sehen?«

13

PARKHURST, ARIZONA, 2015

»Was meint er damit, dass es sein Haus ist? Wie kann das Zimmer seins sein?« Myra tigerte auf und ab. Ihr Herz klopfte im Gleichtakt mit ihren Schritten, die über den Boden aus breiten Dielenbrettern polterten.

»Moment. Da sind noch ein paar Anhänge.«

»Klick keine Anhänge an!«, kreischte Myra. »Mein ganzes Leben ist auf diesem Computer!«

Gwen verdrehte die Augen. »Okay. Dann lese ich sie auf meinem Smartphone, damit du sie nicht auf dem Computer hast.« Sie griff in ihre Handtasche – limettengrün mit Krokoprägung, so dezent also wie alle ihre Sachen – und strich mit dem Daumen lässig über das Display. Dann schnappte sie nach Luft. »Myra, das musst du dir unbedingt anschauen.«

»Bitte sag mir, dass es nicht sein Penis ist.«

»Herrgott, offenbar öffnest du doch manchmal Anhänge. Nein, es ist nicht sein Penis.« Gwen hielt ihr Telefon hoch. Das Display zeigte ein Bett. Ein Bett mit einem Kopfteil aus Holz mit Schiebetüren und einer darübergebreiteten Tagesdecke aus blauem Pannesamt. »Der Mann hat einen Blick fürs Detail, das muss man ihm lassen. Allerdings wäre er nicht der Erste, der versucht hätte, ein Zimmer aus der Villa nachzubauen.«

Myra hatte es die Sprache verschlagen. Sie streckte die Hand nach dem Telefon aus und wackelte als wortlose Aufforderung mit den Fingern, woraufhin Gwen ihr das Gerät reichte.

»Wie ich gesagt habe, eine gute Imitation. Aber wir haben

schon bessere gesehen. Erinnerst du dich an das Paar in Schweden? Die mit dem Badezimmer? Das war wirklich ein toller Nachbau. Avocadofarbenes Porzellan, und trotzdem sah es stilvoll aus! Auf Etsy gibt es ganze Seiten, die Kopien von Stücken aus der *Villa* anbieten. Aber das weißt du ja.« Gwen verzog missbilligend das Gesicht. »Wir sollten allmählich anfangen, Abmahnungen zu verschicken. Warum dieser Gesichtsausdruck? Es ist doch nur ein altes Bett. Kopfteile wie dieses waren in den Siebzigern ziemlich angesagt. Er kann es überall herhaben.«

»Ich schaue nicht das Bett an.«

»Die Tagesdecke? Herrje. Pannesamt kriegt man auch überall. Sogar bei Walmart. Ich habe zwar keine Ahnung, aus welchem Grund ein Mensch so was kaufen sollte, aber über Geschmack ...«

»Ich schaue nicht das Bett an, Gwen, sondern die Kommode.« Myra wies auf den oberen rechten Rand des Fotos.

»Die ist cool, findest du nicht? Mir gefällt die Farbe. Türkis, Wasserblau. Durch sie wirkt die Tagesdecke wie ein Teil eines Ensembles mit Strandmotiv, nicht wie ein in Polyester geronnener Ausflug in die Welt des schlechten Geschmacks. Was ist das da auf der rechten Seite?«

»Ein Plattenspieler?«

»Ein Mann, der auf Vinyl steht! Macht das den Typen jetzt noch durchgeknallter oder eher weniger? Woher weißt du eigentlich, dass das ein Plattenspieler ist?«

»Weil ich das gleiche Möbelstück habe. Nur halt in einer kleineren Ausgabe. Die *Villa* hat es.«

»Echt? Ich kann mich gar nicht daran erinnern. Aber du hast ja so viele Sachen da drin.«

»Du kennst diese Kommode nicht. Sie befindet sich in einem Zimmer, das ich ... in einem Zimmer, das ich umgestellt habe. Das gibt es nicht mehr.«

»Hast du es je gepostet?«
»Nein. Nie.«
»Bist du sicher?«
»Absolut sicher. Kein Mensch hat es je gesehen.«
»Tja, wenn es eine Miniatur war, wurde sie vielleicht einem echten Möbelstück nachempfunden. Das ist zwar schräg, aber durchaus möglich.«

Wieder zeigte Myra mit dem Finger. »Sieh dir das Bein an. Ich meine das unter dem Plattenspieler.«

»Das rosafarbene? Was soll damit sein? Abgesehen davon, dass es irgendwie nicht dazu passt.«

»Das liegt daran, dass die Kommode ursprünglich Haarnadelbeine hatte. Aber eins davon ist kaputtgegangen, weshalb ich es durch ein Bein von einem anderen zerlegten Möbelstück ersetzt habe. Es war nur als Provisorium gedacht, bis ich das richtige auftreiben konnte. Das Bein stammt von einem Schreibtisch. Einem wackeligen in Rosa. Ich war zu faul, es neu zu lackieren.«

Gwen musterte noch einmal das Foto und zoomte es mit dem Daumen heran. »Das ist ... seltsam.«

»Nein.« Myra schüttelte langsam den Kopf, bis die äußeren Ränder des Zimmers vor ihren Augen verschwammen. »Es ist unmöglich.«

Gwen griff nach dem Telefon und begann wieder zu scrollen. »Für einen zu allem entschlossenen Fan ist nichts unmöglich. Die Idee mit der Abmahnung gefällt mir immer besser. Außerdem sollten wir fachlichen Rat einholen, nur für den Fall, dass wir es mit einem gefährlichen Spinner zu tun haben. Moment mal. Das gibt's doch nicht.« Wieder starrte sie auf das Display. »Das kann nicht sein.«

»Was?«

»Dieses Foto. Das kann nicht sein.« Als sie das Telefon hochhielt, brauchte Myra gar nicht genau hinzusehen, denn sie spürte vom krausen blonden Scheitel bis hinunter zu den Zehenspitzen, was dieses Foto zeigen würde. Und sie behielt recht.

Alex Rakes, der Autor des Textbeitrags – wenn man ihn überhaupt als solchen bezeichnen konnte –, hatte an seine Mail noch eine weitere Bilddatei angehängt, und zwar ein Foto, das die *Villa Liliput* selbst zeigte. Myra hatte nie ein Foto vom ganzen Haus ins Netz gestellt. Man konnte die Lage der einzelnen Zimmer anhand der Fotos auf der Webseite zwar erahnen, doch sie waren Teil eines Ganzen, das sich auf eine für die meisten Menschen wohl nicht nachvollziehbare Weise in einem steten Wandel befand. Gwen hatte gedrängelt und gebettelt, bis Myra ihre Fotos und Geschichten geteilt hatte. Doch dass sie die *Villa* in ihrer Gesamtheit preisgab, kam nicht infrage. Ihre Scharniere und Messingverschlüsse, die Rädchen und die Plattform, die Opa gebaut hatte, gehörten Myra allein.

Alex' Fotos zeigten die Außenansicht des Hauses, aufgenommen von unten und aus einiger Entfernung, weil es auf der breiten Kuppe eines Hügels stand. Der schmiedeeiserne Zaun war ansprechend cremefarben lackiert. Die Schnitzereien an der Eingangstür verschwanden ein wenig unter der strahlend scharlachroten Lackschicht. Myra nahm das Telefon und drehte es um, beinahe sicher, die Rückseite des Fotos und die Messingscharniere sehen zu können. Aber natürlich hatte ein so großes und überdies echtes Haus keine Scharniere zum Aufklappen.

Dieses Haus hätte es eigentlich gar nicht geben dürfen.

14

ELLIOTT, ARIZONA, 1985

»Trixie, erzählst du mir eine Geschichte?« Myra kuschelte sich in die Lücke zwischen Trixies Armbeuge und ihren zierlichen Körper, wo es immer am wärmsten war.

»Es ist bald Schlafenszeit, Myra. Ich erzähle dir etwas, wenn ich dich ins Bett bringe.« Mit leisen Schritten ging Beatrix durch das große Wohnzimmer und schaltete die Lampen und den Fernseher aus. »Es war ein langer, verregneter Tag. Ich bin wirklich beeindruckt von dem Viereck, das du bestickt hast. Jetzt sind deine Äuglein bestimmt sehr müde.«

Myra nickte. »Ich wollte unbedingt meinen Namen fertigkriegen.«

»Wirklich große Klasse, deine Reihstiche. So fehlerfrei, gleichmäßig und winzig, als hättest du jeden Buchstaben mit einem Stift geschrieben. Jetzt werden alle wissen, dass dieses Viereck von dir ist.«

»Zeigst du mir auch, wie ich Kleider nähen kann, so wie du?«

»Alles, was ich dir hier beibringe, kannst du später zum Kleidernähen gebrauchen. Morgen, bevor deine Mama dich abholen kommt, können wir mit dem Feststecken der Schnittmuster und dem Zuschneiden anfangen. Wir könnten aber auch Kleider für ein paar von den Wäscheklammerpüppchen nähen. Hättest du dazu Lust?«

Myra schüttelte den Kopf. »Wäscheklammerpüppchen habe ich schon so viele.« Sie hatten eine kleine Familie gemacht. Die erste Wäscheklammer sah mit dem Schopf aus gelber Wolle, der wie ein nicht zu bändigender Heiligenschein ihren Kopf umwogte, aus wie Myra selbst. Ihr Kleid bestand aus einem von Trixies Stofftaschentüchern. Das zweite Wäscheklammerpüppchen hatte kurzes Haar aus brauner Wolle mit ein paar roten Fädchen darin. Myra hatte mit einem Kugelschreiber winzige Pünktchen auf die runden Wangen, unter die aufgemalte Nase und rings um das freundliche Lächeln gezeichnet. Die letzte Wäscheklammer war kleiner und trug wie die große ein Kleidchen. Obwohl Trixie sie gefragt hatte, ob sie die Püppchen in der *Villa* aufbewahren wollte, legte Myra sie lieber in der Hutschachtel bei den Möbeln schlafen. Erstens war die *Villa* kein Puppenhaus, und zweitens waren das keine richtigen Puppen. Nur Werkstücke.

»Ich würde gern eine Küchenschürze nähen, die ich zum Plätzchenbacken anziehen kann«, verkündete Myra.

»Das ist für den Anfang nicht schwer. Gute Idee.«

»Und dann will ich ein Ballkleid für Mama nähen.«

Trixie lächelte. »Das ist vielleicht noch ein bisschen zu ehrgeizig, aber es ist nicht schlecht, ein Ziel vor Augen zu haben. Konzentrier dich immer auf den nächsten Stich.«

»Jeder Stich ist ein glücklicher Gedanke, jeder Faden eine Erinnerung.«

»Ganz richtig, mein kleines Eichhörnchen. Genau das ist das Schöne am Nähen. Es gibt uns die Möglichkeit, die Menschen, die wir lieben, zu wärmen und zu beschützen, auch wenn wir nicht da sein können, um es selbst zu tun. So wie es dein Opa mit seinen Häusern macht. Mit diesem Haus zum Beispiel und auch mit eurem.«

»Und wie die Villa am Fluss.«

»Genau.«

»Erzählst du mir eine Geschichte über die Dame?«

»Ich wüsste nicht, was dagegenspräche.« Trixie nahm das schlaffe Bündel, bestehend aus einer schläfrigen Vierjährigen und einer Häkeldecke, auf den Arm und trug es die Treppe hinauf zum Dachboden und zu dem Ausziehbett, wo Myra die Nächte verbrachte, wenn Diane abends Vorlesung hatte. Myras Lider flatterten im Dämmerlicht.

»Hatte die Dame auch eine Familie? So wie wir?«

»Lange, lange nicht. Doch im Laufe der Zeit, als aus den Jahren Jahrhunderte wurden und unzählige Seelen ihre Obhut durchliefen, machte sich immer mehr Argwohn in der Welt breit. Es kursierten die dunklen, bedrohlichen Geschichten, von denen ich dir erzählt habe, und so suchten immer weniger Menschen Schutz in der Villa am Fluss, bis sie sich leer, ungeliebt und kalt vorkam. Auch die Dame selbst spürte, dass ihre Kräfte nachließen wie die Strömung des Flusses, die am Fuße des Hügels langsamer wurde.«

»Musste sie sterben?«

»Sie hätte beschließen können, es zu tun. Schließlich hatte sie die Möglichkeit, in die Kammern zu ihren Füßen zu entschwinden und ihren Geist zurück in die unsichtbaren unterirdischen Flammen zu schicken. Dann wäre ihr Haus im Nebel an der Flussbiegung versunken. Wenn sie das jedoch nicht wollte, wenn sie wollte, dass ihr Zufluchtsort weiterlebte, musste sie einen Weg finden, ihr Wissen und die Last, die auf ihren Schultern ruhte, auf jemand anderen zu übertragen. Ihr Geist musste in einen Menschen hineinfließen, der die Kraft hatte, ihr Werk fortzuführen. Aber dazu brauchte sie Hilfe.«

»Wenn ich Hilfe brauche, frage ich meine Mom.«

»Genau das tat die Dame auch. Sie fragte den Boden unter ihren Füßen, und der schenkte ihr etwas, worin sie ihr gesamtes Wissen aufbewahren konnte, ein winziges schützendes Gefäß, wo es bleiben würde, bis sie jemanden fand, der bereit war, den Stab zu übernehmen.«

»So etwas wie ein Medaillon?«

»So etwas wie ein Medaillon. Der Boden schenkte ihr einen Stein, noch blauer als die tiefsten Tiefen des vorbeiströmenden Flusses. Er war mit silbrigen Fäden durchzogen, die den Adern eines schlagenden Herzens glichen.«

»Der Stein war bestimmt hübsch. Trotzdem schade, dass er nicht rosa war.«

Trixie lachte. »Wir können uns nicht immer aussuchen, woraus genau unsere Last besteht, Myra. Doch tragen müssen wir sie trotzdem.«

»Was hat sie mit dem Stein gemacht?«

»Sie hat ihn in ihrem Haus aufbewahrt.«

»In dem großen oder dem kleinen?«

»Du hast aber viele Fragen für ein Mädchen, das jetzt besser schlafen sollte.« Trixie zog die Bettdecke hoch bis zu Myras Kinn. »In beiden. Das kleine Haus war aus dem großen entsprungen, und die zwei hingen miteinander zusammen, ganz gleich, wo auf der Welt sie auch waren. Das kleine Haus hatte die Dame immer bei sich, weil sie erst jemanden suchen musste, der darauf aufpasste.«

»Und hat sie irgendwann jemanden gefunden?«

»Hat sie. Einen ihrer Nachfolger hat sie selbst zur Welt gebracht, und einen zweiten hat das Schicksal zu ihr geführt. Also könnte man sagen, dass sie sogar zwei dieser Menschen gefunden hat. Doch beide Male hat sie versagt.« Beatrix seufzte auf. »Eine Nachfolgerin oder einen Nachfolger zu finden, reicht nicht. Es muss auch passen. Und außerdem müssen da genug Zeit und Liebe sein, denn sonst funktioniert die Übergabe nicht. Beim ersten Mal war da nicht genug Liebe. Und beim zweiten Mal reichte die Zeit nicht.« Sie küsste Myra auf den Scheitel. »Doch die Zahl Drei ist auch nicht zu verachten.«

15

ATLANTIK (AN BORD DER *QUEEN MARY*), 1937

Das Morgenlicht glitzerte auf dem Wasser, das sich in alle Richtungen bis zum Horizont erstreckte. Der sich wolkenlos über ihren Köpfen wölbende Himmel war grellweiß. Willa suchte Schutz unter ihrem schwarzen Sonnenschirm und wünschte, die leichte Brise würde ihren Nacken unter den kurzen dunkelroten Locken besser kühlen. Außerdem zog ihr dunkelblaues Reisekostüm die Sonnenstrahlen an wie ein Magnet, sodass sie vor Hitze hätte aus der Haut fahren können. Allerdings war das breite Oberdeck des Ozeandampfers der einzige Ort, wo man zumindest ein bisschen frische Luft schnappen konnte, und der Anblick des Wassers verlieh Willa wie immer neue Lebenskraft. Sie atmete tief durch, bis sich der Atem in ihrer Lunge mit der salzigen Meeresluft mischte.

Der junge Mann, der sich ihr von hinten näherte, glaubte offenbar, er verhalte sich ruhig. Willa schloss aus seinen leisen Schritten, dass er sie nicht stören wollte. Niemals hätte er sie zuerst angesprochen, sosehr sie auch seine Sehnsucht nach einer Unterhaltung spürte. Am Vorabend beim Essen hatte Willa ihm dabei zugeschaut, wie er sie beobachtet hatte. Reglos hatte der Löffel mit Spargelcremesuppe vor seinem Mund verharrt, bis die Flüssigkeit geronnen war, und das alles nur, weil er den Blick nicht von ihr hatte abwenden können. Willa erlebte so eine Reaktion nicht zum ersten Mal, doch inzwischen war es eine Ewigkeit her.

Sie wandte sich vom Meer ab, ließ den seidenen Handschuh die Reling entlanggleiten und nahm Blickkontakt mit dem jungen Mann auf, auf dessen Gesicht sich sogleich ein offenes, strahlendes Lächeln abzeichnete. Seine trotz aller Bemühungen widerspenstigen Locken glänzten von einem zusätzlichen Schuss Pomade, und in seinem Bart leuchteten rötliche Fünkchen auf. Willa lächelte ihn an. »Kennen wir uns nicht von irgendwoher?«

»Ich hatte das große Glück, gestern Abend an Ihrem Tisch speisen zu dürfen.« Im Grinsen des jungen Mannes schwang der Hauch einer Aufforderung mit. Das war nicht die ganze Wahrheit, und wie ihr sofort klar war, wusste er es sehr wohl.

»Und davor«, fügte sie hinzu, »habe ich Sie, glaube ich ...«

»Im Kurs vielleicht?« Sein lässiges Achselzucken war zu routiniert, um echt zu sein. »Ich bin nämlich ein großer Freund der Künste.«

»Ach, ja, richtig. Auditorium, dritte Reihe von hinten, wenn ich mich nicht irre. Der Glanz in Ihrem Haar ist nicht zu übersehen.«

»Es ist immer nett, wenn sich jemand an einen erinnert, obwohl ›glänzendes Haar‹ nicht unbedingt die Eigenschaft ist, wegen der ich im Gedächtnis behalten werden möchte. An Sie zum Beispiel erinnere ich mich wegen Ihres Bildes. Sie sind eine ausgezeichnete Porträtmalerin. Vor allem, wenn man bedenkt, dass Sie sich selbst gemalt haben. Ich habe nämlich nirgendwo einen Spiegel gesehen. Haben Sie sich Ihr eigenes Gesicht so gut eingeprägt?«

Willa schloss die Augen und dachte an den großen, hell erleuchteten Atelierraum. Dutzende von Staffeleien waren um eine niedrige Säule gruppiert. Der Gegenstand darauf war dazu gedacht, dass die Künstler ihn abmalten, sofern sie es wünschten. Sie hatte sich in den Kurs an der Londoner Universität eingeschrieben, um sich abzulenken. Schließlich hatte sie irgendwie die Zeit totschlagen müssen, während sie auf ein Zeichen gewartet hatte, dass sie endlich nach Lockhart zurückkehren und das Haus wieder beziehen könnte. Sie würde es als Vermächtnis ihrer verstorbenen Tante ausgeben, die in Wahrheit sie selbst in einer älteren Gestalt gewesen war. Beim ersten Betreten des Atelierraums hatte der Anblick der erhöhten Sitzreihen auf der einen Seite Willa überrascht. Und noch mehr hatte sie verwundert, dass es tatsächlich Zuschauer gab. Später hatte sie erfahren, dass die offenen Atelierstunden einige fähige und angesehene Künstler anzogen und man für die Gelegenheit warb, ihnen beim Malen zuzuschauen. Obwohl der junge Mann erst zweimal erschienen war, hatte sie ihn an beiden Tagen bemerkt. Beim zweiten Mal war ihr klar geworden, dass er ihr vor allem wegen seines Geruchs aufgefallen war. Ihm haftete ein Hauch von altem Holz, Wasser und feuchten Steinen an. Er roch wie Lockhart. Wie ihre Heimat.

Natürlich hatte sie sich ihr eigenes Gesicht eingeprägt, was sie ihm jedoch nicht auf die Nase binden würde. »Sie konnten zwar keinen Spiegel sehen, aber das heißt nicht, dass auch keiner da war«, entgegnete Willa deshalb.

»Tja, Ihr Talent war jedenfalls offensichtlich. Was haben Sie mit dem Porträt gemacht?«

»Ich habe es mitgenommen. Es ist in meinem Koffer. Ich dachte, vielleicht werde ich das Haus, das so lange leer gestanden hat, mehr als meines empfinden, wenn ich es dort aufhänge.«

»Ach, die Villa gehört Ihnen? Das Haus hat auf mich stets einen einsamen Eindruck gemacht. Und auch Sie wirken einsam, wie Sie so ganz allein hier draußen stehen und aufs Meer starren. Finden Sie nicht auch, dass es hier schrecklich heiß ist?«

»Ich hätte es drinnen keine Minute länger ausgehalten.«

»Das ist verständlich. Schließlich ist es für mich ohne Sie dort auch unerträglich geworden.«

»Denken Sie nicht, dass Sie sich ein wenig zu viel herausnehmen, Mr. ...?«

»Rakes. Rutherford Alexander Rakes. Ich muss mich vielmals entschuldigen. Wo sind bloß meine guten Manieren geblieben? Aber eigentlich sollten Sie daran gewöhnt sein, dass es Ihren Mitmenschen in Ihrer Gegenwart die Sprache verschlägt, Miss Laurie.«

»Äh, ja, mein Name ist Willa Laurie ... Wobei wir uns diese Förmlichkeiten offenbar sparen können, denn wie ich sehe, haben Sie meinen Namen auch ohne dieses Brimborium des Sich-einander-Vorstellens in Erfahrung gebracht. Wie ... unkonventionell.« Das gesellschaftliche Reglement in London war nämlich ganz besonders streng gewesen – ebenso wie in Frankreich, in Virginia und in allen anderen bewohnten Regionen dieser weiten Welt außerhalb von Willas Gartentor. Sie empfand es stets als Strapaze, von dort fortzugehen und viele Jahre oder gar Jahrzehnte in großer Entfernung von ihrem Zufluchtsort in Lockhart verbringen zu müssen. Eine allein reisende Frau führte ein anstrengendes Leben, denn sie war ständig auf der Suche nach Orten, wo Männerlosigkeit nicht unangenehm auffiel oder Anlass zu Bemerkungen gab. Das bedeutete, dass sie immer in Bewegung bleiben musste. So hatte Willa zum Beispiel Frankreich ziemlich überstürzt verlassen. Das unbekannte Terrain war beängstigend gewesen, und sie hatte die Unruhe unter ihren Mitmenschen gespürt. Offenbar stand ein tragisches und blutiges Ereignis unmittelbar bevor.

Außerdem war Willa nun lange genug fort gewesen, sodass Tante Amaranthas Tod inzwischen glaubhaft wirkte. Das Alter und ein Hang zum Einsiedlertum boten schließlich eine plausible Erklärung, warum sie in ihrer kleinen Pariser Wohnung niemanden hatte empfangen wollen außer ihrer geliebten Nichte. Doch die ans Unheimliche grenzende

Ähnlichkeit zwischen den beiden Frauen wäre – in Verbindung mit ihrer offenkundigen Alterslosigkeit und der Tatsache, dass sie nie gemeinsam auftraten – irgendwann verdächtig geworden, hätte die Situation noch länger angedauert. Und so hatte Willa verkündet, ihre Tante sei zur Sommerfrische nach Nizza gefahren, und war ihr dorthin nachgereist. Als Willa allein und voller Trauer nach Paris zurückgekehrt war, um die Wohnung aufzulösen, hatte sich niemand etwas dabei gedacht. Und dann hatte sie sich aus dem Staub gemacht.

Willa und Rutherford versanken in freundschaftlichem Schweigen. Ihre Hände ruhten nebeneinander auf der eisernen Reling. Rutherford Alexander Rakes war Willa nicht nur im Malkurs aufgefallen, wo sein Blick interessiert ihrer Hand gefolgt war, während diese den weichen Pinsel über die Leinwand geführt hatte. Beim Einsteigen ins Schiff hatte sie ihn sofort wiedererkannt. Er hatte ihr auf der schmalen Gangway Platz gemacht, damit sie vorangehen konnte. Willa hatte ein fast unmerkliches Hüftwiegen in ihren Schritt gelegt und den Rücken so gestrafft, dass ihr blasser Schwanenhals zur Geltung kam.

Er hatte recht mit seiner Bemerkung, dass sie bei ihren Mitmenschen Sprachlosigkeit auslöste, denn sie verfügte über die unerklärliche Fähigkeit, alle um sich herum von ihrer momentanen Beschäftigung abzulenken. Allerdings würde sie Rutherford nicht verraten, dass es sie selten kümmerte, ob man sie zur Kenntnis nahm. Auch nicht, dass sie sich noch nie gewünscht hatte, jemand möge sich an sie erinnern. Etwas knisterte zwischen ihnen in der Luft wie ein Blitz, der gleich viele Kilometer entfernt einschlagen würde.

»Hat Ihnen schon mal jemand gesagt, dass Ihr Name klingt wie aus einem Roman der Brontë-Schwestern?«, fragte Willa.

Rutherford lachte auf. »Nicht so direkt. Der Name ist Familientradition, und seine Familie kann man sich eben nicht aussuchen. Außerdem lässt sich über Geschmack bekanntlich nicht streiten. Aber wenn Sie wollen, können Sie sich einen Spitznamen ausdenken. Meine Freunde nennen mich Ford.«

»Bin ich Ihre Freundin?«

»Das würde mich sehr freuen.«

»Sie wissen doch gar nichts über mich, Ford.«

»Nein? Hat Ihnen denn noch niemand erzählt, dass so ein Ozeanriese eine schwimmende Gerüchteküche ist? Ich weiß, dass Sie Amerikanerin sind, aber immer im Ausland gelebt haben. Ich weiß, dass Sie in Oxford studiert und den Sommer in Paris verbracht haben. Und ich weiß, wohin Sie wollen.«

»Ist Ihnen klar, dass Sie hier mit einer ledigen Frau sprechen?«

»Ihr Familienstand ist das Erste, wonach ich mich erkundigt habe.«

»Dass man sich über mich informieren wollte, ist schon öfter vorgekommen. Allerdings bin ich noch nie jemandem begegnet, der so geradeheraus ist wie Sie. Oder so frech.«

»Wie ich gehört habe, begünstigt Fortuna die Frechen. Deshalb habe ich gehofft, Sie könnten es genauso halten. Ich durfte nicht zulassen, dass dieses Schiff den Hafen erreicht, ohne zumindest den Versuch zu wagen, Sie kennenzulernen.« Auf der Reling wanderte Fords Hand einen Zentimeter näher an Willas heran, die eine magnetische Anziehungskraft zu haben schien. »Ich musste einfach mehr über diese schöne Frau erfahren, zum Beispiel, warum sie ausgerechnet in die Hexenvilla zieht.«

»Oh, bitte sagen Sie jetzt nicht, dass die Leute das Haus tatsächlich so nennen.«

Ford zuckte die Achseln. »In meiner Kindheit war es so, aber ich habe das nicht weiter ernst genommen.«

Willa musterte ihn argwöhnisch. »Und wie war es bei den anderen?«

»Sie wissen ja, wie Kinder sind.« Ford scharrte verlegen mit den Füßen. »Schließlich hat die Villa jahrelang leer gestanden. Zumindest, seit ich denken kann. Ich glaube, es hat niemand darin gewohnt, seit mein Dad ein Kind war.«

»Menschen haben dort Schutz gesucht, da bin ich ganz sicher. Meine Tante hat immer Hauspersonal beschäftigt, um wenigstens zu verhindern, dass die Villa völlig verwahrlost.«

»War Ihre Tante die Dame des Hauses?«

»Was meinen Sie damit?«

»Die Dame eben. Als ich klein war, nannten die anderen Kinder sie immer die Dame des Hauses oder die Hexe, abhängig davon, was sie über sie dachten. Meine Spielkameraden erwähnten die Villa nur im Zusammenhang mit Mutproben. Zum Beispiel musste man das Tor berühren und dabei die Finger überkreuzen. Oder über den Zaun klettern und an ein Fenster klopfen. Kinderkram eben. Später, als ich älter war, erfuhr ich, dass das Haus eine Besitzerin hatte, die bei allen nur ›die Dame‹ hieß. Niemand hat sie je gesehen.«

Willa schüttelte den Kopf. »Weil sie nicht dort gewohnt hat.«

»Warum nicht?«

»Ich glaube, sie hat sich nicht willkommen gefühlt. Also ist sie auf Reisen gegangen.«

»Wie ihre Nichte.«

»Ja, wie ich. Doch sie hatte immer eine Verbindung zu dem Haus.«

»Die Leute haben behauptet, sie hätten sie hin und wieder am Fenster gesehen.« Wieder lächelte Ford. »Natürlich habe ich ihnen nicht geglaubt. Ich selbst habe nie jemanden bemerkt. Das Haus hat auf mich immer sehr einsam gewirkt. So als fehlte ihm jemand, der sich um es kümmert. Als ich das letzte Mal dort war, hatte ich den Eindruck, dass es nur noch von Efeu und Blauregen zusammengehalten wird.«

»Da kann ich mir einen schlechteren Halt vorstellen.«

»Mag sein, aber leere Häuser machen mich traurig.« Ford steckte die Hand in eine Innentasche seines Sakkos. Als er sie wieder herauszog, hatte er die Finger um einen kleinen Gegenstand geschlossen. »Vielleicht liegt es daran, weil es das Spezialgebiet meiner Familie ist, Häuser zu füllen.« Er nahm Willas Hand, und als er ihr einen winzigen Schaukelstuhl auf die Handfläche stellte, spürte sie, wie zwischen ihren Fingern ein Funke übersprang. »Sie können ihn behalten, wenn Sie möchten.«

»Bei Möbeln von dieser Größe dürfte es eine Weile dauern, bis das Haus voll ist.«

Ford lachte auf. »Das ist nur ein Modell. Einige Möbelhersteller in Europa verschenken sie. Die richtigen Ausstellungsstücke für die Vertreter sind natürlich größer, aber vermutlich möchte man mit diesen Puppenhausmöbeln als Dreingabe eine Probe seiner Kunst liefern. Ich war auf der Suche nach neuen Schreinern und Handwerksbetrieben, um Möbel für den Laden meiner Familie in Auftrag zu geben.«

»In dem Sie vermutlich größere Stücke verkaufen als dieses hier.«

»Ganz recht. Unsere Kundschaft kommt aus Washington und Boston, ja, sogar aus Charleston zu uns. Wir importieren und verkaufen nur beste Ware.«

Willa betrachtete den Schaukelstuhl in ihrer Hand. Er hatte eine hohe Lehne und bestand aus dunkel gebeiztem Kirschholz. Sitzfläche und Lehne waren mit florentinischem Gobelin in sattem Grün, Burgunderrot und Cremefarben bezogen. Es war ein stilvolles, aber auch gemütliches Möbelstück, das trotz seiner eleganten Form nicht steif wirkte. »Ich habe einen guten Platz dafür.«

»Meinen Sie den echten Stuhl? Wir kriegen in den nächsten Monaten eine neue Lieferung. Ich habe zwanzig Stück bestellt.«

»Ich würde mir sehr gern einen anschauen, aber eigentlich habe ich von diesem hier gesprochen.«

Ford sah sie zweifelnd an. »Sie sind ja sehr zierlich gebaut, aber ...«

»Wäre es sehr kess von mir, wenn ich Sie in meine Kabine einladen würde?«

Seine Augen weiteten sich. »Ja, äußerst kess. Trotzdem fühle ich mich geehrt.«

»Machen Sie sich keine falschen Hoffnungen. Ich wollte Ihnen bloß etwas zeigen.«

»Jemand könnte uns beobachten.«

»Ist das wichtig?«

»Nicht für mich.«

»Dann kommen Sie.« Willa führte Ford an den anderen elegant gekleideten Passagieren vorbei, die sich an Deck versammelt hatten, um frische Luft zu schnappen. Ohne sich um die Seitenblicke zu scheren, steuerte sie auf die Kabinen der ersten Klasse zu. Die von Willa war klein und innen gelegen, ein Hinweis darauf, dass sie zwar aufs Geld achtete, aber doch mehr auszugeben bereit war, als Ford von einer frischgebackenen Hochschulabsolventin erwartet hätte. Drinnen nahm ein schmaler Überseekoffer fast den Großteil des Platzes ein, der nicht von dem nicht minder schmalen Bett beansprucht wurde. Als Willa die Messingschließen löste, tat sich vor Fords neugierigem Gesicht eine ganze Welt auf.

»Ist das ... ist das die Villa?«

»Richtig.«

Ford kniete sich vor das Haus und fuhr mit dem Finger die Schnitzerei an der Eingangstür nach. »Ich habe ja schon viele Puppenhäuser gesehen, doch noch nie eines, bei dem derart auf die Details geachtet wurde. Ein wahres Meisterwerk. Stammt es aus Frankreich?«

»Nein.«

»Aus der Schweiz vielleicht?«

»Nein, aus Amerika.«

Ford stieß einen Pfiff aus. »Und da reise ich eigens nach Übersee, um tüchtige Handwerker zu finden. Sie müssen mir einen Kontakt zu dem Menschen vermitteln, der das hier fabriziert hat. Ich würde zu gerne seine anderen Arbeiten sehen.«

»Ich habe das Haus geerbt. Von meiner Tante. Es hat ihr gehört.«

»Das ist wirklich erstaunlich, denn man sieht ihm das Alter gar nicht an. Jedenfalls scheint es besser erhalten zu sein als die alte Villa selbst, wenn ich das richtig in Erinnerung habe. Wo wollen Sie den Stuhl denn hinstellen?«

»In einen behaglichen Winkel. Wo genau, weiß ich noch nicht.«

»Ich denke, hier würde er gut passen. Vor dem Kamin in der Bibliothek.« Ford nahm Willa den hochlehnigen Schaukelstuhl aus der Hand. »So, hier steht er wunderbar. Aber er braucht Gesellschaft.«

»Oh, ich habe keine Puppen.«

»Nein, ich meinte einen zweiten Stuhl für die andere Seite des Kamins.« Er grinste Willa an. »Schließlich muss ich in unserer Villa ja auch irgendwo sitzen.«

»Finden Sie nicht, dass Sie den Plural ein wenig überstürzt gebrauchen?«

»Dann werde ich mich eben in Geduld und Beharrlichkeit

üben. Kennen Sie das Haus überhaupt? Ahnen Sie, wie viel Arbeit man dort hineinstecken muss?«

»Natürlich.« Willa suchte nach einer unverfänglichen Erklärung. »Von Fotos. Also weiß ich, dass es zu schaffen ist.«

»Die Zuversicht der Jugend.« Ford rückte näher an Willa heran, die ihn nicht auf seinen Irrtum hinwies, sondern ihm stattdessen ihr faltenloses Gesicht und nicht die Jahrhunderte in ihren Augen zeigte. Die Menschen sahen nun einmal das, was sie sehen wollten. Und Ford sah eine Frau, die er beschützen konnte. Und so verliebte er sich mit dem fast allen jungen Männern eigenen Überschwang sofort bis über beide Ohren. Willa erlebte dergleichen nicht zum ersten Mal. Nur dass sie sich zum ersten Mal ebenfalls angezogen fühlte, eine körperliche Sehnsucht danach spürte, sich Hals über Kopf mit ihm in ein Abenteuer zu stürzen.

Sie wusste, dass ein Teil dieser Sehnsucht ihrer Erschöpfung geschuldet war. Willa stand vor einer Aufgabe, der sie sich bereits so oft gestellt hatte. Sie musste zu dem Zufluchtsort zurückkehren, an den sie für immer gebunden war, und sich dort ein Leben aufbauen. Und zwar so, als wäre es das allererste Mal und keine wiederaufbereitete Geschichte, gewoben aus den Zeitläufen unzähliger Vergangenheiten. Diesmal hatte sie sich den Lebenslauf einer jungen Frau übergestreift, einer Nichte und Erbin eines stark renovierungsbedürftigen Hauses, das ihre verstorbene Tante ihr vermacht hatte. Während die Menschheit und die Gesellschaft um sie herum sich wellenartig weiterentwickelten, musste sie sich stets von Neuem erschaffen und so tun, als hätte sie all das nie zuvor erlebt.

Allerdings spürte sie neben ihrer Erschöpfung noch etwas anderes, und zwar den Tatendrang dieses jungen Mannes, dessen Widerhall ihr bis ins Mark fuhr. Langsam dämmerte ihr, dass sie einen Teil der Last, die sie stets mit sich herumtrug, an einen anderen weiterreichen könnte, wenn sie ihm Zutritt zu ihrem Leben gewährte. Nicht zum ersten Mal gestattete sie sich die Frage, wie es wohl sein mochte, beschützt und nicht mehr ganz so allein zu sein. Den Halt zu genießen, den sie anderen so oft gegeben hatte. Bei einem Menschen, der ihr ein Gefühl von Heimat vermittelte und dessen Duft sie an den breiten Fluss erinnerte, wo sie lange Jahre ihres Lebens in Einsamkeit verbracht hatte.

Außerdem bot eine Beziehung einige nicht von der Hand zu weisende Vorteile: Eine unverheiratete Frau, zu allem Überfluss auch noch Alleinbesitzerin eines großen Anwesens, stellte in den Augen der besseren Kreise von Virginia einen gesellschaftlichen Affront dar. Obwohl diese Leute Willa eigentlich den Buckel herunterrutschen konnten, war sie darauf angewiesen, dass sie sie in Ruhe ließen und nicht ständig danach trachteten, sich in ihr Leben zu drängen, um diesem Verstoß gegen Sitte und Anstand ein Ende zu bereiten. Im Lauf der Jahre war es immer schwerer geworden, sich gegen derartige Bestrebungen abzugrenzen.

»Es ist leicht, zuversichtlich zu sein, wenn man Freunde hat«, erwiderte sie deshalb. »Bis jetzt hatte ich nicht viele.«

»Nun, Willa ... es ist nie zu spät, damit anzufangen.«

16

LOCKHART, VIRGINIA, 2015

Alex' Frack war an den Schultern zu eng. Er hasste förmliche Kleidung und war zu fast jeder Schandtat bereit, um sich davor zu drücken. Selbst damals in der Highschool, als er mit der Schwester seines besten Freundes zum Abschlussball gegangen war, hatte er einen Anzug aus dem Secondhandladen mit einem Frackhemd und dazu seine liebsten Stiefel mit Stahlkappen getragen, deren Spitzen unter der Hose hervorgelugt hatten. Warum hatte er heute Abend nicht zu derselben Strategie gegriffen? Jener Abschlussball war vermutlich seine letzte Tanzveranstaltung gewesen und schon eine ganze Weile her. Inzwischen war er vierunddreißig, was hieß, dass er seit fünfzehn Jahren nicht mehr in diese Verlegenheit gekommen war. Eigentlich konnte er sich gar nicht richtig daran erinnern, warum er heute überhaupt einen Frack trug und in diesem Ballsaal stand. Der Parkettboden schimmerte im Schein der in der leichten Brise schwankenden Kronleuchter, deren Kristalle klimperten wie Glöckchen. Und dann war da auch noch die Musik, eine Etüde von Chopin, die durch den Saal brauste, obwohl nirgendwo ein Klavier in Sicht war. Offenbar wehten die Klänge aus irgendeinem fernen Raum heran. Alex hatte vergessen, was er auf diesem Ball wollte und warum er der einzige Gast war. Doch die Musik wurde lauter und lauter, bis sie ihm über dem Kopf zusammenschlug und ihm den Atem raubte …

Alex fuhr jäh im Bett hoch. Der Ballsaal versank im Nebel. Sein Zimmer lag großteils in Dunkelheit. An der Decke malten sich Lichtpünktchen von den Straßenlaternen auf dem Gehweg unterhalb der Villa ab, deren Strahlen flimmernd durch die Bleiglasscheiben hereinströmten. Die Luft war so kalt, dass Alex seinen Atem sehen konnte. Er musste dieses alte Haus unbedingt besser dämmen, und wieder einmal nahm er sich vor, die Fenster mit Zellophan abzudecken, was er schon seit Monaten hätte erledigen sollen. Nur dass das Haus ziemlich viele Fenster hatte. Eigentlich war alles an diesem Haus zu groß geraten, und Alex konnte es seinem Vater nicht verübeln, dass er die postmoderne Bequemlichkeit seines gewaltigen Lofts in der Innenstadt am Flussufer vorzog. Doch die Villa wirkte so einsam, wenn niemand darin lebte. Mit einem Bewohner darin machte sie gleich einen viel wärmeren und heimeligeren Eindruck – sogar dann, wenn es sich bei diesem Bewohner um Alex handelte, der selbst ziemlich einsam war.

Die Etüde ließ ihn einfach nicht los und hallte in seinem Kopf wider, obwohl die Traumhandlung längst vorüber war. Es dauerte eine Weile, bis Alex klar wurde, dass da tatsächlich Musik spielte. Sein Blick wanderte zu der zusammengezimmerten Kommode mit dem Plattenspieler, doch der Plattenteller drehte sich nicht. Die Klaviermusik kam von anderswoher.

In der Villa gab es kein Klavier mehr. Früher hatte seine Großmutter eines in der Bibliothek stehen gehabt. Doch irgendwann im Laufe von Alex' Kindheit war es verschwunden.

Die Musik wechselte von den präzisen Klängen Chopins zu einem fröhlichen, überschwänglichen Stück von Mozart. Alex stellte die Füße auf die breiten Dielenbretter, ging zu der vertäfelten Schlafzimmertür und drehte den Türknauf aus Messing um. Die Tür quietschte, als wollte sie sich über die nächtliche Störung beschweren. Alex trat auf den Flur hinaus, um der Musik bis zu ihrem Ursprung zu folgen. Sie drang aus der Vorhalle herauf, brach sich an der Biegung der gewundenen Treppe und warf sich gegen die Wände wie gestaute Meeresbrandung. Alex trottete die Stufen hinunter.

Im Haus sah alles noch genauso aus wie vorhin, als er sich, ausgerüstet mit MacBook, iPhone, iPad und Kindle, zur Ruhe begeben hatte. Bewaffnet also mit sämtlichen rechteckigen und blinkenden Verbindungsstücken zu dieser Welt, mit deren Hilfe er Kontakt zu all den niemals abreißenden Problemen hielt. Jeder Bildschirm war wie eine leuchtende Fackel in der Dunkelheit seiner Einsamkeit.

Die mit Schnitzereien verzierte Haustür war abgeschlossen. Die schwarz-weißen Keramikfliesen in der Vorhalle waren kalt. Alex' nackte Füße hinterließen feuchte Abdrücke, die seinen hohen Spann und die schlanken Zehen nachzeichneten.

Früher hatte ein altes Steinway-Piano seinen Platz zwischen den Bogenfenstern in der Bibliothek gehabt, und zwar unter einem Porträt in Öl, das Willa Rakes darstellte. Ihre dunkelblauen Augen spähten unter dunkelroten Locken hervor. Ihr Stil wirkte zeitlos, ihr Lächeln war warm und wunderschön und hatte etwas leicht Keckes. Vor langer Zeit war sie so spurlos aus Alex' Leben verschwunden, dass er nie sicher sein konnte, ob die Bilder in seinem Kopf wirklich seiner Erinnerung entstammten. Sein Vater besaß keine Fotos von ihr. Alex wusste, dass sie Klavier gespielt hatte, aber nicht mehr, wie lange nach ihrem Verschwinden auch das Instrument weg gewesen war. Fast konnte er noch die Abdrücke der Räder in dem dicken Teppichflor ausmachen.

Die Musik drang nicht aus der Bibliothek. Während Alex durchs Haus ging, wurde sie mal leiser, mal lauter, sodass unmöglich festzustellen war, woher sie kam. Als Alex vor Willas Porträt angelangt war, senkte sich die Lautstärke zu einem schwachen Surren, bis er sich fragte, ob die Musik tatsächlich im Raum oder nur in seiner Vorstellung erklang. Schließlich verstummte sie ganz. Alex neigte den Kopf im gleichen Winkel wie seine Großmutter. »Hast du Chopin und Mozart gespielt? Oder nur den Flohwalzer? Ich kann mich wirklich nicht erinnern.« Das Porträt erwiderte unverwandt seinen Blick.

Wieder oben angekommen, hatte er seine Schlafzimmertür schon fast hinter sich geschlossen, als ein paar Töne des Flohwalzers an sein Ohr drangen und ihm leichtfüßig die Treppe hinauffolgten wie eine Katze, die er nie einfangen würde.

An Schlaf war nicht mehr zu denken. Nacht für Nacht ging das so, und seit er wider besseres Wissen nach Lockhart gezogen war, waren es viele Nächte gewesen. Er hatte sich den drängenden Bitten seines Vaters, er müsse zurückkehren und im Geschäft helfen, einfach nicht verschließen können. Und nun starrte er allnächtlich an die Decke, auf einen Bildschirm – oder beides –, bis das Morgengrauen den Himmel in einen rosigen Schein tauchte. Schließlich stand er auf, rieb sich die müden Augen, kochte sich einen Kaffee in der stillen Küche und setzte sich damit auf die breite Veranda, die einen Blick auf den abschüssigen Rasen und die Eichen bis hinunter zum Wasser gewährte.

Immer wieder überlegte er sich, ob er nicht in das größere Schlafzimmer im hinteren Teil des Hauses umziehen sollte, wo die Bogenfenster Aussicht auf eine Biegung des silbrigen Flusses und die Morgensonne boten. Aber das asymmetrisch geschnittene Turmzimmer, das auf die Straße hinaus zeigte, gefiel ihm nun einmal besser. Er empfand es bis heute als seines, obwohl er es seit seiner frühen Kindheit nicht mehr bewohnt hatte. Hier hatte er bis zu seinem fünften Lebensjahr geschlafen, doch dann hatte sein Vater ihn ins Internat geschickt. Dass er nun als ein der Welt überdrüssiger vierunddreißigjähriger Mann hier zu Bett ging, konnte die Anziehungskraft des Raums nicht schmälern, denn er fühlte sich nirgendwo sonst so wohl. Das Zimmer ganz hinten in der obersten Etage hingegen stand seit Willas Verschwinden leer, und niemand – weder er selbst, geschweige denn sein Vater – hatte Lust, sich darin aufzuhalten. Es gab dort nicht einmal Möbel, nur einen gewaltigen Schrank aus Mahagoni, der zu groß und zu schwer war, um ihn wegzuräumen.

Und nun wusste Alex seit gestern, dass dieser Raum – so wie jeder andere im Haus – weit weg auf der anderen Seite des Kontinents eine spiegelbildliche, wenn auch um vieles kleinere Entsprechung hatte, offenbar das Werk einer Einsiedlerin, die irgendwo in der Wüste lebte. Er hatte sich das Hirn nach dem Namen des Blogs zermartert, auf den die Kundin ihn hingewiesen hatte, und schließlich *Villa + Miniaturformat* in das Suchfenster seines Laptops eingetippt.

Das erste Ergebnis hatte *Die Villa Liliput der Myra Malone* gelautet. Als Alex den Link angeklickt hatte, war eine Flut aus rosafarbenen Wörtern auf seine Augen eingestürmt.

Für Alex hätte diese Farbe besser zu einem siebenjährigen Mädchen gepasst, auch wenn Schrifttyp, Layout und die Gestaltung der Seite an sich auf größere Lebenserfahrung hinwiesen. Der Gesamteindruck war ein wenig altmodisch, was Alex an den kunstgewerblichen Spielwarenladen gegenüber von Rakes and Son erinnerte. Ein bisschen ausgeflippt, sodass man Lust bekam, eine Weile zu stöbern, in der Hoffnung, auf etwas zu stoßen, das bis jetzt noch niemandem aufgefallen war. Allerdings wusste Alex ja schon, dass es sich bei der fraglichen Villa um eine Miniaturausgabe seines Elternhauses handelte, weshalb er nicht mit neuen Erkenntnissen rechnete.

Er klickte »Häufig gestellte Fragen« an:

Was ist die Villa Liliput? Die Villa ist ein Haus im Miniaturformat. Manche mögen die *Villa* als Puppenhaus bezeichnen, aber ich bitte darum, das zu unterlassen, denn sie ist schrecklich schnell beleidigt. Erbaut wurde sie in einem zusammengewürfelten Stil, in dem viktorianische und gotische Einflüsse mitspielen. Hinzu kommt ein Sammelsurium weiterer, nach Lust und Laune hinzugefügter Elemente. Ich habe keine Ahnung, was dahintersteckt, und ich habe noch nie nachgefragt. Also an alle, die Architektur studiert haben oder sich aus anderen Gründen für dieses Thema interessieren: *Ja, ich habe Ihre E-Mails bekommen, und nein, ich weiß nicht, warum das Haus so aussieht, wie es aussieht.* Ein Haus wie dieses würde wohl jeden Nachbarschaftsverein zur Verzweiflung treiben, aber da es winzig ist und ganz allein auf meinem Dachboden steht, schweigen sich besagte Nachbarn aus, und ich will es auch lieber gar nicht so genau wissen.

Alex schmunzelte. Die echte, große Villa in Lockhart war eine beliebte Station für Touristenbusse, deren Passagiere manchmal so forsch waren, an die geschnitzte Haustür zu klopfen und sich in allen Einzelheiten nach genau dem Stilmischmasch zu erkundigen, den Myra – Alex fand, dass er sie Myra nennen konnte – hier beschrieb. Nach den ersten Besuchern hatte Alex gelernt, einfach nicht die Tür zu öffnen. Und da es bis zu den nächsten Nachbarn viele Kilometer waren und das Haus außerdem aus einer Zeit stammte, in der von angelegten Naherholungsgebieten in Flussnähe, Umweltschutzauflagen und Bauvorschriften noch keine Rede gewesen war, gab es auch niemanden, der sich beschwerte. Die inzwischen am Fuße des Hügels erbauten Wohnanlagen hingegen entsprachen genau den Vorgaben einer am Reißbrett entstandenen Siedlung, wo ein Haus mit Türmchen,

Schnörkeln, Spitzbogenfenstern, steinernen Säulen und einer um das ganze Gebäude verlaufenden Veranda sämtliche Alarmglocken zum Schrillen gebracht hätte. Vermutlich die Glocken eines Feueralarms, denn die genormten Menschen, die dort wohnten, hätten wohl nicht lange gefackelt.

Einige der wenigen Klassenkameraden im Internat, die auch aus der Gegend von Lockhart kamen, hatten Alex nur fassungslos angestarrt, wenn er erzählt hatte, dass er in der »Hexenvilla« oder dem »Haus der Dame« wohne. Oder dem »Schandfleck«, wie manche sagten. Doch Alex hatte den seltsamen Stilmix stets auf das Alter des Hauses zurückgeführt, das Berichten zufolge schon seit Jahrhunderten an dieser Stelle stand und zusammen mit der Stadt Lockhart gewachsen war, immer unter dem Einfluss des jeweiligen Zeitgeschmacks. Nicht jeder störte sich daran, insbesondere nicht die Menschen, die das Haus bewohnten und liebten. Es wirkte nur auf Außenstehende bedrückend, die sich ihm mit der falschen Geisteshaltung näherten. Auf Durchschnittsmenschen, bei denen sich alles darum drehte, bloß nicht aus der Reihe zu tanzen oder unangenehm aufzufallen. Menschen, die selbst einen Zufluchtsort hatten, fehlte der Blick für den Schutz, den die Villa bieten konnte.

Was nicht hieß, dass sie in den letzten Jahrzehnten jemandem zum Zufluchtsort geworden wäre. Alex' Vater hatte das Haus oft leer stehen lassen und es nur gelegentlich auf ein Jahr befristet vermietet. Für eine astronomische Summe, eine gute Geschichte und das Versprechen, das Gebäude wenigstens so weit instand zu halten, dass es nicht auf seinem Hügel in sich zusammenbrach. Alleinstehende Mieter blieben am längsten, auch wenn fast keiner bis zum Ablauf des Mietvertrags durchhielt. Mieter mit Familie brachen meist rasch wieder ihre Zelte ab und beklagten sich oft, es sei ein Ding der Unmöglichkeit, die Kinder zum Verlassen des Hauses zu bewegen, so begeistert seien sie von den vielen Zimmern und Geheimgängen. Ellen, eine langjährige Angestellte der Rakes, hatte das Haus vorübergehend bewohnt und frische Luft hereingelassen, fest davon überzeugt, dass nur einige Schichten Farbe und ein gründliches Abstauben nötig seien, um ein Haus wie dieses zu einem Zuhause zu machen. Und obwohl unter ihrer Ägide eine heimeligere Atmosphäre Einzug gehalten hatte, schien trotzdem etwas zu fehlen.

Alex klickte die nächste häufig gestellte Frage an.

Wo ist die Villa Liliput? Meine Großmutter Trixie sagte oft, die *Villa* sei überall und nirgendwo, womit sie meiner Ansicht nach nur den Satz »Wir bewahren sie auf dem Speicher auf, damit es niemanden interessiert, ob wir sie abstauben« möglichst gruselig klingen lassen wollte. Die *Villa* empfängt keine Gäste und ist sich selbst genug, lässt es mich jedoch wissen, wenn sie etwas braucht. Ich stelle mir gern die anderen Hände vor, die ihr bis jetzt geholfen haben, ihre Geschichte zu erzählen. Sie teilt mir mit, welche Geschichten sie erzählen will.

Wer bist du? Das steht klar und deutlich im Titel, Leute, was ich mir allerdings nicht ausgesucht habe. Das heißt, weder meinen Namen noch den Titel. Gwen, die mich ansonsten sehr lieb hat, hat mir gesagt, dass manche Menschen Puppenhäuser gruselig finden. Und angeblich hilft es dagegen, wenn man ihnen einen Namen gibt. Ansonsten, so hat sie beteuert, würden sich die Leute nur einen Haufen beängstigend kleiner Möbelstücke vorstellen. Und das, obwohl ich mir den Mund fusselig geredet habe, um ihr zu erklären, dass die *Villa* eben kein Puppenhaus ist. Irgendwann habe ich mich breitschlagen lassen. Also, ja, ich bin Myra Malone. Ich wohne irgendwo in Arizona und bin über dreißig, auch wenn ich mich lieber als »alterslos« sehe. Ich habe hellblonde Haare, die fast, aber nicht ganz, so widerspenstig sind wie die Krause auf dem Kopf meiner Wäscheklammer-Doppelgängerin. Die *Villa* habe ich geerbt, als ich sechs war, und seitdem gibt sie meinen Tagen Sinn und Struktur, ein Geständnis, mit dem ich mich gerade selbst in die Gruselecke gestellt habe, genau wie Gwen befürchtet hat. Tut mir leid. Ich schwöre, dass ich völlig normal bin. Bitte kommen Sie nicht her, um sich persönlich davon zu überzeugen.

Woher stammen die Möbel? Von überallher. Einige Stücke sind noch original und ein Vermächtnis von Trixie, die mir die *Villa* vererbt hat. Einige – aber nur sehr wenige – Stücke wurden mir von Followern wie Ihnen geschickt. Es erstaunt mich immer wieder von Neuem, wenn etwas mit der Post kommt, das aussieht, als wäre es für dieses Haus bestimmt. Das geschieht nicht oft, aber manchmal werden Sie ein Stück in der *Villa* sehen, das zwar aus der Welt da draußen kommt, sich aber dennoch so nahtlos einfügt, dass man das nie vermuten würde.

Ein gutes Beispiel ist das kleine *Oxford Dictionary* auf dem Stehpult in der Bibliothek, das tatsächlich etwa ein Dutzend Seiten hat, die man durchblättern kann, auch wenn man zum Lesen eine Lupe braucht. Früher lag eine winzige Bibel auf dem Pult, doch mir ist das Wörterbuch lieber. Ein Leser aus Dänemark hat es mir geschickt.

Manche Stücke sind Frankensteinmöbel, was heißt, dass ich sie aus unterschiedlichen Teilen zu etwas Neuem zusammengebaut habe. Andere wiederum habe ich eigenhändig geschreinert. Opa Lou war ein großartiger Schreiner, und Trixie konnte unglaublich gut mit Nadel und Faden umgehen. Deshalb sind ein paar der Möbelstücke, zum Beispiel der Eichenschrank in dem größten Schlafzimmer in der oberen Etage, Originale. Nur die Scharniere und Knäufe (Metallarbeiten übersteigen meine Fähigkeiten ein wenig, obwohl ich mit Knetmasse und Kunstharz wahre Wunder wirken kann) habe ich gekauft. Doch die Schränke und Kleider gehören zu den Dingen, die ich selbst gemacht und lackiert beziehungsweise genäht habe.

Seien Sie gnädig, was die zusammengefalteten Pullover im obersten Schrankfach angeht. Ich habe kurz mit dem Miniaturstricken geliebäugelt, nachdem ich im Netz ein paar Videos gesehen hatte. Allerdings handelt es sich dabei um eine Tätigkeit, die ich schon mit Nadeln in normaler Größe nie wirklich beherrscht habe, geschweige denn in diesem winzigen Format. Außerdem verrate ich Ihnen jetzt ein Geheimnis: Nur die obersten Kleidungsstücke sind echt. Oft benutze ich Papier und Farbe, um einen gefalteten Pulli oder einen Mantel am Bügel zu imitieren, wenn ich es nicht mehr erwarten kann, ein Foto von einem Zimmer zu machen. Falls ich plane, das Zimmer ohnehin bald umzugestalten, spare ich mir oft, aber nicht immer die Mühe, manche dieser Gegenstände durch echte zu ersetzen. Das hängt davon ab, wie lange ich mit dem Wissen leben kann, dass sich in diesem Zimmer etwas Unfertiges verbirgt. Gelegentlich ist es auch die *Villa* selbst, die diese Entscheidung trifft. Sie kann nämlich ganz schön dickköpfig sein.

Klingt irgendwie bekannt. Wieder wehte ein Klimpern von dem Klavier, das nicht mehr in der Bibliothek stand, zu Alex hinauf. Spontan durchsuchte er das nach Zimmern sortierte

Archiv auf der rechten Seite der Homepage. Als er »Bibliothek« anklickte, hatte er zwar das erwartete Ergebnis vor sich, traute aber trotzdem seinen Augen kaum. Einige Einzelheiten waren verändert worden, doch eine beträchtliche Anzahl von Möbeln stand genau an derselben Stelle wie ihre normal großen Gegenstücke im Erdgeschoss.

Als er virtuell durch den Raum navigierte, hielt er so konzentriert Ausschau nach Übereinstimmungen, dass ihm die Unterschiede zunächst gar nicht auffielen.

An der Wand zwischen den beiden breiten Fenstern stand noch immer ein dunkel gebeiztes Klavier.

Darüber hing ein Porträt. Alex schnappte nach Luft, als er Willa Rakes' spitzbübisches Lächeln erkannte, das ihm aus einem winzigen vergoldeten Rahmen entgegenstrahlte. Genauso wie in der unteren Etage.

Bis auf den quer über Willas Gesicht verlaufenden Schnitt war alles identisch.

Alex klickte die Posts im Archiv an. Mit jedem Beitrag, jedem von Wortwitz geprägten Satz nahm Myra für ihn mehr Gestalt an. Manchmal war es, als säße sie hier neben ihm und wiese ihn auf kleine Details in den Zimmern hin, die er ansonsten übersehen hätte. Ein eingraviertes Blumenmuster auf den Griffen der silbernen Messer in der Schublade. Wie sich das Licht in einem Küchenfenster im steinernen Wasser des großen Porzellanspülbeckens fing. Die blauen Tiefen wurden von den Farbstrudeln eines Achats imitiert, ein winziger Teller enthielt kleine Kristalle, die Seifenblasen darstellen sollten. Das Licht in Alex' Zimmer geriet in Bewegung, als die Sonne am Horizont aufging. Und noch immer saß er da, neben Myra, lachte über ihre Scherze und hätte zu gern mehr über Willas Porträt erfahren. Sie gefragt, ob sie wisse, wo Willa sei. Und auch, in welchem Verhältnis sie beide zueinander standen.

Er bemerkte erst, dass er schon seit einer geraumen Weile reglos verharrte, als er seinen Vater mit missbilligender Miene auf der Türschwelle stehen sah. Alex fuhr zusammen und knallte den Laptop zu. Er fühlte sich wieder wie damals im Internat: nämlich so, als wäre er bei etwas Verbotenem ertappt worden. Rutherfords Gesichtsausdruck bestätigte ihm, dass etwas im Argen lag, was ein noch viel älteres Gefühl in ihm wachrief. Es stammte aus der Zeit, als Alex, ein kleiner verängstigter Junge, fortgeschickt worden war.

»Was ist hier los?« Rutherfords Stimme war barsch, und es schwangen auch Argwohn und Furcht in seinem Tonfall mit. Er wechselte die mitgebrachte Tüte von einer Hand in die andere. Die Fettflecken auf dem Papier verrieten, dass er Frühstück für sie beide eingekauft hatte, was er hin und wieder tat.

»Ich ... lese nur, Dad.« Noch steif nach den vielen zusammengekrümmt über dem Laptop verbrachten Stunden, sprang Alex auf und streckte sich. »Was machst du hier?«

»Ich bringe das Frühstück. Heute kommt eine Lieferung, und ich möchte, dass du beim Abladen hilfst. Also dachte ich, dass eine kleine Bestechung nicht schaden kann.« Rutherford griff in die Tüte und förderte ein feucht glänzendes Croissant zutage, dessen Duft sich in dem eigenartig kalten Schlafzimmer ausbreitete. »Als ich zum Tor hereinkam, habe ich Musik gehört und dachte, du bist schon auf. Aber unten war alles dunkel.«

»Ich war heute Morgen noch gar nicht unten.«

»Die Musik kam nicht aus deinem Zimmer.«

»Nein.« Alex gähnte. »Das hat sie letzte Nacht auch nicht getan. War es Klaviermusik? Hat sie wenigstens mit dem Flohwalzer aufgehört?«

Rutherford ließ die Tüte fallen und klappte den Mund auf wie einer der Barsche, die er bei seinen Angelausflügen zu erbeuten pflegte. Zorn loderte in seinen Augen. Alex kannte diesen Blick ebenfalls aus seiner Kindheit. Und auch jetzt ballte sein Vater wieder die Fäuste und spannte den Kiefer an. Jedes Wort klang wie ein Stoß aus einem Maschinengewehr, hervorgepresst zwischen weißen Zähnen. Unwillkürlich wichen Alex' Füße zurück. Die Verständnislosigkeit und Angst von damals verwandelten ihn wieder in ein verschüchtertes Kind.

»*Sie* ist fort. Es gibt in diesem Haus keine *Sie*. Und ich werde weder deine Mätzchen dulden noch mir dein albernes Gerede anhören, das ganz und gar nicht komisch ist.« Rutherford trat einen Schritt auf seinen Sohn zu und bohrte den ausgestreckten Zeigefinger in die Luft zwischen ihnen. Alex machte noch einen Schritt rückwärts in Richtung des großen Fensters, das auf die Straße hinausging. »Womit hast du die Musik abgespielt? Hast du etwa ein Lautsprechersystem eingebaut? Ich habe mich doch klar genug ausgedrückt, dass du an diesem Haus nichts verändern darfst.«

Alex zuckte die Achseln. »Dad, ich habe keine Ahnung, wovon du redest.«

Wie immer verwechselte Rutherford das Unverständnis seines Sohnes mit Aufsässigkeit. »Ich war von Anfang an dagegen, dass du hier einziehst. Wir hätten das Haus weiter vermieten und nie mehr einen Fuß hineinsetzen können. Aber du musstest ja darauf beharren. Ich hätte dir gleich das sagen sollen, was ich dir jetzt sagen werde: Du triffst hier nicht die Entscheidungen. Weder was das Geschäft noch was dieses Haus angeht. Und wenn du Spielchen mit mir oder diesem Mühlstein in Hausform treibst, der um den Hals dieser Familie hängt, kannst du gleich verschwinden.«

»Du schickst mich weg? Ach, auf eine Militärschule vielleicht? Wie damals, Dad, als ich ein kleines Kind und ganz allein und verängstigt war? Da muss ich dich leider enttäuschen, denn diese Karte hast du schon ausgespielt, weshalb die Drohung nicht mehr so gut wirkt wie damals. Ich könnte natürlich auch losziehen und mich ohne deine Hilfe in der weiten Welt durchschlagen. Auch das habe ich bereits hinter mir, und ich bin wunderbar zurechtgekommen, nicht dass du dich auch nur im Geringsten für mein Leben interessiert hättest.« Alex spürte, wie sein Atmen in ein hastiges Nach-Luft-Schnappen überging. Sein Gesicht und seine Hände waren so eiskalt wie bei Schneetreiben im Gebirge. Die Wut, die plötzlich in ihm hochkochte, stand der im Gesicht seines Vaters in nichts nach. Das Gefühl schien von außen auf sie einzustürmen und aus dem Zimmer, in dem sie gerade standen, in sie zu strömen. »Warum hasst du dieses Haus so?«, fragte Alex. »Warum hasst du *mich*? Wieso schaffst du uns beide denn nicht einfach ab?«

»Glaubst du, ich hätte es nicht versucht?« In Rutherfords Miene spiegelte sich die Verzweiflung eines Gejagten. »Du ahnst ja gar nicht, was ich alles unternommen habe, um mich von diesem Haus zu befreien.«

»Und von mir.« Alex ballte die Fäuste und straffte die Schultern. Die Kälte sickerte ihm in die Knochen. In der knisternden Luft zwischen seinem Vater und ihm schien der Atem vor seinem Mund zu gefrieren. *Warum ist er so zornig? Warum bin ich so zornig?* Leidenschaftliche Mendelssohn-Akkorde brausten die Treppe herauf, ein musikalisches Erdbeben, das unter den Dielenbrettern brodelte. *Wie sind wir von einer Tüte Croissants auf dieses Thema gekommen?*

Rutherford schüttelte den Kopf und seufzte tief auf, während die Musik um sie herum langsam verklang. »Ich habe nie versucht, mich von dir zu befreien, Alex. Ich wollte dich schützen.«

Alex' Handgelenk schmerzte, die Erinnerung an einen

schlecht gerichteten Bruch. Außerdem war da das atemlose und ruckartige Gefühl, von etwas weggezerrt zu werden, das er sich so sehr wünschte. So sehr, doch sein Vater wollte nicht, dass er es bekam. Wieder war er etwa zwei Jahre alt, zu klein, um sich genau zu erinnern. Das Bild vor seinen Augen verschwamm in einem Nebel aus Schmerz und Verlust.

»Falls du versucht haben solltest, mich vor dir zu schützen, Dad, kann ich das inzwischen selbst. Ansonsten wäre ich nie zurückgekommen.«

»Ich wollte, dass du zurückkommst. Aber außerdem ...« Rutherfords Stimme erstarb, und sein gejagter Blick wich einem beinahe schicksalsergebenen Ausdruck. »Ich wünschte, du würdest dir eine Wohnung suchen.« Plötzlich krümmte er sich und griff sich mit der rechten Hand an die Taille. Mit der Linken wedelte er durch die Luft, wie um Alex zu verscheuchen.

Die Kälte im Raum verschwand so plötzlich, dass Alex sich fragte, ob er sie sich nur eingebildet hatte. Er sprang mit einem Satz zu dem Rattanstuhl in der Ecke, schob ihn hinter seinen Vater und machte Platz, damit Rutherford sich setzen konnte. Dabei taten beide so, als handelte es sich bei diesem Schwächeanfall um etwas ganz Normales, das nicht weiter der Rede wert wäre.

»Ich fühle mich wohl hier.« Alex ging zu der Kommode hinüber. »Bleib einfach sitzen, ruh dich kurz aus und gib mir fünf Minuten zum Anziehen. Dann schauen wir uns die Lieferung an.«

Rutherfords Atem wurde langsamer, und Anspannung und Zorn wichen aus seinem Gesicht. Der Themenwechsel schien ihn zu erleichtern. »Wenn wir Glück haben, sind noch ein paar von diesen Bambussofas dabei.«

»Wenn wir Glück haben, brennt das Lagerhaus ab, und dann ist Schluss mit diesen gruseligen Dingern.« Als Alex die erschrockene Miene seines Vaters sah, lachte er laut auf. »Tut mir leid, aber ich finde sie einfach scheußlich. Außerdem könnte man mit dem Geld von der Versicherung viele ausgeflippte Restposten beim Trödler kaufen.« Der Scherz hüpfte leichtfüßig durch den Raum und eine Luft, die sich nicht länger aufgeladen anfühlte. Der Zorn löste sich in Wohlgefallen auf, so plötzlich, wie er entstanden war.

»Nicht alle Menschen haben dein angeborenes Stilgefühl, mein Sohn. Ein Umstand, für den mein Bankkonto dankbar ist. Von dem Geld, das man mit so was verdient, könnten wir nicht leben.« Rutherford wies auf die wasserblaue Kommode.

Alex zuckte die Achseln. »Wenn man kein Geld hat, muss man neue Mittel und Wege finden, um sich durchzuschlagen, Dad. Genauso, wie man neue Mittel und Wege finden muss, sich selbst zu lieben, wenn man sich ungeliebt fühlt.«

»Du warst niemals ungeliebt.«

»Heb dir das für eine Sitzung beim Familientherapeuten auf, falls wir je zu einem gehen sollten. Und jetzt lass uns ein paar schauderhafte, nach Geld stinkende Sofas abladen.«

17

LOCKHART, VIRGINIA, 1937

Als das Schiff in New York City anlegte und Willa und Ford von Bord gingen, nahm die Schauspielerei ihren Anfang, für Willa eine vertraute Tätigkeit, die allerdings auch Ford nicht fremd zu sein schien. Eigenhändig schulterte er den Überseekoffer, der die *Villa Liliput* enthielt, bevor er ihn an einen Gepäckträger weiterreichte, und zwar mit der Ermahnung, ja vorsichtig damit zu sein – *meine Frau nimmt ihn immer mit auf Reisen.* Dann drehte er sich zu Willa um und zog die Augenbrauen hoch, was wohl »In Ordnung?« besagen sollte, woraufhin Willa nickte, weil es sich richtig anfühlte. Es war in Ordnung so. Sie suchten sich ein Hotel, zu dem Ford anmerkte, er sei noch nie dort abgestiegen – *eigentlich zu elegant für einen Burschen wie mich, aber jetzt mit dir ...*

Sie trugen sich als Mr. und Mrs. Rutherford Rakes ein. Und so wurde es auch in jedem anderen Gästebuch, das darauf folgte, in Fords krakeliger Handschrift vermerkt. In Philadelphia beglückwünschte sie ein Möbelfabrikant, der die Familie schon seit Jahren kannte, mit dröhnender Stimme – *Dein Vater hat es mit keinem Wort erwähnt. Meine Frau wird sehr traurig sein, dass sie es verpasst hat* –, doch Ford erwiderte mit einem verschwörerischen Zwinkern, es sei noch nicht offiziell. Die Heimreise nach Lockhart führte sie langsam und auf kleinen Umwegen die Ostküste hinunter. Ford musste in verschiedenen Städtchen im Nordosten einige Hersteller, Fabriken und Werkstätten aufsuchen. Er beabsichtigte zwar, irgendwann in den Süden zurückzukehren, hatte es damit aber offenbar nicht eilig. Und Willa empfand das Ankommen zu Hause nun, da sie wieder amerikanischen Boden unter den Füßen hatte, auch nicht mehr als so dringend. Sie würde schon rechtzeitig am Ziel sein. Und bis dahin wollte sie das Zusammensein mit Ford genießen.

Auf ihren früheren Reisen zwischen den Kontinenten an Bord vieler Schiffe hatte Willa sich vom Wasser magisch angezogen gefühlt. Wenn sie nicht in Lockhart war, hielt sie nur wenig im Landesinneren oder überhaupt für längere Zeit auf ein und demselben Erdteil, da sie den Gerüchten, die sich um sie rankten und sie meist nach einer Weile zur Flucht zwangen, immer einen Schritt voraus sein wollte. Dann wartete sie ab, bis sich das Gerede legte und der Tod oder das Auftreten neuer Sensationen die Plappermäuler zum Schweigen brachte. Allerdings lieferte eine allein reisende Frau nun mal zu jeder Zeit Stoff für Klatsch und Tratsch. Ford war nicht der erste Mann, der Willa begleitete. Aber er war der erste, mit dem sie immer weiterreisen wollte, ganz gleich, wohin.

Als sie die nächste Fabrik auf ihrer Route erreichten, empfing der Inhaber Ford mit einem Telegramm: *Von Ihrem Herrn Vater.*

KOMM SOFORT NACH HAUSE STOPP
ES WIRD DEINE MUTTER UMBRINGEN STOPP
SO HABEN WIR DICH NICHT ERZOGEN STOPP
RUF AN WENN DU DA BIST STOPP

Ford ignorierte das Telegramm. Und auch das nächste, das ihm in Baltimore auf einem silbernen Tablett im Vorzimmer eines Mannes überreicht wurde, dessen Fachgebiet es war, exotische Hölzer, Edelsteine und Metalle in Möbelstücke einzulassen, sodass sie zusammen mit den Wirbeln und Knoten im Holz nahezu jedes beliebige Muster bildeten. Willa bestaunte die glatten Übergänge, unterhielt sich ausführlich mit ihm und erkundigte sich, ob er einen Auftrag annehmen würde. Eine Eiche aus Stein, so blau wie das Meer, das sie gerade überquert hatte, eingelassen in einen runden Tisch. Sie einigten sich auf einen Preis, und Willa versprach, die Materialien zu schicken, sobald sie wieder in Lockhart wäre.

In jener Nacht, als Ford neben ihr lag und mit seinen weichen Händen über die Innenseite ihres Beins strich, fragte sie ihn, wie lange er noch warten würde, bis er sich der Auseinandersetzung mit seiner Familie stellte.

»So lange, bis sie aufhören, die Rechnungen zu bezahlen«, antwortete er.

Das nächste Telegramm, das sie in Arlington erwartete, machte seinem Gleichmut ein Ende.

KEIN PENNY MEHR STOPP
KOMM SOFORT NACH HAUSE STOPP

»Offenbar ist es Zeit, den nächsten Zug zu nehmen.« Ford küsste Willa auf die Stirn. »Ich schwöre, dass sie keine Ungeheuer sind.«

»Aber sie könnten mich für eines halten.« Willa biss die Kiefer zusammen und machte sich wieder einmal Vorwürfe, weil sie sich ausgerechnet in einen Mann aus demselben Städtchen verliebt hatte. Aus einer Familie, tief verwurzelt in der Erde, die ihr Schutz bot. Seine Vertrautheit hatte einen Preis, den sie zu zahlen beschlossen hatte. Allerdings hatte sie dabei – wenigstens vorübergehend – vergessen, dass es hier nicht nur um sie allein ging. Ford hatte Angehörige, die sie kennenlernen und mit denen sie Umgang würde pflegen müssen. Sie konnte ihn nicht ganz für sich allein haben. Noch nicht.

»Warum? Wegen des Hauses? Unsinn. Mein Vater glaubt nicht an Märchen, und meine Mutter wird dir vermutlich eher beim Einrichten helfen wollen, anstatt über deine Tante herzuziehen. Es wird schon gut gehen.« Ford küsste sie auf den Scheitel. »Außerdem lag Mom mir schon damit in den Ohren, endlich häuslich zu werden, bevor ich überhaupt wusste, was dieses Wort bedeutet. Ein Cousin von ihr hat ein Internat in der Nähe von Asheville gegründet, wo ich zur Highschool gegangen bin. Aber auch die Jahre dort haben nicht genügt, um mich in den Sohn zu verwandeln, den sie sich gewünscht hat. Doch wenn sie dich erst kennt und sieht, wie glücklich ich bin, wird sich alles von selbst ergeben. Da bin ich mir ganz sicher.«

Das erste Abendessen bei Fords Eltern bestätigte die Vorurteile auf beiden Seiten, sosehr diese sich im Detail auch unterscheiden mochten. Und anschließend war es, als hätten die Beteiligten nicht an ein und demselben Treffen teilgenommen. Als sie das im strengen Federal-Stil erbaute Haus der Rakes erreichten, in dem jeder einzelne der roten Backsteine mit militärischer Präzision zusammengefügt schien, wurde Willa zunehmend von Grauen ergriffen, das sich mit jeder Steinstufe hinauf zur Tür steigerte. Der Türklopfer hatte die Form eines Rings, der zwischen den gefletschten Zähnen eines mürrisch dreinblickenden Messinglöwen klemmte. Das Dienstmädchen in Tracht, das die Tür öffnete, knickste wortlos und winkte sie in den Salon, wo Fords Eltern zu beiden Seiten des marmornen Kamins standen.

Theodore »Teddy« Aloysius Rakes verzog keine Miene, als Ford Willa vorstellte. Er hielt ihr weder die Hand hin, noch zeigte sein Gesicht irgendeinen Ausdruck, aus dem Willa schlau geworden wäre. Sobald Ford seine kurze Ansprache – *Vater, Mutter, ich freue mich sehr, euch mit meiner Frau, Mrs. Willa Rakes, bekannt zu machen* – beendet hatte, sah Teddy Rakes seine zierliche Ehefrau nur auffordernd an und nickte. Offenbar erwartete er, dass sie diese ungewöhnliche gesellschaftliche Situation meisterte, indem sie für sie beide sprach.

Fords Mutter trat auf Willa zu und streckte die Hand aus. »Ich würde ja gerne sagen, dass wir schon so viel von Ihnen gehört haben, meine Liebe, aber ich fürchte, dazu hat man uns kaum Gelegenheit gegeben.« Mildred Elizabeth Rakes bedachte ihren Sohn mit einem tadelnden Blick und wandte sich dann wieder an Willa. »Natürlich haben wir so viel in Erfahrung gebracht, wie wir konnten. Der Tod Ihrer Tante tut uns entsetzlich leid. Es muss sehr schwer gewesen sein, sie ausgerechnet im Ausland zu verlieren. Standen Sie einander sehr nahe?«

Willa senkte in einer, wie sie hoffte, überzeugenden Zurschaustellung von Trauer den Blick. »Nicht sehr. Sie hat meine Ausbildung finanziert, wofür ich ihr immer dankbar sein werde. Doch sie war eine sehr zurückhaltende Frau und hatte nicht viel Kontakt zu ihren Mitmenschen.«

»Und dann hat sie ein Findelkind wie Sie, ein so hübsches junges Ding, mutterseelenallein im wilden Frankreich sich selbst überlassen. Ein Jammer, dass sie keine Vorkehrungen getroffen hat, um Ihnen zu einer Stellung als Gesellschafterin oder sonst einer seriösen Beschäftigung zu verhelfen. Welch ein Glück, dass Sie allein den Weg nach England gefunden haben. Und dann haben Sie einen so gutherzigen Menschen getroffen wie unseren Sohn.« Das »z« in »gutherzig« zischte zwischen Mildreds Lippen hervor, und es war nicht zu überhören, dass sie lieber ein anderes Wort gebraucht hätte. »Naiv« zum Beispiel. Ford war eben nichts weiter als ein dummer Junge.

Willa lächelte, als hätte sie nur die sanfte und melodische Stimme, nicht aber den giftigen Unterton wahrgenommen. »Meine Tante hat mich gut versorgt.« Als sie Fords Hand nahm, griff dieser danach und lächelte zu ihr herab. Auf seinem Gesicht lag ein Ausdruck, der an seinen Gefühlen keinen Zweifel ließ.

»Selbstverständlich hat sie das«, erwiderte Mildred. »Die gute Seele.«

Sie verabschiedeten sich nach einer Mahlzeit, die Willa als Quälerei empfunden hatte, während Ford verkündete, es sei doch besser gelaufen als erwartet, als er beschwingten Schrittes auf ihr am Straßenrand geparktes Auto zusteuerte. Er hatte tatsächlich etwas Leichtfertiges an sich, obwohl Willa das Urteil seiner Mutter ungerecht fand. Ford war offenbar ein Mensch, der Unangenehmes einfach nicht an sich heranließ und sich gut gelaunt durch heikle und peinliche Situationen manövrierte, was man vorschnell als mangelndes Feingefühl auslegen konnte. Allerdings wusste Willa inzwischen, dass er zuckersüße Heuchelei und Seitenhiebe ebenso wahrnahm wie sie – nur dass es ihn eben nicht interessierte. Offenbar verfügte er über eine Schutzschicht, an der gesellschaftliche Regeln einfach abperlten. Außerdem konnte er zwischen Wichtigem und Unwichtigem unterscheiden und besaß ein Selbstbewusstsein, das Willa Geborgenheit vermittelte.

Ford fuhr zu dem kleinen Gasthof, wo sie untergekommen waren, bis die Villa bezugsfertig hergerichtet war, denn ihnen war auch ohne große Worte klar, dass das Haus an der breiten Flussbiegung der Ort war, wo sie hingehörten.

»Dad kann eine ziemlich harte Nuss sein«, meinte Ford. »Aber Mom hat dich sofort ins Herz geschlossen.«

»Dein Vater ist noch härter als eine Nuss. Stein würde es besser treffen. Und was deine Mutter angeht, lassen deine

Anatomiekenntnisse zu wünschen übrig.« Seufzend lehnte Willa sich zurück. »Sie benimmt sich wie eine Glucke.«

»Das tun die meisten Mütter.«

»Ich glaube, sie mag mich nicht besonders.«

»Bestimmt irrst du dich. Aber ist das überhaupt wichtig?« Fords Finger wanderten über ihren Nacken und zogen ihren Kopf zu seiner Schulter hinab. »Ich mag dich nämlich umso lieber.«

»Ich mag dich auch. Was tust du, wenn sie dich enterben?«

»Dann muss ich mir wahrscheinlich etwas anderes einfallen lassen, um meine Brötchen zu verdienen.« Ford bedachte Willa mit einem Seitenblick. »Vielleicht werfe ich mich ja einer reichen, älteren Frau zu Füßen.«

Willa zog die linke Augenbraue hoch. »Dazu müsstest du aber deinen Charme spielen lassen.«

»Wenn wir erst in unserem Zimmer sind, werde ich so charmant sein wie möglich, nur für alle Fälle.«

Und sein Charme war es, der sie von den Fesseln erlöste, durch die sie sich an den Ruf der Villa und der Höhlen darunter gebunden fühlte. Bis jetzt hatte sie nie das Bedürfnis gehabt, sich davon zu befreien. Und dass sie überhaupt in der Lage war, loszulassen, führte zu der Frage, was wohl geschehen würde, wenn sie für immer ginge, sich ein ganz normales Leben gestattete und die Last an jemand anderen weitergab. Diese Entscheidung war so gewaltig, dass sie sich wie gelähmt fühlte und sie sich deshalb, zusammen mit Ford, von der Strömung treiben ließ, beflügelt von dem Wissen, dass sie an nichts weiter zu denken brauchte als an ihr gemeinsames Glück.

18

PARKHURST, ARIZONA, 1988

Myra konnte nicht aufhören, wegen des Kuchens zu weinen. Wie immer, wenn das Wetter kälter wurde, walzte der Albtraum von damals durch ihren Schlaf. Inzwischen stand ihr achter Geburtstag vor der Tür, ohne dass die Erinnerungen an den Unfall vor drei Jahren verblasst wären oder aufgehört hätten, mit ihren Träumen zu kollidieren.

Es fing immer damit an, dass Myra in Lous und Trixies Küche auf einem Hocker stand. Trixie führte Myras kleine Hände auf den Griffen eines Nudelholzes. Gemeinsam drückten sie jedes einzelne Gummibonbon platt und formten es mithilfe von Zahnstochern zu Blättern und Blüten, die sie dann auf den Kuchen steckten. Anlässlich der Feier von Myras fünftem Geburtstag hatte der Kuchen die Form einer Fünf.

Myra wünschte sich einen Garten, der aussah wie der, den Trixie vor Opas Haus zum Leben erweckt hatte. Der Blauregen rankte sich von der Dachkante, sodass Diane nur noch den Kopf schüttelte, denn sie hatte nie erlebt, dass diese Pflanze freiwillig in der Wüste von Arizona wuchs. Die Rosenbüsche blühten rosa, magentafarben und satt scharlachrot mit dem Hauch eines samtigen Blaus, in dem sich das Sonnenlicht fing. Ableger und Gemüse aus Trixies Garten erfüllten das Haus zu jeder Jahreszeit mit einem köstlichen Duft, und als Myra gesagt hatte, sie wünsche sich einen Geburtstagskuchen, der genauso aussah, hatte Trixie versprochen, gemeinsam mit ihr einen zu backen.

Ihr zuckriger Blumenkorb war so gut geraten, dass Myra

bettelte, Trixie möge sie früher als verabredet nach Hause in die Berge fahren, um ihre Eltern zu überraschen, anstatt zu warten, bis diese sie mit dem Auto abholten. Das Wetter war schlecht, aber Myra war so aufgeregt, dass Trixie sich breitschlagen ließ. Vielleicht würden sie es ja noch vor dem Unwetter schaffen.

Vor dem Kuchenbacken hatten sie den Vormittag mit Myras Lieblingsbeschäftigung verbracht, nämlich zusammen an der *Villa* zu arbeiten. Trixie hatte gesagt, sie sei nun alt genug, um sich an der Bibliothek zu versuchen. Myra hatte die winzigen Bücher nach Farbe und Form sortiert und sie, hin und wieder unterbrochen von Porzellanobjekten mit aufgemalten Blauregenranken, auf den hölzernen Regalen aneinandergereiht wie Perlen an einer Kette. Bei der Arbeit hatte Trixie gemeint, sie habe ein ganz besonderes Geschenk für sie. *Mein größter Schatz,* hatte sie gesagt, *und ein Schatz ist eine Verantwortung, mein kleines Eichhörnchen, aber ich bringe dir alles bei.*

Ihr Lächeln, als sie die Halskette abnahm und die gravierte Silberschließe in Myras Nacken einhakte, war von der traumhaften Wärme beseelt, die Myra anzog wie das Licht die Motten. Doch es war auch ein trauriges Lächeln, und Trixies Gesicht wirkte älter und verletzlicher, als sie den Stein an Myras Brust tätschelte. Auch Myra fühlte sich ein wenig traurig und außerdem einsam, obwohl sie den Grund dafür nicht hätte nennen können. Schließlich stand Trixie dicht vor ihr. Nur dass sie weniger präsent schien. Beinahe verblasst. Myra hatte die Kette immer bewundert, die schwerer war, als sie erwartet hatte. Sie fühlte sich sehr erwachsen.

Der glitschige Regen, der auf die Straße vor Lous und Trixies Haus einprasselte, gefror immer mehr, je höher sie kamen. Trixie, die am Steuer von Lous Auto – ein wahres

Schlachtschiff mit Heckantrieb – saß, meinte, sie sollten besser umkehren. Aber Myra brach in Tränen aus. Sie war so stolz, sie waren doch schon fast zu Hause, und außerdem wollte sie ihren Eltern den Kuchen zeigen. Trixie presste die Lippen zusammen. *Der Rückweg wäre wahrscheinlich weiter*, murmelte sie und hielt Kurs, während Myra den Kuchen sorgfältig auf dem Schoß hielt. Alles war genau so, wie es sein sollte. Alles war Magie.

Der Unfall weckte sie wie jedes Mal, und sie lag nach Luft schnappend in der Kälte, bis jemand ihr zu Hilfe kam. In diesem Moment wusste sie immer, dass Trixie nicht mehr lebte, denn sie spürte es ganz deutlich. Sie konnte den Kopf nicht drehen, und ihre Augen blickten hinauf zum weißen Himmel. Sie spürte, dass sie dort hingehen wollte, wo Trixie jetzt war. Die wirbelnden Schneeflocken würden sie emportragen, im leisen Raunen des Windes, der die Straße entlangwehte.

Oben auf dem Dachboden ertönte ein zweites Krachen. Inzwischen hellwach, fuhr Myra hoch. Sie schüttelte den Kopf, um die Schneeflocken zu vertreiben, stellte die nackten Füße auf den Boden und rannte aus ihrem Zimmer und die Speichertreppe hinauf.

Die *Villa* stand offen. Die Metallschließen hatten sich gelöst, die Scharniere klafften weit auseinander. Das an sich war noch nicht weiter ungewöhnlich. Schließlich wurde Myra immer wieder von leisen Klängen oder Lichtblitzen in den frühen Morgenstunden nach oben gerufen, wo sie dann ein neues Zimmer oder ein geheimer Flur erwarteten, die gestaltet werden wollten. Morgens fanden ihre Eltern sie oft auf dem Boden schlafend vor, die kleine Gestalt um den Eckturm gekrümmt.

Doch an diesem Morgen war da kein neues Zimmer. Tief aus dem hinteren Teil der *Villa* drang gedämpfte Musik. Die

Melodie hörte sich so falsch und unsauber an wie das letzte Aufbäumen eines verstimmten Klaviers.

Myra fiel auf die Knie. Das Herz klopfte ihr bis zum Halse, als sie in die Bibliothek spähte. Der Raum war verwüstet, als hätte mitten im Haus ein kleiner Tornado gewütet, um sich anschließend wieder in den Himmel zurückzuziehen und sich anderswo neue Opfer zu suchen. Die Bücher lagen auf dem Boden und im Flur verstreut. Einige standen absturzgefährdet an den Kanten der oberen Etagen. Die Bände, die man aufschlagen konnte, waren entlang des Rückens eingerissen. Papier flatterte in einem Wind, der noch durch den Dachboden fegte, obwohl alle Fenster geschlossen waren. Es war so kalt im Raum, dass Myra ihren Atem sehen konnte, der stockte, als sie überall Porzellanscherben bemerkte. Das Porträt über dem Klavier wies einen großen Schnitt auf. Alle zerbrechlichen Gegenstände im Zimmer waren zerschmettert, und ein Bücherregal in der Ecke, gefüllt mit Porzellanvasen, Tellern und Teetassen im Rankendekor, sah aus wie mit glitzerndem Sand bedeckt. Keine der Scherben war groß genug, um sie wieder zusammenzukleben. Hier noch etwas retten zu wollen, war vergebliche Liebesmüh.

Myra strich mit einem ihrer kleinen Finger ein Regalbrett entlang. Als der Porzellanstaub wie Zucker an ihrer Haut haften blieb, brach sie in Tränen aus. Das Porzellan mit dem Rankenmuster stammte nämlich noch aus Trixies Hutschachtel. Eine der ersten Lektionen ihrer Stiefgroßmutter hatte darin bestanden, Myra zu zeigen, wie man all diese kleinen Gegenstände geschmackvoll anordnete. *Nicht zu viele Sachen auf einmal, sonst kann das Haus nicht atmen. Aber stell auch nicht bloß ein Stück allein auf ein Regal. Nimm immer Dreier- oder Fünfergruppen, damit die Dinge nicht einsam sind.* Teller, Tassen, Kerzenleuchter, der Anblick der gewaltsam getrennten Arrangements löste in Myra selbst ein starkes Gefühl von Einsamkeit aus. Als sie die Umrisse der Bücherregale nachfuhr, ertasteten ihre Finger die Schnitzereien, die sie wegen der Tränen in ihren Augen nicht sehen konnte.

Sie hörte ein winziges Klicken und Zischen. Im nächsten Moment schwang das Bücherregal auf, als hinge es an Federn. Und der Raum war erfüllt von Musik und Licht.

19

PARKHURST, ARIZONA, 2015

»Wollen wir ihm antworten?« Den Laptop auf den Knien, saß Gwen im Schneidersitz neben der *Villa* und starrte auf den von Nachrichten überquellenden Posteingang des offiziellen E-Mail-Kontos. »Alex, ich meine, Mr. Rakes. Dem mit dem abartigen Geschmack in Sachen Schlafzimmermöbel.« Als sie Myra ansah, bemerkte sie deren missbilligende Miene. »Entschuldige, auch wenn es mir gar nicht leidtut.«

»Das ist noch die Originalmöblierung. Nun, zumindest ein Teil davon. Einiges ist auch original Hutschachtel.« Myra ging zu der Hutschachtel hinüber, griff hinein und förderte eine rosafarbene, mit Polsternägeln beschlagene Ottomane mit einer Rüsche über den gedrechselten Holzbeinen zutage. Sie hielt sie hoch und begutachtete sie zweifelnd, als erwartete sie eine Antwort auf die Frage, wo die Ottomane gerne stehen wollte.

Gwen stellte ihren Laptop auf den Boden und verrenkte sich zu ihrer liebsten Yogaposition – die Leiche, flach ausgestreckt und ein Sinnbild der Ruhe, was so gar nicht zu der in ihr brodelnden Energie passen wollte. »Hutschachtel wäre doch ein guter Name für einen Möbelladen.«

»Super, dann mach doch einen auf.«

»Ich meine eigentlich für dich.«

»Könntest du bitte damit aufhören, ständig neue Geschäftsideen für mich auszubrüten? Wenigstens so lange, bis wir diese hier abgehakt haben?«

»Einverstanden. Wie du meinst. Und das bringt uns zurück zum Thema Herz und Schmerz! Schreibst du deinem Verehrer?« Gwens Singsang trillerte durch den Speicher, was bei Myra nur ein Augenrollen auslöste.

»Lass die Singerei, wir sind hier nicht in einer Castingshow, und du wirst ganz bestimmt nicht der neue Superstar. Außerdem ist er nicht mein Verehrer.«

»Soll ich wieder die Puppe mit dem Frack rausholen und Kussgeräusche machen? Er ist ein Typ in deinem Alter und fasziniert von der *Villa* und der Frau, die sie gestaltet hat. Zugegeben, er ist deshalb fasziniert, weil er offenbar selbst in so einem Haus wohnt, und vielleicht ist er sogar ein durchgeknallter Stalker, aber jede Geschichte hat irgendeinen Anfang.«

»Für eine Frau, die angeblich meine beste Freundin ist, bist du ein bisschen zu scharf darauf, mich mit einem wildfremden Mann zu verkuppeln.«

Gwen lachte auf. »Ich verkupple dich doch nicht wirklich. Hinzu kommt, dass ich mich über ihn informiert habe. Nicht alle sind so gut wie du darin, ihre Fotos aus dem Netz rauszuhalten.« Sie setzte sich auf, griff wieder nach ihrem Laptop und zeigte Myra den Bildschirm. Obwohl der Mann auf dem Foto den älteren Herrn neben sich überragte, war die Ähnlichkeit unverkennbar. Er hatte hellbraunes Haar. In seinem kurzen Bart und dem Schnurrbart funkelten rote Fädchen. Strahlend blaue Augen spähten links und rechts neben einer Adlernase hervor, auf der eine randlose Brille saß. Der Mann lachte und ließ die Hand über der Schulter seines mürrisch dreinblickenden Vaters schweben. Myra studierte die Bildunterschrift. *Rutherford Alexander »Alex« Rakes III. scherzt mit seinem Vater Rutherford Rakes anlässlich der Eröffnung ihrer neuen Möbelausstellung.*

Myra hatte noch nie einen Mann gesehen, der so wenig zum Scherzen aufgelegt zu sein schien wie Rutherford Rakes (vermutlich der Zweite). Er wirkte eher so, als ob er schon als Griesgram zur Welt gekommen wäre und in den darauffolgenden Jahren ausschließlich Erfahrungen gemacht hätte, die seine schlechte Gemütsverfassung bestätigten.

Gwen nickte, als hätte sie Myras inneren Monolog gehört. »Ja, gut, der Dad erinnert mich an eine der grummeligen Figuren aus der Muppet Show, die ständig von ihrer Loge aus pampige Bemerkungen in Richtung Kermit machen. Aber du musst zugeben, dass der Sohn recht niedlich ist.«

»Und warum genau führen wir jetzt dieses Gespräch?«

»Weil er ein Gebot abgegeben hat, um mit dir zu Mittag zu essen, Myra.«

»Er hat keinen Text eingereicht.«

»Das braucht er auch nicht! Hast du überhaupt eine Vorstellung davon, wie deine Follower ausflippen werden, wenn du postest, was er geschrieben hat? Sie werden durchdrehen. Ein echtes Haus, das aussieht wie die *Villa Liliput*? Ein echter Typ, der darin wohnt, in deinem Alter ist und Geld dafür bezahlen will, dich kennenzulernen? Ahnst du denn nicht, wie viel Gold ich aus diesem Haufen Stroh spinnen könnte? Mein Gott, es ist wie in einer Realityshow ...« Auf Gwens Gesicht malte sich das breiteste Grinsen ab, das Myra je bei ihr erlebt hatte. »Oh, mein Gott, es *ist* eine Realityshow. Dabei springt mindestens ein Interview im Frühstücksfernsehen raus. Ich muss dringend telefonieren.«

»Und ausgerechnet du bezeichnest mich als schräg.«

»Nein, ich bezeichne die *Villa* als ein wenig schräg. Dich hingegen mag ich.«

»Ich mag dich auch.« Myra musterte Alex Rakes und seinen Vater, die vor – ausgerechnet! – einem Möbelhaus standen. Dieses erhob sich an einem kanalähnlichen Gewässer irgendwo in den Südstaaten, dessen Ufer bis zum Bildrand von Lagerhäusern aus Backstein gesäumt wurden. Etwas an den Fältchen um Alex' Augen, die beim Lächeln über sein Gesicht hinauszureichen schienen, löste ein warmes Gefühl in Myras Brust aus, das sich immer weiter ausbreitete. Seit ihrer ersten Begegnung mit Gwen hatte sie etwas Derartiges nicht mehr empfunden, und das war schon so lange her, dass sie sich kaum noch an die Wirkung erinnern konnte. Doch damals hatte es eine Leere gefüllt, die sie bis dahin gar nicht bewusst wahrgenommen hatte. Alex – sie glaubte, ihn Alex nennen zu dürfen – schien sich auf dem Bild fast unmerklich zu bewegen, als spürte er, dass er betrachtet wurde.

»Übrigens gefällt mir der neue Kronleuchter sehr gut.«

»Der was?«

»Der Kronleuchter in der Bibliothek.« Gwen deutete auf die funkelnde Hängelampe dicht über dem Porträt der Dame. Die winzigen Kristalle betupften Wände, Möbel und die handgemalten Buchtitel auf den Regalen mit regenbogenbunten Lichtkringeln. »Etwa mit der Post gekommen?«

»Äh ...« Myra biss sich auf die Lippe. »Ja. Mir gefällt er auch.«

»Der Mensch, der ihn dir geschickt hat, hat einen ausgezeichneten Geschmack. Der Kronleuchter ist wie gemacht für dieses Zimmer, ganz im Gegensatz zu den meisten anderen Stücken, die hier so eintrudeln.«

Myra widerstand dem Drang, ihrer besten Freundin alles zu beichten. Der Kronleuchter war nämlich weder mit der Post noch sonst irgendwie geschickt worden und in der Früh auch gar nicht da gewesen. Er war einfach aufgetaucht, so als wäre er irgendwann in den letzten fünf Minuten von selbst aus der Zimmerdecke gewachsen. Während Myra das Foto von Alex betrachtet hatte. Was sie jetzt unbedingt noch einmal tun musste.

Alex lächelte ihr vom Bildschirm entgegen, eine Bestätigung, dass der Kronleuchter hierher gehörte.

Gwen klappte den Laptop zu und blickte Myra in die Augen. »Ganz gleich, wo du jetzt auch sein magst, anwesend bist du jedenfalls nicht. Willst du weiter das Foto anschmachten oder den Typen tatsächlich kontaktieren?«

Myra verzog das Gesicht. »Ich habe keine Ahnung, wie ich das anfangen soll.«

»Das ist wie mit dem Sprung ins kalte Wasser, Myra. Nur dass das Wasser deine PR-Beauftragte ist und dass du in dich liebevoll empfangende Arme einer viralen Mediensensation springst. Ich glaube, jetzt ist mir die Metapher entglitten. Eigentlich wollte ich darauf hinaus, dass du schließlich mich hast. Und weißt du, was ich besonders gut kann?«

»Mich zu etwas drängen, wozu ich überhaupt keine Lust habe?«

»Das auch. Aber außerdem kann ich Gespräche mit Typen führen, die noch nicht wissen, warum sie sich für den Inhalt meiner Worte interessieren sollten. Bis ich es ihnen erkläre.«

»Du wirst ihm eine Mail schreiben?«

»Nein. Ich rufe ihn an. Und dann wird er mit dir reden.«

»Wann?«

Gwen hatte bereits ihr elegantes flaches Smartphone am Ohr und hielt den Finger an die Lippen. »Jetzt«, raunte sie.

»Gwen!«

»Pssst.« Gwen drückte auf das Lautsprecher-Icon.

Eine kultivierte Stimme hallte durch den kalten Speicher. »Rakes and Son, wie kann ich Ihren Anruf weiterleiten?«

Gwen straffte die Schultern und verwandelte sich in das Marketing-Genie, als das Myra sie so selten erlebte, auch wenn sie dieses Talent ihrer Freundin schon damals als Kind hätte erkennen müssen. »Guten Tag. Ich bin Gwen Perkins von der Alcove Agency in Phoenix. Ich vertrete Myra Malone, die Inhaberin der *Villa Liliput der Myra Malone*, und wollte eigentlich Mr. Alex Rakes erreichen. Ist er zu sprechen?«

»Mr. Rakes ist heute nicht im Haus, Ms. Perkins. Er und Mr. Rakes senior beaufsichtigen derzeit eine Lieferung in einem anderen Lagerhaus. Soll ich Sie mit jemandem aus unserem Verkaufsteam verbinden, der Ihnen weiterhilft?«

»Ich rufe nicht wegen eines Kaufs an. Mr. Rakes hat sich an einem Wettbewerb beteiligt, den meine Klientin veranstaltet, und ich wollte seinen Gewinn mit ihm besprechen.«

»Oh, wie aufregend. Was denn für ein Wettbewerb?«

»Ein Schreibwettbewerb.«

»Ach, du heiliger Strohsack. Ich wusste gar nicht, dass Alex Schriftsteller ist. Wie interessant!«

»Offen gestanden sogar auf erschreckende Weise interessant. Mit wem spreche ich?«

»Mein Name ist Ellen. Ich habe schon bei den Rakes gearbeitet, als Alex bei seinem Daddy noch nicht mal in der Planung war. Oder bei seinem Großvater.«

»Haben Sie zufällig Alex' Mobilfunknummer?«

»Schon, aber ... ich glaube, die darf ich nicht weitergeben.«

»Dafür habe ich vollstes Verständnis.« Gwens aufrichtiger Gesichtsausdruck, während sie sich durch das Telefonat manövrierte, war so faszinierend, dass Myra den Blick nicht von ihr abwenden konnte. »Ich weiß genau, was Sie meinen. Könnte ich Ihnen meine Mobilnummer geben und Sie bitten, ihm auszurichten, dass er mich zurückrufen soll? Oder mir eine Nachricht schreiben? Ich weiß, er wird sich sehr über meinen Anruf freuen.«

»Ich denke, das dürfte kein Problem sein. Wird sein Text irgendwo veröffentlicht? Ich würde ihn zu gerne lesen.«

»Oh, ja. Der genaue Ablauf ist noch in Arbeit, aber wir werden sicher bald einen ausführlichen Bericht darüber ins

Netz stellen!« Gwen überkreuzte die Finger an beiden Händen und fuchtelte damit aufgeregt vor Myras Gesicht herum.

Myra bekam keine Luft mehr. Nachdem Gwen das Telefonat beendet hatte, griff sie wieder nach dem Laptop und scrollte sich durch das Dossier, komplett mit Links zu Artikeln, Profilen in den sozialen Medien und was man sonst noch über Alex Rakes finden konnte. »Wie gründlich hast du im Leben dieses Typen herumgeschnüffelt, Gwen?«

»Für meine beste Freundin nur das Beste. Ich musste sicher sein, dass er echt ist und nicht irgendein Spielchen mit uns abzieht.«

»Und was macht dich so sicher, dass er das nicht tut?«

»Natürlich ist es möglich, allerdings ziemlich unwahrscheinlich. Ich habe eine Klientin in Virginia, die mir noch einen Gefallen schuldet. Also habe ich sie angerufen und mich nach dem Haus erkundigt. Sie ist in der Nähe von Lockhart aufgewachsen und meinte, jeder kenne ›das Haus der Dame‹. Als sie das aussprach, hat sie sich angehört, als würde sie eine Gruselgeschichte erzählen. Das Haus gibt es also. Und es sieht genauso aus wie deines. Nur ... größer.«

»Ich kapiere noch immer nicht, wie das sein kann.«

»Ich auch nicht. Aber weißt du, wer vielleicht eine Erklärung dafür hat?« Gwen hielt ihr Telefon hoch, auf dem gerade eine Nachricht einging. »Mr. Villa-gar-nicht-Liliput persönlich. Ein Simser, wie ich sehe. Ich hätte an seiner statt auch nicht angerufen.«

»Und was schreibt er?«

»Na, dann schauen wir mal. *Kann ich mit Myra sprechen?* Aha, er nennt dich schon beim Vornamen. Ich schicke ihm deine direkte E-Mail-Adresse. Das war ja einfacher, als ich dachte.« Die Kontaktaufnahme zur Homepage der *Villa Liliput* lief über Gwen. Myra hatte eine Geheimnummer und ein ebensolches Konto. Wenn sie einen Auftrag für Klienten von Gwens Agentur erledigte, wurde dieser von Gwen oder einer ihrer Kolleginnen abgewickelt, weshalb sie nicht an direkte Kommunikation mit anderen Menschen, mit Ausnahme von Gwen und – um einiges seltener – ihren Eltern, gewöhnt war. Ihre Kontaktaufnahme mit der Außenwelt war stets einseitig, denn sie schrieb entweder für sich selbst oder für eine Leserschaft, deren Gesichter sie nie zu sehen bekam. Ansonsten unterhielt sie sich mit einem winzigen Haus, das niemals antwortete. Zumindest nicht verbal. Zumindest bis jetzt.

»Was soll ich denn mit diesem Typen reden?«

»Du bist die Schriftstellerin von uns beiden, Myra. Lass dir etwas einfallen.«

20

LOCKHART, VIRGINIA, 1937

Ford tauchte in den Fluss des Hauses ein, ohne auch nur die kleinste Welle zu schlagen, so, als wäre er schon immer da gewesen. Wenn er ein neues Stück in den Haushalt einführte, tat er das still und leise. Meist handelte es sich um Kleinigkeiten, die mit der letzten Lieferung gekommen waren oder die er von seinen Reisen mitbrachte, weil sie ihn an Willa und ihren Geschmack erinnerten. Wie zum Beispiel die schmal zulaufenden Vasen aus venezianischem Glas, die genauso blau waren wie das Meer, das sie zusammen überquert hatten. Für gewöhnlich deckte sich sein Stilgefühl mit ihrem. Nur ein paar wenige Möbel passten nicht ins Haus, und zwar die, die er nicht selbst ausgesucht hatte. Denn ab und zu schickten seine Eltern ihnen protzige Erbstücke aus ihrem eigenen Haushalt wie zum Beispiel den gewaltigen Kleiderschrank, den sechs Männer ins Haus und die Treppe hinauf in das Zimmer mit Flussblick schleppen mussten – den einzigen Raum mit einer durchgehenden Wand, die lang genug für das Ungetüm war. Als Willa den Schrank zum ersten Mal öffnete, fiel ihr wegen eines defekten Scharniers beinahe die ganze Tür entgegen. Das Geschenk vermittelte eine unmissverständliche Botschaft: Mildred befand den Schrank für zu wertvoll, um ihn auszumustern, wollte ihn jedoch wegen dieses Makels nicht in ihrer Nähe dulden.

Außerdem traf der Schrank in Begleitung ein. Die Männer, die sich damit die Treppe hinaufquälten, wurden von einem schlanken rothaarigen Mädchen beaufsichtigt, das kaum der Schule entwachsen schien. Sie kam auf die Veranda marschiert und schüttelte Willa die Hand, die diese ihr unwillkürlich entgegenstreckte. »Mein Name ist Miss Ellen Maria Kennedy. Ich soll darauf achten, dass der Schrank nicht beschädigt wird. Allerdings schien es Mrs. Rakes nicht sonderlich zu kümmern, ob Ihr Haus dabei Schaden nimmt. Aber keine Sorge, ich passe auch darauf auf. Und dann schauen wir, wie ich Ihnen sonst noch behilflich sein kann.«

Verdattert neigte Willa den Kopf zur Seite. »Mir behilflich sein? Hier?«

Ellen nickte. »Mrs. Rakes sagte, dass Sie neu in der Stadt sind und mit so einem großen Haus vielleicht ein bisschen Unterstützung brauchen.« Das Mädchen schob sich an Willa vorbei in die Vorhalle, wo sie den Kopf hob, die Größe des Hauses auf sich wirken ließ und einen leisen Pfiff ausstieß. »Wirklich ein riesiger Kasten.« Sie drehte sich zu Willa um, lächelte und zwinkerte ihr zu. »Bestimmt glauben Sie jetzt, dass ich spionieren soll, richtig? Eine fremde Frau, geschickt von Mrs. Rakes, schneit ungebeten bei Ihnen herein. Wer weiß, womit sie mich sonst noch beauftragt hat? Möchten Sie mir denn keinen Tee anbieten? Es wäre nett, ein Tässchen zu trinken, während wir alles besprechen. Ich kann ihn auch selbst kochen. Dazu muss ich nur die Küche finden ...« Ohne den Satz zu beenden, steuerte sie zielstrebig durch die Vorhalle auf den hinteren Teil des Hauses zu, als würde sie den Weg genau kennen und wäre es gewohnt, dass ihre Mitmenschen ihr folgen. Was Willa auch tat.

»Sagten Sie gerade, Sie wollten ...«

»Ihnen hier behilflich sein? Ja, genau das ist der Plan. Zumindest Mrs. Rakes' Plan. Ich hielt es für besser, zuerst mit Ihnen darüber zu reden.« Inzwischen in der Küche angekommen, entdeckte Ellen auf Anhieb den Schrank mit dem Alltagsgeschirr, stellte zwei Tassen mit Untertassen auf den zerschrammten Tisch, füllte den Teekessel mit Wasser und setzte ihn auf. Die Luft in der Villa schien sich für sie zu teilen, wie um es ihr gemütlich zu machen. »Am besten erzähle ich Ihnen ein bisschen von mir. Nennen wir es ein Vorstellungsgespräch. Mein Vater ist Handwerker, genauer gesagt Möbelschreiner, und hat sich auf Einlegearbeiten spezialisiert, die er für die Familie Rakes anfertigt. Er hat seine Werkstatt etwa eine Stunde von hier in einem winzigen Nest, das niemand kennt. Aber wie Ihnen sicher aufgefallen ist, habe ich nicht gesagt, dass er Einlegearbeiten *macht*. Meine Mutter wollte mich nämlich immer auf die Schule für höhere Töchter schicken, auch wenn das Geld nur für die normale Highschool gereicht hat. Deshalb hat sie darauf geachtet, dass ich mich so gewählt wie eine junge Dame ausdrücke. Allerdings hatte ich nie große Lust, Lehrerin zu werden.«

»Sie ... sehen gar nicht alt genug für die Schule aus.« Den Zusatz »außer als Schülerin« sparte sich Willa.

»Sie meinen zum Unterrichten? Oh, das bin ich auch nicht. Ich hatte schon, ehe ich fünfzehn wurde, sämtliche nötigen Abschlussprüfungen in der Tasche. Aber mit fünfzehn ist man noch zu jung für die Universität. Sie haben mich meinen Highschoolabschluss machen lassen, wohl hauptsächlich, weil sie genug von mir hatten. Gleichaltrige sind ja so zum Gähnen langweilig. Jedenfalls will niemand, dass ein Mädchen wie ich untätig herumlungert. Insbesondere nicht ich selbst. Deshalb hat mein Vater Mr. Rakes gefragt, ob er möglicherweise eine Verkäuferin braucht, die vom Verstand schon ein bisschen älter ist, als ihr Geburtsdatum vermuten lässt. Und hier bin ich.«

»Das hier ist kein Laden.«

»Richtig. Allerdings habe ich den Verdacht, dass sich Mrs. Rakes mehr dafür interessiert, was sich außerhalb des Ladens tut, und deshalb ein kleines Vögelchen hier einschleusen will. Und offenbar denkt sie, sie hat eines gefunden. Hat sie aber nicht.« Ellen kramte in einem anderen Schrank und förderte eine Dose mit Tee zutage, an deren Existenz sich Willa beim besten Willen nicht erinnerte. »Das heißt jedoch nicht, dass wir sie nicht in diesem Glauben wiegen sollten.«

Willa überlegte, welche der vielen Wörter, die ihr durch den Kopf schossen, sich wohl am besten für eine Antwort eigneten. Als sie den Mund aufmachte, war »warum« das Erste, was herauskam.

Ellen zuckte die Achseln. »Eine Dame wie Mrs. Rakes würde nie auch nur einen Fuß in das Dorf setzen, in dem ich aufgewachsen bin. Aber sie gehört zu den Leuten, die glauben, sie könnten jemanden wie mich kaufen, wenn nur der Preis stimmt. Um offen zu sein, lasse ich mich nicht gern herumschubsen. Die Mädchen in meinem Dorf würden gelb vor Neid werden, wenn sie wüssten, dass ich hier bin. Doch die finden mich sowieso hochnäsig.«

Als der Teekessel pfiff, wollte Willa ihn vom Herd nehmen. Doch Ellen war schneller als sie, goss Wasser auf die Teeblätter in den Tassen und setzte sich an den Küchentisch. Willa gesellte sich zu ihr, ließ sich auf dem Stuhl gegenüber von Ellen nieder und spitzte die Ohren, weil sie wissen wollte, was das Haus über die Besucherin zu sagen hatte. Doch es blieb still. Offenbar passte sie hierher. »Wie kann ich Ihnen vertrauen, wenn das stimmt, was Sie mir gerade gesagt haben?«

Wieder zuckte Ellen die Achseln, eine gleichzeitig anmutige und gelassene Geste, die zu alt für ihre fünfzehn Jahre schien. »Das stelle ich mir auch schwierig vor. Aber das Haus wirkt sehr einsam, obwohl Sie, soweit ich es beurteilen kann, einen wundervollen Mann haben. Er muss wundervoll sein, denn seine Mutter schäumt vor Wut, weil er Sie geheiratet hat, und das wiederum verrät mir, dass er Geschmack haben muss.« Verschwörerisch beugte sie sich vor. »Wenn es schon Krieg gibt, ist es bei den gefallenen Mädchen sicher lustiger.«

Willa seufzte auf. »Ich wollte nie Krieg. Ich habe mich einfach nur verliebt.«

»Ich mag zwar noch jung sein, aber sogar ich habe schon genug Erfahrung, um Ihnen sagen zu können, dass das dasselbe ist.« Ellen musterte Willa. »Wie alt sind Sie eigentlich?«

»In einer Schule für höhere Töchter hätten Sie gelernt, dass man eine Dame nie nach dem Alter fragt, Miss Kennedy. Sie würde ihre eigene Zeitlosigkeit niemals zugeben.« Willa nippte an ihrem Tee und verzog das Gesicht. Offenbar hatte die Dose schon lang im Schrank gestanden. »Ich bin Hausangestellte nicht gewohnt und habe keine Ahnung, an welche Art von Hilfe Mildred eigentlich gedacht hat. Oder welche Informationen sie von Ihnen zu erhalten hofft. Was schlagen Sie also vor?«

»Vielleicht könnte ich zweimal pro Woche herkommen, wenn ich nicht im Laden arbeite. Mr. Rakes hat mir zugesichert, mich als Verkäuferin anzulernen und mir ein paar Berufsgeheimnisse zu verraten. Und mein Vater schätzt ihn nicht als Mann ein, der mir eigentlich etwas anderes beibringen will, wenn Sie verstehen, was ich meine. Es gibt nämlich solche und solche. Bestimmt würden meine Eltern sich freuen, wenn ich regelmäßig eine feine Dame besuche.«

»Und Mildred?«

»Ich denke mir einfach irgendetwas aus, um ihr den Mund wässrig zu machen. Am liebsten würde ich Ihnen ja versprechen, dass ich versuchen werde, sie auf Ihre Seite zu ziehen, aber das halte ich für unmöglich.«

»Ich könnte auch ablehnen, oder?«

»Natürlich. Ich bin nicht gerne unerwünscht. Allerdings muss ich Sie warnen. Die Frau hat Sie auf dem Kieker und wird es irgendwie schaffen, Sie im Auge zu behalten. Und wenigstens gehört dieses Paar Augen einer Frau, die nicht vorhat, Sie zu hintergehen.«

Willa dachte an Ford und an seinen zarten Kuss, bevor er pfeifend den plattierten Gartenweg entlang und zu seinem Arbeitsplatz im Möbelhaus seines Vaters geschlendert war. Als sie sich an die nicht ganz so zarten Küsse erinnerte, mit denen er in der Nacht zuvor ihren Körper bedeckt hatte, errötete sie heftig. Sie mochte vieles im Leben bereuen, aber niemals die Ehe mit Ford. Auch wenn diese zu Verwicklungen geführt hatte, mit denen sie eigentlich hätte rechnen sollen.

»Möchten Sie noch eine Tasse Tee?«, fragte Willa. »Und dürfte ich Sie, falls Sie wiederkommen und noch welchen trinken wollen, bitten, eine neue Dose zu besorgen?«

»Ich persönlich bevorzuge Earl Grey.« Ellen lächelte. »Am Donnerstag bringe ich welchen mit.«

21

DIE VILLA IST KEIN PUPPENHAUS!

(Aus *Die Villa Liliput der Myra Malone*, 2015)

Als ich heute Morgen aufwachte, stand ein großer Karton vor meiner Zimmertür, den meine Mutter die Treppe hinaufgeschleppt hatte. Soll ich Ihnen etwas verraten? Ein großer Karton verheißt meistens nichts Gutes. Die *Villa Liliput* hat sehr viele begeisterte Follower – hallo! Danke! –, von denen einige leider nur eine vage Vorstellung von der Bedeutung des Wortes »klein« oder davon haben, was tatsächlich in die *Villa* hineinpasst. Vor einigen Monaten habe ich eine wirklich wunderschöne Holzkiste geöffnet, die außen mit winzigen Scotchterriern bemalt war. Und darin befand sich – herrje, ich schreibe das ja nur ungern, aber es ist wahr – ein echter Scotchterrier. Ausgestopft. Falls Sie ihn mir geschickt haben (es lag keine Absenderadresse bei), stimme ich Ihnen zu, dass Graham Cracker gewiss ein ganz besonderer Hund war, und verstehe, dass Sie sich freuen würden, wenn er die Ewigkeit an einem »Ort, so magisch wie er selbst« verbringen könnte. Ich fühle wirklich mit Ihnen, herzliches Beileid. Aber könnten Sie mir bitte Ihre Anschrift schicken, denn Graham Cracker hat nicht die richtige Größe für die *Villa*, weshalb ich ihn zurückgeben muss. Außerdem bin ich anscheinend allergisch gegen Hunde. Bis jetzt hatte ich keine Gelegenheit, das herauszufinden, offenbar ist es für uns alle eine Lebensphase voller neuer Erfahrungen. Graham Cracker mag der größte potenzielle Bewohner sein, den man mir hat zukommen lassen, allerdings ist er nicht der einzige. Weit gefehlt. Und das bringt mich zurück zu dem Karton von heute Morgen: Er war randvoll mit Puppen. Einer Unmenge reizender, mit Liebe zum Detail gestalteter Porzellanpuppen. Wir sprechen hier von einer ganzen Wagenladung Puppen, eine jede verborgen unter Schichten aus Zeitungspapier.

Wer immer Sie auch sein mögen (warum sind eigentlich immer ausgerechnet den Puppen und den Scotchterriern keine Absenderangaben beigefügt?), ich danke Ihnen von ganzem Herzen. Aber nein, es geht nicht. Die Puppen stammen vermutlich aus einer Privatsammlung, die jemandem einmal viel bedeutet hat. Mir drängt sich der Verdacht auf, dass dieser Jemand nun gestorben ist, weshalb eine andere Person beschlossen hat, die Puppen einzupacken und sie der sonderbaren Frau zu spenden, die im Netz über ein winziges Haus schreibt. Aber: Die *Villa* ist kein Puppenhaus.

Die *Villa* ist kein Puppenhaus, Leute. Und damit basta.

Gwen und ich haben uns früher ständig deswegen gestritten. Als wir Kinder waren, betrachtete sie die *Villa* einfach nur als größere, schickere und kunstgewerbliche Version einer Barbie-Traumvilla (ich habe so eine zwar noch nie in echt gesehen, mich aber online kundig gemacht. Offenbar besteht ein enger Zusammenhang zwischen diesen Dingern und Gwens Träumen von einem riesigen Strandhaus). Barbie kann ihre protzige Hütte in Malibu gern behalten, doch die *Villa* ist nun einmal nicht für Puppen gedacht, sondern für echte, lebendige, normal große Menschen. Und wenn die Zimmer von einer kleinen Porzellanfamilie, ganz gleich, wie niedlich sie auch sein mag, besetzt wären, gäbe es keinen Platz mehr für richtige Besucher. Ich habe mich breitschlagen lassen, mein Wäscheklammerpüppchen hineinzustellen, zum Teil damit Gwen mit ihrem Gequengel aufhörte. Doch ein weiterer Grund war, dass ich den Menschen, die keine Vorstellung von der wahren Größe der Zimmer haben, den Maßstab vermitteln wollte. Spoilerwarnung: Eine Wäscheklammer ist um einiges kleiner als ein Scotchterrier.

Meine Weigerung, die *Villa* mit Puppen zu bevölkern, bedeutet allerdings nicht, dass die Räume nicht bereit für Gäste wären. Also für Sie alle. Unter anderem deshalb achte ich ja auf jedes Detail. Ich möchte, dass es so aussieht wie damals bei Trixie. So, als wäre jemand nur kurz hinausgegangen und würde gleich zurückkehren. Im Kinderzimmer hängt der Quilt so über dem Babybettchen, dass er am Boden schleift. (Sie fragen sich, ob ich Mails zu dem Thema erhalten habe, dass ich in der *Villa* ein nach modernen Sicherheitsaspekten, also quiltlos, ausgestattetes Babyzimmer einrichten soll? Ja, habe ich. Tut mir leid. Das Zimmer ist in den 1940er-Jahren gefangen, und damals ging es in Babyzimmern noch anders zu.) Auf dem Beistelltischchen neben dem Schaukelstuhl steht eine offene Glasflasche, neben der ein Gummisauger liegt, weil jemand gerade Nachschub aus der Küche holt. Das hungrige Baby hat die Person mitgenommen. Und bei ihrer Rückkehr werden die zwei das Zimmer genauso vorfinden, wie sie es verlassen haben, bis hin zu dem Plüschhasen im Bettchen, dem aufgeschlagenen Buch mit Naturgedichten für Kinder und der Stehlampe, die das Vorlesen beleuchten wird. Das Schaukelpferd in der Ecke habe ich als kleines Mädchen zusammen mit Opa Lou gebastelt. So ist es, als enthielte das Zimmer ein kleines Stück von mir, und man könnte sofort zu spielen anfangen.

Allerdings nicht, wenn man eine Puppe ist. Denn das Babyzimmer, ja, die *Villa* an sich muss für alle bereit sein, die sie sich ansehen, sich selbst in ihren Zimmern wiederfinden und die Geborgenheit genießen wollen, die sie vermittelt. Eine Puppe, ein Haustier – sogar ein ausgewachsener Scotchterrier – würden dabei nur im Weg stehen.

22

LOCKHART, VIRGINIA, 1943

Nach drei Tagen hörte Willa auf zu berechnen, wie lange sie schon nicht mehr geschlafen hatte. Noch nie hatte sie das Verstreichen der Zeit so bewusst wahrgenommen und sich trotzdem so wenig in ihrem Fluss verankert gefühlt, nicht fähig, wieder Fuß darin zu fassen.

Das Baby hörte nicht auf zu schreien. Der kleine Junge sah Willa nur missbilligend an, die blauen Augen zu zornigen Halbmonden zusammengekniffen, in denen sich gewaltige Wutreserven ballten. Gesang konnte ihn nicht beschwichtigen, die seit Menschengedenken erprobten Weisen stießen auf taube Ohren. Gedichte, Märchen, Sagen, nichts rührte ihn an. Willas Bemühungen steigerten sich zu einem verzweifelten Flehen. Bald bettelte sie ihren Sohn förmlich an, er möge doch seine verbissenen Gesichtszüge lockern, die Schönheit seiner Umgebung zur Kenntnis nehmen, anstatt gegen ihre Unzulänglichkeiten anzubrüllen, und ihr trotz seiner hohen Ansprüche wenigstens eine Chance geben. Sie konnte kaum fassen, wie es möglich war, dass diese winzige Brust, die kleinen schmetterlingsflügelartigen Lungen, einen solchen Lärm hervorbrachten.

Das Gewicht der Jahrhunderte hatte Willa nicht beugen können. Doch ein vier Kilo schweres tobendes Kleinkind zwang sie beinahe in die Knie.

»Rutherford«, flüsterte sie ihrem Sohn in die rosige Ohrmuschel, eine makellose Schnecke, die sie trotz seines Geschreis bewundernd musterte. »Ruth. Bitte hör auf. Ich weiß, dass du mich verstehst.« Der Kosename passte, obwohl er eigentlich für ein Mädchen bestimmt zu sein schien. Die Bedeutung von Wörtern war Willa sehr wichtig. Dass Ruth' Wesen so sehr von Missempfindungen und Unbehagen geprägt war, trieb sie zunehmend in die Verzweiflung, und sie fand keine Erklärung für die Wut und Ablehnung, mit der ihr Sohn auf jede ihrer Bewegungen reagierte.

Ford wäre mit dem Spitznamen nicht einverstanden gewesen. Aber Ford stapfte ja gerade auf irgendeinem Schlachtfeld in Europa durch Blut und Morast. Nach der Geburt ihres Sohnes hatte Willa gespürt, wie die Verbindung zu ihrem Mann abriss, so viel Kraft hatte sie diese gekostet. Rutherford Alexander Rakes junior ähnelte in keinerlei Hinsicht seinem Vater. Obwohl Willa ahnte, dass es vielleicht ungerecht war, schon so früh im Leben ihres Sohnes ein solches Urteil zu fällen, war sie sicher, dass seine Seele viel länger auf dieser Welt war und auf irgendetwas wartete. Ganz offensichtlich war dieses Etwas noch nicht eingetreten, und jeder seiner markerschütternden Schreie war ein Vorwurf, der Willa das Herz zerriss.

Sie konnte ihn unmöglich Ford nennen. Rutherford, ja. Ruth, vielleicht. Aber nicht Ford.

Sie war nicht einmal sicher, ob sie je wieder Fords Namen würde aussprechen können. Manchmal ertappte sie sich dabei, wie sie ihren Sohn eingehend musterte und verzweifelt nach einer Spur von ihm suchte. Einer Spur des spitzbübisch grinsenden, selbstbewussten jungen Mannes, der sie an Deck eines Schiffes angesprochen und dem sie für eine Weile – und wider besseres Wissen – gestattet hatte, ihr Anker zu sein, der sie in ihrem Trudeln durch die Zeit festhielt. Sie wollte endlich zur Ruhe kommen. Doch abgesehen von ein paar kupferroten Fünkchen in Ruth' Haar, wenn sie ihn ans Licht hielt – er hasste Licht fast genauso wie Dunkelheit, obwohl es schwer war, in seiner Wut Nuancen oder Abstufungen zu entdecken –, gab es nur wenige Übereinstimmungen. Von ihr selbst hatte er die blauen Augen geerbt, auch wenn sie ein wenig kälter dreinblickten als ihre. Die Farbe erinnerte an den unteren Rand einer Flamme. Das glaubte sie wenigstens, wenn er sie ausnahmsweise weit genug öffnete, damit sie hineinschauen konnte.

Sie sehnte sich nach Ford und hätte ihn gern gefragt, was sie mit diesem brüllenden Bündel anfangen sollte, das aus ihnen beiden kam und so wenig mit ihnen gemein hatte. Er war sich seiner selbst so sicher, dass er bestimmt einen Rat gewusst hätte, damit sie einander näherkämen. Noch vor wenigen Monaten hatte Willa in einer ganz und gar vertrauten Umgebung gelebt. Doch das Unbekannte hatte auch eine erfrischende Wirkung auf sie. Oder hätte sie gehabt, wenn sie nicht so erschöpft gewesen wäre.

Eigentlich hatte sie zur Ruhe kommen und sich neu orientieren wollen. Nachdem sie die Villa geputzt, gelüftet und alles für ihren Einzug vorbereitet hatten, hatten sie die ersten Tage zu Hause verbracht und anschließend die Umgebung erkundet. Willa zeigte Ford die geheimen Pfade am Flussufer, allerdings nicht die Höhlen, die sich dort verbargen. Manchmal gingen sie zusammen rudern, denn Ford, der fand, dass dem verwaisten Steg ein Boot fehlte, brachte eines Abends ein Kanu mit Paddeln mit. Er überreichte Willa einen Sonnenschirm mit den Worten, er habe schon immer einen Nachmittag mit einer schönen Frau auf einem ruhigen Fluss verbringen wollen. Der Fluss war nicht immer ruhig. Manchmal brauste er so wild und gefährlich, dass Willa sein Tosen sogar noch oben im Haus hören konnte. Doch sobald sie auf seiner Wasserfläche dahintrieb, wurde diese so glatt wie ein Spiegel. Das junge Paar verspeiste die Sandwiches und Beeren aus dem Picknickkorb, und die Stunden verstrichen wie im Fluge.

Es war eine unausgesprochene Übereinkunft, dass sie versuchen wollten, ein Kind zu bekommen. Willa stieß überall im Haus auf neue Gegenstände, die davon zeugten, wie sehr Ford sich Nachwuchs wünschte. Als eine Lieferung an Rakes and Son versehentlich eine Wiege enthielt, lachte er zwar darüber, brachte sie aber dennoch mit nach Hause und platzierte sie liebevoll am Fenster des Turmzimmers.

Hin und wieder hatte er auch Notenblätter dabei und legte die Kinderlieder und weihnachtlichen Weisen auf die Klavierbank vor dem Steinway. Als Willa eines Tages in die Bibliothek kam, bemerkte sie in einer Ecke ein geschnitztes Schaukelpferd, dessen leuchtend roter Sattel sich von den blauen Wänden des Zimmers abhob. Sie entdeckte auch neue Bücher. Auf Fords Schaukelstuhl lag eines Morgens ein Band mit dem Titel *Das Kinderbuch der Naturgedichte,* aufgeschlagen bei einem Gedicht, das von einer Qualle handelte und Sehnsucht und Verlust widerspiegelte:

Sie öffnet und sie
Schließt sich, und du
Möchtest sie gern fassen ...

Willa spürte damals sofort, dass sie schwanger war. Sie fühlte sich schwerer und nicht mehr so beweglich im unvorhersehbaren Fluss der Zeit, der durch die Villa strömte. In so vielen Büchern und Geschichten wurde dieses Gefühl als Beschleunigung beschrieben, doch weit gefehlt. Stattdessen war es, als spielte sich alles in Zeitlupe ab. Willa sah sich beim Gehen und beim Treppensteigen vor und rechnete damit, dass Ford die Veränderung jeden Moment bemerken würde. Gleich würde sie es ihm sagen. Aber dann schwappte der Umbruch in Europa, den sie bereits unter ihren Füßen wahrgenommen hatte, über das weite Meer zu ihnen herüber und landete auf ihrer Türschwelle.

Natürlich wusste Willa, was das Wort Wehrpflicht bedeutete. Schließlich wurde sie nicht zum ersten Mal Zeugin, wie junge Männer in gestärkten Uniformen losmarschierten, die blank polierten Knöpfe geschlossen von den zierlichen Fingern der Frauen, die sie ziehen lassen mussten. Willa hatte noch nie jemanden ziehen lassen müssen. Doch als sie feststellte, dass sich ihre eigene Verzweiflung in Fords Augen spiegelte, entschied sie einer plötzlichen Eingebung folgend, dass es ihm den Abschied nur erschweren würde, wenn sie ihm sagte, was er hier zurückließ. Seine Finger flochten sich so drängend wie nie zuvor in ihre, und ihr wurde klar, dass er sie gar nicht mehr würde lösen können, wenn er von dem Baby erfuhr. Hinzu kam, dass sie dann nicht länger die Augen vor dem hätte verschließen können, was da gerade geschah: Er ging fort. Sie würde wieder allein sein. Und inzwischen war sie nicht mehr sicher, ob sie diese Einsamkeit würde ertragen können.

Außerdem machte sie in ihrem Elend eine völlig neue Erfahrung, mit der sie nie gerechnet hätte, nämlich die, zum ersten Mal ganz und gar einer Meinung mit Mildred zu sein. Fords Mutter war sogar noch mehr in Angst als sie selbst und regte gar an, Ford solle eine Einkaufsreise unternehmen und sich nach neuen Möbeln umschauen. Am besten in einem Land, wo ein junger Mann im wehrfähigen Alter nicht weiter auffallen würde. Wo er untertauchen könnte, bis die Gefahr gebannt sei. Willas Herz erbebte in banger Erwartung und der Hoffnung, dass Ford den Vorschlag seiner Mutter annehmen würde.

»Einen solchen Ort gibt es nicht, Mom. Die Sache ist zu groß, um sich ihr zu entziehen. Da ist es besser, mitzumachen und sich der Gefahr stellen«, erwiderte Ford nur und küsste seine Mutter auf den Scheitel, eine Geste, die eher abwehrend als beruhigend wirkte. Und er schickte Mildred tatsächlich weg, in ihr Backsteinhaus im Federal-Stil, wo ihr Mann und ihr Personal ihr sicher mehr Trost spenden würden als er. »Ich möchte die letzte Zeit mit meiner Frau verbringen«, fügte er hinzu. Mildreds Gesichtsausdruck teilte Willa mit, dass ihre Schwiegermutter ihr diese Entscheidung bis ans Ende ihrer Tage übel nehmen würde. Doch Ford drückte ihre Hand, eine Botschaft, die besagte, sie solle sich darüber keine Gedanken machen.

Ab diesem Moment wollte Willa ihn nicht mehr teilen. Nicht einmal mit dem kleinen Wesen, das in ihr heranwuchs. Sie wollte ihn jede wache Minute nur für sich haben und saugte diese in sich auf wie eine Verdurstende. Das Baby wurde von ihrer Verzweiflung angesteckt und verstärkte sie noch. Auf Phasen fiebriger Geschäftigkeit folgten abgrundtiefe Erschöpfung und Trauer. Dazu kam die feste Entschlossenheit, ja keine einzige Sekunde zu vergeuden und möglichst viele Erinnerungen an Ford zu speichern, so wie man einen winzigen Funken ganz unten in einem Haufen Lumpen legt, wo er vor sich hin schwelt, bis man wieder ein Feuer damit entzündet. Manchmal fragte sie sich, ob das Baby sie hören konnte. Ob sie ihre Gedanken ebenso miteinander teilten wie ihr Blut. Und ob sich das wilde Auf und Ab von Hochgefühlen und Hoffnungslosigkeit auf ihr Kind übertrug. Ob es wusste, dass Willa andere Prioritäten hatte.

Die vier Jahre mit Ford waren in einem Wimpernschlag vergangen, und es war nicht vorherzusagen, wie viele Wimpernschläge es dauern würde, bis er zu ihr zurückkehrte. Würde er die Augen womöglich für immer schließen? So behielt sie ihr Geheimnis für sich und bewahrte die kurzen Wochen in ihrem Herzen, bis er seine Uniform anzog und den Plattenweg entlangmarschierte. Fort von ihr.

Nach dem Abschied fing sie an, sich mit sich selbst und dem Gedanken zu befassen, was ein Baby bedeuten würde, und gab sich Mühe, sich in einen Alltag im Haus ohne Ford einzufügen. Der Strom der Zeit wurde nur davon unterbrochen, dass Ellen zweimal pro Woche zum Tee kam. Am Dienstag nach Fords Abreise stürmte sie herein, bewaffnet mit einer fest zugedrehten duftenden Papiertüte, deren Inhalt sie sofort in die abgestoßene emaillierte Teekanne schüttete. »Ich habe Ihnen etwas Neues mitgebracht.« Sie goss eine säuerlich riechende Flüssigkeit auf den Honig in Willas Tasse und schob ihr diese über den Tisch hinweg zu. »Himbeerblättertee. Die Frauen in meiner Familie schwören darauf, wenn sie in anderen Umständen sind.« Als Willa sie entsetzt anstarrte, schüttelte sie den Kopf. »Versuchen Sie nicht, es abzustreiten, Mrs. Rakes. Ihr Mr. Rakes ist zwar ein guter Mann, aber ein bisschen schwer von Begriff, wenn ich mir die Bemerkung erlauben darf. Und wenn ich es nicht darf, sage ich es trotzdem. Daran merkt man, dass er ein Einzelkind ist. Ganz im Gegensatz zu mir, und außerdem bin ich die Älteste. Deshalb erkenne ich es sofort, wenn eine Frau ein Kind erwartet.«

Willa schlug die Hände vors Gesicht. »Ich habe es ihm nicht ...« Ihre Stimme erstarb. Geistesabwesend ruhte ihre Hand auf dem Henkel der Teetasse, die sie noch nicht angerührt hatte.

»Nein. Das haben Sie nicht. Weil er zurückkommt. Er kommt zurück, Mrs. Rakes, und dann können Sie es ihm sagen.« Sanft legte Ellen ihre Hand auf die von Willa. »Aber wenn Sie es ihm nicht gesagt haben, dann sicherlich auch nicht ...«

»Mildred? Nein. Niemand weiß es.« Willa schloss die Augen. »Ich kann nicht, Ellen. Ich würde es nicht ertragen, ihn zu verlieren und statt ihm andauernd seine Mutter hier zu haben, die sich einmischt ...« Sie verstummte. »Ich bin völlig ratlos. Und Sie sind hier, weil sie Sie gebeten hat ...«

»Ja, wirklich ein Jammer, dass wir uns gestritten haben.«

»Was soll das heißen?«

»Dass ich nicht mehr zum Tee herkomme. Sie haben ganz schreckliche Dinge über ... Moment, ich überlege ... ja, Mrs. Rakes höchstpersönlich geäußert. Etwas, das all ihre Vorurteile über Sie bestätigt. Und das wiederum ist ein triftiger Grund, warum ich loyal sein muss und weder weiter herkommen noch länger Umgang mit Ihnen pflegen kann.«

»Aber ich habe doch nicht ...«

»Nein, natürlich nicht. Doch Mrs. Rakes gehört zu den Leuten, die sich am sichersten und wohlsten fühlen, wenn sie in ihren Vorurteilen bestätigt werden. Sie wird keinen Anlass sehen, das Gespräch mit Ihnen zu suchen. Schließlich hat sie mir gegenüber schon öfter angemerkt, sie hoffe, dass Ihr Mann im Ausland ›eine bessere Frau‹ finde. Obwohl ich mir nicht vorstellen kann, welche gesellschaftlichen Möglichkeiten sich einem im Krieg bieten sollten. Wie dem auch sei, sie wird Sie nicht belästigen. Und es wird sie freuen zu hören, dass ich Sie auch in Ruhe lasse.«

Kurz wurde Willa von Verlustangst ergriffen. »Sie ... Sie belästigen mich nicht, Ellen.«

Ellen schmunzelte. »Das freut mich sehr, denn ich werde Sie weiter abends hin und wieder belästigen, wenn ich eigentlich heiratsfähige junge Männer aus gutem Hause treffen sollte. Und natürlich wären da noch die Arztbesuche ...«

Willa fing an, den Kopf zu schütteln, hielt aber inne, als sie Ellens erschrockene Miene bemerkte. »Natürlich, und ich danke Ihnen für Ihre Anteilnahme. Ich habe mich schon um ärztlichen Rat bemüht. Sie brauchen also keine Angst um mich zu haben.«

Ellen schien zwar nicht überzeugt, doch der Standesunterschied zwischen ihnen verhinderte, dass sie weiter nachhakte. »Sie brauchen meine Hilfe also nicht?«

»Nein, ich brauche keine Hilfe.« Die Wände des Hauses um sie herum fühlten sich zwar solide an, doch ihre Standfestigkeit wurde von einem Gefühl gespeist, an das Willa sich nur noch undeutlich erinnerte. Es stammte aus einer fernen Zeit, als ihre Welt offener und gastfreundlicher gewesen war, bevölkert von Menschen, die keine solche Bedrohung darzustellen schienen. Bevor die Gesellschaft zur *Gesellschaft* geworden war. Bevor ihr Alter und die Erschöpfung es zu einer solchen Herausforderung gemacht hatten, sich in den sich ständig ändernden Regeln jeder neuen Epoche zurechtzufinden.

»Brauchen Sie sonst noch etwas?« Ellen schickte sich zum Gehen an.

»Ford würde jetzt sagen, dass ich eine Freundin brauche.« Willa erinnerte sich an sein strahlendes Gesicht, als sie auf dem Schiff das kleine Haus aufgeklappt hatte. *Es ist nie zu spät für einen Neuanfang.* »Wenn er recht hat, gebe ich Ihnen Bescheid.«

Allerdings vermutete er, dass er sich irrte. Nur dass Babys Mittel und Wege kennen, Pläne zu schmieden, ohne jemanden um Erlaubnis zu fragen. Ruth war zwar klein und unfertig, hatte jedoch schon einen eigenen Willen und schien zu wissen, was Willa vorhatte, noch bevor ihre Entscheidung feststand. Er vermittelte keine Wärme, sondern erinnerte an eine Mauer aus Stein. Eine, die ausschloss, anstatt Schutz zu bieten. Willa schob ihn im Kinderwagen durch die breiten Türen der Villa hin und her, bis das Parkett nur für sie selbst wahrnehmbare Riefen hatte. Dabei fragte sie sich, wie es möglich war, dass es so viele Menschen auf dieser Welt gab, obwohl jeder von ihnen sein Leben auf diese Weise begonnen hatte.

Natürlich hatte sie auch schon früher Kontakt zu Kindern gehabt. Manche dieser Bekanntschaften hatten so lange gedauert, dass sie Zeugin geworden war, wie die Kleinen erst laufen gelernt hatten und dann mit raschen Schritten ins Erwachsenenleben entschwunden waren. In einem früheren Zeitalter, als ein Besuch häufiger und der Zufluchtsort – so wie Willa selbst – weniger abgeschottet gewesen war, waren die durchreisenden Kinder wie verzaubert durch die Villa geschwebt. Es war ein Zauber, der auf das Haus abgefärbt hatte, sodass es sich an ihrer Gegenwart, ihrer Neugier und ihrem Lachen erfreute. Kinder besaßen ein Gespür für die Magie des Hauses, das Erwachsenen zu fehlen schien. Doch wann immer die Kluft zwischen der Villa und der Gesellschaft ringsherum tiefer wurde, hing Willas Überleben zunehmend davon ab, dass sie einen Sicherheitsabstand zu neugierigen Mitmenschen hielt. Ganz gleich, ob es sich um Kinder oder um Erwachsene handelte.

Vor Ruth hatte sie noch nie ein Baby länger als ein paar unbeholfene Momente im Arm gehalten. Und nach Ruth? Das Unbehagen wollte nicht enden. Sie hatte ihn auf die Welt gebracht, und er schien fest entschlossen, sie die Folgen dieser Tat nie vergessen zu lassen: Sie trug die Schuld an allem, was nun kam. Selbst wenn das im Moment nur hieß, dass er schrie, bis ihm nach Aufhören zumute war. Und das war es nie.

Auch Willa hatte nicht übel Lust, laut loszuschreien, nur dass ihre Sehnsucht nach Ford noch viel tiefer ging. Grund dieses Gefühls war ihre Wut auf sich selbst, weil sie sich so ganz und gar abhängig von ihrer Verbindung zu einem Mann gemacht hatte. Und das trotz all ihres Wissens über die Menschheit und ungeachtet dessen, was sie im Laufe ihres langen Lebens über die Vergänglichkeit von Menschenwesen gelernt hatte. Ihr gemeinsames Glück mit ihm hatte ihre Welt so sehr durchdrungen, dass sein Abschied sämtliche Schwächen dieser Welt nun umso stärker hervortreten ließ. Deshalb hatte sie sich in ihrer Trauer auf das Leben konzentriert, das in ihr wuchs. Rückblickend betrachtet, war sie sicher, dass Trauer und Zorn schon von Anfang an in Ruth' kleine Knochen eingesickert waren und nun gemeinsam mit einer Seele wirkten, die viel älter war als der Körper, in dem sie wohnte. Natürlich hatten sie nie ihre Gedanken ausgetauscht. Doch ihre Wut auf eine Welt, die ihr etwas genommen hatte, hatte sich auf ihn übertragen, und offenbar lag ihm nichts ferner, als dieser Welt etwas zurückzugeben. Sie war ihm etwas schuldig. Zumindest schien er das zu glauben.

»Hier ist ein Brief von deinem Vater, Ruth.« Ihr brüllender Sohn warf ihr nur einen kurzen Seitenblick zu und setzte zum nächsten Geschrei an. Sie wussten beide, dass es ein alter Brief war. Seine vertrauten Worte deckten ein Terrain ab, das sie beide Tag und Nacht gemeinsam durchschritten hatten. Seit der braune Papierumschlag mit einem Zischen durch den Briefschlitz gerutscht war, las Willa ihn wieder und wieder laut vor.

Ford durfte Willa seinen Aufenthaltsort nicht verraten, und die ausweichende Ausdrucksweise passte so gar nicht zu ihm. Die Vorsicht ließ den Abstand zwischen ihnen noch weiter werden als das Meer, das sie voneinander trennte. Er webte kurze Geschichten aus den Fäden von Eindrücken: die Farben der Felder, durch die er marschierte. Das Gefühl des Windes auf dem Gesicht, wenn es regnete. Er schrieb von Verlusten, ohne Details zu nennen, und schilderte die Schatten namenloser Männer. Doch Willa spürte die Sehnsucht anderer Frauen mit schreienden Kleinkindern und anderer Herzen, die bei jedem Brief vor Furcht zu pochen begannen.

Ruth erwähnte er nicht. Wie auch, denn schließlich ahnte er noch immer nicht, dass er überhaupt einen Sohn hatte. Als weitere Briefe eintrafen und sie ihrerseits cremeweiße Seiten mit ihrer hingehuschten Handschrift füllte, konnte sie sich einfach nicht entscheiden, ob es liebevoll oder grausam gewesen wäre, ihm reinen Wein einzuschenken. Ein Teil von ihr empfand Eifersucht – ein ihr völlig fremdes Gefühl –, weil sie das Einzige sein wollte, was ihn an diesem Ort hielt. Sein einziger Grund, zurückzukommen. Eigentlich hatte sie mit einem kleinen Mädchen gerechnet, das ihr glich wie ein Ei dem anderen, was den Übergang erleichtert hätte, wenn die Zeit da wäre. Eine Tochter, um Ford zu überraschen, wenn er endlich nach Hause käme, das Sahnehäubchen auf dem Kuchen seiner Rückkehr, ein weiteres Glied in der Kette, die sie miteinander verband. Ein Mädchen wie sie, eine neue Dame des Hauses, die ihre Kraft aus den unterirdischen Flammen schöpfte. Willa hätte gewusst, wie sie sie unterweisen und vorbereiten und, wenn die Zeit gekommen wäre, zurücklassen konnte.

Doch das Baby war ein Junge. Willa starrte ihren Sohn ebenso entgeistert an wie dieser sie. Sie hoffte, dass es eine magische Wirkung haben würde, wenn sie ihn Rutherford nannte. So würde er ihr vertrauter werden und sie auf den Weg zurückführen, den sie gehen wollte. Doch stattdessen lehnte Ruth Willa selbst und ihre Bemühungen ab. Seine allumfassende Unzufriedenheit schien zum Teil dem Wissen geschuldet, dass er für den Moment von ihr abhängig war.

Willa war so verzweifelt, dass ihr Zögern, über ihn zu schreiben, einige Tage nach der Geburt von der wachsenden Gewissheit abgelöst wurde, dass es besser sei, ihn gar nicht zu erwähnen. Sie konnte ihre eigenen Gefühle nicht einordnen und wusste nicht, wie sie Ford die Nachricht in ihren ebenfalls recht vagen Briefen schonend beibringen sollte. Es einfach klipp und klar zu schreiben, kam ohnehin nicht infrage. Und so beschränkte sie sich auf unverfängliche Bemerkungen über das Wetter und den Wechsel der Jahreszeiten, Beschreibungen, die ihn hoffentlich an ihre gemeinsame Heimat erinnern und bis zu seiner Rückkehr am Leben erhalten würden. Und dann? Zusammen würden sie eine Lösung finden. *Zusammen*, ein Wort, das Willa erst seit Kurzem schätzen gelernt hatte.

Im Moment wusste sie weder ein noch aus. Sie griff zu dem schweigenden und ihr noch fremden Telefon, das auf Fords Beharren hin in der Villa installiert worden war, und wählte die einzige Nummer, die sie kannte, nämlich die des Lagerhauses, wo Ford jeden Tag arbeitete. Die fröhliche Stimme, die sich meldete, trieb ihr Tränen in die Augen, weil es nicht die von Ford, dafür aber die von Ellen war.

»Rakes and Son, wie kann ich Ihren Anruf weiterleiten?«
»Ellen.«
»Mrs. Rakes?« Ellens Stimme senkte sich zu einem Flüstern. »Ist alles in Ordnung?«
»Könnten Sie vorbeikommen?«
»Jetzt? Ist etwas mit dem Baby? Hat es ...«
»Wann immer Sie es einrichten können.« Willa legte ein Selbstbewusstsein in ihren Tonfall, das sie nicht empfand. Sie hatte Angst, um Hilfe zu bitten, und gleichzeitig Angst, es nicht zu tun.

»Hat Ihnen schon mal jemand gesagt, dass Sie eine harte Nuss sind, Mrs. Rakes?«

Den Telefonhörer fest in der Hand, starrte Willa aus dem Küchenfenster, wo die geschwungenen Äste der Eichen unter ihr sich in Richtung Fluss wiegten. »Ich bin nun einmal so. Aber er ist so zornig, Ellen. Alles, was ich mache, ist falsch. Ich habe seit Tagen nicht geschlafen, und wenn ich nicht bald mit einem anderen Menschen spreche, verliere ich noch den ...«

»Klingt ganz, als hätten Sie ein Baby im Haus, Mrs. Rakes.« Ellens Lachen am anderen Ende der Leitung war das schönste Geräusch, das Willa seit Monaten gehört hatte. »Eigentlich wollte ich heute Abend ins Kino. Aber ich würde sowieso viel lieber das neue Familienmitglied kennenlernen. Ich komme nach Ladenschluss und bringe auch etwas zu essen mit. Allerdings brauchen Sie wahrscheinlich weniger jemanden zum Reden als jemanden, der das Baby hält, während Sie ein Nickerchen machen.« Man merkte Ellens Stimme an, dass sie lächelte. »Zum Glück habe ich jede Menge Übung darin.«

Willa legte auf und schaute zu Ruth hinüber, der während des Telefonats in seinem Kinderwagen eingeschlafen war. Zum ersten Mal. »Wir kriegen gleich Besuch, Ruth.« Sie setzte sich neben den Kinderwagen, streckte sich auf dem harten Boden aus, dehnte ihren verkrampften Rücken und döste unruhig vor sich hin, bis Ellen an die große Haustür klopfte.

Das genügte zwar nicht, um Willa in dem endlosen Strom des Wartens auf Fords Rückkehr zu verankern, doch die Anwesenheit einer zweiten Person im Haus sorgte dafür, dass die Abneigung des Kleinen gegen seine Mutter zumindest vorübergehend nachließ. Wegen ihrer Stelle bei Rakes and Son und auch, weil sie im Haus der Familie lebte, kam Ellen nur unregelmäßig zu Besuch. Allerdings erschien sie häufig genug auf der Veranda, dass Willa sich ein wenig erleichtert fühlte. Ellen unternahm mit Ruth Spaziergänge, las ihm in der Bibliothek etwas vor und bemühte sich unablässig – wenngleich mit geringem Erfolg –, den kleinen Jungen in die Umlaufbahn seiner Mutter zu schubsen und ihn auch dort zu halten. Manchmal überredete sie Willa, sie auf die

Ausflüge zu begleiten, und so schlenderten sie zu dritt den gepflasterten Weg in den städtischen Grünanlagen entlang, kauften Eis für Ruth und verkörperten das Familienidyll dabei offenbar so perfekt, dass ein Reporter der Lokalzeitung sie und einige andere Eltern mit Kindern für eine Reportage über den Sonntag im Park fotografierte. Der Artikel, ein in fröhlichem Ton gehaltener, bebilderter Bericht, verfolgte anscheinend das Ziel, die Angehörigen aufzuheitern, die noch auf die Rückkehr der Soldaten warteten. *Zwei Damen mit Kind genießen den Tag.* Szenen aus dem Alltag, die verschleiern sollten, dass das Leben nie wieder so sein würde wie früher.

Bevor Willa Mutter geworden war, hatte sie nicht gewusst, dass es in dem Fluss der Zeit, wo sie ihr langes Leben verbracht hatte, unterschiedliche Strudel und Strömungen gab, die jeden Augenblick verkürzen und ihn gleichzeitig ins Unendliche verlängern konnten. Sie ließ sich in den Wellen treiben und schützte dabei ein Kind, das sie von Grund auf ablehnte.

Komm zu mir zurück. Oft stand sie am Fenster, das auf die breite Flussbiegung hinausging. Das schwindende Tageslicht funkelte auf dem Wasser. Es strömte auf den Ozean zu, der sie von Ford trennte. *Komm zu mir zurück.* Fords Briefe hörten auf, die Tage verstrichen weiter, und die Zeit marschierte im Gleichtakt mit den Soldaten, die nie mehr wiederkehrten.

Bis einer von ihnen es doch tat. Er öffnete das quietschende Eisentor und näherte sich auf dem Gartenweg, der Klang seiner Stiefel nur ein holpriges Echo der Schritte, mit denen er damals fortgegangen war.

Der Soldat sah aus wie Ford. Dieselben blauen Augen und dasselbe hellbraune Haar mit roten Fünkchen. Seine Stimme war auch dieselbe. Doch als Willa ihn anblickte, nahmen seine Augen keine Verbindung auf, sondern huschten zu fernen Ufern. Seiner Stimme fehlten Saft und Kraft, und seine jungenhafte Art schien wie weggeblasen.

Willa brauchte einen weiteren Strudel im Fluss der Zeit, um es zu erkennen, und noch länger, um sich damit abzufinden, dass er eigentlich gar nicht zu ihr zurückgekehrt war.

23

PARKHURST, ARIZONA, 2015

Du hast doch gesagt, du hättest ihm meine E-Mail-Adresse gegeben.« Myra bemühte sich um einen beiläufigen Tonfall. Nachdem Gwen am Vortag kurz ein paar Nachrichten mit Alex Rakes ausgetauscht hatte, war Myra wieder an die Arbeit gegangen und hatte sich dem Esszimmer der *Villa* gewidmet. Dabei hatte sie versucht, sich auf die Aufgabe zu konzentrieren, genau die richtige Farbe für die Soße zu finden, die auf die Brathühnchen gehörte. Nach ihren E-Mails hatte sie nicht geschaut. Warum sollte sie auch? Falls er ihr geschrieben hatte, würde sie das zu ihrer üblichen E-Mail-Lesezeit um 15:15 Uhr feststellen. Und keine Minute früher.

Sie ging nach unten, um Tee zu machen. Dabei zwang sie sich, am Herd stehen zu bleiben und auf den stummen Teekessel zu starren, fest entschlossen, das Sprichwort, dass ein Topf unter Beobachtung niemals kochte, Lügen zu strafen. Absichtlich langsam goss sie das Wasser in zwei Tassen, in denen sich Kamillenteebeutel befanden, und brachte eine davon ins Schlafzimmer ihrer Mutter. Diane lag schlafend im Bett, einen Arm über die Augen gelegt, als wollte sie den Tag aussperren. Myra stellte die Tasse auf den Nachttisch, schlenderte durch den Flur und betrachtete wieder einmal den schmalen Durchgang zwischen den Kartons. Gwen und sie waren noch immer damit beschäftigt, die Sachen zu sortieren und aus dem Haus zu schaffen. Myra schüttelte den Kopf: *Ich schaue nicht nach. Ich schaue nicht nach.*

Sie hielt zwanzig Minuten durch.

Keine Mail.

Myra hatte schlecht geschlafen, und je länger sie den leeren Posteingang fixierte, desto mehr wuchs ihre Gewissheit, dass da ein Fehler passiert sein musste. Bestimmt hatte Gwen sich vertippt, woraufhin Alex' Nachricht im Cyberspace gelandet war, wo sie nun mutterseelenallein schwebte. Panisch rief sie Gwen an. »Hast du auch dran gedacht, dass man *Vienna* mit zwei ›n‹ schreibt?«

»Bist du je auf den Gedanken gekommen, dass du mit einer E-Mail-Adresse wie viennasausage@minivilla.net genau die Penis-Mails provozierst, vor denen dir so graut? *Vienna sausage* heißt Wiener Würstchen. *Würstchen*. Alles klar?« Gwens Tippgeräusche wurden schneller, was Myra als Zeichen dafür deutete, dass sie nur mit halbem Ohr zuhörte. »Ich habe die Mailadresse richtig geschrieben, Myra. Vielleicht hat er ja zu tun. Oder er hat genauso Angst, dir zu schreiben, wie umgekehrt.«

»Ich benutzte eine Adresse, von der ich glaube, dass niemand sie erraten kann. Deshalb bist du ja die Netzwerk-Administratorin. Außerdem habe ich ... gar keine so große Angst, ihm zu schreiben.«

»Hast du es schon getan?«

»Nein.«

»Ich habe dir seine Adresse gesimst.«

»Ich weiß.«

»Seine ist genauso abgedreht wie deine. Ein Mann, der ein Wortspiel als E-Mail-Adresse nimmt, muss vom Schicksal für dich bestimmt sein. Rakesleaves@closeofbusiness.net – Rakes geht bei Ladenschluss, kann aber auch heißen, dass er dann Laub recht. Herrje! Offenbar zahlt er für eine eigene Domain, um so viel Text unterzubringen. Du musst ihn unbedingt kennenlernen.«

»Du tust, als wäre ich ein Fan von Wortwitzen.«

»Du bist ein Fan von Wörtern und außerdem ein Fan von Witzen, vor allem, wenn sie dämlich genug sind. Du hast also noch nichts von ihm gehört? Soll ich jetzt die Therapeutin spielen? *Und wie geht es dir damit, Myra?*«

»Hör auf. Es geht mir prima. Wie du gesagt hast, hat er bestimmt zu tun.« Aus dem Innern der *Villa* drang leise Musik. Als Myra die Ohren spitzte, erkannte sie die Melodie des Flohwalzers. Das Klavier in der Bibliothek der *Villa* war eine Spieluhr, die die gesamte Etüde von Chopin spielte, nicht nur die wenigen Takte, die auch ein fünfjähriges Kind in die Tasten hämmern konnte. Allerdings vermochte Myra nie vorherzusagen, welche Musik aus dem Haus kommen würde. Normalerweise erklang sie stets spätnachts, nur dass es jetzt mitten am Nachmittag war und die Sonne hereinströmte. Staubflocken tanzten in den schräg stehenden Lichtstrahlen.

»Ich bin gerade beschäftigt. Kann ich also noch mehr für dich tun, als dir zu sagen, dass du dich beruhigen sollst?«

»Nein. Das war's eigentlich schon.«

»Okay. Dann beruhig dich. Ich rufe dich später an, und dann überlegen wir uns, wie wir noch mehr über die Gewinner des Wettbewerbs rauskriegen. Auch über Mr. Witzbold. Ich bin sicher, dass er sich bald bei dir meldet.«

Während die letzten Noten des Flohwalzers verklangen, als seien sie nur ein Traum gewesen, gab Myras Computer ein »Ping« von sich. Sie öffnete den Posteingang und sah eine einzige neue Nachricht, die von *rakesleaves* stammte.

Hat dir je jemand gesagt, dass eine appetitliche Würstchenadresse unappetitliche Nachrichten auslösen könnte?, begann die Mail. Myra schmunzelte, und als sie weiterlas, fiel die Zeit von ihr ab. *Ich habe mindestens zwölfmal mit dieser E-Mail angefangen und sie immer wieder gelöscht. Da ich nicht weiß, was ich sagen soll, habe ich beschlossen, die Sache wie eine der Übungen im assoziativen Schreiben am College anzugehen. Ich habe Englisch im Hauptfach studiert, was du angesichts meines Geschreibsels gewiss unfassbar findest. Nachdem ich deinen Blog gelesen habe, habe ich nämlich, was meine eigenen schriftstellerischen Fähigkeiten angeht, sämtliche Illusionen verloren. Noch vor wenigen Tagen hätte ich nie gedacht, dass mich mal jemand für ein Puppenhaus in Arizona begeistern könnte. Oder dass ein Puppenhaus für mich je etwas anderes als absolut gruselig sein könnte. Doch es kommt immer anders, als man denkt. Gestern bei der Arbeit wurde ich Zeuge, wie jemand die Homepage der* Villa Liliput *besuchte und sie dabei als »Puppenhaus« bezeichnete. Ich habe die Frau umgehend verbessert und ihr erklärt, dass es sich nicht um ein Puppenhaus handelt, so wie du es immer tust. Und ich war wirklich verärgert! So, als hätte diese Kundin den wahren Sinn der* Villa *nicht richtig erfasst. Obwohl ich offen gestanden selbst nicht sicher bin, worin dieser Sinn besteht. Aber dass sie kein Spielzeug ist, liegt auf der Hand. Das habe sogar ich kapiert.*

Myra spürte, wie ihr Herz schneller schlug. Als sich Regenbogensprengsel auf ihrem Bildschirm spiegelten, wandte sie sich nach der Lichtquelle um und stellte fest, dass sich der Kristallkronleuchter in der Bibliothek langsam im Sonnenlicht drehte. Sie las weiter.

Letzte Nacht bin ich plötzlich aus einem Albtraum aufgewacht, in dem es um einen Ball ging. Ich war der einzige Gast – und dann habe ich von unten Musik gehört. Ich kann kaum glauben, dass ich so etwas schreibe, weil es sich anhört, als hätte ich eine Schraube locker, und wir kennen uns doch noch gar nicht. Aber ich schwöre, dass ich einer der normalsten Menschen auf der Welt bin. Andererseits hast du vermutlich schon den Verdacht, dass etwas mit mir nicht stimmt, denn schließlich habe ich dir gesagt, dass die Villa *echt ist und dass ich darin wohne. Was, wie mir gerade klar wird, ein Hinweis auf das genaue Gegenteil von »normal« ist. Deine PR-Frau scheint recht gut im Recherchieren zu sein, weshalb du, wie ich hoffe, inzwischen weißt, dass ich mir das alles nicht nur ausgedacht habe. Und auch das, was jetzt kommt, habe ich nicht erfunden. Im Haus gibt es kein Klavier mehr, seit ich ein kleiner Junge war. Und trotzdem habe ich ein Klavier gehört. Als ich nach unten ging, um festzustellen, woher die Musik kam, landete ich in der Bibliothek, wo das Klavier früher gestanden hatte. Meine Großmutter hatte darauf gespielt, damals, bevor sie verschwand. Ihr Porträt hängt noch dort an der Wand. Und es sieht genauso aus wie deines.*

Woher hast du das Haus? Woher hast du ihr Porträt? Wer hat es zerschnitten? Ich weiß, dass du es nicht warst, da bin ich sicher, obwohl ich es nicht erklären könnte. Was wird hier gespielt? Nachts starre ich, anstatt zu schlafen, an die Decke eines Zimmers, von dem es irgendwo ein kleineres Gegenstück gibt. Die Hände einer anderen Person rücken Möbel herum, von denen ich glaubte, dass ich sie selbst ausgesucht hätte. Allmählich frage ich mich, ob dieselben Hände auch mich herumrücken. Ich frage mich, ob ich das möchte. Ich frage mich, wie sie wohl aussehen, diese Hände, und auch, wie die Person aussieht, der sie gehören.

Ich habe also jede Menge Fragen, und ich weiß, dass du auch welche hast. Da ich keine Ahnung habe, wie ich beginnen soll, versuche ich es einmal so: Ich klicke auf »Senden«, um dir diese Worte zu schicken, und hoffe, dass du etwas damit anfangen kannst. Denn je länger ich darüber und auch über diese Situation nachdenke, in die ich geraten bin – in die wir beide geraten sind –, desto fester bin ich davon überzeugt, dass du der einzige Mensch auf der Welt bist, der mir vielleicht helfen kann, das alles zu verstehen.

24

LOCKHART, VIRGINIA, 1948

Wenn die Sonne untergegangen war, wenn die letzten Lichtfunken auf dem Fluss unter der Villa erloschen, wenn Willa die langsamen, regelmäßigen Atemzüge ihres Mannes durch seine geschlossene Schlafzimmertür hörte und wenn Ruth zuließ, dass sie ihm Gute Nacht sagte (küssen durfte sie ihn nie, aber wenigstens hatte sie so die Gelegenheit, den Wechsel von heute auf morgen mit einer Geste anzuzeigen), dann, erst dann konnte sie sich ihrer Musik widmen.

Sie versuchte, leise zu spielen und mit den Fingern gerade mal die Tasten zu streifen. Mit einfachen Tonleitern und Übungen fing sie an, bis das Muskelgedächtnis übernahm und sie da hinführte, wo die Musik es wollte. Bis sie den Melodien, die sie durchströmten, freien Lauf ließ. In einer früheren Gestalt war das Haus kleiner und eine Taverne gewesen, die verirrten Reisenden auf dem Fluss Unterkunft gewährt hatte. Das war, bevor die sich um die Dame rankenden Gerüchte derart hochgekocht waren, dass es nötig geworden war, für die Zeitspanne einer Generation eine Pause einzulegen. Doch die Musik der Reisenden hatte das Haus vergrößert und den Unterschlupf geräumiger und komfortabler gemacht. Und als sie das nächste Mal zurückgekehrt war, hatte sie ein Klavier aufgestellt. Es begleitete sie seit jener Zeit, obwohl sich seine Form immer wieder änderte. Auch die Musik entwickelte sich mit ihren Fähigkeiten weiter, denn schließlich hatte sie ja mehr als genug Zeit zum Üben.

Seit Ford hier wohnte, war sein Lieblingsplatz der Schaukelstuhl am Kamin in der Bibliothek, der Zwilling der Miniatur, die er ihr auf dem Schiff geschenkt hatte. Ford las Zeitung oder studierte Briefe und Kataloge von Möbelherstellern auf der ganzen Welt und hörte dabei Willa beim Klavierspielen zu. Ebenso oft wie mit Blumen kam er mit Noten nach Hause, und er liebte neue Stücke genauso wie die neuen Bücher, mit denen er die Bibliothek füllte. Wenn Willa abends nicht spielte, las er ihr vor. In kalten Nächten kuschelten sie sich auf dem Kaminvorleger aneinander und ließen sich vom Strom der Zeit umfließen.

Der Mann, der von den Schlachtfeldern Europas heimgekehrt war, konnte den Klang von Musik hingegen nicht länger ertragen. Jedes plötzliche Geräusch brachte ihn aus der Fassung oder sorgte dafür, dass er, rasend vor Wut, durchs Haus tobte. Als Willa zum ersten Mal eine Etüde spielte, die in den Jahren zuvor ihrer beider Lieblingsstück gewesen war, flammte sein Zorn so unvermittelt und heftig auf, dass er ihr den Klavierdeckel auf die Finger knallte. Nicht einmal ihr Aufschrei konnte ihn von dem Ort zurückholen, an den sein Geist sich zurückgezogen hatte. Während er aus dem Zimmer stürmte, öffnete Willa den Riegel an dem verschiebbaren Bücherregal, zog sich ins Herz der Villa zurück und versteckte sich dort, bis es draußen still geworden war. Später fand sie Ford besinnungslos in seinem Schaukelstuhl vor. Im Schlaf sah er noch genauso aus wie der Mann, den sie liebte. Willa kauerte sich ihm zu Füßen auf den Teppich. *Komm zu mir zurück.* Sie dachte die Worte, weil sie sie nicht einmal zu flüstern wagte, und dennoch hoffte sie, dass ein Teil von ihm sie hören würde – und dass es dieser Teil sein würde, der erwachte.

Der Rest seines Wesens flößte ihr Angst ein, auch wenn sie versuchte, sich nichts anmerken zu lassen. Nicht ihm gegenüber, nicht gegenüber Ruth und ganz sicher nicht gegenüber Mildred, die ständig unangemeldet hereinschneite, um ihr »zur Hand zu gehen«. Dann saß sie in einem Sessel im Salon, himmelte Ruth an und ließ kein gutes Haar an Willa, bis es ihr irgendwann zu langweilig wurde, sodass sie ihren Chauffeur aufforderte, sie nach Hause zu bringen. Jedes Mal versuchte sie, Willa zu überreden, ihr doch das Baby mitzugeben, damit sie »etwas Ruhe« habe. Aber stets ohne Erfolg. Eines Tages traf Mildred bei einem ihrer Überraschungsbesuche mit Ellen zusammen und machte angesichts der Vertrautheit zwischen den beiden Frauen – sie waren wohl zu verschieden, um es Freundschaft zu nennen – gute Miene zum bösen Spiel. Sie knirschte damenhaft mit den Zähnen und murmelte, es sei eine weise Entscheidung von Willa, sich angesichts ihrer »misslichen Lage« Ellens Dienste zu sichern. Doch der Blick, den sie Ellen zuwarf, verhieß eine ordentliche Standpauke, denn schließlich hatte sie Mildred verschwiegen, dass sie ein Enkelkind hatte, sodass diese erst nach Fords Rückkehr von der Nachricht überrascht worden war.

Und so tänzelte der Alltag auf Zehenspitzen über Eierschalen. Willa legte sich kalte Kompressen auf die Augen, damit man ihr die schlaflosen Nächte nicht anmerkte. Wenn Ellen mit Ruth spazieren ging, nutzte sie immer wieder die Gelegenheit, sich mit Ford zusammenzusetzen, stets auf der Suche nach Spuren des Mannes von damals. Manchmal duldete er es, dass sie sich neben ihm niederließ und seine Hand hielt. Dann schwiegen sie beide, während der Teekuchen, den er früher so gern gegessen hatte, unberührt blieb. Doch nichts half. Und außerdem waren diese stillen Momente selten, verglichen mit den plötzlichen Anfällen von Todesangst, den unvermittelten Wutausbrüchen und den Albträumen, die ihn Tag und Nacht verfolgten.

Wenn Ford und Ruth endlich schliefen, setzte Willa sich

ans Klavier und ließ die Musik über sich hinwegdriften. Allerdings musste sie sich im Zaum halten, denn wenn sie sich zu sehr gehen ließ, brandete die Musik durchs Haus mit der Folge, dass die raue Wirklichkeit tobend die Treppe hinunterpolterte, um sie anzuschreien. Am leisesten verhielt sie sich, wenn sie eines seiner früheren Lieblingsstücke spielte. Lieder, in deren Harmonien sich Freude und Trauer auf eine Weise verbanden, die sie zu Tränen rührte. Doch das Weinen hatte eine befreiende Wirkung. Das Wasser auf ihrem Gesicht war eine Verbindung zu dem Wasser des Flusses, der durch die Höhlen tief unter ihren Füßen strömte. Chopins Prélude in A-Dur, op. 28 Nr. 7 war ein kurzes Stück, das sie auswendig spielte, wenn sie keinen Schlaf fand. Der wehmütige und langsame Übergang von Dur zu Moll spiegelte ihre eigene Stimmung wider. Wenn sie anstelle von Klassik Lust auf etwas Zeitgenössischeres bekam, entschied sie sich häufig für »Solace« von Scott Joplin – *Trost* war ein passender Name für ein Stück, dessen Noten Ford für sie auf einer ihrer Einkaufsreisen in einem Buchladen entdeckt hatte. Es war eine bittersüße Erinnerung, doch zumindest ein kleiner Halt trotz der Stimmung, die Ford inzwischen verbreitete. Er selbst war dann endlich in dem Zimmer, in dem er stets allein seine Nächte verbrachte, in einen leichten und unruhigen Schlaf gefallen.

Gerade spielte sie »Claire de lune« von Debussy, als sie die Gegenwart eines anderen Menschen spürte und sich umdrehte. Ruth stand in der dunklen Bibliothek. Der blau karierte Flanell seines Pyjamas saugte Licht und Wärme der letzten Flammen des Kaminfeuers auf. Obwohl die Augustluft draußen, wie so oft in Virginia, schwülwarm und stickig war, herrschte im Haus dieselbe Kälte wie in Willas leerem Herzen. Der Kamin hatte sich ganz von selbst angezündet, denn die Villa tat ihr Bestes, um sie zu wärmen.

Willa streckte die Hände nach ihrem Sohn aus und gab sich Mühe, nicht enttäuscht zusammenzuzucken, als er wieder einmal zurückwich. Er musterte sie mit einem Argwohn, der besser zu einem viel älteren Menschen gepasst hätte.

»Großmutter sagt, dass ich bald aufs Internat komme.«

Willa seufzte auf. Ruth war erst fünf Jahre alt, also zumindest körperlich noch ein kleiner Junge. Allerdings schien er die Seele eines Erwachsenen zu haben, und er sprach mit Willa wie mit einer Gleichaltrigen, und zwar wie mit einer, für die er nicht viel übrighatte. Seine Feindseligkeit, Ungeduld und Gereiztheit reichten offenbar viel tiefer, als es sein kleiner Körper vermuten ließ. Wie Willa wusste, gab er ihr die Schuld daran, dass sein Vater nur noch ein Schatten seiner selbst war, durch die oberen Etagen geisterte und nie Lust hatte, Fangen zu spielen, spazieren zu gehen oder sonst eines der ganz alltäglichen Dinge zu tun, die ein normaler Junge von seinem Vater erwartete. In Ruth' Welt gab es nur wenige Bezugspersonen, von denen zwei – Mildred und Theodore – seine Mutter hassten und die dritte ein menschliches Wrack war. Und so war es nur logisch, dass er die Verantwortung für die Misere ganz allein bei ihr suchte.

Als Ford den Gartenweg hinaufgekommen war, war seine Heimkehr so völlig anders abgelaufen als in Willas Träumen. Anstelle eines Mädchens mit Korkenzieherlocken hatte sie nur einen mürrischen Jungen vorzuweisen, der in dem von ihr selbst genähten Leinenhemd und der kurzen Hose schmollend dastand. Willa hatte niemandem von ihrer Schwangerschaft erzählt; nur Ellen hatte es erraten und war deswegen sogar eine Zeit lang abgeschoben worden, weil Willa fest entschlossen gewesen war, die Sache allein durchzustehen. Nie hatte sie sich im Laden blicken lassen und mit den anderen Frauen kichernd ihre baldige Niederkunft erörtert oder war, beladen mit Einkäufen für das verwöhnte

Kleinkind, nach Hause gekommen. Als Ruth geboren wurde, besaß sie deshalb nur die Wiege und den Schaukelstuhl, die Ford ins Turmzimmer gestellt hatte, und außerdem stapelweise Stoffe, die sie in den vergangenen Monaten bestickt hatte. Sie hatte nicht das geringste Bedürfnis, irgendwem auf der Welt – insbesondere nicht Fords Eltern – von ihrem Kind zu erzählen. Kein einziger Mensch durfte es erfahren, bevor Ford selbst es nicht wusste.

Nur dass der Ford, der in die Villa zurückkehrte, die Nachricht nicht mit Freude aufnahm. Offen gestanden schien Freude ihm inzwischen so fremd zu sein wie die Länder, aus denen er nach Hause kam. Verdattert starrte er Willa und den kulleräugigen kleinen Jungen an, der eine kleine Karre auf der breiten Vortreppe hin und her schob. Dann sagte er, er sei müde, und marschierte an Willa vorbei und die Treppe hinauf in ein Zimmer, das nie seines gewesen war. Willa hoffte, das Schweigen würde schon aufhören, wenn er sich ausgeruht hatte, doch es wuchs an, bis sie dachte, dass es sie umbringen würde. Gefolgt von der Befürchtung, Ford selbst könnte es tun. Eine Grauzone gab es nicht. Und als sie – in ihrer verzweifelten Sehnsucht nach dem Mann, den sie geheiratet hatte, und in der Hoffnung, dass ihnen etwas einfallen würde, damit er wieder zu sich fand – seine Eltern verständigte, führten Mildreds Gluckenhaftigkeit und ihr aufdringliches Grapschen bei Ford zu einem Tobsuchtsanfall, der sie alle in Angst versetzte. Und natürlich war auch daran nur Willa schuld.

Und so floss die Zeit weiter dahin. Allerdings verschlang sie die Momente mit einer anderen Art von Gier als damals, bevor Ford in den Krieg gezogen war. Sie verzehrte Ruth' Babyjahre und Kindheit; wichtige Meilensteine in seiner Entwicklung wurden mit Mildred und Theodore erlebt, in sicherem Abstand zu Ford und Willa selbst. Und nun stand der Junge da, fünf Jahre alt, und beobachtete sie beim Klavierspiel, und zwar mit derselben Ungeduld, die ihren alltäglichen Umgang prägte.

»Mutter, ich rede mit dir. Großmutter sagt, dass ich bald aufs Internat komme.«

Fords Eltern hatten – unter Ausschluss von Willa – viele beratende Sitzungen abgehalten, in denen die Vorzüge der Saint Thomas Academy erörtert wurden, einem Internat, weit weg in den Bergen bei Asheville, in dem ein entfernter Cousin von Mildred ein strenges Regiment führte. Willa erinnerte sich an Fords seltene Schilderungen der kurzen Zeit, die er dort verbracht hatte. Vor dem Krieg mit seinen Dämonen, die ihn nun verfolgten, hatten ihn die unglücklichen Erinnerungen an dieses Internat gepeinigt.

Willa streckte die Hand nach ihrem Sohn aus. »Ich rede mit deiner Großmutter darüber, Ruth. Und auch mit deinem Vater.«

Ruth musterte sie skeptisch. »Du weißt, dass Vater nicht darüber sprechen will. Er spricht über gar nichts, Mutter. Das ist dir doch klar.«

Willa seufzte auf. »Ja, du hast recht. Aber ein Teil von ihm ist noch bei uns, Ruth, und ich möchte, dass er mitbestimmt.«

»Ich will aufs Internat. Außerdem weißt du, wie sehr ich diesen Namen hasse. Ich heiße Rutherford. Großmutter nennt mich Ruther. Ruth sagt niemand zu mir.«

»Du bist doch noch so klein, Schatz ...«

Ein anderes Kind hätte vielleicht mit den Füßen aufgestampft oder einen Trotzanfall bekommen. Doch Willas Sohn konnte seine Wut äußern, ohne einen Muskel zu regen, so als verlagerte sich das Gewicht der Welt fast unmerklich um seine schmächtige Gestalt. Seine Stimme wurde leiser. »Ich bin alt genug, um zu gehen.«

»Du bist alt genug für die Schule, nur dass diese Schule sehr, sehr weit weg ist.«

Als er lächelte, wirkte diese Regung in seinem Gesicht so fremd wie ein exotischer Vogel, der seinem Käfig entfliehen wollte. »Großmutter sagt, dass alles dort gut organisiert ist.«

»Ja, es hört sich ganz danach an. Würde dir das gefallen?«

»Du weißt, dass mir das gefallen würde.«

»Es würde Mummy ganz traurig machen, dass du so weit weggehst.«

»Mich nicht. In der Schule sind viele Leute, ganz im Gegensatz zu hier. Außerdem müssen wir in den Ferien sowieso nach Hause. Großvater sagt, dass es dort Seen voller Fische und Wälder voller Hirsche gibt. Ich konnte angeln und schießen lernen und so viel Zeit im Freien verbringen, wie ich will. Die Lehrer achten darauf, dass sich jeder an alle Regeln hält, denn sie haben dort jede Menge Regeln. Nicht so wie hier.«

Er war so völlig anders als Willa. Oder als Ford – zumindest der alte Ford, bevor er zum Schatten seiner selbst geworden war. Ganz gleich, was Willa auch sagte, Ruth drehte ihr die Worte im Munde herum. Und außerdem deutete er jedes dieser Worte als Kränkung und als weiteren Beweis dafür, dass sie ihn einfach nicht verstand. Hinzu kam, dass die Frage des Übergangs weiterhin im Raum stand, denn Willa war so abgrundtief erschöpft, dass das Gefühl ihr nicht nur bis ins Mark drang, sondern bis in die Höhlen unter ihren Füßen sickerte. Der richtige Zeitpunkt für jenen Übergang stand unmittelbar bevor – nur dass Ruth ganz und gar nicht bereit dafür war. Er sträubte sich mit Leibeskräften und war von Kopf bis Fuß derart von Zorn erfüllt, dass sie einfach keinen Zugang zu seiner Seele fand.

Vor Fords Aufbruch hatte Willa sich in dem Glauben gewogen, dass sie sich bald zur Ruhe setzen könnte. Dass sie allmählich verblassen würde, nachdem sie die Last in neue Hände gelegt hatte. In diesem Glauben hatte sie auch ein Kind zur Welt gebracht. Ein Kind, das nun alles ablehnte, was sie war oder je sein würde. Trotzdem hatte sie gehofft, dass ein wenig Zeit und Liebe Wunder wirken würden, damit Ruth die Geborgenheit dieses Zufluchtsorts spürte und erkannte, wie wunderschön es hier war. Doch er wollte nach wie vor nur weg und sträubte sich gegen jegliche Form von Bindung. Die Überzeugungsarbeit würde Zeit brauchen, Zeit, die Willa nicht hatte, wenn man ihn aufs Internat schickte. Inzwischen erschien es ihr unvorstellbar, ja, unmöglich, dass sie noch eine zweite Gelegenheit bekommen würde. Gewiss würde sie zuvor die Willenskraft verlieren und zu dem Schluss gelangen, dass es das Beste wäre, sich endgültig aufzulösen. Unzählige Jahrhunderte hatte Willa auf diese Chance warten müssen, die ihr nun zu entgleiten drohte. Sie würde davontreiben wie das Wasser im Fluss.

»Willst du wirklich weg?«

Ruth presste die Lippen zusammen. »Ich will wirklich weg. Es wäre so schön, nicht mehr hier wohnen zu müssen.«

Willa schloss die Augen und versuchte, sich daran zu erinnern, wie es gewesen war, ihn all die langen Monate nach Fords Abschied in sich zu tragen. Dann dachte sie an die Zeit davor, als sie die Beine mit denen von Ford verschlungen und gelauscht hatte, während er ihr Gedichte vorgelesen hatte. Sie musste ihre Gefühle von damals unbedingt festhalten. »Ich möchte, dass du glücklich bist, Ruth.«

Er nickte. »Gute Nacht, Mutter.«

Der Satz war wie ein Schlag ins Kontor, ausgesprochen mit einer Endgültigkeit, die noch jahrelang widerhallen sollte. »Gute Nacht, mein geliebter Junge.«

25

PARKHURST, ARIZONA, 2015

Lieber Alex, schrieb Myra. Der Cursor blinkte sie an. Sie löschte die Zeile.
Hallo Alex. Löschen.
Hi, Alex. Habe gerade deine Nachricht gekriegt. Das ist ja SO SCHRÄG, oder? Und was jetzt? Als sie diesen Satz ebenfalls löschte, haute sie dabei so fest auf die Tasten, dass ihr fast das Keyboard um die Ohren flog. Alles klang irgendwie falsch. Alles war ungewohnt. Ihr Alltag wurde auf den Kopf gestellt, und fast jede Nacht wurde sie von Geräuschen über ihrem Kopf aus dem Schlaf gerissen.

In der unteren Etage des Hauses verschanzte Diane sich zwischen ihren schrumpfenden Kistenstapeln. Unterdessen wuchtete Gwen unermüdlich Kartons in ihren überladenen BMW und karrte sie zum Postamt, wo verdatterte Mitarbeiter Paket um Paket auf den Weg zu erwartungsfrohen eBay-Kunden brachten, die sich schon sehr auf ihre funkelnagelneuen Sachen von Valentino, Louis Vuitton und Hermès freuten. Hin und wieder hörte Myra die lautstarken Proteste ihrer Mutter – allerdings ohne den Inhalt zu verstehen –, stets tapfer abgewehrt von Gwens immer gleicher Litanei: *Lass das los, nein, das kannst du nicht behalten, du weißt, dass du das alles wieder hergeben musst.* Gwens Überredungskünste waren denen von Myra in jeglicher Hinsicht überlegen, selbst wenn es um Myras eigene Eltern ging. All die vielen Übernachtungsbesuche, Pizzapartys und Videoabende waren Gwens Idee gewesen – vorgeschlagen, geplant und organisiert von ihr höchstpersönlich. Myras Familie war einfach von diesem Strudel mitgerissen worden. Deshalb überließ Myra es Gwen, die sowieso immer alles im Griff hatte, auch jetzt nur allzu gern, die jüngste Krise aus der Welt zu schaffen. Hinzu kam, dass Myra eigentlich noch nie richtig Zugang zu ihrer Mutter gefunden hatte. Die Schulden hatten sie zwar überrascht wie ein Blitz aus heiterem Himmel, was allerdings nicht für das Thema realitätsferne Erklärungen galt. Diane hatte sich schon immer nach einem anderen Leben gesehnt und Myra – wenn auch vermutlich nur unbewusst – die Schuld an ihrer derzeitigen Misere gegeben. Myra spürte das, obwohl ihre Mutter es nie laut aussprach.

Oben auf dem Dachboden war es leichter, sich taub zu stellen. Jede Treppenstufe stand für ein weiteres Jahr Entfernung, für eine Möglichkeit, nicht mit ansehen zu müssen, was aus ihrer Beziehung geworden war.

Wie sollte sie all das Alex erklären, wie ihm verständlich machen, was momentan hier los war? Das Haus? Die Gefahr, es zu verlieren? Die *Villa*? Sich selbst?

Myra fing noch einmal von vorne an. Anstatt ihre Geschichte in zeitlicher Abfolge zu erzählen, stürzte sie sich mitten ins Getümmel. *Alex, in der Bibliothek der* Villa *hängt über dem Kamin plötzlich ein Kronleuchter, und zwar erst, seit ich im Netz dein Foto gesehen habe. Ich hatte das Gefühl, sie weiß –* die Villa *weiß –, dass ich dich anschaue. Sie hatte schon immer ihren eigenen Kopf und tut Dinge, die ich mir nicht erklären kann. Im Laufe der Jahre ist so einiges passiert, was ich online nie erwähnt habe. Schließlich will ich der Welt da draußen nicht noch mehr Beweise dafür liefern, dass ich eine Einsiedlerin bin, die nicht mehr ganz sauber tickt und auf einem Speicher mit einem Puppenhaus spricht. Nicht einmal Gwen habe ich es erzählt, und der erzähle ich sonst fast alles. Aber dir vertraue ich es jetzt an, denn du bist der einzige*

Mensch, der mich vielleicht versteht. Schließlich bewohnst du diesen Wahnsinn in Lebensgröße, während ich meinen wenigstens mit Scharnieren und Messingbeschlägen verschließen und für eine Weile ignorieren kann – sosehr er auch versucht, mit Musik, Gepolter und Geschepper meine Aufmerksamkeit zu erregen. Ich kann so tun, als gäbe es eine Trennlinie zwischen meinem Miniaturleben und dem echten Leben, obwohl meines nach Ansicht einiger Leute auch recht klein ist.

Du hast dich nach dem Porträt erkundigt. Die Antwort lautet, dass ich nicht weiß, wer es zerschnitten hat. Als ich es bemerkte, habe ich bittere Tränen geweint. Es fühlte sich an, als verliefen die Schnitte quer über mein eigenes Gesicht. Als Kind bin ich einmal auf den Dachboden gekommen und habe einen Teil des Hauses zertrümmert vorgefunden. Es war aufgeklappt, obwohl ich es geschlossen hatte, und jeder zerbrechliche Gegenstand darin war kaputt. Ich habe eine Ewigkeit gebraucht, die Schäden zu reparieren. Aber ich habe es geschafft. Trixie sagte immer, dass alles, was in der Villa geschieht, schon einmal geschehen ist, weiterhin geschieht und immer wieder geschehen wird, weil der Zufluchtsort ein Gedächtnis hat. Die Villa war von jeher voller Erinnerungen, weshalb es für mich schon als kleines Kind klar war, dass ich alles wiedergutmachen musste. Trixie hat sie mir hinterlassen, weil sie wusste, dass ich darauf achten würde. Also habe ich sie in Ordnung gebracht.

Wie dem auch sei. Der Zustand des Porträts tat zwar weh, aber wenigstens konnte ich das Gesicht noch erkennen. Trixie, meine Stiefgroßmutter, von der ich auch in meinen Posts schreibe, nannte sie immer die Dame des Hauses. Von Trixie habe ich die Villa Liliput bekommen. Sie hat früher ihr gehört, und viele Dinge darin stammen noch von ihr. Sie hat meinen Großvater geheiratet, als ich zwei war, und starb an meinem fünften Geburtstag. Seitdem ist kein Tag vergangen, an dem sich diese drei Jahre meines Lebens nicht so gegenwärtig angefühlt haben wie damals, denn sie haben mich als Person geprägt. Trixie hat mich auf einer Ebene verstanden, wie es sonst kaum jemandem gelungen ist, denn bei ihr kam ich mir nie wie ein Kleinkind vor. Möglicherweise lag das daran, dass ich, wie sie immer sagte, eine alte Seele hätte. Jedenfalls sprach sie mit mir wie mit jemandem, der wichtig ist – etwas, was man als Kleinkind nur sehr selten erlebt. Ich habe sie vergöttert, und ich vermisse sie jeden Tag.

Obwohl ich nicht begreife, was da gerade los ist, bin ich mit Gwens Plänen nicht völlig einverstanden. Sie betrachtet die ganze Angelegenheit als Geschäftsmodell und will die Villa in eine Art Realityshow verwandeln – jedenfalls in ein Spektakel, mit dem man Aufmerksamkeit für die Webseite generiert und Geld sammelt. Sie ist meine Managerin und PR-Frau, und alles, was du auf der Webseite siehst – mit Ausnahme der Texte selbst –, war ihre Idee. Sosehr es mich auch nervt, dass sie versucht, aus meinem Leben – und ebenso aus deinem – eine Sensation zu machen, die viral gehen wird (ein Wort, das ich übrigens hasse), will sie mir in Wahrheit nur helfen. Dieser ganze Wettbewerb findet außerhalb meiner Komfortzone statt, doch wie sie mir klargemacht hat, werde ich diese Komfortzone verlieren, wenn ich sie nicht selbst rette. Mein Haus soll versteigert werden. Mein Großvater hat es als junger Mann gebaut, als meine Mutter gerade alt genug war, Hammer und Nagel zu halten. Ich kenne es bis auf den letzten Zentimeter, und trotzdem ist mir irgendwie durchgerutscht, dass meine Mutter es mit Online-Bestellungen, die sie nicht bezahlen kann, vollgestapelt hat. Irgendwie habe ich den Verdacht, dass ich das viele Lob für meine Liebe zum Detail nicht verdiene, weil mir so etwas Wichtiges entgehen konnte.

Während ich diese Zeilen schreibe, habe ich das Gefühl, dich warnen zu müssen, denn du könntest in einen größeren

Schlamassel hineingestolpert sein, als dir lieb ist. Ganz gleich, was die Villa *auch denkt, gibt es in ihr Bereiche, zu denen nur ich Zugang habe, und Teile dieser Welt will ich mit niemandem teilen. So, das war jetzt ein sehr umständlicher Weg, dir mitzuteilen, dass du den Schreibwettbewerb nicht gewonnen hast, Alex. Ich kann nicht zulassen, dass du herkommst und mit mir zu Mittag isst. Ich kann mit überhaupt niemandem zu Mittag essen. Vielleicht könnte ich, wenn ich mir große Mühe gebe, jemand anderen zum Sieger erklären. Jemand, der nicht so nah dran am Thema ist, dass es mich umhaut, könnte mir ein paar Textzeilen, Fotos und Möbelstücke schicken, und ich gestalte dann das Zimmer nach seinen Wünschen um. Hoffentlich kann ich auf diese Weise genug Geld einnehmen, damit die Bank zufrieden ist.*

Aber unsere Situation? Die nicht übereinstimmende Spiegelbildlichkeit unserer Leben? Die Porträts? Die Musik? Davon soll der Rest der Welt nichts erfahren. Es gibt dich, und ich kann dich nicht mehr ausschließen. Doch ich weigere mich, ein öffentliches Schauspiel daraus zu machen, insbesondere deshalb, weil ich noch immer nicht kapiere, was das alles zu bedeuten hat. Und dass es etwas zu bedeuten hat, steht fest.

Die Angelegenheit ist gleichzeitig zu groß und zu klein für mich. Gwen wird sauer auf mich sein, aber ich werde mir Mühe geben, es ihr begreiflich zu machen. Ich hoffe, du verstehst mich auch. Ein Teil von mir ist sicher, dass du mich womöglich besser verstehst als jeder andere.

Tut mir leid, dass ich dir solche Umstände gemacht habe. Wir wollen nicht weiter darauf herumreiten.

Myra klickte auf »Senden« und lehnte sich zurück, bevor sie Gelegenheit hatte, es sich anders zu überlegen. Mit angehaltenem Atem wartete sie auf die Reaktion der *Villa*, doch es blieb still. Sie war gleichzeitig enttäuscht und erleichtert.

Aber natürlich war die *Villa* niemals wirklich still. Sie lauschte.

Das »Ping« aus dem Computer erfolgte sehr rasch: Entweder war Alex der schnellste Leser der Welt, oder er hatte alles bis zum Ende übersprungen. Was Myra an seiner Stelle getan hätte.

Drei kurze Sätze blinkten auf dem Bildschirm: *Wir müssen uns nicht treffen. Aber sprich bitte weiter mit mir. Egal über welches Thema.*

Unwillkürlich huschte ein Lächeln über Myras Gesicht. Eigentlich hatte sie mit ihrer Nachricht einen Schlussstrich unter ihre Korrespondenz ziehen wollen. Unter ihren Kontakt mit Alex, denn die in ihr tobenden Gefühle waren einfach zu überwältigend und ergriffen auf beinahe schmerzhafte Weise Besitz von ihr. Obwohl sie Alex am liebsten aus ihrem Leben ausgeschlossen hätte, wünschte sich etwas in ihr, dass er sich nicht so leicht abwimmeln lassen würde. Genau wie Gwen, die es auch nicht tat. Und tatsächlich: Er stellte den Fuß in die Tür, bevor sie ihm diese vor der Nase zuknallen konnte.

Schnell antwortete sie, um zu verhindern, dass sie es sich anders überlegte: *Das ist eine großzügigere Einladung, als du vermutlich ahnst. Auch wenn sie dir angesichts des Maßstabs, in dem ich arbeite, sehr klein erscheinen mag. Womöglich glaubst du ja, dass es hier nur um winzige Teetassen und Möbel im Miniaturformat geht, aber ich habe auch Geschichten geerbt, die weit mehr Gewicht haben als ich. Außerdem bin ich es gewohnt, für ein viel größeres Publikum zu schreiben. Deshalb könnte es sich für mich als schwierig erweisen, meine Worte dir zuliebe einzuschrumpfen. Doch wenn du bereit bist, bin ich es auch. Obwohl ich nicht ganz sicher bin, worauf ich mich da einlasse.*

Zischschsch.

Ping! *Erzähl mir von deiner Mom und von den Sachen, die sie gekauft hat. Wer meine eigene Mutter ist, wusste ich bis vor Kurzem gar nicht. Aber mehr davon später, versprochen. Also, was hat sie gekauft?*

Klick. *Stiefel! Tolle Stiefel und dann noch ein Kleid. Ach herrje, ich habe gar nicht geahnt, was für einen extravaganten Geschmack meine Mutter hat! Eigentlich sind es, wie ich zugeben muss, genau die Dinge, die ich gern in klein fabriziere. Wahrscheinlich habe ich den Blick fürs Detail, zumindest teilweise, von ihr geerbt. Willst du hören, wie ich davon erfahren habe ...?*

Die regenbogenbunten Funken des Kronleuchters jagten einander über die Wände des Dachbodens.

26

LOCKHART, VIRGINIA, 1948

Der Wechsel der Jahreszeiten hatte Willa nie sonderlich interessiert. Im Umkreis ihres Zufluchtsorts konnte sie das Wetter nach Belieben gestalten, auch wenn es für gewöhnlich eher ihre Stimmung widerspiegelte als eine bewusste Entscheidung, etwas daran zu verändern. Dass die Menschen um sie herum bestimmten Tagen eine willkürliche Bedeutung beimaßen, kümmerte sie nicht. Und deshalb hatte sie vor ihrer Ehe mit Ford – also bevor sie eine Verbindung mit einer tief in gesellschaftlichen Erwartungen verwurzelten Familie eingegangen war – das Haus nie weihnachtlich geschmückt.

Inzwischen lastete der Schatten von Fords leerer Hülle auf der Villa, und es gelang Willa zum ersten Mal nicht, Mildred abzuwehren. Ihre ständigen Besuche waren als unausgesprochener Vorwurf gedacht, als Beweis dafür, dass Willa der Aufgabe, Ford zu versorgen, nicht gewachsen sei. Mildreds tadelnder Tonfall hallte durchs Haus und war gar aus Ruth' Mund zu hören. Als er zum ersten Mal in den Ferien aus dem Internat nach Hause kam – Mildred hatte darauf bestanden, ihn persönlich abzuholen –, traten die beiden in die große Vorhalle. Nachdem sie einen Blick gewechselt hatten, sahen sie Willa strafend an.

»In Saint Thomas haben wir einen riesigen Weihnachtsbaum«, verkündete Ruth. »Ich habe beim Schmücken geholfen und bin sogar auf die Leiter gestiegen.«

»Das war sicher aufregend«, meinte Willa.

»Hier sollte auch ein Baum stehen.«

»Oh.« Als Willa sich in der Vorhalle umsah, wurde ihr zum ersten Mal klar, was Mildred – und alle anderen Außenstehenden – an der Villa auszusetzen hatten, und sie spürte, wie sich das Urteil ihrer Mitmenschen an den Wänden brach: Das ganze Haus wirkte verwohnt, und man sah ihm, ebenso wie Willa selbst, sein Alter an. »Würdest du dich über einen Baum freuen? Natürlich können wir einen kaufen gehen.«

»Ich lasse einen liefern.« Mildred rauschte durch die Vorhalle und ließ den Blick zur Decke wandern, als wollte sie die Höhe des grünen Riesen abschätzen, der hier Platz finden sollte. »Komm, wir gehen zu deinem Vater, mein Schatz. Wir wollen doch rechtzeitig zum Abendessen zu Hause sein.«

Willa blickte ihrem Sohn nach, der schon halb die Treppe hinauf war und auf das Zimmer seines Vaters zusteuerte. »Isst du denn nicht hier?«

»Wir dachten, es wäre einfacher, wenn Ruther die Ferien bei uns verbringt. Schließlich hast du genug zu tun, meine Liebe, und mein Sohn ist ja so geräuschempfindlich. Es ist nicht fair, von einem heranwachsenden Jungen zu verlangen, dass er während der gesamten Feiertage auf Zehenspitzen herumschleicht.« Mildreds gekünstelt bedauernde Miene sollte wohl ihre tiefe Selbstzufriedenheit verbergen: Alles lief genau nach Plan.

»Er braucht nicht zu schleichen«, entgegnete Willa. »Schließlich ist das hier sein Zuhause. Hier bei mir und bei seinem Vater. Du erwartest doch nicht etwa, dass ich einverstanden bin ...«

»Nicht einverstanden damit, dass dein Sohn von seinen Großeltern betreut wird, die ihn innig lieben und für sein Glück und seine Sicherheit sorgen, damit du dich um deinen Mann kümmern kannst, der immerhin mein Sohn ist? Den wir dir trotz all unserer Zweifel anvertraut haben, obwohl du unsere Hilfe beharrlich zurückweist? Ja, ich erwarte von dir, dass du einverstanden bist. Denn trotz deiner, sagen wir, gewöhnungsbedürftigen Herangehensweise an die Dinge des Lebens empfinde ich dich nicht als eine selbstsüchtige Mutter, meine Liebe. Ein fünfjähriger Junge, der aus dem Internat nach Hause kommt, hat Bedürfnisse, die deine Aufmerksamkeit beanspruchen werden, obwohl diese, wie ich leider sagen muss, ohnehin schon zu wünschen übrig lässt.« Mildreds schrille Stimme erinnerte Willa an den Ruf einer Spottdrossel, die fähig war, jede beliebige Gefühlsregung oberflächlich nachzuahmen, ohne die bittere Wahrheit dahinter selbst zu spüren. Als ihre Schwiegermutter Willa mit zur Seite geneigtem Kopf musterte, wirkte ihr Gesicht mit der fordernden Miene so spitz wie der Schnabel eines Vogels.

Willa war erschöpft. Morgens beim Aufstehen hatte sie sich zwar auf die Rückkehr ihres Sohnes gefreut, sich aber innerlich auf eine Enttäuschung gefasst gemacht – auch wenn sie nicht damit gerechnet hatte, dass diese so rasch erfolgen würde. Rings um Ruth' schmächtige Gestalt knisterte die Luft wie immer vor Ungeduld. Nur dass da noch ein Aspekt hinzugekommen war, eine abfällige und herablassende Art nämlich, die Willa das Blut in den Adern gefrieren ließ. Inzwischen hatte sie sich daran gewöhnt, dass er im Haus eine unbehagliche Stimmung verbreitete, etwas, das sie sonst nur von Außenstehenden kannte. Von Menschen, die es nicht aushielten, dass der Zufluchtsort sich nicht ihren Vorstellungen von Ordnung und Regeln unterwarf. Die Winde, die tief unter Willas Füßen wehten, wechselten wieder einmal die Richtung.

Ihr Sohn wollte nicht hier sein, und das schützende Dach über seinem Kopf wies ihn ebenfalls zurück. Die Erkenntnis, dass sie selbst sich davon bedroht fühlte, schnitt Willa ins Herz. Während Gefahren bis jetzt stets von außen gekommen waren, war diese hier von innen heraus entstanden. Aus Willa selbst. Aus der Liebe, die sie und Ford einmal miteinander verbunden und die ihnen ein zorniges, argwöhnisches Kind beschert hatte.

»Ich möchte, dass er bei uns zu Hause bleibt, wo er hingehört, Mildred.« Noch während die Worte ihren Mund verließen, spürte Willa, wie die Luft um sie herum drückend wurde und dann in Bewegung geriet. Von oben erklang Gebrüll, gefolgt vom hastigen Getrappel kleiner Füße auf den Stufen.

»Vater ist wach«, keuchte Ruth. »Er will niemanden sehen.«

»Bestimmt fühlt er sich bald besser. Er ist heute eben müde.« Willa versuchte, den rötlich schimmernden, flaumigen Lockenschopf ihres Sohnes zu tätscheln, aber der Junge duckte sich unter ihrer Hand weg und lief zu Mildred hinüber. Willa seufzte auf. »Wir essen etwas Leckeres zu Abend, und dann wirst du froh sein, dass du wieder zu Hause bist.«

Ruth starrte seine Großmutter voller Angst an. »Du hast versprochen, mit ihr zu reden! Du hast gesagt, dass ich nicht hierbleiben muss!«

Als Mildred den Jungen anlächelte, lag eine Wärme darin, die ihr Verhalten Willa gegenüber noch kälter erscheinen ließ. »Geh in die Bibliothek, mein Schatz, damit ich mit deiner Mutter sprechen kann.«

»Ja, Ruth, geh in die Bibliothek. Ich habe dir Kuchen hingestellt. Deutschen Schokoladenkuchen. Ellen und ich haben ihn gestern Abend zusammen gebacken. Sie sagte, sie kommt später noch vorbei.«

»Besucht dich unsere Verkäuferin immer noch? Es ist mir ein Rätsel, warum sie mit ihrer Freizeit nichts Sinnvolleres anzufangen weiß. Teddy ist einfach zu nachsichtig mit ihr, aber er meinte, sie habe ein Händchen im Umgang mit der Kundschaft ...«

Willa sprach einfach weiter, als hätte sie Mildreds Geschwätz gar nicht gehört. »Zum Abendessen gibt es Brathähnchen mit brauner Soße und roten Kartöffelchen. Das wird sicher ein wunderschöner Abend.« Willa versuchte, eine Fröhlichkeit in ihren Tonfall zu legen, gegen die Mildred chancenlos war.

»Ich hasse die Bibliothek. Ich will nicht da drin sein.«

Mildreds Miene verfinsterte sich. »In diesem Ton reden wir nicht mit Erwachsenen, junger Mann. Geh und warte.«

Sobald seine stampfenden Schritte im hinteren Teil der Villa verklungen waren, verschwand Mildreds Lächeln schlagartig. »Ich würde mich wirklich freuen, wenn du vernünftig wärst, Willa. Der Junge weiß, was er will. Es ist nicht gerecht ...«

»Er ist fünf Jahre alt, Mildred. Und er ist mein Sohn, nicht deiner. Mir ist bekannt, dass er einen eigenen Willen hat, nur dass dieser noch nicht voll entwickelt ist, denn dazu ist er noch viel zu klein.«

»Er ist älter, als er aussieht. Sein Großvater sagt, er hat eine alte Seele. Daher kommt auch sein Dickkopf.«

Willa richtete sich zu voller Größe auf, ließ sich von der Kraft des Hauses umfangen und legte mehr Selbstsicherheit in ihre Worte, als sie in Wahrheit empfand. »Mit alten Seelen kenne ich mich ein bisschen aus, Mildred. Und ich werde nicht zulassen, dass du über seine bestimmst.«

»Du überschätzt dich.« Mildred lachte auf. »Ach, meine Liebe, lass dir von der Mutter eines Sohnes einen kleinen Rat geben. Sie werden uns nur geliehen, bis sie ihren eigenen Weg finden. Zu großen Dingen hin, hoffentlich. Zu Wohlstand, wenn es so sein soll. Zu Glück und Zufriedenheit –

wenn die Sterne lachen und das Schicksal nicht beschließt, sie einem zu entreißen. Es hat mir meinen Jungen entrissen, doch ich werde Himmel und Erde in Bewegung setzen, um zu verhindern, dass es mir auch noch dieses Kind nimmt. So einen Vorsprung haben wir Ford verschafft, so viele Hoffnungen in ihn gesetzt, und er hat alles weggeworfen. Ich weiß, dass sein Verstand selbst dort, wohin er sich geflüchtet hat, seinen Fehler erkennt. Und dass er sich nun wünscht, Ruther möge von seinem Geburtsrecht Gebrauch machen. Zumindest das könntest du ihm gönnen, nach allem, was diese Welt ihm genommen hat.«

Die Art, wie Mildred »diese Welt« aussprach, ließ keinen Zweifel daran, was sie in Wahrheit meinte: *Alles, was du wildfremde Frau mit deinen weiblichen Reizen, deinem Freigeist, deinem Widerstand gegen gesellschaftliche Erwartungen und deiner Einsiedlerklause an dieser nebligen Flussbiegung mir gestohlen hast, Willa Rakes!*

»Er kann am Weihnachtstag zum Mittagessen zu euch kommen«, entgegnete Willa. »Vermutlich hast du seinen Koffer und seine Schulsachen schon zu euch fahren lassen, weil du von meinem Einverständnis ausgegangen bist. Doch ich fürchte, du hast dich geirrt. Bitte beauftrage jemanden, alles hierherzubringen, wenn es dir zeitlich passt. Ford hat seinen Sohn schrecklich vermisst, sosehr du auch glauben magst, dass er gar nicht mehr anwesend sei. Auch mir hat er entsetzlich gefehlt, aber das ist dir ja offenbar gleichgültig. Jedenfalls bleibt Ruth zu Hause.«

»Das hier ist nur *dein* Zuhause«, hörte Willa Ruth da leise in einer Ecke des Raums zischen. Sie wusste nicht, wie lange er schon dort stand. »Aber nicht meins. Es hasst mich, das weiß ich genau. Und ich hasse es ebenfalls, das weiß es auch.«

Wieder lachte Mildred auf. »Ruther, mein Schatz, es ist

nur ein altes Haus. Diese Kästen haben eine Persönlichkeit, genau wie Menschen. Und trotzdem sind sie nur Orte, an denen man sich abends zu Bett legt. Du kannst uns ja bald besuchen kommen.«

Ruth verzog ängstlich das Gesicht, und seine Miene wurde verschlossen, ein Ausdruck, der Willa sofort an die schlaflosen Tage und Wochen nach seiner Geburt erinnerte, als nichts ihn hatte beruhigen können. Mit eigenen Händen hatte sie ihn aus ihrem Leib hinaus in den Zufluchtsort gezogen, und seitdem schlug er nur nach ihr. »Verabschiede dich von deiner Großmutter, Ruth.«

Ruth bedachte sie mit einem zornigen Blick, schlang die Arme um seine Großmutter und vergrub das Gesicht an ihrer mageren Brust. Mildred lächelte verkniffen. »Ich komme, sobald ich darf.« Er wich zurück und nickte. Willa bemerkte, dass sein Gesicht tränennass war, doch sie ahnte schon, wie feindselig er reagieren würde, wenn sie etwas dazu anmerkte. »Ich besuche dich, wenn sie mich weglässt.«

Er stürmte die Treppe hinauf in sein Zimmer. Als er die Tür zuknallte, erbebte das ganze Haus, ein Geräusch, das auch Willas Herz zum Vibrieren brachte.

27

LOCKHART, VIRGINIA, 2015

Jeden Morgen, bevor Alex vollständig zu Bewusstsein kam – also ehe er nach unten stolperte, sich einen Instantkaffee aufgoss, eines seiner auf antik getrimmten, kunstvoll zerlöcherten T-Shirts mit dem Schriftzug der Ramones oder von Creedence Clearwater Revival anzog oder wenigstens die Zähne putzte –, nahm er sein Smartphone vom Nachttisch und tippte auf das kleine Kuvert auf dem Display, um festzustellen, ob Myra ihm geschrieben hatte.

Und jeden Morgen war da eine Nachricht, und das schon seit einigen Wochen.

Manchmal sogar mehr als eine. Der rote Punkt neben dem Umschlagsymbol verhieß alles, eine Mail oder ein halbes Dutzend, je nachdem, wie begeistert Myra von einem Projekt war. *Ich habe einen Becherfarn hingekriegt, und auf diesen Gummibaum bin ich SO STOLZ. Meine Mom hat die Minipflanzen satt, deswegen NERVE ICH DICH DAMIT.*

Offenbar verfasste Myra ihre Nachrichten simultan mit den neuen Texten für die *Villa Liliput*. Diese Zeitgleichheit hatte die Wirkung, dass Alex sich den Posts besonders verbunden fühlte, so als schriebe sie nur für ihn, nicht für die Follower, Hunderttausende längst, die alles über das neueste Zimmer im Haus erfahren wollten. Myras jüngstes Projekt, ein winziger Wintergarten hinter der Küche, wo der Lichteinfall vom Fluss her am besten war, stieß auf großen Anklang.

Zumindest wäre das Licht von dort gekommen, wenn die Miniaturversion des Hauses, in dem Alex wohnte, tatsächlich an einem Fluss gelegen hätte. In der echten Villa stapelten sich in diesem Raum Kisten voller Geschirr und anderer Requisiten der Sesshaftigkeit, die eigentlich seine Absicht gewesen war. Allerdings hatte er die meisten seiner Sachen noch nicht einmal aus dem Container geräumt, der in der Auffahrt der Villa parkte.

Myras Version der Küchenecke wurde von winzigen handgefertigten Pflanzen bevölkert. Am besten gefiel Alex ein Wunderstrauch in einem Topf mit blau-weißem Weidenmuster, jede farbige Blattader aufgemalt mit einem Pinsel, so dünn wie das Schnurrhaar einer Katze. In ihren Nachrichten erzählte Myra ihm immer mehr über die Werkzeuge, die sie benutzte, ja, sie schickte ihm sogar Fotos von einigen, die nie auf der Webseite erwähnt worden waren.

SCHAU DIR DEN PFLANZENSTÄNDER AN, schrieb sie in Großbuchstaben, die ihm aus der Betreffzeile förmlich entgegenschrien. Immer wieder fragte er sich, wie – und auch wie schnell – er sich zu einem Menschen hatte entwickeln können, der sich von einem in Großbuchstaben geäußerten Begeisterungsanfall wegen eines Blumenständers mitreißen ließ. Und darüber hinaus noch wegen eines winzig kleinen. Schließlich ging es hier nicht um Konzertkarten oder eine kostenlose Karibikreise, sondern um die Nachricht – eine vor Überschwang strotzende Nachricht – von einer Frau, die er noch nie gesehen hatte. Und dennoch empfand er die bange Erwartung eines Fans, wenn er ihre Mails anklickte, ein Gefühl, in dem etwas Tiefergehendes mitschwang. Sehnsucht. Verbundenheit. Freude.

Im Ausverkauf eines Handarbeitsladens im Netz habe ich ein paar altmodische Fingerhüte aus Holz entdeckt. Ich liebe diese Dinger, weil sie hohl und trotzdem stabil sind, sodass ich Sachen hineinstellen kann. Ist dir schon mal so ein toller Kitsch untergekommen?

Alex klickte sich durch die angehängten Bilder. Myra hatte in den oberen Rand des Fingerhuts eine Wellenlinie geschnitzt und die schmale Fläche erst weiß und dann mit grünen und roten Stechpalmenzweigen bemalt. Mit der Schablone oder frei Hand? Auf dem nächsten Foto stand auf dem umgedrehten Fingerhut ein Weihnachtsbaum, gebastelt aus einem Flaschenbürstchen und geschmückt mit winzigen Popcornketten und Rotkardinälen, die so echt aussahen, dass sie nach dem Popcorn zu picken schienen. Auf dem letzten Bild war der Weihnachtsbaum von innen beleuchtet, so als bestünden seine Zweige aus Licht. Alex öffnete ein Antwortfenster: *Das ist ein echt cooler Pflanzenständer, auch wenn ich jeden Tag genug Kitsch zu Gesicht kriege. Schließlich handelt mein Dad bevorzugt damit. Offen gestanden – und ich wage kaum, es dir zu sagen – ist der Baum gar nicht kitschig, sondern wirklich beeindruckend. Wie hast du die Zweige beleuchtet?*

Zischschsch.

Ping!

Obwohl der Baum aussieht wie ein Flaschenbürstchen, habe ich ihn selbst aus LED-Drähten gebogen. Auch ohne Myras Stimme zu kennen, konnte Alex hören, wie atemlos sie klang. *Die Drähte habe ich durch die Mitte des Fingerhuts gefädelt, damit ich die Batterie irgendwo im Zimmer verstecken kann. Manchmal macht es mir Spaß, die Zimmer nach einem Feiertagsmotto zu schmücken, gleichzeitig und doch jeden Raum mit einem anderen Motiv – Weihnachten, Halloween und Valentinstag, was immer das Herz begehrt. Ich habe beschlossen, Weihnachten im Bad stattfinden zu lassen. Nur, um Verwirrung zu stiften. Der Blumenständer kommt neben die Wanne mit den Löwentatzen.*

Findest du das nicht ein bisschen gewagt? Zischsch.

Ping! *Genau das soll es auch sein. Keine Puppen, schon ver-*

gessen? Außerdem habe ich noch ein paar handgestrickte grüne und rote Handtücher, die ich über den Wannenrand hängen kann. Die habe ich vor einer Weile gemacht, als ich mit dem Miniaturstricken experimentiert habe, weshalb sie ein bisschen grob geraten sind. Aber ich kann das ja als Landhausstil bezeichnen ...

Alex stellte sich vor, wie Myras Hände mit winzigen Stricknadeln, so dünn wie Zahnseide, hantierten. Und er dachte an die Lupe, die sie, wie sie ihm erzählt hatte, bei der Arbeit mit kleinen Stoffstücken verwendete. Er hatte den silbernen Griff deutlich vor sich. Um die blank gewetzten Stellen, wo ihre Finger ihn umfasst hatten, flochten sich Blüten und Ranken.

Er hatte noch nie ihre Finger gesehen. Auch nicht ihre Hände, ihr Gesicht oder überhaupt etwas von ihr. Einmal hatte er sie schüchtern um ein Foto gebeten, denn immerhin kannte sie ja eines von ihm. Doch ihre Weigerung war so prompt und so heftig ausgefallen, dass er befürchtete, zu weit gegangen zu sein.

Trotzdem spürte er die Berührung ihrer Hände in jedem Foto vom Inneren der Villa. Und wenn er durch seine eigenen Räumlichkeiten schlenderte, glaubte er fast, von der Decke über seinem Kopf ihre Atemzüge zu hören. Die Wände des Hauses schienen sich im Gleichtakt mit ihrer Stimme auszudehnen und wieder zusammenzuziehen. Er wusste, dass diese Stimme eine ihr eigentümliche Melodie hatte, doch er hatte sie noch nie gehört, denn bis jetzt hatten sie nicht miteinander telefoniert.

Sein Kontakt mit Myra lief ausschließlich schriftlich ab, in einer Flut aus Wörtern und Buchstaben, die eine Brücke über den gesamten Kontinent spannten. Obgleich der Abstand, der nur ihnen beiden gehörte, viel kleiner erschien. Die tatsächliche Entfernung zwischen ihnen war unwichtig geworden. Auf dem Bildschirm und in Alex' Träumen bewohnten sie denselben Ort, auch wenn der Größenunterschied eine Unwucht herstellte, eine Asymmetrie, die er jedoch charmant fand. So wie es ihm mit allen ein wenig schräg geratenen und nicht perfekten Dingen erging.

Die Villa selbst schien zu spüren, dass sie etwas miteinander verband, denn sie weckte Alex zu jeder beliebigen Nachtzeit mit Musik oder einem funkelnden Licht. Eigentlich hätte er sich vorkommen sollen, als wäre er in einen Gruselfilm geraten, doch stattdessen fühlte er sich so warm und geborgen wie in einem Märchenbuch. Das Gefühl begleitete Alex durch seine Tage bei Rakes and Son und errichtete eine unsichtbare Mauer zwischen der Realität mit ihrer fordernden Kundschaft und seiner inneren Welt, in der er ausführliche Nachrichten an Myra verfasste, Schilderungen des Auf und Ab seines Alltags, in denen er sich mächtig ins Zeug legte, um mit ihrem Blick fürs Detail und ihrem Wortwitz Schritt zu halten.

Heute hat sich ein Kunde für eine Kommode interessiert, an sich in einem Möbelhaus nicht weiter außergewöhnlich. Unsere Kundschaft gelüstet es eben nach Kücheninseln, schmalen Esstischen oder anderen Einrichtungsgegenständen. Nur dass dieser Mann uns bat, die gedrechselten Füße zu entfernen, damit das Möbelstück unmittelbar auf dem Boden stünde. Außerdem wollte er die Tür auf der linken Seite herausnehmen und die Aussparung offen lassen. Und zu guter Letzt sollten wir diese gesamte Aussparung mit künstlichem Lammfell auspolstern. Denn wie sich herausstellte, hat der Mann ein Haustier. Keine Katze. Auch keinen Hund. Nein, einen Leguan. Er wünscht sich eine nach seinen Vorstellungen umgebaute Leguankommode, die er hinter das Sofa stellen will, damit Sweetums – das ist der Leguan – sich auch zu Hause fühlt. Und dieses Zuhause soll aussehen wie ein Bordell aus dem neunzehnten Jahrhundert, allerdings wie ein erstklassiges. Natürlich erfüllen wir ihm gern seinen Wunsch! Als wir den Preis kalkuliert und ihn dem Typen mitgeteilt haben, zückte der die Brieftasche, als hätte seine Amex-Karte ihr Leben lang auf diesen Moment gewartet. Eigentlich dachte ich, dass mich so leicht nichts mehr überraschen kann. Aber eine Leguankommode ist selbst für mich Neuland.

Als Mrs. Sherrill wegen ihres neu bezogenen Bambussofas erschien und Alex wieder ihre Kreditkarte reichte, musste sie feststellen, dass seine Hand inzwischen kalt und schlaff war. Doch er nahm ihren enttäuschten Unterton wegen des Liefertermins oder aber der Tatsache, dass er das Möbelstück nicht persönlich in ihrem sonnendurchfluteten Floridazimmer platzieren würde, gar nicht zur Kenntnis.

Auch die anderen Kunden, die durch die Türen aus Recyclingholz herein- und hinausspazierten, störten Alex nicht mehr als die leichte Brise über dem Kanal. Er hieß sie zwar weiter mit demselben freundlichen Blick willkommen, hinter dem er schon immer seine wahren Gefühle getarnt hatte, aber die Sehnsüchte, die in ihm tobten, gingen inzwischen über den reinen Fluchtinstinkt hinaus. Sein Drang, Myra die Menschen zu beschreiben, denen er begegnete, verwandelte ihn selbst in einen Miniaturisten. Das aufdringliche Violett des Einstecktuchs in der Brusttasche eines geckenhaften Kunden konnte ihn zu stundenlangen poetischen Ergüssen inspirieren, während er über Worte nachsann, um den Farbton möglichst eindringlich zu verdeutlichen: ... *wie ein blaues Auge, das nicht verheilt ist, weil er es stolz vorzeigen will.*

Da er nie viel von seiner Persönlichkeit in die Arbeit im Laden eingebracht hatte – bis vor Kurzem war er gar nicht davon ausgegangen, dass er überhaupt innere Werte zum Einbringen besaß –, fiel niemandem eine äußerliche Veränderung auf. Das heißt, niemandem außer seinem Vater. Rutherford war nicht entgangen, dass sein Sohn plötzlich leichten Schrittes den Verkaufsraum durchquerte, weshalb er beschloss, die Taktung seiner Überraschungsbesuche in der Villa zu erhöhen. Dabei folgte er einem Zeitplan, der einzig und allein der Willkür und seinen unausgesprochenen Launen entsprach. Manchmal brachte er Alex einen Imbiss mit, damit sein Sohn etwas zu sich nahm, was er in letzter Zeit immer öfter vergaß. An anderen Tagen stieß Alex unerwartet in der Küche oder in der Bibliothek auf seinen Vater, denn der kam einfach herein, wenn der Hausbewohner bei der Arbeit oder auf der Suche nach antiken Möbelstücken war. Außerdem unternahm Alex häufig Einkaufstouren, um das allerneueste, topmodernste Kamerazubehör aufzutreiben. So ausgerüstet, fotografierte er das Haus, den Fluss und Szenen aus Lockhart, damit Myra einen Eindruck davon bekam. Einen maßstabgetreuen Bezugsrahmen zu dem winzigen Fenster, durch das sie auf sein Leben blickte.

Eines Morgens fand er beim Aufwachen eine weitere Nachricht von Myra vor, an die das Foto eines Büchleins angehängt war: *Steht dieses Buch in deiner Bibliothek? Meines schweigt, denn es lässt sich nicht aufschlagen, doch mir fiel gerade ein, dass du es möglicherweise besitzt.* Alex las den Titel – *Das Kinderbuch der Naturgedichte* – und betrachtete die detailgetreue Abbildung auf dem Umschlag: die offene See, über deren Wellen die Sonne unterging. Als er die Treppe hinunterhastete und dabei die Ohren spitzte, spürte er, dass sich die Luft im Raum um ihn herum teilte wie das Rote Meer und ihn zu einem Regal in der Ecke führte.

Das einzige blaue Buch im Regal war das von Myra. Er eilte zurück nach oben und fotografierte den Band, der wie von allein bei einer häufig geöffneten Seite aufklappte. Plötzlich fiel es ihm wieder ein, ohne dass er gewusst hätte, warum: »Die Qualle« von Marianne Moore. Als er zu tippen begann, bewegten sich seine Finger im Takt der Worte.

Du möchtest
Sie fassen
Doch sie schrumpft ein;
Du lässt ab von ihr.
Sie öffnet und sie
Schließt sich und du
Greifst wieder zu ...

Das kommt mir bekannt vor, schrieb er. *Es ist wie bei uns beiden. Immer wenn wir glauben, festen Boden unter den Füßen zu haben, ist uns die Villa einen Schritt voraus.*

Wann hattest du je festen Boden unter den Füßen?, erfolgte prompt Myras Antwort. *Dieses Gefühl kenne ich noch nicht. Danke für das Gedicht. Sobald ich mit dem Wintergarten fertig bin, kümmere ich mich vielleicht um ein paar neue Bücher für die Bibliothek. Ich schlage, wenn ich Fotos mache, nämlich gern immer wieder ein anderes Buch auf, damit man nicht ständig dieselben Wörter liest.*

Ihr Schriftwechsel schwankte auf eine sonderbare Weise zwischen Vertrautheit – so wie bei alten Freunden, die sich jahrzehntelang nicht gesehen haben und nahtlos genau dort anknüpfen, wo der Kontakt abgerissen ist – und Oberflächlichkeit hin und her. Ihr Austausch entwickelte sich immer weiter, ohne dass sie sich groß hätten anstrengen müssen. Einzelheiten, die ihnen beiden wichtig waren, wetteiferten um Aufmerksamkeit und waren auf eine Weise ineinander verschlungen, die gleichzeitig allem und nichts Tiefe verlieh.

Mit dir zu reden ist, als säße man in einer Schneekugel, schrieb Myra eines Morgens. *Ich habe überlegt, wie ich es am besten in Worte fassen soll, und etwas Besseres ist mir nicht eingefallen. So, als lebten wir ganz allein in unserer eigenen Welt, in der alles ein bisschen glitzert. Irgendwo draußen spielt Musik. Wir können zwar hinausschauen, aber niemand kann herein.*

Außerdem sind wir beide ein wenig durcheinander, aber auf eine wunderbare Weise, erwiderte Alex. *Und das stört uns überhaupt nicht.*

EIN KLITZEKLEINER FEIERTAG

(Aus *Die Villa Liliput der Myra Malone*, 2015)

Frohe Weihnachten, Happy Halloween und ein romantischer Valentinstag für euch alle!!! Ich habe mich mächtig ins Zeug gelegt, um die Feiertagsdeko für einige Zimmer in der *Villa* aufzupeppen. Das macht mir immer wieder großen Spaß, weil es einfacher ist, als jedes Mal ganz von vorne anzufangen. Schließlich geht es nur um die passende Kombination der Accessoires, bei der ich so richtig aus dem Vollen schöpfen kann. Außerdem kann ich mir aussuchen, zu welcher Jahreszeit ich feiern will, denn in der *Villa* finden Tag für Tag sämtliche Jahreszeiten gleichzeitig statt. Alles, was hier geschieht, spielt sich in einer Endlosschleife ab. Wenn ich also will, dass Weihnachten, Halloween und der Valentinstag auf einen Tag fallen, dann passiert das auch. So lange, bis ich es mir anders überlege. In der Küche habe ich mich in Sachen Halloween ausgetobt, unter anderem deshalb, weil ich schon sämtliche Pflanzen in dem kleinen Wintergarten stehen hatte. Optimal geeignet, um Spinnweben dazwischen zu drapieren. Und außerdem liefert dieses Motto mir einen Vorwand, mich meiner Lieblingsbeschäftigung zu widmen: Verpackungen! Denn an Halloween dreht sich alles um Süßigkeiten. Wie ihr sehen könnt, habe ich überall Schalen und Schüssel voll davon aufgestellt. Dazu noch Kekse. Ich finde es wichtig, dass es in der *Villa* eine breite Auswahl an selbst gebackenen und gekauften Leckereien gibt. Doch

wenn ich mich entscheiden müsste, würde ich beim Selbstgemachten zu Schoko-Erdnussbutter-Bällchen greifen. Beim Gekauften wären Zuckerplätzchen von Necco meine Wahl. Beides ist nicht sehr kompliziert herzustellen und erfordert keine große Detailtreue. Allerdings kann die reine Menge erschlagend wirken. Dazu kommen noch die Farben der Neccos. Wie Sie sehen werden, sind einige davon in die klassischen Röhrchen aus Wachspapier verpackt (sie sind handbeschriftet, halten Sie sich das vor Augen). Der Rest liegt lose (allerdings gestempelt!) auf dem Tisch. Ein paar sind natürlich auch auf den Boden gefallen, denn schließlich sind es Süßigkeiten, und wir haben Halloween. Da geht es ein bisschen wild und chaotisch zu.
Zumindest habe ich das gelesen. Ich selbst habe noch nie Halloween gefeiert. Nur hier in der *Villa*.
Und welcher Raum würde sich besser für den Valentinstag eignen als die Bibliothek? Bücherregale, die vor Liebesgeschichten in allen Variationen strotzen. Von der Liebe zur Sprache ganz zu schweigen. Welchen passenderen Ort für Herz und Leidenschaft könnte es geben als ein Zimmer voller Bücher? Die herzförmigen Spitzendeckchen habe ich aus Kaffeefiltern ausgeschnitten, und ich glaube, sie sind richtig prima geworden. Allerdings hätte ich auf die ebenfalls herzförmigen Glassteine am Kronleuchter gerne verzichtet, denn es war eine üble Schinderei, sie auf eine Angelschnur zu fädeln. Auch wenn ich danach – Achtung, Witz! – ein Herz an der Angel hatte. Aber die Farbe begeistert mich wirklich. Ich habe ein paar Fotos von dem rosigen Funkenregen gemacht, den sie im Raum versprühen, aber die werden ihnen einfach nicht gerecht. Wenn man das Gefühl, verliebt zu sein, in ein Kristall pressen könnte, würde es bestimmt aussehen wie ein rotes Herz aus Glas. Farbenfroh und schillernd wie ein Regenbogen.

Vielleicht ein bisschen zu zerbrechlich für meinen Geschmack. Aber trotzdem wunderschön.

Und das Bad – oh, ich bin so stolz auf dieses Bad, Leute, ich kann euch gar nicht sagen, wie sehr. Ich habe mich zu einem kitschigen Look à la Florida Keys entschieden, was zugegebenermaßen eigentlich nicht meinen sonstigen ästhetischen Gepflogenheiten entspricht. Doch wenn man sich beim Dekorieren so richtig austoben will, ist das Badezimmer ein geeigneter und risikoarmer Ort dafür. Der Weihnachtsbaum mit Ständer besteht aus einem Fingerhut und LED-Drähten. Besonders entzücken mich die Lämpchen rings um die Bildleiste unter der Decke. Jedes der winzigen Häuschen über den Birnchen ist aus Streichholzstücken und Capiz-Muscheln handgemacht. Das hat zwar eine Ewigkeit gedauert, war aber die Mühe wert. Ja, ich habe die Wandverkleidung korallenrot umlackiert, eine Farbe, die sich so wundervoll mit weihnachtlichem Rot und Grün beißt, dass ich eine wahre Hassliebe dazu entwickelt habe. Ich hoffe, Ihnen geht es genauso. Und wenn Sie sich fragen, wer da in der Badewanne sitzt: Es ist ein Leguan, und sein Name ist Sweetums. Er ist eine vorübergehende – ich wiederhole, vorübergehende! – Ausnahme vom absoluten Bewohnerverbot, und das auch nur, weil er keine Puppe ist. Er ist ein Plastikfigürchen und entstammt einer Schachtel mit Tortendeko für Kinder mit Eidechsenobsession. Und, JA, ich habe seine Zehennägel ebenfalls korallenrot lackiert. Ich denke, wir sind uns alle einig, dass er einfach hinreißend aussieht. Fragen Sie nicht, wo er plötzlich herkommt oder was mich auf den Gedanken gebracht hat, ihm Obdach zu gewähren. Ich hatte nur so ein Gefühl, dass er dem Raum den richtigen Pfiff verleiht.

Und, ebenfalls nein, ich habe keine Ahnung, welcher Teufel mich plötzlich reitet.

29

LOCKHART, VIRGINIA, 2015

Als Alex hinunter in die Bibliothek trottete, um *Ein Kinderbuch der Naturgedichte* zurück ins Regal zu stellen, fiel das Morgenlicht grell durch die schmalen Lücken in den Vorhängen, sodass die Sonnenstrahlen den Raum in Bereiche teilten. Gerade wollte Alex die Gardinen aufziehen, als er um ein Haar über die blitzblank polierten dunkelroten Lederschuhe seines Vaters gestolpert wäre. Rutherford selbst war im Dämmerlicht kaum auszumachen. Er saß in einem der Schaukelstühle vor dem Kamin, hatte die Augen zugekniffen und die Lippen fest zusammengepresst. Sein Atem ging flach, und er warf Alex einen Blick zu, als wünschte er sich mit jeder Faser seines Körpers an einen anderen Ort. Vielleicht versuchte er auch nur, so wenig Außenwelt wie möglich in seine Lungen aufzunehmen.

Von der Decke schwebte gedämpfte Musik herab wie ein Klang gewordener Dunstschleier. Es hörte sich ein wenig nach Chopin an, offenbar der bevorzugte Komponist der Villa. Allerdings spielte die Melodie so leise, als wäre sie nur für Rutherford bestimmt und wollte Alex ausschließen.

»Dad? Was ist los?«

Ruckartig riss Rutherford die Augen auf und starrte Alex an, ein Ausdruck, den dieser noch nicht kannte. Er brauchte einen Moment, um ihn als Angst zu deuten. Während Alex seinen Vater musterte, schüttelte der heftig den Kopf, als wollte er das Gefühl vertreiben. »Was hast du da in der Hand?«

»Nur ein Buch.« Alex durchquerte den Raum und stellte

die *Naturgedichte* zwischen die übrigen Bände, wo sich der saphirblaue Buchrücken von seinen grünen und braunen Nachbarn abhob.

»›Ich wandelte einsam, einer Wolke gleich‹«, murmelte Rutherford.

»Was?«

»Das steht in dem Buch. Seite achtzehn, letztes Seitendrittel. Wordsworth.«

»War es früher dein Buch?«

»Nein. Nichts in diesem Haus hat je mir gehört.«

Alex betrachtete seinen Vater fragend und ließ den Blick dann durch die Bibliothek schweifen. Die getäfelten hohen Wände endeten in einer Kassettendecke, wo dank eines schlecht konzipierten Modernisierungsversuchs in den Achtzigern nun Deckenstrahler prangten. Dunklere Stellen dazwischen wiesen darauf hin, dass hier früher Kronleuchter gehangen hatten. »Dad, das ganze Haus gehört dir.«

Rutherford schnaubte, und sein Gesicht verzog sich zu einer höhnischen Fratze. »Glaubst du das wirklich?«

»Ich blicke gerade nicht mehr ganz durch. Ich bin hier aufgewachsen, nun, zumindest in den ersten Jahren. Jetzt wohne ich wieder hier. In der Zeit dazwischen hast du es vermietet. Ich weiß, dass du das Haus noch nie mochtest, obwohl ich den Grund nicht ganz verstanden habe. Hat dein Dad nicht …«

»Es ist nicht das Haus meines Vaters, sondern das meiner Mutter.«

»Das Haus deiner Mutter?«

»So ähnlich.« Rutherford presste die Fingerspitzen an die Nasenwurzel und rieb sich dann die Augen.

Alex fiel auf, dass er den Schaukelstuhl von Willas Porträt weggedreht hatte. Er spürte ihren liebevollen Blick auf sich wie eine Einladung ohne Worte. »Wo ist Oma hingegangen, Dad?«

»Ich weiß es nicht.«

»Ist sie tot?«

»Mag sein. Ich hatte keine Ahnung, wo ich nachfragen sollte.«

»Willa war deine Mom und meine Großmutter, und trotzdem habe ich im ganzen Haus kein einziges Foto von ihr entdeckt. Ich kenne nur dieses Gemälde. Du sprichst nie über sie. Ich erinnere mich nur noch dunkel daran, und das wenige, was ich im Gedächtnis habe, fühlt sich so weit weg an, als hätte jemand anderer mir davon erzählt. Nur dass eben kein Mensch über sie redet, weshalb ich auch niemanden fragen konnte.«

»Daran hat sich nichts geändert. Ich weigere mich, über sie zu reden.«

»Hast du überhaupt eine Vorstellung davon, wie seltsam ich mich gefühlt habe, wenn ich übers Wochenende bei Freunden eingeladen war? Ich wurde abgeholt und zu einem dieser riesigen Landgüter kutschiert, die allesamt nur so vor Familienbildern strotzten. Das waren Menschen, die nicht nur Angehörige hatten, sondern sie sogar treffen wollten und wussten, wie sie aussahen! Ich hingegen hatte keinerlei Bezug zu so etwas, nichts, worauf ich hätte stolz sein können. Ich habe es einfach nicht begriffen.« Alex ließ sich auf dem zweiten Schaukelstuhl nieder und beugte sich vor, um seinem Vater in die Augen zu schauen. »Kannst du mir nicht helfen, es zu verstehen?«

Das Gelächter, das aus Rutherfords Brust aufstieg, klang gekünstelt, ein schrilles, blechernes Geräusch, das tiefer zu reichen schien als die Grenzen seines Körpers. »Ich bin der letzte noch lebende Mensch auf der Welt, der dazu in der Lage wäre. Nur dass ich es nicht tun werde. Niemals. Was dagegen?«, brüllte Rutherford.

Alex wich im Schaukelstuhl zurück. Er fühlte sich, als

wäre er in ein Gespräch zwischen zwei Leuten geplatzt, die nicht die geringste Lust hatten, miteinander zu reden. In der Luft machte sich dasselbe elektrische Knistern breit wie an dem Morgen, als Rutherford unangemeldet in seinem Zimmer gestanden hatte. Es war eine überschäumende Wut, die nicht nur von seinem Vater selbst, sondern von der gesamten Umgebung auszugehen schien. Beim ersten Mal hatte diese Wut auch von Alex Besitz ergriffen. Doch nun konnte Rutherfords Gebrüll ihn nicht mehr berühren. Offenbar hatte sein Vater ihn ganz vergessen, bis er irgendwann den Kopf hob und ihn mit einem lodernden Blick bedachte.

»Du solltest nicht hier wohnen«, sagte er.

»Aber ich fühle, dass ich in dieses Haus gehöre, Dad.«

»Genau deshalb musst du ja weg. Ich hätte dir nie gestatten dürfen einzuziehen. Und hör endlich auf, sie anzuglotzen!«

Alex wurde klar, dass er das Porträt seiner Großmutter anstarrte und sich von ihrem Gesicht trösten ließ. Getragen von einem Schwall heißen Windes, fegten die Worte seines Vaters durch den Raum. »Warum bist du …«

Rutherford sprang auf, als hätte der Stuhl unter ihm Feuer gefangen. Er griff sich den Schürhaken aus dem schmiedeeisernen Ständer neben dem Kamin und stürmte auf das Porträt zu. »Glotz ihn nicht so an!« Er bohrte den Feuerhaken in das Gesicht seiner Mutter und schnitt durch ihre rotbraunen Locken, das linke ihrer blauen Augen und ihre spitzbübisch lächelnden Lippen bis hinunter zu ihrer weißen Kehle. Als er erneut mit dem Schürhaken ausholte, packte Alex ihn am Handgelenk. Das Gesicht zu einer wahnwitzigen Fratze verzerrt, wirbelte Rutherford herum und schleuderte den Schürhaken in Richtung Kamin, wo er gegen einen mit Elefanten bemalten Schirmständer aus Porzellan prallte. Er zerbarst in tausend Scherben. Rutherford riss sich von Alex los, marschierte mit schier übermenschlich langen Schritten zum Regal, zerrte das blaue Buch heraus und schlug es mit einer unwirschen Bewegung auf. »Ich war so einsam wie eine Wolke!«, brüllte er. Er zerriss das Buch in zwei Hälften und warf die Stücke zurück in Richtung Bücherregal. Sie stießen gegen einige schmale kobaltblaue Vasen, deren mundgeblasene Ränder abknickten.

Alex spürte das Echo des Knalls in seiner Brust, eine gewaltige Vibration, ein Muskelgedächtnis, das nicht seines war und ihn beinahe umwarf. Er hatte das Gefühl, dass das hier nicht zum ersten Mal geschah. Die Wut seines Vaters brauste dröhnend durch den Raum und ging dem Haus bis ins Mark. Sie überquerte den auf sonderbare Weise ruckelnden Strom der Zeit, hier oben auf diesem Hügel mit Blick auf die silbrig glitzernde Flussbiegung. Um sie herum erbebten die Wände und zuckten, wie um einen Splitter oder eine Glasscherbe loszuwerden. Alex dachte an das Miniaturporträt mit dem diagonalen Riss und die funkelnden Überreste zerschmetterten Glases, die Myra ihm geschildert hatte. *Alles, was hier geschieht, ist schon einmal geschehen und wird es wieder tun. Der Zufluchtsort hat ein Gedächtnis.*

Alex lief seinem Vater nach. Er war nur ein Stück größer als dieser und außerdem nicht sehr muskulös, hatte jedoch den Vorteil der Jugend auf seiner Seite. Zu seinen Gunsten sprach außerdem, dass er sich in diesem Haus, das Rutherford so unbedingt zerstören wollte, geerdet fühlte. Er schlang die Arme um seinen Vater, warf ihn um und hielt ihn fest, bis er aufhörte zu schreien und sich zu winden und bis sein Atem ruhiger wurde.

»Pssssst«, murmelte Alex. Seine Stimme war leiser als die gedämpften Klavierklänge und auch leiser, als er die Stimme seiner Großmutter im Gedächtnis hatte, obwohl er nicht sagen konnte, woher er das wusste. »Pssst. Dir kann nichts passieren.« Die Worte erschienen ihm passend, obwohl sie die Situation genau genommen verdrehten, denn immerhin ging die Gefahr ja von Rutherford aus. »Komm, Dad, ich bringe dich nach Hause.«

Als Rutherford sich aufsetzte, zeichnete sich Trauer in seinem Gesicht ab. »Der Platz dort reicht auch für dich, das weißt du ja. Ich hatte immer Platz für dich, auch wenn du mir das nie geglaubt hast.«

»Ich weiß. Sonst wäre ich doch nicht zurückgekommen.«

»Es war egoistisch von mir, dich darum zu bitten.«

»Dad, du bist krank ...«

»Es war egoistisch von mir.« Rutherford rappelte sich hoch und stützte sich auf Alex' Schulter. »Ich hätte dich nie herholen dürfen.«

30

LOCKHART, VIRGINIA, 1961

Der Schnee wehte in Schwaden gegen die Mauern des Hauses und sammelte sich in sanften Wellen am Ufer. Der Fluss selbst umspülte träge die eisigen Finger, die vom Ufer her nach ihm griffen. Weder Eiseskälte noch flirrende Hitze spielten eine Rolle, wenn er an der Biegung unterhalb der Villa kurz langsamer wurde, bevor er – auf der Suche nach einer gastfreundlicheren, nicht von Tragödien gelähmten Gegend – seinen Weg stromabwärts fortsetzte.

Willa empfand dieses leise Plätschern wie einen Verrat, so als schleppte sich der Fluss absichtlich dahin. Was für ein gewaltiger Unterschied zu den schaumgekrönten Wogen in der Nacht, als Ford verschwunden war. Der Sturm war mit einer Wucht die Golfküste hinaufgebraust, die auch Tausende von Kilometern Strecke nicht hatten bremsen können. Eimerweise hatte er nach Meerwasser riechenden Regen über dem Land ausgeschüttet und die Eichen mit einem von Blitzen durchzuckten Wind gepeitscht, der sie zu entwurzeln gedroht hatte. Die letzten Ausläufer des Hurrikans hatten das Haus mit einem Dröhnen umtost, das Ford niederzuschreien versucht hatte. Mit sich überschlagender Stimme hatte er die Treppe hinuntergebrüllt und sich bei Willa über die unerträglich laute Musik beschwert, obwohl sie gar nicht Klavier gespielt hatte. Als sie seine Schritte auf den Stufen gehört hatte, war die Luft um sie herum auf eine Weise in Bewegung geraten, die sie bereits gekannt hatte. Und so hatte sie sich in der Kammer hinter dem Bücherregal versteckt, während Ford durch die Zimmer im Erdgeschoss getobt war. Es war zwei Tage vor Thanksgiving, und Willa war froh gewesen, dass Ruth noch nicht über die Feiertage nach Hause gekommen war.

Die Knie vor die Brust gezogen und den Kopf an das gedrechselte Bein eines runden Eichentisches gelehnt, hatte sie in der Kammer auf dem Boden gesessen und darauf gewartet, dass der Sturm in Ford nachlassen und er in seinem Sessel oder sonst irgendwo im Haus einschlafen würde. Als der prasselnde Regen und das Donnern draußen schwächer geworden waren, war auch drinnen allmählich Ruhe eingekehrt, bis es schließlich still gewesen war. Erst in den frühen Morgenstunden hatte Willa sich aus ihrem Versteck gewagt und feststellen müssen, dass von Ford jede Spur fehlte. Die geschnitzte Haustür stand ebenso offen wie das schmiedeeiserne Gartentor. Das Tau am Bootssteg war ordentlich aufgerollt, das Ruderboot selbst fort. In der Villa herrschte eine Leere, die sich sehr friedlich anfühlte. Willa schämte sich, weil ihr vor Erleichterung ein Stein vom Herzen fiel. Denn schließlich war Ford verschwunden, und sie vermisste ihn auch. So saß sie reglos auf der breiten Vortreppe, ließ sich vom toten Eichenlaub, das der Regen an den Holzbohlen festzementiert hatte, das Kleid durchweichen und wartete auf seine Rückkehr.

Willa wartete noch immer, ohne sagen zu können, wie lange schon, als es plötzlich kälter wurde und kleine Flocken vom Himmel rieselten. Und so verharrte sie auch eine Weile später, als Mildreds blitzblankes Auto am Fuß des Hügels am Straßenrand hielt. Das Licht spiegelte sich in der schwarzen Limousine und blendete Willa. Allein die Gegenwart des Wagens erschien ihr sonderbar, ein Besucher aus der Zukunft, zu der auch Willa gehörte, obwohl sie das vergessen hatte. Thanksgiving, fiel ihr ein. Ein Feiertag. Ruth.

Mildred stieg auf der Beifahrerseite aus und musste sich an der Tür festhalten, um nicht auszurutschen. »Ich habe unseren Gärtner angerufen, damit er bei uns klar Schiff macht. Anschließend schicke ich ihn zu dir. Hast du noch Energie?«

»Nein«, flüsterte Willa. »Ich habe keine Energie mehr.«

»Die halbe Stadt ist ohne Strom, aber laut Teddy haben wir noch Licht«, sprach Mildred weiter. »Nicht zu fassen, wie kalt es geworden ist. Schnee nach einem Hurrikan? Und dazu im November? So etwas habe ich noch nie erlebt. Ist Ford letzte Nacht überhaupt zur Ruhe gekommen?«

»Ich hoffe, dass er jetzt Ruhe gefunden hat.«

»Ist er oben?«

»Nein.«

Inzwischen standen Mildred und Ruth auf der Veranda. Mildreds Blick wanderte über den großen Vorgarten. »Ein paar Äste haben offenbar dran glauben müssen. Aber es wundert mich, dass die Bäume überhaupt noch stehen. Die müssen Wurzeln bis hinunter in den Hades haben. Es war ein schrecklicher Lärm, als der Sturm durch Asheville gefegt ist. Ruther hat erzählt, sie hätten in der Turnhalle schlafen müssen, kannst du dir das vorstellen? Sämtliche Telefonleitungen waren unterbrochen. Ich konnte nicht einmal Teddy erreichen, um ihn zu bitten, zu dir zu fahren. Heute Morgen hat er gemeint, bei diesem Wetter wäre er ohnehin nicht vor die Tür gegangen. Nur ein Wahnsinniger hätte da das Haus verlassen, meinte er.«

»Ja.« Willas Tonfall war matt. Sie erhob sich nicht, um ihren Sohn zu begrüßen, und unternahm nach all den Jahren der Zurückweisung auch keinen Versuch mehr, ihn zu umarmen. Es war, als nähme sie weder ihn noch Mildred wirklich wahr. »Es war Wahnsinn.«

»Jedenfalls bin ich erleichtert, wieder in Lockhart zu sein.

Zumindest waren die Hauptstraßen frei. Was gibt es denn zum Abendessen? Habt du und Ford schon gegessen? Hoffentlich hast du wenigstens den Kamin angezündet.« Mildred marschierte an Willa vorbei, zur offenen Tür hinein und rief nach ihrem Sohn, während Ruth draußen stehen blieb und seine Mutter betrachtete.

»Wo ist Vater?«

Willa starrte ihren Sohn an, als sähe sie ihn erst jetzt. »Nicht da.«

»Was soll das heißen, nicht da? Er ist immer da.« Der Ausdruck in Ruth' blauen Augen wurde argwöhnisch. Wie immer musterte er seine Mutter herablassend und gereizt, denn offenbar redete sie wirres Zeug. »Wo sollte er denn hingegangen sein?«

»Zum Fluss.«

»Lass das Theater, Mutter. Deine Ratespielchen konnte ich schon als Kind nicht leiden, und inzwischen finde ich sie nur noch albern.« Ruth kramte eine Zigarettenschachtel und ein Benzinfeuerzeug aus der Tasche. Es schnitt Willa bis ins Herz, wie routiniert und gleichmütig er rauchte, denn sie hatte nicht einmal geahnt, dass er damit angefangen hatte. Plötzlich wurde ihr klar, dass Mildred an der Beifahrerseite ausgestiegen war, was hieß, dass Ruth gefahren sein musste. Aus den langen Monaten seiner Abwesenheit waren unbemerkt Jahre geworden, die er im Internat gelebt hatte – unterbrochen von widerwillig zu Hause verbrachten Ferien, wo nur die Stimmungsschwankungen seines Vaters zwischen verstocktem Schweigen und rasender Wut sein Elend in den Schatten stellten. Seine Kindheit war nahezu beiläufig vergangen. Und jetzt war Ruth erwachsen.

»Dein Vater hat das Boot genommen.«

Kopfschüttelnd pustete Ruth eine Rauchwolke aus. »Mach dich nicht lächerlich. Die Wellen sind viel zu hoch, und außerdem ist es eiskalt. Wer würde wohl heute mit dem Boot rausfahren?«

»Er hat es letzte Nacht getan.«

»Was?« Als Ruth die Zigarette zu Boden warf und austrat, durchweichte der höher werdende Schnee seine polierten rotbraunen Lederschuhe. »Letzte Nacht? Bei einem Hurrikan? Das kann doch nicht dein Ernst sein!«

»Er ist fort, Ruth. Das Boot ist weg. Er ist letzte Nacht losgefahren ...«

»Was hast du ihm angetan?« Ruth' Gesicht verzerrte sich. »Was hast du getan? Vater hat doch nicht freiwillig das Haus verlassen. Er wäre nie rausgegangen, niemals bei so einem Wetter. Also musst du etwas getan haben. Was?« Seine Stimme wurde lauter und klang schon fast wie die von Ford. Willa hielt sich die Ohren zu und versuchte, ihn auszublenden.

»Was ist denn das für ein Radau?« Mildred kehrte auf die Veranda zurück. »Ich kann Ford nirgendwo finden. Ruther, weinst du etwa? Was ist geschehen?«

Anklagend zeigte Ruth mit dem Finger auf seine Mutter. »Sie hat ihn weggejagt. Sie hat ihn umgebracht.«

»Was?«

»Vater! Sie hat gesagt, er sei auf den Fluss hinausgefahren! Letzte Nacht!«

»Das kann nicht sein ...« Mildred riss den Blick von ihrem Enkel los, starrte Willa an und schlug die Hand vor den Mund. »Das ist unmöglich. Willa, wo ist Ford?« Mildred ging in die Hocke, packte Willa unsanft an den Handgelenken, zerrte ihr die Hände von den Ohren und schrie ihr ins Gesicht. »Sieh mich an! Sofort! Was redet Ruther da? Wo ist mein Sohn?«

Willa schüttelte den Kopf. Und sie schüttelte ihn immer weiter, während ihr Tränen über die Wangen rannen und ein schrilles Wimmern, das aus dem Boden unter ihren Füßen zu stammen schien, in ihrem Leib hochstieg. »Fort.« Sie wiegte sich auf der Stufe hin und her, entriss Mildred ihre Hände und schlug sie vors Gesicht. »Er ist schon so lange fort, dass ich es nicht gespürt habe, als er wirklich ging. Ich habe es nicht bemerkt. Ich konnte ihn nicht mehr spüren. Er war schon verloren.«

Das Klatschen, als Mildreds Hand Willas Wange traf, hallte von den Bodenbrettern wider. »Ich dulde keine Melodramatik. Wir werden meinen Sohn suchen, und wenn du uns nicht sagen willst, was passiert ist, kannst du dich ja mit der Polizei unterhalten. Wir werden ihn finden, und dann werde ich das tun, was ich schon vor Jahren hätte tun sollen: ihn mit zu uns nach Hause nehmen. Dann kannst du allein in dieser albernen Bruchbude verrotten, bis sie dir über dem Kopf zusammenstürzt, was sowieso längst überfällig ist. Ohne dich wird es uns allen besser gehen.« Mildred blickte zu ihrem Enkel, auf dessen Flanellkappe sich Schneeflocken sammelten. »Fahr jetzt nach Hause und verständige die Polizei, Ruther. Ich bleibe hier bei … ihr und warte, nur für den Fall, dass dein Vater zurückkommt. Fahr los. Und bring deinen Großvater mit. Sei vorsichtig wegen des Schnees.«

Als Ruth die Stimme seiner Großmutter hörte, nahm er Habtachtstellung ein und floh regelrecht zum Auto. Mildred warf sich vor Willa auf den Stufen in Positur, als wollte sie ihre Schwiegertochter an der Flucht hindern. Doch Willa rührte sich nicht. Sie holte nur tief Luft und schöpfte Kraft aus der Erde. Zum ersten Mal seit Jahrzehnten fühlte sich die Villa wieder an wie ihre, eine Erkenntnis, die sie gleichzeitig erleichterte und unglaublich traurig machte.

»Du wirst nicht ungestraft davonkommen«, zischte Mildred.

»Er ist mir weggelaufen.« Willa seufzte auf. Sie blickte

Mildred an und versuchte, ihren keimenden Argwohn mit dem Gewicht der Jahrhunderte niederzuringen. Doch offenbar glaubte ihre Schwiegermutter, endlich die Oberhand gewonnen zu haben. »Ich habe ihn geliebt, Mildred. Mehr, als ich es in Worte fassen kann. Aber er ist nie zurückgekehrt, nicht wirklich. Das weißt du genauso gut wie ich. Ich hätte ihn gerettet, wenn ich es gekonnt hätte. Aber die in einem fremden Land verwurzelten Mächte, die ihn mir genommen haben, wollten ihn nie wieder freigeben.«

»Du hast ihn mir weggenommen. Er hatte sein ganzes Leben noch vor sich und war unser einziger Erbe, auf den wir gebaut haben, damit er unser Werk weiterträgt. Bis du …«

»Du hast mir einmal gesagt, unsere Söhne würden uns nur geborgt. Ich bin nicht diejenige, die deine Schulden eingetrieben hat, obwohl du umgekehrt keine Hemmungen hattest.« Willa wies den Hügel hinunter auf Ruth' verwischte Fußspuren im Schnee. »Ich entscheide nicht, wer hier Schutz findet und wer ihn zurückweist. Ich habe es versucht und einen hohen Preis dafür bezahlt.«

»Falls meinem Sohn etwas zugestoßen ist, wirst du erst recht zahlen, bis dir Hören und Sehen vergeht. Wenn die Polizei erst herkommt … und Teddy …«

»Sie werden sehen, was ich ihnen zeigen will, und das ist die Wahrheit. Dann werden sie wieder gehen. Auch du wirst gehen. Und du wirst nur wiederkommen, wenn ich dich einlade.« Willa seufzte auf und entließ einen Teil ihrer Trauer in das Mark des Hauses, das sie inzwischen wiedererkannte und das aufhörte, sie zu bekämpfen. Sie und die Familie, die sie hatte gründen wollen. Die zwischenmenschlichen Kontakte, an denen sie sich versucht hatte, obwohl dieser Zufluchtsort von ihr verlangte, dass er stets an erster Stelle kam. »Du wirst hier nicht gebraucht, Mildred.«

»Dein Sohn ist da anderer Ansicht.«

»Ja. Und er wird mit dir fortgehen. Auch das ist schon vor langer Zeit geschehen. Aber vielleicht kommt irgendwann eine Zeit, in der er mich mehr brauchen wird, als er dich liebt, und dann werde ich immer noch da sein.« Willa erhob sich. Das Schneetreiben wurde heftiger, und der auffrischende Wind bestürmte sie mit kleinen Eiskristallen. »Ich bin immer hier.«

Mildred trat einen Schritt von der Villa zurück. Und dann noch einen. »Ich habe nie viel auf die Gerüchte gegeben, die in der Stadt kursieren, obwohl es heißt, dass ein böser Hauch von diesem Hügel herunterweht. Das Gerede über die Dame des Hauses war mir einerlei, denn eine richtige Dame hätte niemals hier gelebt. Und ich hatte recht.«

»Mag sein. Die Leute sehen das, was sie sehen wollen.«

»Ich will, dass du und dieses Haus vernichtet werden.«

»Ach, ja?« Willas schicksalsergebenes Lächeln war das eines Menschen, der die Wahrheit schon immer gekannt hat. »Du bist nicht die Erste, die das sagt. Andere haben es vor dir versucht, und inzwischen sind sie alle fort. Irgendwann wirst du auch fort sein. Und dieses Haus wird weiter hier stehen.«

»Du kennst die Zukunft nicht.«

»Aber ich kenne die Vergangenheit.« Der Schnee wirbelte um Willas Füße, und kleine Fäden aus Eis sorgten dafür, dass sie sich nicht von der Stelle rühren konnte. Der kalte Wind wehte Mildred einen weiteren Schritt rückwärts. So starrten die beiden Frauen einander noch immer an, als Theodore und Rutherford mit den Polizisten eintrafen und mit fragenden Mienen durch das Schneetreiben über den Plattenweg marschierten.

Ruth, dessen blaue Augen kälter schimmerten als die Eiskristalle in der Luft, bewahrte als Einziger die Ruhe. »Sie hat ihn umgebracht«, verkündete er. »Sie hat meinen Vater umgebracht.«

Die Stimme, die aus Willas Mund kam, war älter als das Haus und auch älter als die Steine unter ihren Füßen. »Dein Vater ist im Sturm umgekommen. Der Sturm hat ihn genommen, bevor du dieses Haus betreten hast, und seitdem trauere ich um ihn.«

»Wenn er gegangen ist, wie du behauptest, hat er dich verlassen. Und das war richtig von ihm.« Ruth und Willa waren von einer Blase umgeben, die alle anderen ausschloss. Die Zeit kroch im Schneckentempo dahin, und die Schneeflocken schienen in der Luft zu verharren. »Ich weiß, dass du sie wegschicken kannst.« Ruth wies auf seine Großeltern, die Polizisten und die Welt unterhalb des Hügels, auf dem die Villa stand. »Ich weiß, dass du dafür sorgen kannst, dass sie gehen und nicht weiter nachforschen. Und ich werde mit ihnen gehen. Aber vorher will ich dir sagen, dass alles nur deine Schuld ist. Vaters Schicksal, sein Zustand während meines gesamten Lebens, war keine Folge des Krieges. Sondern deine Schuld. Und das werde ich dir nie verzeihen.«

»Du hast mir nicht verziehen, seit du auf diese Welt gekommen bist, Ruth. Aber ich kann mich nicht dafür entschuldigen, dass ich dich geboren habe. Obwohl du mich so sehr hasst, liebe ich dich. Ich habe auch deinen Vater geliebt. Geh nur mit ihnen, doch tief in deinem Innersten wirst du immer wissen, dass du von hier stammst. Aus mir. Bei deiner Ankunft wurdest du mit Gaben ausgestattet, die du nie angenommen hast. Doch das ändert nichts daran, dass du sie besitzt. Je mehr du dich gegen dieses Haus sträubst, umso heftiger wird es sich wehren, denn es enthält einen Teil von dir.« Der Schnee bewegte sich wieder, und die anderen Anwesenden auf dem Gartenweg sahen sich verdattert um. »Und dasselbe gilt auch für mich.«

Mildred schlang die Arme um ihren Enkel, der sich von ihr wegführen ließ, allerdings ohne den Blick von Willa abzuwenden. Willa legte die Hand erst aufs Herz und wies dann damit auf ihren Sohn. Danach stieg sie die breite Vortreppe hinauf, trat ins Haus und zog die geschnitzte Tür hinter sich zu.

31

PARKHURST, ARIZONA, 2015

Myra war erschöpft, denn sie hatte die ganze Nacht an ihrem Wintergarten gearbeitet und dabei mit Alex geredet – oder besser geschrieben. Und zwar mit dem Laptop, den Gwen für sie so eingerichtet hatte, dass sie damit auch simsen konnte, denn sie hatte Myras ständige Hilferufe satt, wenn diese wieder einmal mit ihrem Mobiltelefon kämpfte.

Ping! *Heute kam Sweetums Dad, um sein neues Zuhause abzuholen. Sweetum war auch dabei. An der Leine. Ich dachte, das könnte dich interessieren.*

Vielen Dank, dass du mir diese Information nicht vorenthalten hast, aber ...

Ping! *Fast hätte ich es tatsächlich vergessen: Die Leine war rosaorangefarben. Man könnte beinahe sagen, korallenrot. Verzeiht mir das Versäumnis, Mylady.*

Dir sei verziehen. Insbesondere, wenn du mir jetzt erzählst, dass du ihn gestreichelt hast und dass er sich anfühlte wie genopptes Leder.

Ich habe ihn ganz bestimmt nicht gestreichelt. Beinahe hätte ich ihm den Zutritt zum Laden verwehrt, aber ich wollte mich nicht herumstreiten. Sollen Leguane nicht blutrünstig sein?

Ich glaube, du verwechselst das mit Komodowaranen.

Bestimmt hast du recht. Du kennst dich erstaunlich gut mit Tieren aus. Was hältst du von einer kleinen Menagerie?

Klingt interessant. Oder ein Aquarium vielleicht?

Nur wenn es dort auch Quallen gibt.

Und so wanderten ihre Nachrichten hin und her, während Myra am Laptop saß und Alex mit seinem Smartphone im Bett lag und versuchte, sich ihre Stimme vorzustellen. Die Nachrichten waren mal kürzer, mal länger, abhängig davon, wer von beiden gerade eingenickt oder wach war.

Einige Stunden vor Sonnenaufgang schleppte Myra sich schließlich nach unten, fiel aufs Bett und schlief sofort fest und traumlos ein. Als sie von einem Poltern auf dem Speicher geweckt wurde, war es bereits mitten am Tag.

Sie eilte nach oben, wo sie ziemlich entnervt feststellte, dass die *Villa* schon wieder offen stand. »Muss ich die Scharniere etwa zuschweißen? Lou hat mir das Arbeiten mit Metall zwar nicht beigebracht, aber ich bin durchaus in der Lage, Lernvideos aus dem Netz herunterzuladen, nur damit du es weißt.« Als sie den Dachboden durchquerte, blieb das Haus still, was in letzter Zeit häufig geschah.

Einige Meter von der *Villa* entfernt sah sie den Gedichtband liegen. Die Ecken des Einbands waren schwarz angesengt. Als sie nach dem Buch griff, klappte es auf, obwohl es bis jetzt ein fester Quader gewesen war. Sie nahm eine Lupe von dem Schreibtisch an der Wand neben dem Computer. *Ich wandelte einsam, einer Wolke gleich / Die hoch oben über Täler und Hügel schwebt ...*

Myra wirbelte herum und starrte die *Villa* an. »Was ist da los? Stimmt etwas nicht?« Das winzige Haus blieb stumm. Nichts rührte sich. Allerdings hatte sie Gwens Stimme im Ohr: *Dir ist doch bestimmt klar, dass du sämtliche Vorurteile über Leute, die mit Puppenhäusern spielen, bestätigst, wenn du Gespräche mit einem solchen Puppenhaus führst?*

»Es ist aber kein Puppenhaus«, protestierte Myra laut. Nachdem sie das angesengte Buch wieder in die Bibliothek gestellt hatte, ging sie zum Computer. *Da stimmt etwas nicht,* schrieb sie an Alex. *Ist mit dir alles in Ordnung? Ich mache mir Sorgen um dich. Bitte antworte mir, sobald du das liest.*

Nervös klopfte sie mit dem Fuß auf den Boden und zählte

die Sekunden. Als sie sich auf der Suche nach einer Beschäftigung, bei der sie nicht nachzudenken brauchte, auf dem Speicher umsah, konnte sie nichts entdecken. Die Luft fühlte sich so schwer an, dass sie sich kaum noch bewegen konnte. Zu schwer, um sie einzuatmen. Myra bemerkte erst, dass sie den Atem angehalten hatte, als sie das Ping! Ihres Posteingangs hörte, und seufzte erleichtert auf.

Mir geht es gut, schrieb Alex. *Aber mein Dad ... Ihm geht es nicht so gut wie sonst. Obwohl die Latte für »gut« bei ihm ohnehin schon ziemlich tief liegt, ist heute nicht unbedingt sein Tag. Irgendetwas liegt da eindeutig im Argen.*

Myra antwortete rasch. Ihr Schriftwechsel hatte inzwischen die Geschwindigkeit eines mündlichen Gesprächs angenommen, sodass sie fast glaubte, Alex' Stimme hören zu können. *Das Buch, das du mir vorgelesen hast, war offen, obwohl es sich letzte Nacht noch nicht öffnen ließ. Es sieht angesengt aus, und ich habe es vor dem Haus gefunden. Ich hatte zwar noch keine Zeit, mich gründlicher umzuschauen, um festzustellen, ob sonst noch etwas kaputtgegangen ist oder fehlt, aber momentan ist das ganze Haus reglos und still. So hat es sich nicht verhalten, seit wir angefangen haben, uns zu schreiben. Was ist denn los mit deinem Dad? Ich dachte, du wohnst allein.*

Ping! *Das ist eine zu komplexe Frage, um sie auf die Schnelle schriftlich zu beantworten. Ich tippe nämlich mit den Daumen, weil ich im Laden bin. Könnten wir vielleicht miteinander reden? Äh, nicht gleich sauer werden ... ich meine, richtig reden? Also mündlich? Am Telefon?*

Myra ließ sich auf den Boden plumpsen und schloss die Augen. Bis jetzt hatte Alex noch nie ein echtes Gespräch vorgeschlagen. Myra war es nicht mehr gewohnt, ihre eigene Stimme zu hören, da sie ja nur mit ihrem engsten Kreis redete. Einem Kreis, den man eher als Strich bezeichnen musste, denn die Anzahl der Personen in ihrem persönlichen Umfeld beschränkte sich auf Gwen und ihre Mutter. Obwohl sie immer damit gerechnet hatte, dass Alex irgendwann auf ein Telefonat drängen würde, hatte sie diesen Gedanken beiseitegeschoben und sich vorgemacht, dass sie diese Brücke der Peinlichkeiten schon überqueren würden, wenn es so weit wäre.

Als sie ein leises Klicken hörte, schlug sie die Augen auf und spähte in die Mitte der *Villa*. Das Geheimzimmer hinter dem Bücherregal in der Bibliothek hatte sich geöffnet. Der Kronleuchter drehte sich langsam im Kreis. »Ich kann mich nicht erinnern, dich dazu aufgefordert zu haben«, schimpfte Myra augenrollend.

Ping! Sie erschrak, als sie Alex' Nachricht las: *Dein Schweigen ist ohrenbetäubend. Ich wollte dir keine Angst machen. Wenn du dich lieber weiter schriftlich unterhalten möchtest, melde ich mich nachher. Für so viel Text brauche ich eine richtige Tastatur. Wir haben ja Zeit. Kein Problem.*

Leise Musikfetzen schwebten aus dem Geheimzimmer heran. »Ich habe gesagt, dass ich dich nicht darum gebeten habe.«

Ping! *Du hast meine Nummer. Du bist am Zug. Mehr dann später. AR.*

Myra ging zum Schreibtisch und zog die Schublade auf, in der ihr Telefon lag. Sie war nicht sicher, was für einen Vertrag Gwen für sie abgeschlossen hatte, denn sie benutzte das Gerät hauptsächlich, um Fotos herunterzuladen und kurze Texte zu tippen, wenn sie zu faul war, den Computer zu starten.

Gwen hob nach dem zweiten Läuten ab. »Ich wollte dich heute Morgen schon anrufen. Der Wintergarten stößt auf großes Interesse. Das Gärtnern in den eigenen vier Wänden ist momentan ziemlich angesagt. Eine Zimmerpflanze hat eben weniger Ansprüche als ein ganzer Gemüsegarten. Das heißt, für die meisten Leute. Ich habe es nämlich letzte Woche schon wieder geschafft, einen Kaktus ins Jenseits zu befördern.«

»Du gießt sie zu viel.«

»Ich will eben, dass sie mich lieben.«

»Ja, schon gut.«

»Aber du rufst mich bestimmt nicht wegen der Reaktionen im Netz an, obwohl ich mich freuen würde, wenn es anders wäre. Irgendwann werde ich es schon noch schaffen, dich zum Merchandising zu überreden. Inzwischen habe ich sage und schreibe ein Dutzend Anfragen. Und zwar nicht nur von Spielwarenherstellern. Dein Stil findet auch Anklang in der echten großen Welt. Ich habe Anrufe von Marketingleuten gekriegt, die erst mit mir reden wollen, wenn ich vorher eine Verschwiegenheitserklärung unterschreibe. Das weist darauf hin, dass eine ganz große Handelskette dahintersteckt. Ich habe mich ein bisschen umgehört und auch schon einen Verdacht. Wir müssen das Eisen schmieden, solange es heiß ist, Myra. Du musst mir erlauben, richtig loszulegen, und …«

»Ich rufe wirklich nicht wegen der Reaktionen im Netz an, Gwen.«

»Das war ja irgendwie klar. Okay. Was gibt es?«

»Sind auf meinem Telefon irgendwie Minuten drauf oder so ähnlich?«

»Ach, herrje, wieder eine digitale Krise! Ich habe dir deinen Computer doch so eingerichtet, dass du mich nicht dauernd zu fragen brauchst, Myra. Worum geht es? Was für Minuten?«

»Ob ich mit dem Telefon auch jemand anderen als dich anrufen kann? Ich habe keine Ahnung, wie das funktioniert.«

Gwen kicherte. »Tut mir leid, ich wollte dich nicht auslachen. Aber rufst du mich tatsächlich an und verbrauchst dabei ›Minuten‹, um mich zu fragen, ob du sie auch für andere Leute verbrauchen könntest? Du hast ein unbegrenztes Datenvolumen, Myra, und kannst telefonieren, mit wem du willst und wie lange du willst. Rund um die Uhr, Tag und Nacht. Mein Gott, ich klinge ja schon wie der Werbespot einer Telefongesellschaft. Telefoniere nach Herzenslust. Du kannst sogar Videoanrufe machen! Dich vor dem Telefon bis auf die Unterhose ausziehen und …«

»Gwen!«

»Sorry. Willkommen im einundzwanzigsten Jahrhundert. Wir haben schon auf dich gewartet. Wie ich annehme, möchtest du mit Alex reden.«

»Vielleicht.«

»Mein kleiner Schatz ist erwachsen geworden. Ich bin ja so stolz auf dich.«

»Offenbar war es ein Fehler, dich anzurufen. Vielen Dank auch.«

»Gern geschehen. Erzähl mir dann, wie es gelaufen ist! Und ruf mich später noch mal an, denn wir müssen über den Wettbewerb sprechen. Die Leute warten ungeduldig auf ein Update, und dasselbe gilt auch für mich. Wir dürfen es nicht hinausschieben …«

»Tschüss, Gwen.«

»Tschüss, Myra.«

Myras Wangen glühten. Beinahe hatte sie auf einen technischen Hinderungsgrund gehofft, wohl wissend, dass diese Hoffnung vergeblich wäre. Wie kindisch von ihr, überhaupt an so etwas zu denken. *Dein Schweigen ist ohrenbetäubend.*

Sie setzte sich wieder an die Tastatur. »Ich verspreche dir, es zu versuchen. Aber zuvor muss ich heute noch einiges erledigen. Das alles ist noch sehr neu für mich.«

Sie klappte den Laptop zu, drehte sich zu der *Villa* um und wartete auf irgendeinen Tipp oder ein Stichwort. Doch das Haus blieb stumm. Es wusste genauso gut wie sie selbst, was sie jetzt tun musste. Nur dass es ihr das Wählen der Telefonnummer leider nicht abnehmen konnte.

Sie kauerte sich neben die niedrigen Wände aus Holz und spähte in die Bibliothek. Das Porträt hing reglos da, und sämtliche Bücher standen in ihren angestammten Regalen. Von außen betrachtet, wirkte alles so normal wie immer – also nicht sehr normal, wenn sie ehrlich mit sich war. Allerdings roch es im Raum leicht nach Rauch. Myra war den Dachboden schon mehrmals abgegangen und hätte sämtliche Steckdosen, Lampen und elektrische Geräte beschnuppert, um einen möglichen Brandherd aufzuspüren. Doch ihre Suche führte sie jedes Mal zurück zu der winzigen Bibliothek und dem leicht angesengten Band mit Naturgedichten, der sich nun wieder an seinem Platz befand.

Myra betrachtete das Porträt. »Du wirst mir auch nicht verraten, was passiert ist, oder?«

Sie wartete auf eine Antwort, obwohl sie wusste, dass keine erfolgen würde.

»Also gut.« Wieder griff sie zum Telefon. »Dann gibt es offenbar nur einen einzigen Menschen, den ich fragen kann.«

32

SPIELUHREN UND ANDERE TONTRÄGER

(Aus *Die Villa Liliput der Myra Malone*, 2015)

Als ich ein kleines Mädchen war, also als ich mit Trixie an dem Haus arbeitete, das später mir gehören sollte, sammelte ich Spieluhren. Meine erste bekam ich von Großvater, ein klobiges Schmuckkästchen mit Scharnieren. Gewiss hatte Trixie ihm beim Aussuchen geholfen und ihm erklärt, es sei nun wirklich an der Zeit, dass ich etwas hätte, um meine ... was denn eigentlich? Welken Blumen? Plastikringe? ... aufzubewahren. Ebenjene Dinge, die ich mit drei Jahren wichtig fand, das hieß mehr oder weniger jeden Gegenstand, den ich sah.
Diese erste Spieluhr war sicher nicht teuer gewesen. Sie war mit einer Plastikfolie bezogen, die aussah wie eine Blümchentapete. Die Schließe war spitz und ein bisschen zu locker, und wenn ich sie zu lange festhielt, war meine Hand voller grüner Schmierer. Dennoch hielt ich sie sehr häufig fest, denn schließlich handelte es sich nicht nur um mein erstes Schmuckkästchen, sondern auch um den ersten Gegenstand in meinem Besitz, der Musik machte, weshalb ich das Kästchen manchmal mit ins Bett nahm. »Manchmal« bedeutet eher »jede Nacht«, bis meine Mom es versteckte, weil ich es mit hübschen Blättern und vergessenen Resten von Knabbersachen gefüllt hatte, die bereits Ameisen anlockten.
Doch ich schweife ab.
In dieser ersten Spieluhr befand sich eine Ballerina. Sie

war an einer Sprungfeder befestigt und hüpfte mit einem leisen Boing! nach oben wie ein Schachtelteufel. Obwohl ich das wusste, war ich jedes Mal ein bisschen überrascht, wenn es wieder passierte. Beim Öffnen des Kästchens wirbelte die Ballerina auf ihrer Feder immer wieder um ihre eigene Achse. Sie trug eine kleine Tüllrüsche um die Taille. Ein ums andere Mal schaute sie in den winzigen runden Spiegel hinter sich und wandte sich wieder ab. Als Trixie mir das Nähen beibrachte, nahm ich die Schatulle mit zu ihr und teilte ihr mit, die Ballerina brauche ein neues Kleid. Also überhaupt ein Kleid und nicht nur einen zwei Zentimeter breiten schmuddeligen weißen Tüllstreifen und ein aufgemaltes Oberteil. Kein Wunder, dass sie sich nicht länger im Spiegel ansehen wollte.

Trixie meinte, das sei ein gutes Anfangsprojekt, und durchsuchte mit mir ihren Nähkorb nach einigen seidig schimmernden, rosafarben und violett bedruckten Stoffstücken, die mir gefielen. Eigentlich nähten wir nicht richtig. Wir schnitten nur ein wenig zu und rafften den Stoff, und dann beobachtete ich, wie Trixie mit der Klebepistole hantierte. Das Ergebnis war so wunderschön, dass ich es nicht ertragen konnte, die Schatulle zu schließen, damit die Ballerina sich immer weiter drehen konnte (ach, ich habe ganz vergessen zu erwähnen, dass ich die Spieluhr ununterbrochen aufzog. Wenn die Melodie langsamer wurde – wie ich später erfuhr, waren es ein paar Takte aus »Solace« von Scott Joplin –, bediente ich unweigerlich die kleine Kurbel unten an der Schatulle, was für meine Eltern sicher ein Grund zur Freude war). Doch immer wieder wandte die Ballerina sich vom Spiegel ab, was mich traurig machte, weil sie so das Kleid nicht bewundern konnte, das ich für sie genäht hatte. Also hielt ich sie irgendwann zwischen Daumen und Zeigefinger fest in der

Hoffnung, dass sie so Gelegenheit hätte, sich an dem Kleid und meiner Kunstfertigkeit zu ergötzen.

Als sie in meiner Hand abbrach, weinte ich bitterlich. Meine Mom half mir, sie in das Kissen zu stecken, das eigentlich für die Zahnfee gedacht war. Es hatte vorne ein kleines rosafarbenes Täschchen für den ausgefallenen Zahn. Die Ballerina verbrachte jede Nacht darin, bis ich sie und die Spieluhr vergaß und mich, so wie immer, der nächsten fixen Idee zuwandte.

Und die Moral von der Geschicht'? *Myra kann es einfach nicht gut sein lassen.*

Dessen bin ich mir bewusst. Ich ertappe mich ständig dabei. Jedes Mal, wenn ich mir vornehme, »nur ein paar Kleinigkeiten« in einem Zimmer der *Villa* auf Vordermann zu bringen oder umzustellen, endet es meist damit, dass ich den gesamten Raum neu gestalte. Wenn ich anfange, etwas zu schreiben, stehen die Chancen nur fünfzig zu fünfzig, dass die Geschichte die Nacht überlebt. Denn in der anderen Hälfte der Fälle pirsche ich mich in den frühen Morgenstunden an den Computer, um den Text wieder zu löschen. Das betrifft auch die Worte vor Ihren Augen, und falls Sie sie gerade lesen sollten, gratuliere ich der Geschichte zu ihrer Zähigkeit. Hier tobt nämlich ein Vernichtungskampf Wort gegen Wort, den nur die Stärksten überstehen.

Ich weiß nicht, was manche Geschichten stärker macht als andere, also fragen Sie mich nicht. Und was für Wörter gilt, erstreckt sich eigentlich auf all meine Hobbys. Ich pflege sie bis zum Gehtnichtmehr, und dann fange ich etwas Neues an. Mit den Spieluhren war es dasselbe. Auf Opas »Solace«-Ballerina folgte eine Unmenge an lärmenden Kästchen, Schneekugeln und Weihnachtsdekos. (Verraten Sie Ihren Mitmenschen nie, dass Sie etwas sammeln.

Sie werden es bitter bereuen.) Irgendwann schaffte ich fast alle wieder ab, nur von denen, die wie Klaviere geformt waren, konnte ich mich einfach nicht trennen. Bald besaß ich vier Spieluhren, die aussahen wie Stutzflügel, einige Orgeln, ein streng im Stil des Rokoko gehaltenes Cembalo und diverse gewöhnliche Pianos. Mein liebstes Stück ist der Steinway, der inzwischen in der *Villa* steht. Ich habe ihn nicht ausgesucht, weil er der Schönste gewesen wäre (war er nicht) oder weil er am besten in den Raum gepasst hätte (tat er nicht), sondern weil mir das Lied, das er spielte, am besten gefiel.

Falls Sie nie das Prélude in A-Dur von Chopin gehört haben ... oh, doch, das haben Sie. Sie kennen das Stück. Wenn Sie mir nicht glauben, gehen Sie sofort online. Ich warte solange.

Sind Sie wieder da?

Man erkennt es auf Anhieb, richtig?

Immer wenn ich nachts nicht schlafen konnte, was oft geschah, zog ich die Spieluhr auf. Meine Eltern fanden mich dann zusammengerollt vor der *Villa* vor, wo ich beim Anhören der Melodie auf dem Boden eingenickt war. In diesem Stück mischen sich Melancholie und Ruhe auf eine fein abgestufte Weise. Bei jedem Anhören entdeckt man etwas Neues, selbst wenn es von einem winzigen Metallkamm abgespielt wird, der über eine Walze mit Ausbuchtungen streicht (tut mir leid, falls ich gerade etwas zur Entzauberung von Spieluhren beigetragen habe, indem ich Ihnen die Funktionsweise erläutere. Aber wenn Sie bis jetzt durchgehalten haben, ohne eine davon zu zerlegen, machen Sie mich wirklich ratlos – es wird allmählich Zeit, das Geheimnis zu lüften).

Außerdem mag ich an dem Stück, dass es nicht wichtig ist, wie ich es höre – Spieluhr, blecherne Laptoplautsprecher,

Radio –, weil ich es genau so im Ohr habe wie damals, als ich zum ersten Mal damit in Berührung gekommen bin. Nämlich, als Trixie es gespielt hat. Ich erinnere mich noch gut an ihren Gesichtsausdruck und an unser letztes gemeinsames Weihnachtsfest. Opa nahm sie an der Hand und zog sie aus dem Haus bis auf den langen Kiesweg, wo der verbeulte Pick-up eines Nachbarn parkte. Auf der Ladefläche wartete ein mit einer Plane abgedeckter Gegenstand.
»Ich weiß, wie sehr dir das Klavierspielen fehlt«, sagte er. Ich hatte gar nicht gewusst, dass sie spielen konnte. Womit ich nicht allein war. Allerdings schien zwischen den beiden ein ganz besonderer Zauber hin und her zu fließen, und ich würde jeden Eid schwören, dass sie sich auch ohne Worte verständigen konnten. Vielleicht hatte Trixie ihm ja gesagt, dass sie das Klavierspielen vermisste. Vielleicht aber verhielt es sich auch so, wie Opa es gerade ausgedrückt hatte: Er hatte es eben gewusst.

Allerdings ahnte er nicht, dass der Nachbar mit dem Pick-up sich beim Tragen des Klaviers aus seinem eigenen Wohnzimmer den Rücken verrenkt hatte. Das Instrument hatte dort einige Jahre verbracht, ohne gestimmt zu werden, bevor der Nachbar Opa gegenüber erwähnte, dass er plane, es zum Sperrmüll zu stellen. Er habe sich nur zuvor erkundigen wollen, ob Opa möglicherweise eine Verwendung dafür habe. Und so luden wir – bei meinem Großvater kein seltenes Ereignis – mit vereinten Kräften den bleischweren Koloss ab, während er sich keuchend begeisterte, er habe ein tolles Geschäft gemacht. Er sei froh, einer »hübschen alten Dame« ein Zuhause bieten zu können. Mit diesen Worten kniff er Trixie in die Schulter, worauf sie ihm einen Klaps auf den Rücken verpasste. Die beiden strahlten einander an. Manchmal war es richtig peinlich, ihnen zuzusehen.

Aber dann, oh, mein Gott, hörten wir sie spielen. Es war, als verließe man das Haus und stellte bei der Rückkehr fest, dass es sich unterdessen in eine Kirche verwandelt hatte. Es schwang etwas Majestätisches mit, etwas Heiliges. Und auch etwas Trauriges, allerdings so, dass sich alles dadurch reicher und voller anfühlte. Das Prélude von Chopin war das erste Stück, das sie spielte, und obwohl das Instrument leicht verstimmt und Trixie ein wenig aus der Übung war, gerieten wir alle ins Schwärmen.

Danach stimmte sie »Jingle Bells« an, und wir sangen aus voller Kehle mit. Ich trank so viel Eierpunsch, dass mir ein bisschen schlecht wurde. Aber ohne dass jemand kotzt, ist es doch gar kein richtiger Feiertag, oder?

Nach Trixies Tod deckte Opa das Klavier mit dem Quilt ab, den sie genäht hatte. Seither habe ich es nie wieder gesehen. Ich weiß auch nicht, was aus dem Quilt geworden ist, obwohl ich mich noch an jeden Stich erinnere, den ich selbst dazu beigetragen habe. Bis heute habe ich vor Augen, wie Trixies Finger flogen und Nadel und Faden mit derselben angeborenen Anmut bedienten wie alles andere auch.

Manchmal ruft der kleine Steinway sie mir wieder ins Gedächtnis. Wenn ich den Schlüssel an der Unterseite umdrehe und die Melodie höre, mache ich oft das Gleiche wie damals mit meinem Ballerinakästchen. Ich drehe ihn, so weit es geht, ohne dass er abbricht. Dann halte ich das Klavier in der Hand und lausche der Musik, bis ich eingeschlafen bin.

Da das Klavier zu klein ist, um Süßigkeiten darin zu bunkern, sind wir bis jetzt von Ameisen verschont geblieben.

33

LOCKHART, VIRGINIA, 1982

Als Ruth zum ersten Mal Alex in Willas Arme legte, tat er das nur ungern. Der Grund war, dass Mildreds plötzlicher Tod infolge eines Aneurysmas Ruth so aus der Bahn geworfen hatte, dass er mit dem knapp einjährigen Alex völlig überfordert war und sonst niemanden hatte, an den er sich wenden konnte. Schließlich konnte er Alex ja schlecht nach North Carolina zu seiner leiblichen Mutter bringen, denn sein Stolz und seine gesellschaftliche Stellung hätten ihm nie gestattet, auf etwas zu verzichten, was die Großmutter des Kindes so hart erkämpft hatte. Sie hatte Ruth' guten Ruf verteidigt, als er, ein Mann von fast vierzig Jahren, überraschend Vater geworden war. Und zwar unter Umständen, die so mancher – einschließlich Mildred selbst – als ziemlich unappetitlich empfand.

Nun jedoch sah Ruth sich nicht in der Lage, das Kleinkind im Hause seines Großvaters zu behalten, mit dem er unter einem Dach wohnte, so sehr war er selbst erschrocken über die Wucht seiner Trauer, die jeder Schrei des Babys noch zu steigern schien. Und als er nach einer weiteren schlaflosen Nacht allmählich den Verstand zu verlieren drohte, meldete sich im Morgengrauen ein Drang, den er schon seit Jahren nicht verspürt hatte und den er stets im Keim erstickte, wann immer er sich regte. Er würde seine Mutter aufsuchen. Trotz seiner Gewissheit, dass die Rückkehr in dieses Haus dasselbe Unbehagen wie immer in ihm auslösen würde, war er gleichzeitig felsenfest davon überzeugt, seine Mutter würde einen Rat wissen. Auch wenn er nicht hätte sagen können, warum.

Als er am Fuße des Hügels am Straßenrand hielt, warfen die Eichen bereits ihre bronzefarbenen und kupferroten Blätter ab, die raschelnd über den Gehweg wehten. Seine Mutter saß auf der Vortreppe und erwartete ihn. Und zwar, obwohl er sein Kommen nicht angekündigt hatte. Vielleicht hatte er es ja unbewusst doch getan, da konnte man nie so sicher sein.

Rutherford trug Alex den Gartenweg hinauf. Der kleine Junge wurde sofort still, betrachtete das sich verfärbende Laub und kräuselte in der kühlen, duftenden Luft das Näschen. Einige Meter vor Willa blieb Rutherford stehen und streckte das Baby weit von sich, so dringend war sein Wunsch, sich von dem Bündel zu befreien, mit dem er überhaupt nichts anfangen konnte. Mildred hatte das Baby eigenhändig versorgt und Theodore nicht einmal gestattet, eine Pflegerin oder ein Kinderfräulein zur Unterstützung einzustellen. *Er gehört uns, und wir teilen ihn mit niemandem,* lautete ihr Mantra. Und mit »niemand« schien sie auch Rutherford selbst zu meinen, der das Kind nur selten im Arm hielt und sonst kaum den Kontakt zu ihm suchte. Dennoch konnte er sich eines eifersüchtigen Vibrierens nicht erwehren, wann immer seine Großmutter diesen kleinen Menschen, der nicht er selbst war, an sich schmiegte und dabei Koseworte murmelte. Obwohl Alex Zuwendung aufsaugte wie ein Schwamm, gelang es Rutherford nie, eine Beziehung zu ihm aufzubauen. Aber offen gestanden betrachtete er alles Zwischenmenschliche ohnehin als Herausforderung, obwohl er die für einen erfolgreichen Verkäufer notwendigen oberflächlichen Floskeln aus dem Effeff beherrschte. Wenn er ganz ehrlich mit sich war, zog er diese Art des Umgangs sogar vor.

»Mutter.« Er trat einen Schritt auf Willa zu. Diese blieb sitzen und blickte ihn eine Weile auffordernd an. Schließlich erhob sie sich und klopfte sich mit beiden Händen das trockene Laub von den Oberschenkeln. »Es sieht ganz danach aus, als wäre ich Großmutter geworden. Leider hat mich niemand informiert.«

Rutherford nickte. »Es war alles geregelt.«

»Ich bezweifle nicht, dass Mildred das glaubt. Allerdings ist es eher unhöflich als grausam, nicht einmal einen Brief zu schreiben. Letztere Eigenschaft dürfte mich bei ihr eigentlich nicht wundern, doch erstere passt so gar nicht zu ihr.«

»Sie ist tot.«

»Ach, wirklich?« Als Willa den Kopf zur Seite neigte, zeichnete sich auf ihrem Gesicht derselbe Ausdruck ab wie auf dem Porträt, das in der Bibliothek hing. Das Bild sah ihr stets ähnlich, obwohl Rutherford nicht hätte sagen können, wann es entstanden war und wie lange es schon zum Inventar gehörte. »Ja, offenbar ist sie das. Ich habe es gar nicht gespürt, doch nun, da du es erwähnst, hat es sich wohl so gefügt. Jeder stirbt irgendwann, Ruth. Trotzdem tut es mir sehr leid für dich. Ich weiß, wie viel sie dir bedeutet hat.«

»Sie hat mich großgezogen.«

»Ja, zu meinem großen Bedauern. Möchtest du uns nicht miteinander bekannt machen?«

»Sein Name ist Rutherford Alexander Rakes der Dritte.«

Als Willa sich vor Lachen schier ausschüttete, stieg heißer Zorn in Rutherford hoch, ein Gefühl wie das Glimmen eines Stücks Kohle. In seiner Jugend hatte es stets lichterloh gebrannt, und es glühte noch immer, sobald er sich der Villa näherte oder an seine Mutter dachte.

»Der Name hat in meiner Familie Tradition«, schleuderte er Willa entgegen, die nach wie vor lachte.

»Vermutlich hat er das nun, obwohl dein Vater gewiss nicht einverstanden gewesen wäre. Er hat sich nicht umsonst Ford genannt, Ruth. Und obwohl er nach seiner Rückkehr nicht viel mit mir geredet hat, hat er mir unmissverständlich mitgeteilt, ich hätte mir für dich einen anderen Namen aussuchen sollen. Aber jetzt ist der Zug wohl abgefahren. Hallo, kleiner Rutherford der Dritte.«

»Er heißt Alex.«

»Hat er dir das gesagt?«

»Du weißt, wie sehr ich es verabscheue, wenn du mich behandelst, als wäre ich die Pointe eines Scherzes, über den ich nicht lachen kann, Mutter.«

»Ja. Ich weiß, dass du ernsthafte Fragen in den meisten Fällen so verstehst, als wollte man sich über dich lustig machen. Das war nicht witzig gemeint, Ruth. Wie verhält er sich, wenn du ihn so nennst? Hört er auf seinen Namen?«

»Du redest von ihm, als wäre er ein Terrier. Er ist ein Kind.«

»Namen haben Macht, Ruth. Das hast du nie so ganz begriffen. Doch wenn ich ihn aus der Nähe betrachte, kann ich sehen, dass Alex gut zu ihm passt. Es ist der richtige Name für ihn. Gut gemacht.«

Das Lob erfüllte Rutherford mit einer seltsamen Genugtuung. Mildred hatte darauf beharrt, das Baby Ford zu nennen wie Ruth' Vater, einer der wenigen Punkte, in denen sie sich nie einig geworden waren. Schließlich verband Mildred schöne Erinnerungen mit ihrem Sohn, während Rutherford selbst nur wenig Gutes zu berichten hatte. Sein Vater war nicht mehr der Mann gewesen, den Mildred aufgezogen und den Willa geheiratet hatte, eine Tatsache, die das Fundament seiner Ablehnung bildete und worüber er ungern sprach. Er trat noch einen Schritt vor und reichte Alex seiner Mutter.

Als Willa Alex anlächelte, nahm die Luft ringsherum eine Farbe an, die das Herbstlaub zum Leuchten brachte. »Er hat die Augen deines Vaters«, stellte sie fest. »Ich hätte nicht gedacht, dass ich sie noch einmal sehen würde.«

»Ich weiß nicht, was ich mit ihm machen soll.«

»Er ist ein Baby, Ruth. Du fütterst ihn, du wickelst ihn, und du lernst, den Teil deines Verstandes auszuschalten, der Lärm nicht ertragen kann. Sofern du das schaffst, denn der Lärm hört niemals auf. Aber irgendwann kannst du es.« Sie machte einen Schritt vorwärts, um Rutherford das Baby zu geben, doch dieser wich zurück.

»Du hast mich nicht richtig verstanden. Ich bin wirklich absolut ratlos. Großmutter hat uns stets alles abgenommen. Großvater ist nur noch ein Schatten seiner selbst. Ich selbst habe seit Tagen nicht geschlafen. Und er ... er braucht so viel. Ständig. Ich weiß nicht, wie ich das leisten soll.«

»Wo ist seine Mutter?«

»Fort.«

Willa musterte ihn argwöhnisch. »Das scheint in dieser Familie Methode zu haben. Was also schlägst du vor?«

»Ich schlage vor, dass er hier bei dir bleibt.« Er wies hinter sich auf das Auto. »Ich habe ein paar Sachen mitgebracht ...«

»In diesem Haus ist alles vorhanden«, erwiderte Willa. »Schau nicht so erstaunt. Schließlich hatte ich ja dich.«

»Das ist aber schon eine Weile her.«

»Tja, knapp vierzig Jahre sind nicht so lang, wie du glaubst. Bleibst du auch hier?«

Heftig schüttelte Rutherford den Kopf. »Nein. Ich kann nicht. Ich muss Großvater beistehen, und der Laden verlangt eine starke Hand. Wir haben uns so sehr auf Großmutter verlassen, und jetzt müssen wir allen zeigen, dass wir es überstehen werden ...«

»Welche Hingabe. Hast du dir schon mal überlegt, einen Teil davon für deinen Sohn aufzusparen?«

»Ich brauche keine Vorträge von dir, sondern deine Hilfe, Mutter.«

»Ich habe dir schon vor vielen Jahren prophezeit, dass du

irgendwann zurückkommen und mich brauchen würdest. Aber lass mich klarstellen, was du von mir erwartest: Du hast deinen kleinen Sohn bei mir abgeliefert und willst ihn in diesem Haus lassen. Bei mir.«

»Ja.« Rutherford scharrte mit den Füßen. In ihm kämpften Zorn, Trauer und Verlegenheit um die Vorherrschaft. »Bitte.«

Mit einem nachdenklichen Nicken drückte Willa den kleinen Alex an sich. »Er gehört hierher.«

»Ja, bis ich eine bessere Lösung gefunden habe.«

»Du wirst ihn nicht auf dieses Internat schicken.«

»Dazu ist er noch zu klein. Wir haben genug Zeit, um das zu besprechen.«

Als Mutter und Sohn einander über den Plattenweg hinweg trotzig anstarrten, spürte Rutherford, wie eine Flamme zwischen ihnen hin und her ging. Ihm wurde klar, dass alle Geborgenheit, die sie ihm je geschenkt – oder aufgezwungen – hatte, nun diesem kleinen Wesen an ihrer Brust galt.

»Die Zeit wird nichts an meiner Meinung ändern«, entgegnete Willa.

»Ich komme wieder.« Rutherford ging rückwärts und war in Gedanken schon im Auto, unterwegs zum Haus seiner Großeltern und dem Familienunternehmen, wo er morgen wieder seinen Dienst antreten würde. Bald würde er der Erbe sein. »Ich lasse ihn nicht für immer bei dir und auch nicht, ohne mir ein Mitspracherecht in Sachen Kindeswohl vorzubehalten.«

»Du hast aus deinem Herzen nie eine Mördergrube gemacht, Ruth. Nicht, seit du auf der Welt bist. Ich kann nur immer wieder beteuern, dass du hier willkommen bist.«

»Weiß das Haus es auch?«

»Ich bin dieses Haus.«

Rutherford nickte. »Ich komme morgen wieder.«

Willa schmiegte ihren Enkel an sich. »Und wir werden da sein, richtig?«, flüsterte sie dem Baby ins Ohr. »Wir werden immer da sein.«

Rutherford hielt Wort. Jeden Tag arbeitete er ihm Laden, um seinem Großvater den Übergang in den Ruhestand zu erleichtern. Außerdem erwarb er ein weiteres baufälliges Lagerhaus am Fluss und baute es zu blitzblank funkelnden Verkaufsräumen um. Der Umsatz wuchs stetig, und bald wurde das Unternehmen in exklusiven Wohnzeitschriften entlang der Ostküste erwähnt. Wenn Ruther der Villa am Abend seinen täglichen Besuch abstattete, wurden seine Füße mit jedem Schritt auf dem Plattenweg schwerer, als watete er durch Sirup zu einem Ort, wo er unerwünscht war und um den er am liebsten einen Bogen gemacht hätte. Er nahm Alex nicht oft in den Arm, denn er fühlte sich im Umgang mit ihm unbeholfen und konnte seinem kindlichen Geplapper und den ersten schwankenden Schritten über die breiten Dielenbretter nur wenig abgewinnen. Außerdem wusste er nicht, wie er mit seiner Mutter reden sollte, deren tiefblaue Augen beim Anblick seines Sohnes ins Leuchten gerieten. Sie spürte eine Verbundenheit mit ihm, die Rutherford ein Rätsel war.

Die beiden schlossen ihn aus, was er ebenso als Bedrohung empfand wie alles andere in diesem Haus.

An dem Tag, als Rutherford bei seiner Ankunft die Küche und das gesamte Erdgeschoss menschenleer vorfand, war Alex zwei Jahre alt. Aus der Bibliothek wehten die Töne eines Stücks von Chopin heran, obwohl niemand am Klavier saß und spielte. Er machte sich auf die Suche nach Willa und Alex und traf sie oben in Willas Zimmer an, das einen Blick auf den Fluss tief unter ihnen bot.

»Das war der Schaukelstuhl deines Großvaters«, sagte Willa gerade leise und legte das winzige Möbelstück in Alex' pummeliges Händchen. »Es war sein erstes Geschenk an mich. Und das« – sie griff nach dem Klavier in der Bibliothek und zog es auf, bis klimpernde Musik den Raum erfüllte – »gehört zur Seele der Villa, denn unsere Seelen sind voller Musik, und die Villa ist voller Seelen.« Sie küsste Alex auf die zerzausten Locken. »Einmal für die Liebe, zweimal für das Leben, dreimal, um dich vor Schaden zu behüten ...«

»Was tust du da?« Die Atmosphäre war so aufgeladen, dass Rutherford kaum Luft bekam. Willa und Alex hoben die Köpfe und starrten ihn verdattert an, so als befände er sich außerhalb der gläsernen Kuppel, die sie beide umfing.

»Was tust du da?«, wiederholte Rutherford. »Dieses ... dieses Haus. Ich erinnere mich noch sehr gut ...« Allerdings gelang es ihm nicht, in Worte zu fassen, woran genau er sich erinnerte, denn seine Gefühle sprengten den Rahmen der Sprache. Rutherford dachte daran, wie seine Hand zurückgezuckt war, als seine Mutter ihn zum ersten Mal hinauf auf den Dachboden genommen und ihm die Miniatur gezeigt hatte. Eine detailgetreue Kopie des Hauses, in dem er so wenig Zeit wie möglich verbrachte, seit er die Möglichkeit zur Flucht hatte. Er empfand die Villa stets als Spukhaus in Menschengestalt, und die Last dieses Ortes, der ihn mit Leib und Seele verschlingen wollte, drückte ihn nieder. Das Haus war eine Falle, ein atmendes Lebewesen und überdies eng mit seiner Mutter verbunden, ja, sogar eins mit ihr. Den Dachboden hatte er stets gemieden und seinen Widerwillen als abergläubische Schrulle wegerklärt. Eine Abneigung gegen Dachböden war doch etwas ganz Normales. *Normal, normal, normal. Seine* Familie war normal. Seine Mutter war es nicht. Seine Mutter gehörte nicht zu seiner Familie, und er würde alles tun, um sich gegen sie abzugrenzen.

Und nun hatte er seinen einzigen Sohn hierhergebracht, gewissermaßen als Lückenbüßer, als Ersatz für sich selbst.

Willas Miene war traurig. »Ich zeige Alex nur, was ich dir immer zeigen wollte. Eigentlich war es für dich bestimmt. Ein Erbstück, wenn er erst so weit ist. Es ist noch zu früh. Aber bald.«

»Mein Sohn wird gar nichts von dir erben. Weder eine Verpflichtung noch eine Last und ganz bestimmt kein Puppenhaus. Mein Sohn wird dieses Puppenhaus nicht anfassen.«

»Es ist kein Puppenhaus ...«

»Was tust du da, Mutter?« Er musste husten, denn die dichte Luft im Raum füllte seine Lungen wie Rauch. »Großmutter hat mich immer vor dir gewarnt. Sie sagte, du seist eine Hexe ... eine Zauberin aus uralten Zeiten. Sie hat mir verboten, darüber zu sprechen. Auch dich durfte ich nicht erwähnen. Schließlich seien die Gerüchte allgemein bekannt und würden irgendwann auf mich zurückfallen und ein schlechtes Licht auf unsere ganze Familie werfen. Und zwar wegen Vaters Fehler.«

»Vaters Fehler?«

»Weil er sich für dich entschieden hat! Und du hast ihn von seiner Familie und seinem Erbe weggelockt ...«

»Ruth, dieser Entscheidung verdankst du, dass du auf der Welt bist ...«

»Es war aber nicht meine Entscheidung! Ich habe mich nicht für dich entschieden. Du hast mich mit diesem Haus vereinnahmt und mir das Gefühl vermittelt, ich sei sein Eigentum!«

»Wir können uns nicht selbst aussuchen, welche Last wir tragen wollen, Ruth.« Sie streckte die Hand aus und strich mit dem Finger sanft über Alex' Wange. »Aber wir tragen sie trotzdem.«

Rutherford stürmte so schnell auf Willa zu, dass sie nicht mehr ausweichen konnte. Er riss ihr das winzige Klavier aus der Hand, schleuderte es zu Boden, zertrampelte es und zerrte dann Alex unsanft in seine Arme, worauf der Junge zu weinen begann. Das Geräusch versetzte Rutherford ebenso in Panik wie seine eigenen Gefühle. In seiner Brust brodelten Hitze und rasende Wut, ein Toben, das ihn entzweizubrechen und die Luft ringsherum zu versengen drohte.

»Du hast deine Gaben nie angenommen«, flüsterte Willa. »Du hattest alles, was ich dir schenken konnte, und dazu den ganzen Zauber dieses Hauses – und hast dich mit Händen und Füßen dagegen gewehrt. Doch das Haus schlägt zurück, Ruth. Es kann dich von innen heraus zerfressen, wenn du das zulässt. Ich habe versucht ...«

Die Stimme, die aus Rutherfords Mund drang, war sogar ihm selbst fremd. »Geh! Sofort.« Sein flirrender Hass ballte sich in Willas Zimmer und prallte gegen die Mauern der Villa, die sich dagegenstemmten und sich bemühten, das so jäh gestörte Gleichgewicht wiederherzustellen. »Lass uns in Ruhe. Sonst vernichte ich dich. Ich brenne dieses Haus nieder.«

Willa nickte. Ihr Gesicht wirkte älter als die Steine, welche die Fundamente des Hauses bildeten. Ruth besaß zwar nicht die Macht, sie aus ihrem Haus zu vertreiben, aber er hatte dennoch die Möglichkeit, ihr zu schaden. Außerdem hatten ihre Kräfte nachgelassen, seit Alex in ihr Leben getreten war. Ihre zaghaften Versuche, die Last an ihn weiterzureichen, hatten die Verbindung zu ihrem Zufluchtsort gelockert. Ruth war stärker, als er dachte, und er hatte Mittel und Wege, gegen die Willa nichts ausrichten konnte. Außerdem machte es ihr Angst, wie er Alex umklammerte.

Als der Junge sich strampelnd gegen seinen Vater sträubte und weinend die Arme nach Willa ausstreckte, zerriss es ihr fast das Herz. Doch ganz tief in ihrem Innersten verspürte sie auch Furcht. Wieder schien das Haus sie nicht mehr schützen zu können, doch etwas unterschied sich von den zahlreichen Gelegenheiten, zu denen sie bereits hatte fliehen müssen. Denn zum ersten Mal befand sich die Bedrohung innerhalb dieser vier Wände. Die Gefahr ging von ihrem eigenen Sohn aus. Vielleicht würde er sich ja ändern, wenn sie ihm endlich den Abstand ließ, den er schon sein Leben lang einforderte. Also musste Willa ihn von ihrer Gegenwart befreien, von dem letzten Rest der Bürde, die ihn zu erdrücken schien, sobald sie sich in seiner Nähe befand. Und deshalb würde Willa dasselbe tun wie schon so oft zuvor. Sie würde auf Veränderungen im hin und her strömenden Fluss der Zeit horchen, bis die wirbelnden Strudel ihr mitteilten, dass sie es wagen konnte, zurückzukehren. Möglicherweise würde Ruth noch da sein. Und Alex auch. Aber es konnte durchaus geschehen, dass Generationen vergingen, sodass die Familie, die sie hatte gründen wollen, bis auf das letzte Mitglied verstorben war. Dann würde sie wieder allein sein.

Eine niederschmetternde Vorstellung. Doch sie war auch schon früher allein gewesen.

»Ich gehe, Ruth, doch ich kehre stets wieder. Ich bin immer da. Das darfst du nicht vergessen.«

Alex wehrte sich gegen seinen Vater, riss sich los, rannte zu seiner Großmutter und griff nach ihrer Hand. Rutherford packte ihn am Handgelenk und zerrte ihn so unsanft zurück in seine Arme, dass der Junge vor Schmerz aufschrie.

»Du tust ihm weh, Ruth.« Willa streckte die Hand in Richtung ihres Enkels aus, um die Luft rings um ihn zu beruhigen.

»Daran wird er sich in dieser Familie gewöhnen müssen«, zischte Rutherford. »Verlasse dieses Haus. Verschwinde von hier. Sofort.« Seine blauen Augen blitzten zornig. Willa gab sich geschlagen und ging voran, die geschwungene Treppe hinunter. Sie hatte Angst um Alex. Schließlich konnte sie auch später zurückkommen und ihre Sachen holen, wenn alle fort wären. Das Haus würde sie immer einlassen.

Und dann würde sie fortgehen, bis sich der Staub gelegt hatte. Beim Abschied wusste sie nie, wann dieser Zeitpunkt gekommen sein würde. Sie spürte es einfach, wenn es so weit war. Nun hatte sie wieder eine Gelegenheit verpasst, die Last zu übertragen. In ihrer abgrundtiefen Erschöpfung spielte sie sogar mit dem Gedanken zu bleiben.

Später am Abend packte sie hastig das Nötigste zusammen. Der Taxifahrer, der sie bei Dunkelheit am Fuße des Hügels abholte, half ihr, ihre Sachen in den Kofferraum zu wuchten. Eine kleine Reisetasche mit vom vielen Gebrauch abgewetztem grauem Henkel. Und eine große Truhe mit Messingbeschlägen, die auf der einen Seite spitz zulief und mit steinähnlichen Schindeln bedeckt war. Ansonsten nahm Willa nur mit, was sie am Leibe trug: ein dunkelblaues, mit Silberfäden durchwirktes Reisekostüm, ein Paar blank polierte blaue Pumps von der Farbe des Ozeans und einen Glücksbringer, der an einem Kettchen um ihren Hals hing – eine Eichel, gemeißelt aus Lapislazuli.

Als sich das Auto in Bewegung setzte, schaute sie sich nicht um. Stattdessen beugte sie den Kopf über den Notizblock auf ihrem Schoß und schrieb fieberhaft. Im teuersten Teil der Stadt angekommen, ließ sie den Fahrer vor einem der von Wohlstand zeugenden Backsteinhäuser im Federal-Stil kurz anhalten. Leise schritt sie durch das schmiedeeiserne Tor und ging dann auf dem Gartenweg ums Haus herum zu einer Hintertür, die in den Keller führte. Dort riss sie die Seite aus dem Block, faltete sie fest zusammen und schob sie unter der Tür hindurch. Dann kehrte sie zurück zum Taxi und bat den Fahrer, sie zum Flughafen zu bringen.

34

LOCKHART, VIRGINIA, 2015

Als Alex sein Telefon summen hörte, stürzte er sich sofort auf das Gerät. Allerdings musste er zu seiner Enttäuschung feststellen, dass das Geräusch keinen Anruf von Myra ankündigte, sondern nur eine E-Mail. Beim Anblick ihrer kurzen Nachricht – *Das alles ist noch sehr neu für mich* – schüttelte er den Kopf.

Also würde sie nicht anrufen. Und dabei hatte er ihr alles von sich anvertraut: die Krankheit seines Vaters, ihre komplizierte Beziehung, seine Mutter und ihre langen Gespräche, die Jahre, die er damit verbracht hatte, das Versäumte nachzuholen. Auch Myra hatte ihm viel erzählt, und zwar nicht nur die Geschichten, die sie für ihre Follower schrieb, sondern von ihren innersten Gedanken, ihrer Familie und ihrer Trauer. Inzwischen wusste er mehr über sie, als er je zu erfahren gehofft hatte.

All das war innerhalb weniger Wochen geschehen, die sich wie eine jahrzehntelange Vertrautheit und zugleich wie ein Wimpernschlag anfühlten. Nun jedoch befürchtete Alex, er könnte zu voreilig gewesen sein und ihr Angst gemacht haben, sodass sie ihn niemals anrufen würde. Allerdings war er überzeugt davon, dass sie nur ein kleines Stück aus ihrem Schneckenhaus zu kommen brauchte. Dann konnten sie gemeinsam zu ergründen versuchen, was hinter den aktuellen Ereignissen steckte. Denn eigentlich war er sicher, dass sie das Geheimnis nie lüften würden, solange sie nicht miteinander sprachen oder, noch besser, sich persönlich trafen. Er fürchtete sich ein wenig vor diesem nächsten Schritt, der bedeutete, dass sie das Unwirkliche – das in all seiner Unerklärlichkeit Magische – in die Wirklichkeit überführen mussten. Natürlich bestand immer die enttäuschende Möglichkeit, dass sie eine völlig banale und langweilige Antwort auf die Fragen fänden, die das Haus, die Möbel und die Musik ihnen stellten. Auch wenn Alex sich nur schwer vorstellen konnte, dass es überhaupt eine passende Antwort gäbe. Es war ein absurder Gedanke, dass hinter all dem Magie – also echte Magie – stecken könnte. Dennoch war dies genau die Erklärung, die Alex sich wünschte. Und deshalb hatte er eine Heidenangst vor der Ernüchterung und vor dem Verschwinden dieser Magie, der unauflöslichen Verbindung, für die es eben keine Erklärung gab.

Noch nie hatte er so etwas erlebt, zumindest nicht mehr seit seiner frühen Kindheit. Seitdem hatte er sich danach gesehnt, jedoch ohne es selbst zu ahnen. Erst durch den Schriftwechsel mit Myra war es ihm wieder klar geworden.

Zum Teil lag es an dem Haus selbst. Als sein Vater ihn in seinem luxuriösen SUV – eher ein Panzer als ein Privatauto – widerwillig zum Fuß des Hügels gefahren hatte, hatte Alex den Plattenweg entlanggespäht und bemerkt, dass aus dem alten Schieferdach ein Leuchten aufstieg. Die Ranken des Blauregens, die sich um die Bleiglasfenster schlängelten, schienen Energie zu verströmen. Seit Alex mit fünf Jahren ins Internat gekommen war, hatte er das Haus nicht mehr gesehen. Er war nicht einmal sicher, ob es sich äußerlich nicht vielleicht doch verändert hatte. Und dennoch bedeutete das Leuchten, dass er hier zu Hause war. Eine Erkenntnis, die Alex, wie ihm bei diesem Anblick sofort bewusst wurde, seinem Vater unbedingt verschweigen musste.

Die Briefe, die Rutherford ihm nach China geschrieben hatte, waren immer drängender im Ton geworden und hatten gleichzeitig wie Bemühungen geklungen, diesen Umstand herunterzuspielen. Diese Versuche, gute Miene zum bösen Spiel zu machen, hatten für Alex schließlich den Ausschlag gegeben, dem Direktor der kleinen Privatschule in Peking sein Kündigungsschreiben zu überreichen, in dem er familiäre Gründe angegeben hatte. Seinen Bekannten dort hatte er erzählt, er kehre nach Hause zurück, wobei er verschwiegen hatte, dass er seit seinem fünften Lebensjahr nicht mehr in seinem angeblichen Zuhause gewohnt habe. Dass er von seinem Vater mehr oder weniger in die Verbannung geschickt worden sei, ohne je wirklich zu verstehen, warum.

Dass sein Vater krank war, hatte er gewusst. Rutherford war schon immer von schmächtigem Wuchs gewesen und hatte eine verkniffene, strenge und sauertöpfische Miene zur Schau getragen. Erst als Erwachsener hatte Alex verstanden, dass der Gesichtsausdruck seines Vaters offenbar auf Schmerzen hinwies. Was bedeutete, dass er sein ganzes Leben lang an Schmerzen gelitten haben musste, so als zerfräße ihn etwas von innen heraus. In seinem letzten Brief vor Alex' Kündigung hatte sich Rutherford schließlich herabgelassen, die Worte »bösartig, Krebs« niederzuschreiben. Bis zu diesem Moment hatte Alex stets eine schleichende Furcht empfunden, die er nicht beim Namen hatte nennen können, die jedoch genügt hatte, einen Ozean zwischen sich und seinen Vater zu bringen. Ein Ozean schien genau der richtige Sicherheitsabstand zu sein. Immerhin hatte Rutherford als Erster für Distanz gesorgt, indem er Alex als kleinen Jungen auf dieses grässliche Internat geschickt hatte, dem seine Urgroßmutter so verbunden gewesen war. Die pädagogische Ausrichtung dieser Anstalt bestand darin, zartbesaitete kleine Jungen in den Bergen North Carolinas mit militärischem Drill zu Naturburschen umzuerziehen. Damals hatte Alex diese Entscheidung schon nicht verstanden, und sie wollte ihm bis heute nicht in den Kopf.

Als Kind hatte er einfach nicht begriffen, was er denn falsch gemacht hatte, sondern nur gespürt, dass etwas im Argen lag, jedes Mal, wenn sein Vater die Villa betreten hatte. Die zu den Fenstern seines Turmzimmers hereinströmenden Sonnenstrahlen und die durchs Haus wehenden Klänge der Musik hatte er immer als tröstend empfunden. Aber sobald er Rutherfords polierte Budapester über den Plattenweg hatte marschieren hören, war Alex erstarrt, hatte sich schuldbewusst umgesehen und sich gefühlt, als würde er gleich bei etwas Verbotenem ertappt werden. Obwohl er keine Ahnung gehabt hatte, was das gewesen sein könne.

Er erinnerte sich an seine kurze Beziehung mit der Schulpsychologin in China, ihre Behauptung, er stelle zu rasch Nähe her, da er als Kind nie wirklich geliebt worden sei. So hatte ihr erbitterter Vorwurf gelautet, als er sich von ihr getrennt hatte, um nach Lockhart zurückzukehren und seinen Vater zu unterstützen, vor dem er sich eigentlich fürchtete. *Du wirst nie kapieren, wie man eine Beziehung führt, solange du die von damals nicht auf die Reihe kriegst.* Er hatte ihre Worte als sonderbar hasserfüllt empfunden und gedacht, dass jemand mit einem solchen Verhalten wohl nicht gerade geeignet sei, jungen Menschen den richtigen Weg zu weisen. Aber er war schon halb aus der Tür gewesen. Also Schwamm drüber.

Allerdings hatte sie gar nicht so unrecht gehabt. Seine frühesten Erinnerungen an Lockhart waren vage, ein Gefühl der Sicherheit und Geborgenheit, während sein Vater durch Abwesenheit glänzte. Auch seine Großmutter hatte er nur noch schemenhaft im Gedächtnis. Ein Duft nach Gewürzen. Musikfetzen. Wärme, die ihn umfing, wenn sie ihn umarmte. Als sie verschwunden war, war er noch sehr klein gewesen, zu jung, um seine Gefühle in verständliche Sätze zu kleiden, denn sie waren so viel größer gewesen als er selbst und hatten so wehgetan. Die ersten fünf Jahre vor der Verbannung ins Internat waren kalt gewesen, lange Strecken der Leere, nur unterbrochen von den Wutanfällen seines Vaters. Hin und wieder hatte er den Schutz des Hauses wie einen kleinen Lichtfunken gespürt, was jedoch nie angehalten hatte.

Seine Mutter war stets abwesend, sie wohnte nicht bei ihnen. In unregelmäßigen Abständen hatte er als Kind Geschenke bekommen, einen gelegentlichen Adventskalender, einen bunten Football von Nerf oder eine Action-Figur. Die Karten hatte sie nie mit »Mom« unterschrieben, sondern nur mit »Emily«. Er erinnerte sich an ihre seltenen Besuche, einen oder zwei in steifer Atmosphäre verbrachte Tage und beklommene Ausflüge in den Zoo. Er hatte sie kaum kennengelernt und war in dem Glauben aufgewachsen, dass sie ihn nicht gewollt habe, eine Sicht der Dinge, der sein Vater nie widersprach. Als Alex schließlich in Kalifornien, so weit weg von Lockhart wie möglich, das College besuchte, gelang es ihm bei Gesprächen mit Rutherford hin und wieder, einige Einzelheiten in Erfahrung zu bringen, bis dieser wieder einmal die Stimme erhob und zu schreien begann. *Was fragst du mir hier ein Loch in den Bauch? Warum interessiert dich das überhaupt? Deine Familie ist hier.*

Irgendwann durchkämmte Alex das damals noch junge Internet nach ihr. Emily Grace Martin, geborene Patterson. Sie war gut zwanzig Jahre jünger als sein Vater und offenbar aus denselben Gründen aufs College gegangen wie ihr Sohn: um sich so weit wie möglich von ihrer Heimatstadt zu entfernen. Sie hatte einen Mitstudenten geheiratet, einen Informatiker, der mit einer Softwareanwendung, die er an Microsoft verkauft hatte, sehr erfolgreich gewesen war. Nachdem er sich deshalb schon mit Ende zwanzig zur Ruhe gesetzt hatte, hatte er eine Affäre mit einer jungen Frau angefangen, die frisch von der Highschool kam. Nach der Scheidung war

Emily ein Häuschen in Malibu geblieben, wo sie an einer Grundschule in der Nähe die zweite Klasse unterrichtete.

Eines Tages tauchte Alex unangekündigt bei ihr auf, fest entschlossen, sie zur Rede zu stellen. Sie war so überglücklich, ihn zu sehen, dass sie Tränen in den Augen hatte. Sie redeten an jenem Tag so lange, dass er bei ihr übernachtete. Er entlockte ihr im Laufe vieler Stunden die ganze Geschichte: ihre Kindheit in North Carolina. Ihre Mitgliedschaft in einem Förderverein für junge Frauen, der Mädchen in Bussen zu Tanzveranstaltungen und Empfängen für die Schüler und Ehemaligen dieser teuren Privatschule fuhr. Ihre Überraschung, weil sie die Aufmerksamkeit eines älteren Mannes erregt hatte, eines früheren Schülers mit rotbraunem Haar. Dass er seine herablassende und barsche Art in ihrer Gegenwart völlig ablegte, sorgte dafür, dass sie sich als etwas Besonderes fühlte. Sie war gerade achtzehn geworden, und er fuhr sie mit dem Wagen nach Hause, damit sie für den Rückweg nicht wieder den Bus nehmen musste. *Ich bin ab und zu in der Gegend.* Und bald darauf – eine ungeplante Schwangerschaft und einen Überraschungsbesuch von Mildred später – wurde das Baby, Alex, geboren.

Alex' Mutter erzählte ihm, Mildred habe sie in ihrem bescheidenen Elternhaus aufgesucht, Alex im Arm gewiegt und die junge Frau freundlich angelächelt. Natürlich war sie überall bekannt gewesen, denn die Leute fuhren schließlich schon damals bis nach Virginia, um bei Rakes and Son einzukaufen. Emily schilderte Mildreds schmallippiges Lächeln, als sie die folgenschweren Worte aussprach: *Ein Sorgerechtsprozess kann so unschön sein, mein Kind. Es ist Ihnen doch klar, dass wir Ihre mangelnde Eignung als Mutter nachweisen müssten. Dabei werden manchmal scheußliche Dinge vor dem Richter ausgebreitet, und nicht nur die Zeitungen erfahren davon, sondern auch alle Leute, die Sie kennen.*

Als seine Mutter ihm erklärte, was für sie auf dem Spiel gestanden hatte, konnte Alex sie verstehen. Sie wurde damals vor die Wahl gestellt, sich den Bedingungen der Familie Rakes zu beugen, wenn sie überhaupt Umgang mit Alex haben wollte, oder zu riskieren, dass die Sache vor Gericht landete. Und dort würde die Familie ihren Wohlstand und ihre Beziehungen nutzen, um das Band zwischen ihnen für immer zu durchtrennen. Doch der gefundene Kompromiss lief zu guter Letzt mehr oder weniger auf das Gleiche hinaus: Seine Mutter wohnte einige schlecht planbare Autostunden von Lockhart entfernt, ohne sich das Benzin leisten zu können. Wenn sie die lange Reise trotzdem auf sich nahm, wurde sie am Ziel von unverhohlener Feindseligkeit erwartet. Rutherford wechselte kaum ein Wort mit ihr, außer um sie zu drängen, sie solle doch endlich die Vergangenheit hinter sich lassen. Irgendwann tat sie es wirklich, indem sie ein Stipendium unklarer Herkunft an einer Universität im weit entfernten Kalifornien ergatterte, wo sie ihren späteren Mann kennenlernte. Sie hatte nie ein zweites Kind bekommen. Ihre Briefe an Alex waren, wie sie bei seinem Besuch feststellen mussten, von den Rakes abgefangen worden.

Alex' Zeit am College gab ihnen beiden die Gelegenheit, endlich die Beziehung aufzubauen, die ihnen anfangs verwehrt geblieben war. Emilys Liebe zum Lehrerberuf und dass sie so begeistert von ihren Schülern sprach, halfen Alex, aus seiner Ziellosigkeit herauszufinden und Pläne zu schmieden. Anfangs wollte er einfach nur unterrichten, doch nach einer Weile wurde er kühner, und sein Entschluss wuchs, die Welt kennenzulernen, vor der die Familie Rakes ihn so verbissen abgeschirmt hatte. Einige seiner Mitstudenten unterschrieben Verträge mit ausländischen Schulen, und Peking erschien ihm als ein spannender Anfang. Die Jahre dort vergingen schneller, als er gedacht hatte. Er und Emily schrieben sich häufig, und seine Mutter schickte ihm öfter Artikel aus pädagogischen Fachzeitschriften, die den Umgang mit Schülern und das Überwinden von Sprachbarrieren im Unterricht behandelten. Wenn Alex in den Schulferien seine Zeit frei einteilen konnte, packte er seinen Rucksack und klapperte die Jugendherbergen in Asien und Europa ab, je nachdem, wie viele Wochen ihm zur Verfügung standen. Er war zwar oft allein, aber nie einsam.

Seinem Vater schrieb er in jener Zeit eher selten. Obwohl Rutherford der fleißigere Briefschreiber von ihnen beiden war, waren seine Nachrichten genauso steif und kühl im Ton wie seine Sprechweise. Außerdem unternahm er zu Alex' Zorn nicht einmal den Versuch, etwas abzustreiten, als er ihn zur Rede stellte, weil er so mit seiner Mutter umgesprungen war. Er sagte nur, seine Großmutter habe das entschieden, um das Erbe der Familie zu erhalten, weshalb Rutherford sich nicht dafür entschuldigen würde. Alex bekam einen Wutanfall: *Ihr hattet nicht das Recht, solche Entscheidungen über meinen Kopf hinweg zu treffen!* Doch Rutherfords Reaktion fiel eiskalt und schneidend aus. Er nahm seine verstorbene Großmutter gegen seinen sehr lebendigen Sohn in Schutz, und zwar mit einer Vehemenz, die das Vater-Sohn-Verhältnis noch weiter trübte.

Und trotz alledem war Alex nun einmal der letzte Angehörige, der Rutherford geblieben war, und er wusste, dass sein Vater an seiner Krankheit und der Einsamkeit litt. Alex selbst war zwar anfangs nicht einsam gewesen, fühlte sich aber nach all den Jahren im Ausland zunehmend entwurzelt. Mit dem einzigen Ort, den er je als Heimat betrachtet hatte, verband ihn fast nichts mehr, auch wenn das Haus ihm in seinen Träumen noch immer etwas zuzurufen schien und die Ranken des Blauregens sich durch seine Gedanken wanden. Wenn er die Briefe seines Vaters las, war es, als machte sich der Krebs in seinen eigenen Knochen breit. Und ebenso spürte er das Haus, in dem er früher gewohnt hatte, und hörte im Traum seine Musik, Eindrücke und damit einhergehende Empfindungen, die gleichzeitig sehr vertraut und auf beängstigende Weise unwirklich waren. Was sie wiederum noch verlockender machte.

Als Alex nun im Verkaufsraum von Rakes and Son stand und sich verzweifelt danach sehnte, Myras Stimme zu hören, wohl wissend, dass das niemals geschehen würde, meldete sich wieder die Einsamkeit. Und im nächsten Moment läutete sein Telefon.

»Manchmal brauche ich ein wenig Zeit, um mich zu orientieren«, flüsterte Myra. »Meine Welt ist nicht sehr groß, und ich bin nicht gut darin, die Dinge wachsen zu lassen. Es gibt einen Grund, warum alle Pflanzen in der *Villa* künstlich sind. Echte würden bei mir nur eingehen. Außerdem habe ich keine Ahnung, wie man mit anderen Menschen redet. Und ich will dir nicht wehtun.«

»Ich will dir auch nicht wehtun«, erwiderte Alex leise. Er hatte Angst, sie zu erschrecken, Angst, die Präsenz seiner Stimme könnte dafür sorgen, dass sie auflegte.

»Noch etwas, das wir gemeinsam haben«, antwortete sie lachend, das schönste Geräusch, das er je gehört hatte. »Und das ist gut so, denn du bist viel interessanter als eine Plastikpflanze. Wenigstens bis jetzt.«

Alex lachte ebenfalls, und ein Gewicht fiel von ihm ab, das er bis jetzt gar nicht bemerkt hatte. »Gut, das zu hören. Danke, dass du die Latte nicht zu hoch gelegt hast. Außerdem ist es schön, deine Stimme zu hören. Wie machen wir jetzt weiter?«

»Erzähl mir, was passiert ist. Dann können wir uns überlegen, was wir unternehmen.«

»Du greifst schneller zum Plural, als ich erwartet habe.«

»Gwen predigt mir ständig, ich müsse meine Komfortzone verlassen. ›Wir‹ klingt besser als ›ich‹. Das war ein kurzer Abriss der Situation.«

»Und wie würdest du sie genauer beschreiben?«

»Zwischen uns liegt ein Kontinent, und trotzdem hat uns eine sehr sonderbare Immobilie zu einer Art von siamesischen Zwillingen gemacht.«

»Gut. Das wäre also geklärt. Dann schildere ich dir mal, was geschehen ist.«

In den Villen – der kleinen und der großen – lächelte Willa Rakes breit und strahlend, und der Riss quer über ihrem Gesicht fing an, sich zu schließen.

35

ELLIOTT, ARIZONA, 1986

»Wenn Diane rauskriegt, dass du dem Kind ein Messer in die Hand gibst, darf die Kleine nie wieder herkommen, Lou.« Ein silbernes Tablett mit Keksen und drei Teetassen balancierend, die randvoll mit rosafarbener Limonade waren, trat Trixie aus der Haustür. »Es ist sowieso Zeit für eine kleine Stärkung. Ganz schön heiß hier draußen.«

Lou richtete sich an der Werkbank auf, die im Vorgarten stand, und legte den Weidenast weg, den er schon fast in ein Kaninchen verwandelt hatte. Dann beugte er sich vor und nahm Myra das kleine Schweizer Messer ab. »Es ist keine Kettensäge, Trixie, nur eine winzige Klinge. Nicht viel anders als die Kinderschere, die du sie zum Nähen benutzen lässt. Als ich das Schnitzen gelernt habe, war ich noch jünger als sie.« Er klappte das Messer zusammen und steckte es ein. »Außerdem, was Diane nicht weiß, macht sie nicht heiß.«

»Ich sage nichts, Opa«, verkündete Myra feierlich. »Nicht, bevor mein Pferd fertig ist. Es soll eine Überraschung werden.«

Lou kniete sich neben seine Enkelin und fuhr mit rauen Fingern das kurze Stück Fichtenholz nach. »Das ist schon mal ein guter Anfang, mein kleines Eichhörnchen. Kein Fitzelchen Rinde mehr übrig. Deshalb habe ich dir auch Fichtenholz gegeben. Das ist schön weich.«

Myra runzelte die Stirn. »Es wird aber nicht so gut wie deins.« Sie wies auf Lous Kaninchen auf der Werkbank. Es war zwar noch Teil des Astes, sah aber aus, als würde es jeden Moment durch das Gestrüpp im Garten hüpfen.

»Wenn man etwas Neues lernt, muss man üben, Myra. Aber ich helfe dir dabei. Aus diesem Grund habe ich Fichtenholz genommen. Es ist einfach, damit zu arbeiten, weil es schnell wächst. Darum ist das Holz immer jung, so wie du.«

»Es riecht auch gut.« Myra schnupperte an dem abgeschälten Ende des Astes. »Nach Weihnachten.«

»Wenn deine Oma damit einverstanden ist, dass du das Mittagsschläfchen ausfallen lässt, nehme ich dich mit ins Sägewerk. Das ist der beste Geruch auf der ganzen Welt. Deine Mom war als kleines Mädchen oft mit mir dort.«

»Sie sagt, dass sie Bücher mag, weil sie nach Sägemehl riechen.«

»Ja, mir geht es genauso. Und du weißt ja, dass Bücher, Holz und Sägemehl alle aus demselben Stoff bestehen. Wenn du eine Bibliothek betrittst, gehst du eigentlich in den Wald.«

»Und Wälder haben ein Gedächtnis.« Trixie setzte sich neben Myra an die Werkbank und trank Limonade aus ihrer Teetasse. »So wie alles Lebendige.« Sie lachte auf, als Myra sich an ihren Arm lehnte und keck einen großen Bissen von ihrem Zuckerkeks aß, bevor sie die Limonade herunterstürzte. »Manchmal muss man diesen Lebewesen aber auf die Sprünge helfen, damit sie nicht gleich nach einem Keks so viel Limonade trinken.«

»Da muss mehr Zucker rein«, stellte Myra fest.

»Ich finde, du isst schon genug Süßigkeiten.« Trixie stellte Myras leere Tasse neben ihre eigene auf das Tablett und erhob sich. »Wenn du mir die Tür aufhältst, darfst du mit Opa zum Sägewerk.«

Myra blickte Lou an. »Kann ich vorher mein Pferd fertig machen?«

Lou griff nach dem noch glatten Stück Fichtenholz und musterte es nachdenklich. »Ich glaube, das ist zu viel Arbeit für einen Tag. Aber ich habe einen Vorschlag. Ich könnte am

Wochenende ein bisschen daran weiterschnitzen, und wenn deine Mom dich nächste Woche wieder herbringt, kannst du mir helfen, es in der Farbe zu lackieren, die dir am besten gefällt. Wir könnten es wie ein richtiges Karussellpferd aussehen lassen. Wollen wir heute Nachmittag den rosafarbenen Lack heraussuchen?«

Myra schüttelte den Kopf. »Nein. Es will rot sein.«

»Geht in Ordnung«, meinte Lou. »Ich mag es, wenn ein Pferd seinen eigenen Kopf hat.«

36

LOCKHART, VIRGINIA, 2015

»Es war einmal ein Haus.«
»Willst du mir jetzt eine Gutenachtgeschichte erzählen?« Alex lachte auf. Die zunehmende Dunkelheit in seinem Zimmer verriet ihm, dass er inzwischen seit Stunden mit Myra telefonierte, obwohl es ihm nur wie Sekunden vorgekommen war. »Schon gut. Wahrscheinlich passt es.«
»Passt wozu?«, hakte Myra nach.
»Es ist schon spät hier. Oder besser gesagt, es wird spät. Außerdem kalt.«
»Hier ist es auch kalt, aber noch nicht so spät. Ich vergesse ständig den Zeitunterschied. Bei mir ist es ein paar Stunden früher als bei dir.«
Alex streckte sich auf dem Bett aus, um seinen Rücken zu dehnen. Bis eben hatte er sich über sein Tablet gebeugt, Fotos von der *Villa Liliput* betrachtet und Myra alle Fragen zu dem Haus und der Einrichtung gestellt, die ihm einfielen.
»Ich vergesse auch oft die Zeit. Allerdings werde ich vom Sonnenaufgang daran erinnert.«
»Soll ich dich jetzt lieber in Ruhe lassen?«
»Auf gar keinen Fall.« Alex konnte förmlich hören, dass sie am Telefon lächelte. Wie gerne hätte er das Gesicht gekannt, aus dem dieses Lächeln strahlte, aber er hatte es bis jetzt noch nicht gesehen.
»Gut. Jedenfalls handelt es sich um eine Geschichte, die Trixie mir häufig erzählt hat. Es war einmal ein Haus. Es stand an der Biegung eines Flusses...«
»Das kommt mir bekannt vor.«

»Weil du es schon mal gehört hast?«

»Nein. Es kommt mir genauso bekannt vor wie alles andere, worüber wir geredet haben. *Bekannt* bedeutet dasselbe wie ›Ich wohne dort‹.«

»Fließt der Fluss auch dort vorbei, wo du arbeitest?«

»Ja. Meine Familie hat einige alte Lagerhäuser aufgekauft. Mit einem fing es an, inzwischen haben wir sechs. Sie stehen an einem Kanal, der durch die Innenstadt fließt. Aber es ist dasselbe Wasser.«

»Gwen hat mir einige Informationen über dein Haus geschickt. *Hexenhaus* finde ich übrigens ziemlich übertrieben. Doch mir war überhaupt nicht klar, dass es direkt am Fluss liegt.«

»Die Plattform deines Hauses reicht nicht so weit. Sie hat zwar genug Platz für ein paar Eichen, aber längst nicht für alle. Außerdem ist sie flach. Mein Haus steht auf einem Hügel. Wenn man es von der Straße aus fotografiert, sieht man den Fluss nicht. Dazu muss man hinauf zum Haus.« Alex hielt inne. »Ich würde dir zu gern die Aussicht vom Haus aus zeigen.«

»Du könntest ein Foto machen.«

»Na klar. Aber persönlich kommt es besser. Du solltest es dir selbst anschauen.«

Myra schnappte leise nach Luft. »Ich … ich gehe nicht oft raus.«

»Es gibt immer ein erstes Mal. Wie dem auch sei. Tut mir leid, dass ich dich ständig unterbreche. Wir haben bei ›Es war einmal‹ aufgehört. Sprich weiter.«

»Offen gestanden habe ich einiges von der Geschichte vergessen. Trixie musste sie mir zwar immer wieder erzählen, aber ich war noch so klein, als … als ich sie verloren habe. Sie redete über das Haus. Ich habe mir immer gewünscht, dass es eine Villa ist, denn schließlich haben wir ja zusammen mit einer gespielt. Mit der *Villa*, die ich bis heute habe. Außerdem hat sie über die Dame gesprochen.«

»Die Dame des Hauses. Ja, ich habe ab und zu ein paar Gerüchte aufgeschnappt. Im Internat hatte ich einige Mitschüler, die auch aus Lockhart waren und sie manchmal erwähnten.«

»Was haben sie denn so erzählt?«

»Dass sie eine Hexe sei. Dass sie älter sei als das Haus und dass man sie sehen könne, wenn man den Mut habe, über den Zaun zu klettern und gleichzeitig zu schielen, alle Finger und Zehen zu überkreuzen und fünfmal ›Dame-Dame-Dame‹ zu wiederholen. Lauter solchen Blödsinn eben. Irgendwelche gruseligen Abzählreime. Du weißt ja, wie Kinder sind.«

Myra knirschte mit den Zähnen und spielte kurz mit dem Gedanken, nicht weiter auf die Bemerkung einzugehen. Doch tief in ihrem Innersten regte sich der Wunsch, keine Geheimnisse vor ihm zu haben. »Offen gestanden weiß ich das nicht. Ich war nie … ich war eigentlich nie mit anderen Kindern zusammen. Außer mit Gwen, wenn sie bei ihrem Dad wohnte. Ich habe es einfach nicht geschafft, sie zu vergraulen. Doch die anderen Kinder …«

»Warst du denn nicht in der Schule?«

»Heimunterricht.«

»Oh. Bis jetzt bin ich noch nie jemandem begegnet, der zu Hause unterrichtet wurde. War deine Familie … ich weiß nicht, wie ich das ausdrücken soll, ohne jemanden zu diskriminieren … Kommst du aus einer, sagen wir mal, sehr religiösen Familie?«

Myra lachte auf. »Nein, überhaupt nicht. Ich war ein kompliziertes Kind. Mir ist klar, dass das sicher ein ziemlicher Schock für dich ist.«

»Stimmt, ich bin völlig entsetzt. Es passt so gar nicht zu

den Erfahrungen, die ich inzwischen mit unserer Beziehung gemacht habe, denn die scheint bis jetzt ja absolut durchschnittlich zu sein.«

Myra spürte, wie ihre Wangen bei dem Wort »Beziehung« zu glühen anfingen, und ihr Atem wurde schneller. »Richtig«, erwiderte sie leise. »Hinzu kam, dass ich ein paar ... gesundheitliche Probleme hatte und deshalb anfangs gar nicht in der Lage war, zur Schule zu gehen. Und dann haben meine Eltern ... hat meine Mutter befürchtet, mein Immunsystem könnte dem nicht gewachsen sein, und außerdem sei ich doch noch viel zu schwach. Mit dieser Angst bin ich so lange aufgewachsen, dass sie irgendwann zum Alltag wurde. Meine Mutter blieb zu Hause, ich blieb zu Hause. Ich glaube, sie war deshalb immer wütend auf mich, obwohl wir nie ein Wort darüber verloren haben.«

»Wie war dein Leben vorher?«

»Wir waren öfter unterwegs. Nicht, dass wir viel gereist wären. Trixie und mein Großvater – Opa Lou – kamen manchmal zu Besuch. Aber die meiste Zeit habe ich im Haus meines Großvaters weiter im Süden verbracht, wo das Klima heißer und trockener ist. Mom hat damals ihr Studium nachgeholt und mich auf dem Weg zur Uni dort abgeliefert. Von Trixie habe ich Nähen und Kochen gelernt, von Opa ein wenig Schnitzen. Er hat mir auch später weiter Unterricht gegeben, nachdem ... du weißt schon, nach ihrem Tod.«

Alex wagte nicht nachzuhaken, da er befürchtete, dass zu viele Fragen ihren Redefluss zum Versiegen bringen könnten. »Eigentlich will ich dich das nicht fragen. Ich traue mich nicht.«

»Wie sie gestorben ist? Du brauchst keine Angst zu haben. Ich rede nicht oft darüber, doch mit dir ...« Myra hielt inne. »Es macht mir nichts aus, es dir zu sagen.«

»Sie ist offenbar nicht gestorben, weil sie alt war.«

»Nein. Es war ein Autounfall.« Myras Stimme stockte. »Und ich war schuld.«

»Das kann unmöglich sein. Wie alt warst du denn?«

»Fünf. Es war mein fünfter Geburtstag. Wir wollten meinen Geburtstagskuchen zu meinen Eltern bringen, weil ich so stolz darauf war. Ich konnte einfach nicht abwarten, bis sie mich abholen kamen. Als wir aufbrachen, regnete es, aber bald ging der Regen in Schnee über. Es war Dezember. Kein Wetter, um mit dem Auto unterwegs zu sein. Und ganz bestimmt nicht mit einem der Schlachtschiffe, die mein Großvater immer kaufte.«

»Dafür kannst du doch nichts.«

»Lass mich ausreden. Trixie wollte umkehren, aber ich habe mich gesträubt. Ich habe geweint und einen solchen Trotzanfall bekommen, dass ich selbst nicht wusste, was in mich gefahren war. Ich war einfach felsenfest davon überzeugt, dass gerade etwas Bedeutsames geschah und dass es nichts Wichtigeres gäbe, als diesen verdammten Kuchen auf diesen verdammten Berg zu karren. Am stolzesten war ich auf die Rosen. Sie waren pink. Die Blätter hatte ich selbst aus zusammengerollten Gummibonbons gemacht. Trixie hatte es mir gezeigt.«

»Oh, mein Gott, Myra. Du warst erst fünf. Wenn sie weitergefahren ist, war das ihre Entscheidung, nicht deine.«

»Rein sachlich betrachtet stimmt das. Aber tief in mir fühle ich mich seitdem schuldig.«

»Das brauchst du nicht, obwohl ich dich verstehen kann. Mir ging es genauso, weil meine Mutter nicht bei uns wohnte, obwohl meine Familie sie aus meinem Leben gedrängt hatte, ohne dass mich jemand nach meiner Meinung gefragt hätte. Deshalb war es für uns ja so schwer, unsere Beziehung zu klären. Wir hatten erst die Chance, Mutter und Sohn zu sein, als wir schon neue Rollen übernommen hatten. Keine

Ahnung, warum ich glaube, dafür verantwortlich zu sein, aber im abstrakten Sinne tue ich es trotzdem.«

»Ich rede nicht vom Abstrakten, sondern von der Realität. Wenn ich nicht darauf beharrt hätte, wären wir nicht in diesem Auto weitergefahren. Meine Eltern wollten mich später abholen. Die Fahrt nach Norden war also absolut überflüssig. Aber Trixie hatte mir mein Geburtstagsgeschenk schon gegeben. Einen wunderschönen Anhänger an einem Kettchen, den ich heute noch trage. Trixie hat mich immer ihr kleines Eichhörnchen genannt, und nach ihrem Tod hat Lou den Kosenamen übernommen. Irgendwie haben wir uns dadurch gefühlt, als wäre sie noch da. Und natürlich auch durch die *Villa*. Er hat sie mir gebracht, als ich sechs wurde, und seitdem steht sie hier auf dem Dachboden. Früher habe ich Trixie damit geholfen.«

»Manche Kinder würden das als Spielen bezeichnen.«

»Aber das war es nicht. Es war etwas anderes. Eine Detailtreue, die … du kennst sie ja von der Webseite. Sie war schon immer so. Wir haben nicht mit einem Puppenhaus gespielt, sondern eher ein Museum kuratiert. Vielleicht war es sogar etwas wie eine Meditation. Ich erinnere mich, dass ich ruhiger wurde und mich in die Welt des Hauses hineinziehen ließ. Stunden vergingen, ohne dass ich es bemerkte. Das ist bis heute so. Als ob … Schon gut, sonst hältst du mich noch für total bescheuert.«

»Ganz bestimmt nicht.« Als Alex Luft holte, wurde ihm klar, dass er den Atem angehalten hatte. »Ich schwöre.«

»Manchmal spricht die *Villa* mit mir. Nicht in Worten, sondern auf eine Weise, die tiefer geht. Ich arbeite am Haus, schreibe oder rede mit dir, und plötzlich gibt es ein Geräusch von sich, als wollte es meine Aufmerksamkeit erregen. Und spätnachts … Alex, das habe ich noch nie jemandem anvertraut. Ich weiß nicht, ob ich es sagen soll.«

»Ich bin hier bei dir. Du brauchst keine Angst zu haben.«

»Ich rede sonst mit niemandem, Alex. Denn eigentlich weiß ich gar nicht, wie das geht. Jeder, aber auch jeder Mensch in meinem Leben ist auf mich zugekommen, anstatt dass ich ihn mir aktiv ausgesucht hätte. Nach dem Unfall, nach den Folgen, hatte ich Angst, auch nur ein bisschen auf andere Leute zuzugehen. Und die *Villa* ... durch sie hatte ich Orte, die ich erkunden konnte. Sie hat meine Welt erweitert auf eine Weise, die ich nicht in Worte fassen kann. Und sie wartet auf mich. Außerdem gibt es da noch ein Kleid ...«

»In der Villa?«

»Nein, aber auf dem Dachboden. Eigentlich ist es ein Kleid für ein Kleinkind. Trixie hat es für mich genäht, als ich Blumenmädchen bei ihrer und Lous Hochzeit war. Ich war erst zwei, Alex, aber in manchen Nächten passt mir das Kleid noch.«

»Ein Blumenmädchenkleid?«

»Es ist wie ein Abendkleid. Ein Gewand, wie es eine Königin bei ihrer Krönung trägt, tief mitternachtsblau mit silbernen Fäden. Es hat die Farbe der Eichel aus Lapislazuli, die sie mir geschenkt hat. Es ... wächst mit mir mit. Nur manchmal, nachts, wenn ich kaum weiß, ob ich wach bin oder träume.« Myra hielt inne. »Das ist jetzt wohl der Punkt, an dem du ›Tja, war nett, mit dir zu reden, Myra‹ sagst. ›Ach, herrje, ist es schon so spät‹ ...«

»Du weißt, dass ich das nicht sagen werde.«

»Warum nicht?«

»Weil ich nicht glaube, dass du spinnst. Gerade liege ich in meinem Zimmer auf dem Bett und betrachte die Möbel, die du auch hast, nur in kleiner. Ich wohne in einem Haus voller Klaviermusik, obwohl es hier kein Klavier gibt, und manchmal fängt die Luft richtig an zu funkeln. Ich lebe in einem Haus, in dem man mit ein paar Schritten plötzlich in eine fünf Grad kältere Klimazone gerät. Eine elegante Robe, die mitwächst, passt doch wunderbar dazu, findest du nicht?«

Erleichtert seufzte Myra auf. »Ja, schon. Und es freut mich so, dass es dir genauso geht.«

»Ausgezeichnet. Und was noch?«

»Wie kommst du darauf, dass da noch etwas ist?«

»Nur so ein Gefühl.«

»Lass mich überlegen ... oh. Ja, genau. Da wären noch die verschwindenden Sachen.«

»Was verschwindet denn?«

»Manchmal sind es nur Möbelstücke, aber gelegentlich auch ganze Zimmer, allerdings nicht die Zimmer, die ursprünglich zum Haus gehören.«

»Jetzt hätte ich fast ›Das klingt unlogisch‹ gesagt, doch das wäre kein sinnvoller Einwand. Also sprich weiter.«

»Die Kommode in deinem Zimmer ist ein gutes Beispiel. Ich habe sie nie in einem Blog erwähnt. Bis heute nicht. Deshalb ist sie mir auf deinen Fotos sofort aufgefallen. Sonst kennt sie nämlich niemand.«

»Meinst du die mit den nicht zusammenpassenden Beinen und dem Plattenspieler?«

»Ja. War sie bei deinem Einzug schon da?«

»Nein. Ich habe sie bei einem kleinen Pop-up-Trödler in der Stadt entdeckt. Den Laden gibt es noch nicht lange, da alle in dem Haus pleitegehen. Ich habe ein paar abgefahrene Teile dort gefunden.«

»Nun, diese Kommode habe ich gemacht. Das gedrechselte Holzbein stammt von einem Nähtisch. Es war nur als Zwischenlösung gedacht, bis ich die Zeit hätte, ein Haarnadelbein zu basteln, das aussieht wie das linke. Aber ich war noch nicht dazu gekommen, als sie verschwand.«

»Du sagtest, da wäre noch mehr verschwunden. Erinnerst du dich an die Stücke?«

»Wenn ich sie sehe, erkenne ich sie wieder.«

Alex setzte sich auf und blickte sich um. »Ich glaube, hier drin habe ich sonst nichts. Allerdings habe ich in diesem Haus noch nie Inventur gemacht und würde es vermutlich gar nicht mitkriegen, wenn etwas zur Tür hinaus- oder hereinspaziert. Eigentlich würden herumspazierende Möbel gut hierher passen. Willas Zimmer ist ziemlich leer. Doch ich sollte noch weitere Stücke im Haus fotografieren, um festzustellen, ob du sie kennst.«

»Später. Da wäre nämlich noch etwas.«

»Das habe ich mir fast gedacht.«

»Ganze Zimmer kommen und gehen.«

»Was für Zimmer?«

»Alle möglichen. Manchmal erscheint auf der Rückseite des Hauses ein Anbau, fast wie eine Beule, und ich weiß dann sofort, wofür er gut sein soll. Einmal habe ich einen Vorratsraum gestaltet, winzige Knoblauch- und Zwiebelzöpfe geflochten, Körbe voller Kartoffeln bemalt und alles für einen harten Winter vorbereitet. Und als ich damit fertig war, puff, alles weg. Hin und wieder war es ein Badezimmer oder eine Speisekammer, und ganz selten ist es sogar ein großer Raum. Einmal hatte ich einen Ballsaal vor mir. Er befand sich neben der Bibliothek. Ich wollte rauskriegen, wie er vom Umfang her überhaupt ins Haus passte, doch da verschwamm er an den Rändern, und ich spürte einen Druck rings um mich, so als hätte sich die Luft verändert.«

»Soll das heißen, dass du zu neugierig warst?«

Myra lachte auf. »Richtig. Es gibt Dinge, die mich das Haus nicht untersuchen lässt. Aber meistens bin ich sowieso viel zu beschäftigt dazu. Da der Bodenbelag im Ballsaal erst zu einem Drittel fertig war, habe ich eine Ewigkeit gebraucht, um das Stäbchenparkett zu verlegen.«

»Ich wette, die großen Kronleuchter aus Kristall waren auch eine Schinderei.«

»Ist das eine Vermutung oder eine Feststellung?«

»Eine Feststellung. Ich war bei einer Tanzveranstaltung in diesem Ballsaal. Es ist der, den ich in meiner ersten Nachricht an dich erwähnt habe. Ich war der einzige Gast.«

»Nun, der Ballsaal war weg, bevor ich überhaupt geahnt habe, dass es dich gibt. Es ist an dem Tag passiert, an dem Gwen mir deinen Text vorgelesen hat. Herrje, keine Ahnung, weshalb ich die paar Sätze ständig als Text bezeichne. Aber jedenfalls haben sie so viel in Bewegung gesetzt, dass E-Mail nicht das richtige Wort dafür wäre. Wie dem auch sei, jedenfalls hatte die *Villa* mir schon seit einiger Zeit keine zusätzlichen Zimmer oder unerwartete Möbelstücke mehr präsentiert.«

»Vielleicht hat sie ihre Kräfte geschont.«

»Wofür?«

Alex seufzte auf. »Für das hier, Myra. Für uns. Seit jenem ersten Tag, als ich auf deinen Blog gestoßen bin und deine Texte gelesen habe, verstehe ich die Welt nicht mehr. Ich wusste nur eines, nämlich dass ich mit dir sprechen muss. Deine Stimme hören. Ich muss deine Worte lesen, deine Geschichten, und deine Gegenwart hier in diesem Haus spüren. Du befürchtest, ich könnte dich für verrückt erklären. Und dabei habe ich umgekehrt genau dieselbe Sorge. Als ich die zweihundert Dollar bezahlt habe, hatte ich das Gefühl, dass mein gesamtes Leben einen gewaltigen Schritt vorwärtsmacht. Und ich glaube, er hat mich hin zu diesem Moment geführt.«

»Welchem Moment?«

»Dem Moment, in dem ich dir sage, wie wichtig es für mich ist, dass du all das hier mit eigenen Augen siehst.«

Myra spürte, wie ihre Wirklichkeit ins Wanken geriet.

Die Schwerkraft kippelte gefährlich, während sie sich bemühte, das Gespräch zurück auf sicheres Terrain zu lenken. »Alex, du hättest dich nicht eingeklinkt, wenn du die *Villa* nicht hättest sehen wollen. Aber wie ich dir schon erklärt habe, bin ich noch nicht so weit. Es war Gwens Idee, und ich hatte eigentlich beschlossen, dieses Angebot zurückzunehmen.«

»Ich rede weder von Gwen noch davon, mir die Villa anzuschauen, sondern möchte dir sagen, dass ich dich sehen muss...«

»Alle wollen die *Villa* sehen, richtig? Darauf kam es Gwen ja an. Das hat sie auf den dämlichen Gedanken mit dem Wettbewerb gebracht. So, als ob das etwas ändern würde. Das wird es nämlich nicht. Es wird nichts...« Myras Stimme stockte, und in ihrer Kehle stieg ein Schluchzen auf, das Alex auf keinen Fall hören durfte. »Es wird nichts an mir ändern. Ich weiß, dass du die *Villa* sehen willst, Alex. Aber es gibt Dinge, die ich dir nicht zeigen kann.«

»Wovon redest du? Ich sehe doch alles. Ich wohne in der naturgetreuen Version...«

»Du gehörst nicht in mein Leben.«

Alex spürte, dass ihm das Gespräch entglitt. Der Boden unter seinen Füßen geriet in Schieflage, und wieder stürmte eine Symphonie dröhnend die Treppe hinauf. »Myra, ich habe dir Dinge gesagt, die ich sonst noch niemandem anvertraut habe. Ich habe dir von meinem Dad erzählt, davon, dass er mich weggeschickt hat und dass ich mein ganzes Leben allein verbracht habe.« Sein Atem ging stoßweise, und die Luft wurde so schwer, wie er es von seinen Auseinandersetzungen mit seinem Vater in Erinnerung hatte. »Ich habe dir Zutritt zu Orten gewährt, von denen ich gar nicht wusste, dass ich sie bis jetzt verschlossen hatte. Bitte...«

Inzwischen weinte Myra. Auf ihrem Dachboden wurde es

merklich kälter, und Schneeflocken wirbelten hinter ihren Augenlidern. »Es gibt Dinge, die ich dir nicht zeigen kann. Es tut mir so entsetzlich leid. Aber wir sind schon zu weit gegangen.«

Sie hatte aufgelegt, bevor er Gelegenheit gehabt hatte, sich zu verabschieden. Und es zog ihnen beiden den Boden unter den Füßen weg.

37

WASHINGTON, D.C., 1983

Der Mann war schätzungsweise Mitte sechzig. Sein grau meliertes Haar hätte wieder einmal geschnitten werden können, und er trug ein gemütlich wirkendes Flanellhemd, das nicht mit einem Bügeleisen in Kontakt gekommen war, seit jemand es aus einem in Folie eingeschweißten Dreierpack gezogen hatte. Mit verschwörerischer Miene beugte er sich über die Theke und senkte die Stimme, sodass Willa, die hinter ihm in der Warteschlange vor dem Check-in-Schalter am Flughafen stand, ihn kaum verstehen konnte.

»Was genau meinen Sie mit dem Satz ›Alles wurde gestrichen‹? Heißt das wirklich alles oder nur das meiste mit einigen Ausnahmen? Falls nämlich das Zweite zutrifft ...«, mit diesen Worten schob der Mann seine Hand mit einem gefalteten Geldschein darin über die Theke, »gibt es doch sicher Mittel und Wege, sich um eine dieser Ausnahmen zu bewerben.«

Um die Lippen der Mitarbeiterin spielte ein belustigter Ausdruck, der zwar nicht ganz ein Lachen war, aber dennoch von einem gewissen Sinn für Humor zeugte. »Ich fürchte, da müssen Sie Ihre Bewerbung an denjenigen schicken, der das Wetter macht, und das bin leider nicht ich. Das erkennen Sie deutlich daran, dass es ansonsten draußen aussehen würde wie in Florida und nicht wie am Nordpol.«

Der Mann lachte auf. »Wo ich herkomme, gilt so was als ein bisschen Flockengeriesel. Ich war zwar schon öfter in dieser Gegend gewesen und kenne die Einstellung von Südstaatlern zum Schnee, doch ich hätte trotzdem nicht erwartet, dass man deshalb gleich die Hauptstadt des gesamten Landes dichtmacht. So früh im Jahr hätte ja auch niemand mit Schnee gerechnet. Und da ich mir denken kann, dass Sie es heute noch mit jeder Menge unzufriedener Leute zu tun kriegen, wünsche ich Ihnen alles Gute. Gönnen Sie sich was Nettes, einverstanden?« Der Mann ließ den Geldschein auf der Theke liegen. Als er sich umdrehte, wäre er beinahe mit Willa zusammengestoßen, die gerade darüber nachgrübelte, wohin sie als Nächstes fliegen sollte. Sie hatte sich noch nicht entschieden, und beim Anblick des Schneetreibens vor dem Fenster wurde ihr klar, dass sie offenbar hier festsaß.

Der Mann betrachtete die Truhe zu Willas Füßen. »Anscheinend haben sich da ein paar Schindeln gelockert.«

Willa folgte der Richtung seines Zeigefingers und bemerkte, dass sich neben dem Türmchen eine Ecke vom Dach löste. Sie kniete sich hin und strich mit dem Finger darüber. »Ich bin wohl unterwegs irgendwo hängen geblieben.«

»Ich glaube, da kann ich Ihnen behilflich sein. Folgen Sie mir.« Der Mann griff nach zwei gewaltigen Koffern und steuerte auf einen Winkel des Terminals zu, wo sich noch keine gestrandeten Passagiere drängten. Am Ziel angekommen, öffnete er die Verschlüsse eines seiner Koffer, worauf eine Reihe winziger Dachfirste in Sicht kam. Eine ganze Stadt im Miniaturformat.

»Was ist das?« Willa versuchte, sich ihre Begeisterung nicht anmerken zu lassen. Der letzte Mann, dem es gelungen war, sie zu überraschen – ungefähr so, wie sie selbst ihre Mitmenschen erstaunte, wenn sie ihnen ihre kleine Villa zeigte –, hatte ihr einen winzigen Schaukelstuhl geschenkt. In diesem Koffer, ganz gleich, wozu er auch dienen mochte, wäre Platz für ein ganzes Möbelhäuschen gewesen.

»Warenmuster«, erklärte der Mann. »Moment mal.« Er klopfte die Taschen seiner abgetragenen Jeans ab und förderte eine zerknitterte Visitenkarte zutage, die dem Faksimile einer alten Zeitschriftenseite nachempfunden war. *Louis Walsh. Baustoffe,* lautete die Aufschrift.

»Was denn genau für Baustoffe?«

»Hauptsächlich Dächer und Fassadenverkleidungen. Wir haben Verträge mit einigen großen und kleinen Bauunternehmen im ganzen Land. Deshalb das hier.« Er wies auf seine Ministadt. »Die meisten Vertreter führen einem große Mappen vor. So welche habe ich auch, Materialmuster von Verkleidungen und Schindeln, damit der Kunde sich alles in Originalgröße ansehen kann. Aber ich bastle eben für mein Leben gern. Übrigens nennen mich alle Lou.«

»Sehr nett, Sie kennenzulernen, Lou. Und die kleine Stadt haben Sie selbst gebaut?«

Lou wippte ein wenig auf den Hacken hin und her; es fehlte nicht viel, und er hätte stolz seine imaginären Hosenträger schnalzen lassen. »Ja, in der Tat. Die Farben sind alle auf die Produkte abgestimmt, die ich im Angebot habe. Vor ein paar Jahren hatte ich die Idee, den Kunden zu zeigen, wie so etwas an einem Haus oder in einem Stadtviertel aussieht. Meine Chefs fanden das zwar etwas übertrieben, haben mich aber machen lassen. Und siehe da, die Leute sind ganz begeistert. Außerdem ... Moment, ich suche rasch eine Steckdose.« Lou umrundete die Säulen, bis er eine freie Steckdose entdeckt hatte. Dann holte er ein Stromkabel aus einem geheimen Fach unter den Häusern, steckte es ein und bediente einen Schalter. Alle Häuser wurden von innen erleuchtet. Willa hatte Mühe, nicht verzückt in die Hände zu klatschen. »Und das ist nicht alles. Ich zeige Ihnen noch etwas.« Er griff wieder in das Fach, entnahm ihm eine kegelförmige Lampe und hielt sie hoch über die Hausdächer. »Mit diesem Schalter hier kann ich ...«, Klick!, »... strahlenden Sonnenschein oder ...«, Klick!, »... Dämmerung oder

Sonnenuntergang simulieren, abhängig davon, auf welcher Seite des Erdballs die Sonne gerade stehen soll.« Lächelnd blickte er Willa an. »Farben ändern sich mit den Lichtverhältnissen. Schließlich soll niemand ein Vermögen für eine buttergelbe Fassadenverkleidung ausgeben und mich anschließend bitterböse anrufen, weil er findet, dass die Farbe aussieht wie Pisse.«

Willa kicherte. »Und diese Methode nützt etwas?«

»Keine Ahnung. Aber ich hatte Spaß daran, alles zusammenzubasteln. Außerdem fällt man damit immer auf. So bleibt man den Leuten im Gedächtnis. Ich bin nicht nur einer von vielen Vertretern mit Musterkoffer, sondern der Typ mit der Puppenhausstadt.«

»Das kann ich mir gut vorstellen.« Willa streckte die Hand nach dem sich ablösenden Dach des Turmes aus. »Sagten Sie nicht, Sie könnten mir damit helfen?«

»Ein Kinderspiel. Mein Koffer muss so viel mitmachen, dass ich immer alles Nötige dabeihabe. Mit Schindeln aus Schiefer kann ich allerdings nicht dienen. Das übersteigt bei den meisten meiner Kunden ein bisschen das Budget, die müssen jeden Penny umdrehen. Aber ich kann Ihnen als provisorische Lösung die richtige Farbe raussuchen. Oder könnte ich Ihnen vielleicht eine völlige Neudeckung schmackhaft machen? Schindeln aus Asphalt sind sehr langlebig.«

»Sie sind wirklich ein ausgezeichneter Verkäufer, aber ich glaube, eine kleine Reparatur genügt.«

Lou zuckte die Achseln. »Wie Sie wollen. Dann schaue ich mal, wo ich den Leim habe, und sehe zu, was sich machen lässt. Könnten Sie sich vielleicht dort drüben hinstellen und Sonne spielen?«

Willa zog die Augenbrauen hoch. »Ich kann Ihnen nicht ganz folgen.«

Lou hielt die kegelförmige Lampe hoch. »Es wäre nett, wenn Sie mir damit richtiges Tageslicht spenden würden. Die Lichtverhältnisse hier sind schauderhaft.«

Willa nahm die Lampe und reckte sie in die Luft, während Lou die verriegelte Villa auf die Seite legte und sacht mit einem kleinen Pinsel Leim unter die Dachziegeln strich. »Danke, dass Sie so vorsichtig damit umgehen«, sagte Willa.

Lou stieß einen Pfiff aus. »An so ein wertvolles Stück würde ich an Ihrer Stelle überhaupt niemanden ranlassen. Ich habe zu Hause eine kleine Enkelin. Die würde verrückt werden, wenn sie das sieht.« Er fuhr mit dem Finger die Fassade entlang. »Diese Malereien ... so etwas ist mir noch nie untergekommen. Man kann den Blauregen förmlich riechen. Haben Sie das selbst gemalt?«

Willa schüttelte den Kopf. »Nein, es ist ein Erbstück. Der Blauregen war schon immer da.« Den Kopf zur Seite geneigt, beobachtete sie Lou bei der Arbeit. »Möchten Sie es sich gern von innen anschauen?«

Als er den Kopf hob, malte sich eine solche Begeisterung in seinem Gesicht ab, dass Willa ihn sich als kleinen Jungen vorstellen konnte. »Sehr gerne!«

Willa kniete sich neben ihn, öffnete die Riegel und klappte das Haus auf. Als sie am frühen Abend gepackt hatte, hatte sie die Möbel in ihrer Hutschachtel verstaut. Es schneite bereits, und ringsherum herrschte eine Eiseskälte, so wie immer in ihren schlimmsten Momenten. Deshalb waren die Zimmer leer, blickten jedoch wie gewöhnlich voller Vorfreude in die Zukunft. »Eigentlich sind die Zimmer eingerichtet, doch ich habe alles verstaut.«

Aber Lou schien ihr gar nicht zuzuhören. Vorsichtig griff er ins Haus und ließ die rauen Finger die Treppe hinaufspazieren, eine Geste, die eigentlich albern hätte wirken müssen, allerdings sehr charmant war. »Es ist ein Wunderwerk«, verkündete er. »Und dieses Zimmer da hinten …« Er ging in die Knie und spähte in die Tiefen des Hauses. »Könnten Sie bitte die Sonne ein Stück bewegen?«

Willa tat es und leuchtete die dunklen Ecken der Villa aus.

»Welches Zimmer haben Sie am liebsten?«, erkundigte sich Lou.

Willa schüttelte den Kopf. »Ich liebe jeden Zentimeter dieses Hauses.«

Lou nickte. »Gute Antwort. Wie ich jedoch zugeben muss, würde man mich aus diesem Raum hier wohl gar nicht mehr rauskriegen.« Er wies auf die Bibliothek. »Abgebrochenes Literaturstudium, das wird man nie wieder los. Außerdem«, er deutete auf das Porträt über der Stelle, die sonst das Klavier beherbergte, »sieht dieses Bild …«

Bevor er aufblicken oder die Augen von der winzigen Villa abwenden konnte, die seine Aufmerksamkeit seit dem ersten Moment mit Beschlag belegte, fing Willa an, sich zu verändern. Sie gestattete den Jahren, die sie nun schon auf Erden weilte, durch ihre Augen zu schimmern und ihre Haut zu durchdringen, sodass sie ein wenig schlaffer wurde. Einen Teil dieser Zeit ließ sie auch in ihr Haar fließen, bis silberne Fäden das Rostrot durchzogen. Und als sie zu Lou hinunterlächelte, sorgte sie dafür, dass die Fältchen um ihre Augen und ihren Mund erhalten blieben und dass der gerade noch straffe Kiefer ihres abwärts gewandten Gesichts fast unmerklich an Kontur verlor. Zu guter Letzt erlaubte sie den Jahren, sich auch an ihrer Figur abzulagern, bis sie aussah, als hätte sie gelebt, ganz wie die *Villa* zu ihren Füßen.

Lou schaute zwischen Willa und dem Porträt hin und her. »Es sieht Ihnen ein bisschen ähnlich. Eine Verwandte?«

Willa lächelte. »Könnte man sagen.«

Lou nickte. Als er sich erhob, knackten seine Knie. »Tja, es ist wirklich ein Meisterwerk, Mrs. …«

»Mrs. Ford. Beatrix Ford.« Sie streckte die Hand aus, sodass ihr der alte Name, wie schon so oft, von den Fingerspitzen perlte, zu Boden fiel und davonrollte. Amarantha, Perpetua, Semper, Willa – alles Namen und Lebenswege, angetrieben von der Strömung und wieder in den Fluss der Zeit entlassen. »Ich bin Witwe«, fügte sie hinzu.

»Es tut mir sehr leid, das zu hören. Nicht zuletzt deshalb, weil ich auch Witwer bin.«

»Oh, wie traurig.«

Lou breitete die Hände aus. »Das ist schon lange her. Krebs. Damals war unsere Tochter noch klein. Sie ist ein wunderbares Mädchen und eine prima Mutter, auch wenn sie, was das Mundwerk angeht, nicht nach mir geraten ist. Allerdings ist es auch schwer, zu Wort zu kommen, wenn man einen Vertreter als Daddy hat. Jedenfalls vielen Dank, Beatrix.«

Sie nickte langsam und knipste die Sonne aus. »Bitte nennen Sie mich Trixie.«

38

PARKHURST, ARIZONA, 2015

Löschen, die ganze Webseite löschen! Ich halte das nicht mehr aus! Myra tippte so schnell, dass ihre Finger förmlich über die Tastatur flogen. Dann knallte sie den Laptop zu, ohne auf die sicher umgehend eintreffende Antwort von Gwen zu warten. Danach schaltete sie ihr Smartphone ab, verstaute es wieder in der Schublade und schloss sie. Nach kurzer Überlegung drehte sie auch noch den Schlüssel um, öffnete das Mansardenfenster und warf ihn hinaus in den Garten.

Die *Villa* schwieg.

»Ach, jetzt gibst du plötzlich nicht mehr deinen Senf dazu, sondern spielst die taubstumme Holzkiste? Wie du meinst. Das hättest du ohnehin schon immer sein sollen. Mein ganzes verdammtes Leben habe ich damit verschwendet, mit dir zu spielen und nie aus dem Haus zu gehen, weil ich Angst hatte. Ich hatte Angst, dass jemand mich sieht. Und dir fällt nichts Besseres ein, als die Leute ...« Zum ersten Mal im Leben hatte Myra nicht die richtigen Worte parat, um eine Situation zu beschreiben, für die es eigentlich keinen passenden Ausdruck gab. Ihr fehlten schlicht und ergreifend die sprachlichen Möglichkeiten, um die Geschichte zu erzählen, in die sie da hineingeraten war. »Und dir fällt nichts Besseres ein, als mir die Welt ins Haus zu schleppen, ob ich nun will oder nicht. Dass ich noch nicht bereit dafür bin, ist dir offenbar egal, und ...« Inzwischen weinte sie bitterlich, und ihr kamen nichts als Kraftausdrücke in den Sinn, die den Nagel allerdings auf den Kopf trafen. »Ich bin noch nicht so weit.

Und was noch schlimmer ist: Er ist es auch nicht, obwohl er das glaubt, denn er ahnt ja nicht, wen er zu Gesicht kriegen würde.« Sie fuhr sich mit dem Finger über den verschobenen Kiefer. Als ihr Tränen aus den Augenwinkeln traten, fingen sie sich in den Narben in ihrem Gesicht und am Hals. »Wie konntest du mir so etwas antun? Wie konntest du mich so verraten?« Inzwischen schrie sie, ohne genau zu wissen, ob sie das Haus selbst anbrüllte. Das Haus mit seinem lächelnden Porträt an der Wand, das Trixie so sehr ähnelte, dass Myra bei seinem Anblick gleichzeitig Geborgenheit und Schuld empfand. Oder brüllte sie vielleicht Alex an? Oder gar sich selbst? Oder die Zeit, die unwiederbringlich, Sekunde um Sekunde, weitertickte? Unaufhaltsam steuerte sie auf den Punkt zu, an dem Myra ihren Schlupfwinkel verlieren würde. Und dennoch fühlte sie sich wie gelähmt und unfähig, etwas dagegen zu unternehmen.

Das Haus schwieg noch immer.

»Nicht einmal ein bisschen tröstendes Geklimper? Wie du willst, dann ... bleib eben einfach so stehen. Weil ich jetzt meinen Schreibtisch nicht mehr aufkriege, gibt es auch keine Fotos mehr. Und du kannst mich mal ...« Mit raschen Schritten durchquerte sie das Zimmer, klappte das Haus unsanft zu und verriegelte es. »Jetzt siehst du, was du davon hast. Und glaube bloß nicht, dass ich hier raufgerast komme, wenn du mich rufst, denn das kannst du vergessen. Und damit basta!«

»Myra. Schätzchen«, erklang eine sanfte Stimme von unten. »Hör auf, mit dem Puppenhaus zu sprechen. Komm runter und sprich mit mir.« Diane lehnte in der Tür und streckte die Hand nach ihrer Tochter aus. »Man kann sich viel besser bewegen, seit du und Gwen mir geholfen habt, die Sachen zu verkaufen. Außerdem müssen wir reden.«

»Hast du von der Bank gehört? Hat das Geld gereicht?«

Undeutlich erinnerte Myra sich daran, dass ihrem Haus die Zwangsversteigerung drohte. Das Wissen, dass sie nicht genug getan hatte, um es zu retten, hatte sie tief in einem dunklen Winkel ihres Verstandes versteckt.

Diane hielt die Hand weiter ausgestreckt, wackelte mit den Fingern und forderte Myra auf, danach zu greifen. »Komm, Schätzchen. Wir wollen ein paar Dinge klären.«

Myra steuerte auf die Treppe zu, ohne sich umzusehen. Einerseits hoffte sie, dass ihr leise Musikfetzen hinterherwehen würden, eine Vergewisserung, dass sie nichts endgültig zerstört hatte. Andererseits aber war sie froh, als es nicht geschah.

Und das Haus blieb stumm. Myra stieg mit ihrer Mutter die Treppe hinunter. Im Erdgeschoss angekommen, stellte Myra erstaunt fest, wie leer die Zimmer inzwischen waren. Die Kistenstapel waren fort. Doch dasselbe galt für einen Großteil der Möbel. Das Haus wirkte unbewohnt. Als sie Diane ins Esszimmer folgte, sah sie zu ihrer Überraschung ihren Vater am Tisch sitzen und verharrte auf der Schwelle.

»Es ist Zeit, dass wir ein Gespräch führen, Myra.« Diane schien eine Hand auf ihre Schulter legen zu wollen, um sie in den Raum zu schieben, hielt jedoch verunsichert inne, als befürchtete sie, dass Myra fliehen könnte.

Myra blickte zwischen ihren Eltern hin und her. Sie konnte sich nicht erinnern, wann sie beide zuletzt zusammen in einem Raum gesehen hatte. Vermutlich war es an irgendeinem in beklommenem Schweigen verbrachten Feiertag vor vielen Jahren gewesen. Das hieß, bevor Myra wie üblich etwas von dem Essen, das für sie sowieso nach Pappe schmecken würde, auf einen Teller löffelte, um es mit auf den Dachboden zu nehmen. Wo sie das Essen dann prompt vergaß, bis sie ein bohrender Hunger in den Eingeweiden daran erinnerte. Sie verharrte reglos auf der Schwelle.

»Myra, jetzt setz dich endlich hin. Wir haben dieses Gespräch schon viel zu lange vor uns hergeschoben. Daran bin ich ebenso schuld wie wir alle hier. Du musst dabei sein. Bitte setz dich.« Ihr Vater wedelte im Gleichtakt mit seiner Ansprache – übrigens die längste, die sie je von ihm gehört hatte – mit den Händen, unbeholfene Bewegungen, als wollte er das elektrische Knistern in der Luft verscheuchen.

Das Lachen, das aus Myras Bauch aufstieg, kam so überraschend, dass sie es nicht unterdrücken konnte, und rasch ging ihr Kichern in ein brüllendes Gelächter über. »Machst du Witze? Das sagst ausgerechnet du, Dad? Was soll dieser Therapeutensprech? Willst du, dass wir uns fremde Hilfe holen? War das Moms Idee? Das ist doch lächerlich.«

»Es ist lächerlich«, murmelte Diane. »Das alles hätte nämlich nie passieren dürfen.«

»Redest du von diesem Haus? Ja, ich würde auch sagen, dass wir ohne deine jahrelangen Einkaufstrips heute besser dastünden.«

»Ich rede nicht von meinen Einkaufstrips, Myra! Sondern davon, dass du dich in diesem Haus verbunkert hast, als du noch viel zu jung für so etwas warst. Und wir haben dich darin unterstützt und nie … Ich wollte sagen … Herrgott, Dave, soll ich das etwa allein erledigen?«

Als Myras Vater Diane mit einem ungeduldigen Blick bedachte, fiel Myra wieder ein, wie erleichtert sie gewesen war, als er endlich gegangen war. Das zornige Schweigen im Haus war schlagartig verschwunden gewesen. Nur dass es von anderen Dingen abgelöst worden war, auf die Myra besser hätte achten sollen.

»Jetzt bin ich doch hier, also schieß los.«

Dave zeigte erst auf Myra und dann auf den bereits vom Tisch abgerückten Stuhl gegenüber. »Du setzt dich jetzt hin, junges Frollein. Setz dich und hör uns zu.«

»Dad, ich bin vierunddreißig. Mein Gott ...«

»Trotzdem könntest du dich gnädigerweise endlich setzen, damit wir, verdammt noch mal, ein Gespräch führen können. Denn wir müssen das klären, ob es dir nun passt oder nicht. Dieser Zustand dauert jetzt schon viel zu lange an.«

»Meinetwegen.« Myra durchquerte die Küche, ließ sich auf den Stuhl fallen, schlug die Beine übereinander und pustete sich das Haar aus dem Gesicht. Dabei kam sie sich vor wie eine trotzige Siebzehnjährige. »Geht es um die Zwangsversteigerung? Denn wenn ihr von Gwens Vorschlag redet ...«

»Wir kennen Gwens Vorschlag, Myra.« Diane nahm neben ihrer Tochter Platz und griff nach ihrer Hand, doch Myra zog ihre mit einer unwirschen Bewegung weg. »Das klappt nicht. Du kannst dieses Haus nicht mit den Teilnahmegebühren eines Schreibwettbewerbs auslösen, um die Zwangsversteigerung abzuwenden. Die Schulden sind einfach zu hoch. Dein Vater und ich haben alles besprochen. Und wir sind zu dem Schluss gekommen, dass es das Beste ist, das Haus aufzugeben.«

Myras Augen weiteten sich vor Entsetzen. »Was soll das heißen, das Haus aufgeben, Mom? Du und Opa habt es zusammen gebaut ...«

»Das stimmt, und du bist darin aufgewachsen, was ein wichtiger Grund ist, warum du und deine Mom hier wohnen geblieben sind.« Dave schluckte mühsam. »Ich habe nicht einmal versucht, dich mitzunehmen, als deine Mom und ich ... uns getrennt haben.«

»Als du gegangen bist«, verbesserte ihn Myra.

»Ja, als ich gegangen bin. Es war die bessere Lösung, dass du hiergeblieben bist ...«

»Weil wir nicht geahnt haben, dass wir dich gar nicht

mehr aus dem Haus kriegen würden«, beendete Diane den Satz. »Nie hätten wir mit so einer Entwicklung gerechnet. Erst als wir am Telefon über die verdammte Zwangsversteigerung gesprochen haben, hat es plötzlich Klick gemacht. Es war, als hätte sich eine Art Nebel gelichtet, sodass alles klar und deutlich vor uns lag. Du hast dich hier vergraben, Myra. Und du hast *mich* hier vergraben. Ich weiß nicht, was es war ... Antriebslosigkeit, die Erfahrung, dass wir dich beinahe verloren hätten, oder irgendwelche komischen *Vibrations* ...«

»Oder alles zusammen«, ergänzte Dave. »Es war entsetzlich für uns, unsere kleine Tochter im Krankenhaus zu sehen, ohne zu wissen, ob sie es je wieder verlassen würde ... Aber du hast es geschafft, Myra. Du warst stärker, als du dir selbst je zugetraut hättest. Doch du hattest Angst. Und wir haben zugelassen, dass du diese Angst ausgelebt hast, anstatt dich wieder zur Schule zu schicken. Anstatt dich zu zwingen, dich in dieser Welt durchzusetzen.«

»Die Welt kennt mich nicht! Sie hat das hier nie gesehen!« Myra wies auf ihr Gesicht und ihren verschobenen Kiefer und rollte den linken Ärmel hoch, um das Netz aus Narben zu zeigen, das entlang ihrer linken Körperhälfte verlief. »Ich habe einen Weg gefunden, da draußen zu sein, ohne dass jemand mich ansehen kann, und ihr fandet das in Ordnung. Ihr habt mir einen Computer gekauft, Dad. Ihr habt mein Fernstudium und den jahrelangen Heimunterricht finanziert. Ihr habt dafür bezahlt, dass ich online meinen Collegeabschluss machen konnte. Beide habt ihr kein Wort der Kritik an meiner Arbeit verloren ...«

»Du hast schriftstellerisches Talent, Myra. Das war schon immer so. Und Gwen ... Gwen war und ist ein Geschenk des Himmels. Doch selbst sie hat uns angesprochen, weil sie sich in letzter Zeit Sorgen um dich macht. Deine Arbeit an dieser

Webseite scheint dir den Zugang zur Außenwelt nicht zu erleichtern, sondern eher zu erschweren. Gwen sagte, sie hätte versucht, dir ein paar Geschäftsmodelle schmackhaft zu machen, doch du würdest alles abblocken. Das klingt nicht nach Fortschritt.«

»Selten so gelacht, Leute, aber jetzt werdet ihr euer blaues Wunder erleben. Die verdammte Webseite hat mir nämlich doch Zugang zur Außenwelt eröffnet, ob es mir nun recht war oder nicht und sosehr ich mich auch dagegen gesträubt habe. Beinahe hätte diese Außenwelt mir trotzdem die Tür eingetreten. Und deshalb habe ich alles gestoppt. Es ist mir zu viel geworden. Ich lasse die Finger davon.«

Dave und Diane wechselten verdatterte Blicke. »Was ist mit dem Wettbewerb?«, fragte Diane.

»Wie ihr gerade richtig bemerkt habt, war es eine dumme Idee und würde ohnehin nicht genug einbringen, um die Bank zufriedenzustellen. Ich hätte nie mitmachen sollen. Wir erstatten das Geld zurück und überlegen uns etwas Neues. Möglicherweise eine der anderen Geschäftsideen, zu denen Gwen mich ständig überreden will. Merchandising vielleicht. Keine Ahnung. Mir fällt schon etwas ein. Aber … aber jetzt habe ich keine Lust mehr auf Gespräche.«

Diane schüttelte den Kopf. »Myra, genau das ist ja das Problem. Es spielt keine Rolle, ob du dir noch etwas einfallen lässt, und außerdem würde es wahrscheinlich sowieso zu lange dauern. Unserer Ansicht nach solltest du einen Schlussstrich unter diesen Dachboden und dieses Haus ziehen und nicht für den Rest deiner Tage mit einem Puppenhaus spielen. Das ist doch kein Leben!«

»Woher, zum Teufel, willst du das denn wissen, Mom? Soll ich mir etwa ein paar Kreditkarten besorgen und ein bisschen shoppen gehen, so wie du? Ist das etwa ein Leben?«

»Nein.« Dianes Stimme senkte sich zu einem Flüstern.

»Das ist es ganz sicher nicht. Es ist Einsamkeit. Eine tief sitzende, bohrende, alles verschlingende Einsamkeit, Myra. Und ich möchte nicht, dass dir auch so etwas passiert.«

»Ich auch nicht«, ergänzte Dave. »Darin sind deine Mom und ich uns einig, auch wenn wir sonst nur selten einer Meinung sind. Es ist Zeit, dass du den Dachboden verlässt, Myra. Und wenn dazu dieses Haus wegmuss, tja, dann soll es eben so sein. Opa hätte das auch gesagt.«

»Dein Dad und ich haben schon mit seinem Bruder gesprochen. Erinnerst du dich an deinen Onkel John? Er hat auf seinem Landgut in Wyoming ein kleines Gästehaus und sagt, du seist dort jederzeit willkommen«, verkündete Diane. »Oder wenn du lieber ...« Sie wies auf Dave.

»Richtig, wenn du möchtest, hätten wir auch ein Gästezimmer. Misty und ich hätten dich gern bei uns. Und wenn du so weit bist, suchen wir dir eine eigene Wohnung, falls du das willst. Vielleicht bei uns in der Nähe oder bei Gwen um die Ecke ...«

Myra hielt sich die Ohren zu und schüttelte den Kopf. Sie fühlte sich, als würden ihr Körper und ihr Verstand in zu viele unterschiedliche Richtungen gleichzeitig gezogen. Der Verlust des Hauses würde ihr Leben – und damit auch sie selbst – in alle Winde verstreuen, und sie war machtlos dagegen. »Hört auf. Hört auf zu reden. Es ist mir zu viel.«

»Wir müssen Lösungen finden, Schatz. Zugegeben, das war jetzt ein ziemlicher Brocken, und wir wollen dich nicht unter Druck setzen. Aber allmählich läuft uns die Zeit davon.«

»Bitte gebt das Haus nicht auf.«

Dave und Diane sahen einander an. »Diese Entscheidung liegt nicht mehr bei uns, Schatz.« Als Diane wieder nach Myras Hand griff, ließ diese sie gewähren. »Ich weiß, wie schwierig das ist.« Ihre Stimme klang so leise und weit weg, wie Myra sie vor vielen, vielen Jahren im Krankenhaus wahrgenommen hatte. »Aber wir lieben dich. Es tut uns so leid, und wir versuchen, das Beste daraus zu machen.«

Myra stand auf. »Ich will nicht das Beste daraus machen.« Sie steuerte auf die Treppe zu.

»Das ist hier eigentlich nicht mehr das Thema …«

»Nicht heute Abend. Lasst mich ausreden. Ich will mich heute Abend nicht mehr damit befassen. Ich bin fix und fertig und lege mich jetzt ins Bett.« An der Tür drehte sie sich zu ihren Eltern um. Der ungewohnte Anblick der beiden in einem Raum ließ sie mit dem Schlimmsten rechnen. »Ihr zwei könnt ja gern weiter kungeln, aber ich klinke mich für heute Abend aus.«

39

ELLIOTT, ARIZONA, 1986

Am Morgen von Myras fünftem Geburtstag sparte sich die Sonne sogar die Mühe, hinter den dichten, vom Regen schweren Wolken hervorzulugen. Kleine Tröpfchen perlten an den Dachflächenfenstern des Hauses herab, und der Verde River strömte tosend am Gebüsch im Garten vorbei. Auf dem ganzen Tag schien eine bleigraue Schwere zu lasten, die Trixie unter allen Umständen vertreiben wollte. Da Myras Geburtstag auf einen Werktag fiel, an dem Diane außerdem in Phoenix drei ihrer Abschlussklausuren schreiben musste, hatte das Mädchen bei den Großeltern übernachtet. Eigentlich lautete der Plan, dass Myra mit Trixie und Lou ein bisschen vorfeiern sollte. Die richtige Geburtstagsfeier mit der ganzen Familie würde dann am Wochenende stattfinden.

Ihre eigenen Pläne hatte Trixie mit niemandem erörtert. Der Fluss vor dem Fenster erinnerte sie zu sehr an einen anderen nach einem Unwetter angeschwollenen Strom. Das war zwar in einer anderen Lebenszeit und auf der anderen Seite des Kontinents gewesen, jedoch trotzdem stets präsent. Wasser war überall gleich. Es trug die Echos der Leben und Tragödien, die es gesehen, und der vielen Zeitalter, die es durchflossen hatte, mit sich immer weiter. Trixie war fest entschlossen, sich keine zweite Gelegenheit mehr entgehen zu lassen. Myra war im richtigen Alter und hatte im Lauf ihrer gemeinsamen Jahre auch die richtige Einstellung gezeigt. Mit ein wenig Anleitung würde sie in der Lage sein, den Staffelstab zu übernehmen, den Trixie weiterreichen musste. Trixie wollte endlich in Würde altern und ein ganz normales Leben an Lous Seite genießen. Eines, das sie nach Herzenslust selbst gestalten konnte, so lange, wie es eben dauerte. Die Aussicht, dass es einmal enden würde, war eine Erleichterung. Und wenn es so weit wäre, würde sie Myra selbst zum Zufluchtsort bringen und ihr das lebensgroße Haus übereignen, das sie dort erwartete. Das Mauerwerk und die Villa im Miniaturformat würden ihre Verbindung sein, bis sie alt genug wäre, die Rolle der Dame des Hauses einzunehmen.

Myras Aufgeschlossenheit, ihre Warmherzigkeit und ihr Einfühlungsvermögen ließen Trixie hoffen. Dann würde der Zufluchtsort wieder jenen erschöpften Seelen Raum bieten können, die seines Schutzes bedurften. Nach so vielen Jahren, in denen sie sich aus Gründen der Selbstverteidigung hatte rarmachen müssen, würde die Dame ein anderes Gesicht haben. Sie würde eine Frau sein, die in einer anderen Erde verwurzelt war und von anderen Händen gelernt hatte, nicht nur von Trixies. Einer Fremden würde man vielleicht die Chance geben, eine Einladung auszusprechen, ohne ihr sofort mit Argwohn zu begegnen. Wie damals in Europa vor einer ganzen Lebenszeit, spürte Trixie ein Brodeln unter ihren Füßen. Die Menschen würden, wie schon seit Urzeiten, vor dem fliehen müssen, was ihnen bevorstand. Sie war überzeugt, dass Myra dann einen Rat wissen würde, wenn sie nur die richtige Anleitung erhielt.

Aber bis dahin blieben ihr ja noch viele Jahre Zeit. Zum ersten Mal im Leben fühlte Trixie sich im Kreise einer Familie geborgen, nachdem ihre vorherigen Versuche in dieser Hinsicht so kläglich gescheitert waren. Sie spürte noch immer die Lücke, die Fords Verlust gerissen hatte. Mit jedem weiteren Abschied war sie größer geworden. Durch Ruth' Ablehnung und dadurch, dass er ihr Alex so gewaltsam weggenommen hatte, fest entschlossen, sämtliche Erinnerungen an sie spurlos zu tilgen. Ruth wollte einfach nicht begreifen, dass sie genauso eng mit ihm verbunden war wie mit dem Zufluchtsort selbst. Es gab keinen Weg, dieses Band zu durchtrennen, ohne sie alle zu vernichten.

Obwohl sich ihre Trauer nie ganz gelegt hatte, waren die Wundränder dank ihrer Zeit mit Lou und seiner Familie, insbesondere mit Myra, abgeheilt. Zum ersten Mal fühlte sie sich entspannt und so, als wäre sie endlich angekommen. Eigentlich hatte sie schon darauf gehofft, als ihre Hand auf der Reling des Schiffes die von Ford berührt hatte. Die ganze Zukunft hatte vor ihnen gelegen, und sie hatte gedacht, dass sich all ihre Pläne endlich fügen würden.

Sie hatte niemanden, den sie um Rat fragen konnte. Jahrhundertelang hatte sie sich auf ihre eigene Klugheit verlassen müssen, hatte auf den Erdboden unter ihren Füßen gehört und war ihrer im Laufe der Zeit geschärften Wahrnehmung gefolgt. Bei ihrer unverhofften Begegnung mit Lou hatte sie zum ersten Mal seit Jahrzehnten eine Verbindung zu einem anderen Menschen gespürt – zum ersten Mal seit Ford. Und dann, als Myra auf Trixie zugewackelt war und ihre Ärmchen um ihre Beine geschlungen hatte, da hatte sie verstanden. Sie war an dieser von Gebüsch überwucherten Flussbiegung gelandet, weil es ihr so bestimmt war.

Gleich würde sie nach oben gehen und Myra wecken, die unter dem blauen Quilt in ihrem Klappbett schlief. Sie hatte bereits die Zuckerglasur für die armen Ritter zubereitet, die es zum Frühstück geben sollte. Den Vormittag würden sie dann wie so oft auf dem Dachboden an der Villa arbeiten. Trixie umfasste die Eichel aus Lapislazuli, die auf ihrer Hand ruhte, spürte das Gewicht zwischen den Fingern und hoffte, dass sie bereit sein würde, die Kette Myra umzulegen, sobald die Zeit gekommen wäre. Später würden sie dann wie versprochen gemeinsam den Geburtstagskuchen backen. Trixie hatte eine Backform, die wie die Ziffer Fünf geformt war. Und zu guter Letzt würden sie den Kuchen nach dem Beispiel des Blumengartens dekorieren, den Myra so liebte.

Bald würde sie Myra beibringen, selbst einen Garten anzulegen, den sie zusammen pflegen würden, solange sie noch auf Erden weilte.

40

LOCKHART, VIRGINIA, 2015

Alex und Rutherford standen im Lagerhaus. In der kalten Dezemberluft schnippten sie sich feucht glänzende Croissantkrümel von den Pullovern, während sie erörterten, wie man die neue Lieferung Drehspiegel in künstlich gealterten Bambusrahmen am besten zur Geltung bringen konnte. Hersteller war übrigens dasselbe Unternehmen, das auch die schauderhaften Sofas fertigte. Alex konnte sich kein unwichtigeres Gesprächsthema vorstellen. Die Bestürzung über Myras plötzlichen Kontaktabbruch letzte Nacht löste ein Druckgefühl hinter seinen Augen und pochende Kopfschmerzen aus, die von Rutherfords überdrehtem Redeschwall nur noch schlimmer wurden.

»Ich hätte nie gedacht, dass sie so gut weggehen würden. Wir können bei diesem Hersteller Möbelstücke für ein Butterbrot kriegen. Was sage ich, für den Bruchteil eines Butterbrots, wenn wir die richtigen Mengen ordern. Das ist wie eine Lizenz zum Gelddrucken. Keine Ahnung, ob man das Safari-Chic oder ...«

»Schlechter Geschmack. Der Ausdruck, den du suchst, lautet ›schlechter Geschmack‹, Dad.« Als Alex ein Scharnier am gebeizten Bambusrahmen eines Spiegels berührte, war seine Hand schwarz verschmiert. »Offenbar haben die dieses Zeug in die Packkisten gestopft, ohne vorher die Qualität zu prüfen. Die Sofas finde ich zwar gruselig, aber wenigstens sind sie stabil. Die Dinger hier sind hingegen reiner Schrott.«

»Ich plane eine Abteilung ›Schlafzimmer der Boheme‹ in

Lagerhaus drei. Nichts darf zusammenpassen. Für diese Spiegel verlangen wir 929,99 Dollar das Stück.«

In dem Versuch, den Nebel in seinem Kopf zu vertreiben, rieb Alex sich die Augen. »Gut. Wie du meinst. Sie sind trotzdem Schrott, vermutlich mit Bleifarbe lackiert und voller Asbest, ganz zu schweigen davon, dass ich noch nie etwas derart Scheußliches gesehen habe. Aber klar doch, tu dir keinen Zwang an.« Er steuerte auf das Rolltor des Lagerhauses zu.

»Und wo willst du jetzt hin? Die Boheme ist doch genau dein Fachgebiet. Deshalb bleibst du hier, bis alles abgeladen ist, und schaust, welche Schauerstücke noch deine Netzhaut beleidigen. Ich weiß, dass du dein Bestes geben wirst ...«

Über ihnen erwachte der Lautsprecher zum Leben. »Alex, ein Anruf für dich auf Leitung vier.«

»Er hat zu tun!«, brüllte Rutherford in Richtung Lautsprecher. »Schalt das Gespräch auf Durchsage.«

Alex bedachte Rutherford mit einem ärgerlichen Blick. »Was, wenn es privat ist?«

»Dann soll derjenige dich nicht hier anrufen. Stell es durch, Ellen!«

»Klar, Ruther. Herzlichen Glückwunsch, Alex! Das ist ja so aufregend! Ich kann es kaum erwarten, deinen Textbeitrag zu lesen.« Wieder ertönte ein Knistern, als Ellen den Anruf durchstellte. Rutherford verzog verdattert das Gesicht. »Textbeitrag?«, flüsterte er seinem Sohn zu, der den Kopf schüttelte und »Später« antwortete.

»Alex? Hier spricht Gwen Perkins. Es tut mir so leid, dass ich Sie bei der Arbeit störe. Hier in Phoenix ist es noch früher Morgen, doch ich weiß, dass Sie sicher schon sehr beschäftigt sind. Aber ich bin im Moment ziemlich ratlos. Sie und Myra haben sich doch unterhalten, ziemlich oft sogar, und jetzt geht sie nicht mehr ans Telefon. Ich überlege schon, ob ich zu ihr fahren soll.«

»Ist alles mit ihr in Ordnung?«

»Warum diese Frage? Was soll ihr schon passieren, solange sie keinen Fuß aus ihrem verdammten Dachboden setzt? Auch wenn ich offen gestanden gehofft habe, dieser verrückte Zufall würde sie endlich dort rauslocken. Sie hat mir letzte Nacht eine Mail geschickt, in der stand, dass ich alles abblasen soll. Vermutlich meint sie den Wettbewerb, denn von der *Villa Liliput* kann sie ja schlecht reden ...«

»Leider bin ich auch nicht schlauer als Sie, aber sie ... sie hat gestern Nacht ziemlich abrupt aufgelegt, und ich bin nicht sicher, warum. Aber sie will nicht, dass ich dort hinkomme, so viel steht fest.«

Rutherford blickte zwischen dem an einem Deckenbalken befestigten Lautsprecher und seinem Sohn hin und her, dessen Miene sich zunehmend verspannte.

»Es tut mir echt leid, Alex. Ich versuche, persönlich mit ihr zu reden, wenn ich es endlich schaffe, zu ihr in die Berge zu fahren. Doch ich ersticke hier in Arbeit. Die *Villa* ist noch nicht mein Hauptberuf, also muss sie ein bisschen warten. Ich möchte sie überzeugen, den Schreibwettbewerb nicht abzusagen ...«

»Der Schreibwettbewerb ist mir schnurzegal, Gwen. Mich kümmert es nur, ob es ihr gut geht. Wenn ich geahnt hätte, was passiert, hätte ich ihr meinen Text und die Fotos nie geschickt. Aber ich musste einfach wissen, was da los ist. Vielleicht erfahre ich es jetzt ja nie!«, rief Alex hinauf in die Gegensprechanlage. Die roten Strähnchen in seinem Haar schimmerten in der Lagerhausbeleuchtung, und in seinem Gesicht zeichnete sich eine schicksalsergebene Trauer ab, die Rutherford nach Luft schnappen ließ.

»Was ist da los?«, erkundigte er sich. »Wer ist Myra?«

Kopfschüttelnd legte Alex den Zeigefinger an die Lippen, als wäre Rutherford ein lästiges Kind. Er sah ihn dabei nicht einmal an. Ansonsten hätte er bemerkt, dass Hals und Wangen seines Vaters rot angelaufen waren und sein Atem stoßweise ging, was für gewöhnlich einen Wutanfall ankündigte. Doch Alex' ganze Aufmerksamkeit galt dem Lautsprecher. »Später, Dad. Gwen, rufen Sie mich an, wenn Sie bei ihr sind?«

»Klar. Unter Ihrer Mobilfunknummer. Sie sind bloß heute Morgen nicht rangegangen.«

»Weil er arbeiten muss!«, brüllte Rutherford. »Alex drehte sich um und bemerkte endlich, dass die Luft um den Mund und die Augen seines Vaters schimmerte.

»Ich habe es immer bei mir«, erwiderte er. »Danke, Gwen.« Als das Knacken in der Leitung verstummte, sah Alex seinen Vater an. Dieser atmete so schwer, dass sich um ihn herum eine spannungsgeladene Blase gebildet hatte. Einige Lagerarbeiter hielten inne, stellten Drehspiegel, Sofas und Flurtischchen an ihren Platz, blieben wie angewurzelt stehen und beobachteten neugierig die Szene.

Rutherfords Tobsuchtsanfälle waren unter den Angestellten von Rakes and Son berüchtigt. Sie wurden zwar nur selten erwähnt, brannten sich denen, die sie miterlebten, jedoch unauslöschlich ins Gedächtnis ein. Mildred hatte sie stets beschönigend als »Momente« bezeichnet. *Ruther hat gerade einen schlechten Moment,* hatte sie erklärt. Oder einem entsetzten und fassungslosen Untergebenen gegenüber behauptet: *Mr. Rakes braucht einen Moment Ruhe.* Mit diesen Worten hatte sie ihren von einer Wolke aus knisternder Atmosphäre umgebenen Sohn aus dem Raum bugsiert, sodass nur noch der beißende Geruch nach verbrannter Wolle zurückgeblieben war, den sein eleganter Maßanzug ausdünstete. Auslöser für einen »Moment« konnten ein geschäftlicher Verlust, eine Auseinandersetzung oder auch überhaupt gar nichts sein. Als Alex nach Lockhart zurückgekehrt war, hatte sein erster Arbeitstag – keine Extrawürste für den Juniorchef – aus einer Einführung in die Unternehmenskultur bei Rakes and Son bestanden. Der Verwaltungschef hatte ihm eine Mappe mit »Informationen für neue Mitarbeiter« überreicht, die von Verhaltenstipps im Geschäftsleben und einschlägigen Broschüren förmlich überquoll. Darunter befand sich auch ein kleines, in beruhigendem Grün gehaltenes Merkblatt, das die Überschrift »Rakes and Son: Sprachregelung« trug. Zu der Liste der verbotenen Wörter gehörten *Rückschlag, Verspätung, Ausverkauf, Beschwerde* und *Willa*.

»Ich gestatte nicht, dass du mich in meinem eigenen Unternehmen und vor meinen eigenen Beschäftigten behandelst wie einen lästigen Bittsteller!«, stieß Rutherford zwischen zusammengebissenen Zähnen hervor. »Schreib dir das hinter die Ohren!«

Alex bekam Herzklopfen, und kurz meldete sich Furcht, bevor sein Zorn die Oberhand gewann. »Ich habe dich nicht wie einen Bittsteller behandelt, Dad. Willst du das wirklich hier vor allen Leuten ausdiskutieren?«

»Ich verlange, dass du mir umgehend und an Ort und Stelle erklärst, was es mit diesem Gerede von einer ›*Villa Liliput*‹ auf sich hat. Was zum Teufel ist hier los?«

»Oh!«, rief eine aufgeregte Stimme von der Tür her. Als Alex und Rutherford sich umdrehten, kam Ellen herein. Sie schob einen mit Papiertüten beladenen Rollwagen vor sich her. »Ich bin ja so froh, dass ich das nicht verpasst habe! Hier ist übrigens Mittagessen für alle. Ruther! Hat Alex es dir denn noch nicht erzählt? Es gibt da eine sehr beliebte Webseite mit dem Titel *Die Villa Liliput der Mona Soundso*. Aber das Wichtigste ist, dass sich alle darum reißen. Die

Leute können es kaum erwarten, das Neueste über dieses kleine Puppenhaus und die Einrichtung und so weiter zu lesen. Es ist so reizend! Außerdem veranstalten sie einen Wettbewerb, und der Preis ist, dass man Mona – oder Monica? Mallory? – kennenlernen kann. Alex ist ja so ein kluger Junge, denn er hat seinen Hut in den Ring geworfen und gewonnen! Ich hatte mir die Seite vorher noch nicht selbst angeschaut, doch heute Morgen habe ich sie mit meinem Smartphone besucht. Meiner Ansicht nach wäre das ein wundervoller Werbeträger für uns. Einige Zimmer sehen ganz so aus, als wären die Möbel von hier! Es ist, als hätte diese Margaret, oder wie auch immer sie heißt, winzige Versionen von Stücken entdeckt, die ausgezeichnet nach Lockhart passen würden. Ist das nicht drollig!« Das Telefon von sich gestreckt, marschierte Ellen auf Rutherford zu und schwenkte das Gerät vor seiner Nase. »Schau dir nur dieses Schlafzimmer an! Diese klitzekleine Lampe. Das Kopfbrett! Kaum zu fassen.«

Dass Ellen schon so viele Jahrzehnte in Diensten von Rakes and Son überlebt hatte, lag zum Teil daran, dass sie Rutherfords Launen einfach nicht zur Kenntnis nahm, während sie ihm gleichzeitig jeden Wunsch von den Augen ablas. Alex war nicht sicher, wie alt sie war und wie lange sie bereits hier arbeitete. Sie war einfach Ellen, eine Institution und so beständig und unverrückbar wie die hölzernen Balken, die das Dach des Lagerhauses trugen. Außerdem verfügte sie über die ans Unheimliche grenzende Fähigkeit, Rutherford abzulenken, ohne dass dieser es bemerkte.

Nun nahm er ihr das Telefon aus der Hand und scrollte herunter. »Was … ist das?« Er drehte das Gerät um und trat einen Schritt auf Alex zu, der seinerseits zurückwich und den Kopf von dem Bildschirm wegduckte, den sein Vater ihm geradezu ins Gesicht drückte. »Dieses ... dieses Haus ist praktisch identisch. Soll das ein Witz sein? Willst du mich veräppeln?«

»Dad, du musst dich beruhigen ...«

»Ich lasse mich von meinem eigenen Sohn nicht auf den Arm nehmen! Was hast du nun wieder für einen Unsinn ausgeheckt, nur um mich zu demütigen?«

»Es dreht sich nicht immer alles um dich, Dad. Du bist nicht der Mittelpunkt der Erde!« Alex war selbst überrascht von der lauten Stimme, die da aus seinem Brustkorb drang. »Du brauchst nicht über jede Minute meines Lebens auf dem Laufenden zu sein. Reicht es dir denn nicht, dass ich alles stehen und liegen gelassen habe und zu dir zurückgekommen bin? Genügt dir das noch immer nicht, und zwar, obwohl du mich als kleines Kind in die Verbannung geschickt hast? Und jetzt interessiert es dich plötzlich, was bei mir los ist? So funktioniert das nicht!«

»Ich habe dir doch gesagt, dass ich dich nur schützen wollte. Genau vor so etwas nämlich!« Rutherford wies auf die Webseite von *Die Villa Liliput der Myra Malone*. Als er das Telefon hochhob, als wollte er es jeden Moment zu Boden schleudern, griff Ellen rasch nach seiner Hand, nahm ihm, so mühelos wie eine Taschendiebin, das Gerät weg und zog sich lautlos zurück. »Dieses Haus! Es hat seine Klauen genauso in dich geschlagen wie in mich, und das lasse ich nicht zu! Ich dulde es nicht. Ich werde unsere Familie davon befreien, etwas, das ich schon längst hätte tun sollen. Und zwar so schnell wie möglich.« Rutherfords Blick huschte hin und her, und fast war es, als sprühte sein Körper Funken. Dabei trat er von einem Fuß auf den anderen. Alex wurde klar, dass seine Wut ein anderes Gefühl tarnen sollte, das viel tiefer ging. Nämlich Angst.

»Es ist nur ein Puppenhaus, Dad. Eine unbedeutende

Webseite, um die Leute zu amüsieren. Eine kleine Flucht vor der Realität.«

»Sie ahnen ja nicht, wohin sie sich flüchten«, zischte Rutherford. »Das versteht niemand. Außer mir kann das niemand verstehen. Du hast bis Freitag Zeit, Alex. Pack deine Sachen. Such dir eine andere Unterkunft.« In seiner Stimme schwang eine unwirkliche Ruhe mit, die nicht aus ihm selbst zu kommen schien.

»Es ist Mittwoch.« Alex spürte, wie er wieder wütend wurde. »Außerdem kapiere ich nicht, was für ein Problem du mit diesem Haus hast.«

»Freitag, Alex. Nimm dir den restlichen Tag frei. Und jetzt verschwinde.«

Alex sah sich nach den Mitarbeitern um, die wortlos der weiteren Entwicklungen harrten. »Hat jemand von Ihnen vielleicht ein Zimmer zu vermieten? Derjenige soll mich anrufen. Mir ist nämlich gerade gekündigt worden.« Als er an Rutherford vorbeiging, klopfte er ihm auf die Schulter. »Noch mal danke für deine Unterstützung, Dad. Echt toll, dass ich mich so gut auf dich verlassen kann.«

Er schlenderte hinaus auf den kleinen Mitarbeiterparkplatz am Kanal, stieg in seinen Wagen und fuhr wie benommen zur Villa. Die meisten Dinge in diesem Haus gehörten nicht ihm – oder zumindest nur in dem Sinne, dass sie Eigentum seiner Familie waren. Dennoch fühlte er sich ihnen verbunden, zumal er wusste, dass sie auch in Myras Haus standen. Zum Glück parkte der Container mit den Sachen, die er noch nicht ins Haus geräumt hatte, weiterhin in der Auffahrt, sodass er wenigstens die Möglichkeit hatte, sein Hab und Gut zu verstauen – allerdings ohne zu wissen, wann und wo er es wieder auspacken könnte. Er fühlte sich völlig orientierungslos. Ja, nicht einmal in seinem eigenen Verstand gelang es ihm, Fuß zu fassen, denn seit Myra ihm virtuell die Tür vor der Nase zugeknallt hatte, schwirrte ihm der Kopf.

Nachdem er das Auto geparkt hatte, marschierte er zornig den Plattenweg hinauf zur Tür der Villa. Die Musik dröhnte so laut, dass sie von den Mauern widerhallte. »Aufhören!«, schrie er, schlug die Tür hinter sich zu und stürmte die Treppe hinauf in sein Zimmer. Er kam sich vor wie ein Kleinkind, das kurz vor einem Trotzanfall stand.

Oben warf er sich aufs Bett, wickelte sich in die Pannesamtdecke und tat, was er schon von Anfang an hätte tun sollen – nämlich nach Myra selbst zu suchen anstatt nur nach dem Haus. Oder, besser gesagt, Ausschau nach einer Erklärung dafür zu halten, warum Myra ihn so beharrlich ausgrenzte. Als er ihren Namen eingab, stieß er auf zahlreiche Treffer, die sich auf die *Villa Liliput* bezogen, sowie auf verschiedene Artikel über die Webseite und ihre wachsende Beliebtheit. Er entdeckte eine Fanseite, auf der Leute Geschichten posteten, deren Schauplatz die *Villa* war. Einige dieser literarischen Gehversuche waren ziemlich pikant. Alex hätte nie gedacht, dass Möbel im Miniaturformat derart inspirierend wirken konnten. Bei den wenigen Interviews, die er fand, handelte es sich um Fragenkataloge, choreografierte Plauderstündchen, die nicht nach Myra klangen, sondern eher das Werk einer PR-Beauftragten waren. Vermutlich steckte Gwen dahinter. Einige Textausschnitte und schmachtende Blogeinträge ihrer Fans erwähnten sogar, die Verfasser hätten mit Gwen persönlich gesprochen, allerdings nie mit Myra. Wie Alex außerdem feststellte, fielen einige Male Wörter wie *Einsiedlerin* oder *Eremitin*, und eine Webseite bezeichnete Myra sogar als »der J. D. Salinger der Miniaturen«.

Myras persönliche Äußerungen bewegten sich innerhalb der Grenzen der *Villa Liliput*, was offenbar auf ihr gesamtes

Leben zutraf. Deshalb wandte sich Alex wieder den Archiven zu in der Hoffnung, hier einen Anknüpfungspunkt zu entdecken.

Er beschloss, sich an bestimmten Ereignissen zu orientieren, und glaubte, dass ihn der Autounfall im Jahr 1986 vielleicht weiterbringen würde. Das Archiv einer Lokalzeitung förderte ein paar Kurzberichte zutage, die traurige Geschichte eines kleinen Mädchens, das schwer verletzt auf halber Höhe eines Berghangs aus einem zerschmetterten, fast unsichtbar unter einer Schneewehe verborgenen Auto gerettet worden war. *Bei Redaktionsschluss stand noch nicht fest, ob das Kind die Folgen dieses tragischen Unfalls überleben wird. Beatrix Walsh, die Fahrerin, konnte nur noch tot am Unfallort geborgen werden.* Der Artikel war mit einem drastischen Foto illustriert, das ein bis zur Unkenntlichkeit zerquetschtes Auto an einem verschneiten Berghang zeigte. Obwohl es kaum vorstellbar war, dass jemand das Unglück überstanden hatte, war Myra mit dem Leben davongekommen. Nur mehr halb bei Bewusstsein und eingeklemmt, hatte sie in der Kälte gelegen, bis jemand die vom Highway abgehenden Reifenspuren bemerkt hatte und über die Leitplanke gestiegen war.

Ein weiterer Bericht handelte von einer Wohltätigkeitsveranstaltung an der örtlichen Grundschule zugunsten der kleinen Überlebenden des Unfalls, die noch immer nicht über den Berg war – und die vielleicht lebenslang hinter diesem Berg verharren würde. Alex las von vermutlich nötigen kosmetischen Operationen und häuslicher Pflege. Erst im August war Myra in die Vorschule gekommen, und der Unfall im Dezember hatte dem Schulbesuch ein jähes Ende bereitet. Sie war nie wieder in ein Klassenzimmer zurückgekehrt. Langsame und traurige Klänge von Chopin wehten durch das Haus, als er die Schilderungen ihrer schweren

Verbrennungen, ihres Kieferbruchs und ihrer gebrochenen Rippen auf sich wirken ließ. *Es gibt zwar allen Grund zu der Hoffnung, dass sie das Unglück überleben wird, doch sie wird für immer von den Folgen gezeichnet sein.*

Es gibt Dinge, die ich dir nicht zeigen kann, hatte Myra gesagt. Schlagartig wurde Alex klar, dass sie damit sich selbst gemeint hatte.

»Herrgott, Myra!«, rief er aus. »Glaubst du allen Ernstes, dass mich das interessiert? Mir ist es egal, wie du aussiehst!«, schrie er zur Decke empor. »Wie kann ich sie davon überzeugen, dass sie mich nicht aussperren darf?«

Er ging hinunter in die Bibliothek in der Hoffnung, dort eine Inspiration zu finden. Ihm fiel das Buch ein, aus dem er ihr vorgelesen hatte. Es lag noch immer, umgeben von Glassplittern und Porzellanscherben, in dem Regal, wo sein Vater es hingeworfen hatte. Vorsichtig wischte Alex das Glas vom obersten Regal und achtete darauf, sich nicht zu schneiden, als er die Hand danach ausstreckte. Hoffentlich würde er keine Leiter brauchen.

Im nächsten Moment hörte er ein Klicken. Das Bücherregal schwang zurück.

Der Raum dahinter war klein. Alex hatte ihn noch nie zuvor gesehen. Obwohl er weder Lichtschalter noch Lampe entdecken konnte, schien die Kammer von innen heraus zu leuchten. In der Mitte stand ein rundes, kunstvoll aus dunklem Holz geschnitztes Tischchen mit blauen und silbernen Intarsien. Als Alex näher kam, erkannte er, dass sie die Wurzeln eines Baumes formten. Die ineinander verschlungenen Äste breiten sich aus und reichten über die abgeschrägten Kanten. Gerade beugte Alex sich vor, um das Muster genauer zu betrachten, als er aus dem Augenwinkel eine Bewegung wahrnahm. Er drehte sich zu dem runden Porträt um, das an der Wand hin.

Die Frau war zierlich, doch Alex bemerkte, dass sie auch deshalb so klein wirkte, weil sie kniete. Sie war im Dreiviertelprofil dargestellt und schien zur Seite und auf etwas zu blicken, das sich außerhalb des Bildes befand. Die Hälfte ihres Gesichts verschwand hinter einer störrischen blonden Lockenmähne. Sie trug ein Kleid mit hohem Kragen. Kunstvoll gezwirbelte Bahnen aus Spitze rankten sich von einem mitternachtsblauen Mieder hinauf zum Hals. Das Licht fing sich im Stoff des Kleides und bewegte sich in Wellen und Strudeln. Die vielen Schichten aus Seide erstreckten sich bis zum Bildrand, als würden sie wie Wasser aus dem vergoldeten Rahmen fließen. Das Lächeln der Frau erinnerte Alex an das von Willa, ein sanftes Schmunzeln, erfüllt von Geheimnissen, die viel älter waren als das Gesicht selbst. Die Arme hatte die Frau vor die Brust geschlagen. Beim Näherkommen stellte Alex fest, dass eine Hand die andere umfasste. Diese war verkrümmt und dunkler und ruhte unterhalb eines Gegenstands, den die Frau an einer silbernen Kette um den Hals trug. Er war blau und oval. Ein Ei?

Eine Eichel.

Alex starrte Myra an, so gefesselt von ihrem Gesicht, dass er den Hintergrund des Bildes fast nicht wahrnahm. Die spitz zulaufende Decke, die frei liegenden Balken und – ein Stück zum Rand hin, bevor die Welt das Porträt aus dem Bilderrahmen kippte – den winzigen Turm.

Alex stürmte aus dem Zimmer, die Treppe hinauf und eilte, zwei Stufen auf einmal nehmend, in sein Zimmer, wo der Computer stand. Er tippte so schnell wie möglich, sodass nur Satzfetzen dabei herauskamen, in der Hoffnung, dass Myra ihn verstehen würde: *Du musst mir erlauben, dich zu treffen. Ich weiß, wie du aussiehst. Ich verstehe dich. Ich glaube, ich habe sie gefunden. Willa gefunden. Und damit, glaube ich, auch dich. Ich hätte dir alles erzählen sollen. Ich liebe dich. Ich glaube, ich habe dich schon geliebt, bevor wir je miteinander gesprochen haben.*

Während es draußen langsam dunkel wurde, buchte er einen Flug nach Phoenix. Der nächste Flieger startete am Morgen um fünf in Washington, D. C. Alex fing an zu packen.

41

SCHLUSS, AUS UND VORBEI

(Aus *Die Villa Liliput der Myra Malone*, 2015)

Es war einmal ein Haus.
Jede Geschichte, die Trixie mir erzählte, begann mit diesen Worten. Und sie hat mir viele Geschichten erzählt. Es ist ein schöner Anfang für ein Märchen, und am besten gefällt er mir deshalb, weil er alles offenlässt. Man kann beim Zuhören zunächst nicht sicher sein, wohin die Geschichte einen führen wird. Was für ein Haus?, mögen Sie sich fragen. Schließlich gibt es die unterschiedlichsten Häuser. Wunderschöne mit Kletterrosen bewachsene Häuschen, die eine junge Prinzessin und drei gute Feen beherbergen, welche Erstere vor einer rachsüchtigen Zauberin verstecken. Manche Häuser sind auch aus Lebkuchen und Zuckerzeug gemacht und werden von einer blutrünstigen Hexe bewohnt, die es kaum erwarten kann, zwei leckere, gut gemästete Kinder aufzufressen. Ein Haus kann auch ein Spukhaus sein, umgeben von skelettartigen Bäumen, deren Äste an den Fenstern scharren, bis man glaubt, das letzte Stündlein habe einem geschlagen und gleich werde man von finsteren Mächten ins Jenseits verschleppt.
Eigentlich will ich darauf hinaus, dass es sich bei diesem Satz um eine sehr ergiebige Erzählstrategie handelt. Ein Haus mag an Ort und Stelle verharren, doch eine Geschichte über ein Haus kann einen überallhin versetzen. Trixies Geschichten haben mich allerdings stets an ein und

denselben Ort geführt: den Schlupfwinkel, das Haus an einer breiten Flussbiegung, das den Bedürftigsten Schutz bot und dann am glücklichsten war, wenn es am meisten gebraucht wurde. Nur dass das Gebrauchtwerden den Gezeiten glich und dass der Schutz von der Bewahrerin dieses Hauses abhing. Trixie nannte sie stets die Dame des Hauses. Ein leeres Haus ist eine einsame Angelegenheit. Ohne eine Hüterin kann es nicht gastfreundlich sein. Doch, wie Trixie mir erklärte, gab es in dem Zusammenhang ein Problem: Ebendiese Verbundenheit konnte manche Mitmenschen leicht zu Fehlurteilen verleiten.

In den vergangenen Monaten, ja, seitdem Gwen mich überredet hat, die *Villa Liliput* mit anderen zu teilen, die auch lesen wollen, was ich darüber schreibe, habe ich gewissermaßen die Dame dieses kleinen Hauses hier gespielt. Und zwar, ohne es selbst wirklich zu bemerken. Ich habe Sie in dieses Haus eingeladen, wo ich den Großteil meines Lebens verbracht habe. Bis es für Sie keine *Villa Liliput* ohne Myra Malone mehr geben konnte. Doch Sie überschätzen mich. Ich bin nicht allwissend. Ich habe keine Ahnung, wie Sie Ihr Zuhause einrichten sollen, welches die ideale Farbe für Ihre Eingangstür wäre oder ob man Queen-Anne-Möbel mit postmodernen Stücken kombinieren darf. Ich bin ja nicht einmal in der Lage, aus der Tür meines eigenen Hauses zu treten oder von Angesicht zu Angesicht ein Gespräch mit einem anderen menschlichen Wesen zu führen. Eigentlich weiß ich überhaupt nichts. Allerdings weiß ich inzwischen, dass das Haus, in dem ich aufgewachsen bin, bald nicht mehr mir gehören wird. Außerdem weiß ich, dass Gwens abstruse Idee, die großen und kleinen Türen meiner Häuser anderen Menschen zu öffnen, die für dieses Privileg bezahlen sollen, zum Scheitern verurteilt ist. Ich weiß, dass morgen jemand einen

Scheck ausstellen wird, um das Haus, das mein Großvater gebaut hat, zum Schnäppchenpreis zu erwerben. Und zwar nicht, weil es sich um einen Zufluchtsort oder gar ein Spukhaus handelt, in dem die völlig verwirrte Schreiberin dieser Zeilen umgeht, die nicht weiß, wo sie in Zukunft wohnen soll. Sie lebt nämlich am liebsten zurückgezogen (und ja, manche würden sie tatsächlich als Einsiedlerin bezeichnen). Der oben erwähnte Scheck wird den Besitzer wechseln, da besagtes Haus in einer, wie Gwen es ausdrückt, *attraktiven gebirgigen Urlaubsdestination* steht. Und der Käufer wird keine Gedanken daran verschwenden, was er mit dieser Aktion einem anderen Menschen wegnimmt. Mir wegnimmt. Und dem Geist auf dem Dachboden.

Aber ich schweife ab. Auf diesem umständlichen Wege möchte ich meiner Leserschaft eigentlich mitteilen, dass es von nun an keine Fortsetzungen von *Die Villa Liliput der Myra Malone* mehr geben wird. Ich habe Gwen gebeten, Ihnen sämtliche bereits errichteten Teilnahmegebühren für den Wettbewerb zurückzuerstatten. Es tut mir leid, dass ich Ihnen so viel Mühe bereitet und Ihre Zeit in Anspruch genommen habe. Als alles anfing, hätte ich nie erwartet, dass diese Geschichte eine solche Wendung nehmen würde. Für mich. Für uns alle.

Aber das ist eben das Problem, wenn man sich in eine Geschichte verliebt, die mit einem Haus beginnt. Ein Haus ist ein ziemlich unberechenbarer Anfang.

42

PARKHURST, ARIZONA, 2015

Ich hätte nicht nachschauen dürfen, ich hätte nicht nachschauen dürfen. Ich habe gleich gewusst, dass er nicht auf mich hören wird. Die Worte rasten in einer solchen Geschwindigkeit durch Myras Kopf, dass sie sie nicht mehr zu fassen bekam. Und bald kollidierten die Gedanken an Alex immer wieder mit denselben Fragen: *Wo soll ich hin? Wie soll ich das schaffen? Wie konnte das nur passieren?*

Als sie das ohnehin sinnlose Vorhaben aufgab, sich in ihrem Zimmer schlafen zu legen, und nach oben ging, war die *Villa* zum Leben erwacht. Und so kam Myra zornig in den einzigen Raum gestürmt, in dem sie sich zu Hause fühlte, nur um feststellen zu müssen, dass die Villa tatsächlich sperrangelweit offen stand. Aus der Geheimkammer hinter dem Regal in der Bibliothek drang Musik. Myra wurde ganz heiß, so als hätte Fieber sie erfasst, das, von ihrer Brust ausgehend, immer weiter stieg. Der Eichelanhänger lag warm auf ihrer Haut. Als sie aus dem Augenwinkel eine Bewegung in einer Ecke des Dachbodens wahrnahm, stellte sie fest, dass das Kleid – Trixies Kleid – sich regte. Es schwankte in einer Brise, die durch die trockene Luft strich und die außer Myra niemand spürte. Myra drehte sich zur *Villa* um, spähte hinein und erkannte, dass das inzwischen unversehrte Porträt sie anlächelte.

»Was soll ich tun?«, flüsterte sie.

Das Porträt antwortete nicht. Myra kauerte sich auf die Fersen. Sie hörte das Knirschen von Kies. Das Auto ihres Vaters entfernte sich langsam. Er fuhr wieder weg. So, als berührte ihn der Verlust des Hauses nicht im Geringsten. Aber natürlich hatte er sich schon vor langer Zeit damit arrangiert. Diane empfand offenbar ähnlich und verschanzte sich hinter einer angeblichen Alternativlosigkeit, die alle anderen Möglichkeiten abblockte. Unten schloss sich quietschend die Schlafzimmertür. In wenigen Minuten würde Diane ihre Schlaftablette geschluckt haben und weggetreten sein. Beide Eltern ließen Myra im Stich, und sie fühlte sich wie das kleine Mädchen von damals in der Schneeverwehung.

»Was jetzt?«, wandte sie sich wieder leise an das Porträt. »Oh, Trixie, du wusstest immer einen Rat. Du und Opa auch. Ich vermisse euch so.« Zu ihren Füßen erklang ein leises Poltern. Das Wäscheklammerpüppchen, dessen gelber Wollhaarschopf sein Gesicht umgab wie ein Heiligenschein, war aus der *Villa* gefallen. Es hatte die Grenzen des ihm zugeteilten Bereichs überschritten.

Als Myra aus dem Fenster schaute, sah sie, wie sich die Heckscheinwerfer ihres Vaters in der angerosteten Stoßstange des Autos ihrer Mutter spiegelten.

Ohne weiter nachzudenken, schlich die sie Treppe hinunter und nahm den Schlüsselbund ihrer Mutter von Haken neben der Tür. In Hausschuhen huschte sie über den Hof und rutschte auf den Fahrersitz.

Als Diane darauf bestanden hatte, dass Myra mit achtzehn den Führerschein machte, hatte sie sich mit Händen und Füßen gesträubt. Doch ihre Mutter hatte sie trotzdem für den notwendigen Fernkursus angemeldet, auf dem Beifahrersitz Platz genommen und ihr persönlich das Autofahren beigebracht. Und zu guter Letzt hatte sie Myra – das Gesicht so gut wie möglich hinter einem Schal getarnt – gezwungen, die Fahrprüfung abzulegen, und war sogar auf der Rückbank mitgefahren. *Was, wenn ich mal ins Krankenhaus muss? Oder du? Du musst Auto fahren können.*

Seit der Führerscheinprüfung hatte Myra nicht mehr am Steuer gesessen, und als sie sich die lange Liste der Dinge vergegenwärtigte, auf die man achten musste, fühlte sie sich wieder wie damals mit achtzehn. Aber es klappte, und das Auto erwachte mit einem Dröhnen zum Leben, das Myra gleichzeitig beängstigend und auch ein bisschen aufregend fand. Langsam rollte sie den Kiesweg entlang in Richtung Highway. Und schließlich fuhr sie den Berg hinunter bis zu der eine Stunde entfernten Trauerbirke, die sich über Trixies und Lous Grabsteinen beugte.

Seit Lous Beerdigung, einige Tage nach ihrem einundzwanzigsten Geburtstag, war Myra nicht mehr auf dem Friedhof gewesen. Ihr Vater hatte – eine eher feierliche als scherzhafte Geste – sechs Flaschen Bier mitgebracht, um sie mit Opa und Trixie zu teilen. Die Flaschen – eine in jeder Tasche seines zu großen und kaum getragenen Anzugs – hatten geklappert, als Myra und ihre Eltern zum Grab gegangen waren. Nach der Beisetzung hatte Dave das Bier an Myra und Diane verteilt, rasch mit dem Flaschenöffner die Kronkorken entfernt, seine Flasche gehoben und dem Verstorbenen zugeprostet. *Salud.* Myra hatte ihren Vater entgeistert angestarrt, doch er hatte bloß *Opa hätte das so gewollt* geflüstert. Und sie hatte gewusst, dass er recht hatte. Das starke, dunkle Bier hatte so bitter geschmeckt wie ihre Trauer, sodass sie kaum etwas davon heruntergekommen hatte. Sie hatten zwei Flaschen – eine für Lou, eine für Trixie – vor die Grabsteine gestellt. Und zu guter Letzt hatte Diane Seidenblumen in eine dritte gesteckt und sie dazwischen platziert.

Natürlich fehlte von Flaschen und Blumen jede Spur, als Myra das Auto parkte und sich auf den Weg zur Trauerbirke machte. Ihr Atem ging stoßweise und stand ihr in Wolken vor dem Mund, das einzig Warme in der aufziehenden

Dämmerung. Ohne den Baum hätte sie das Grab der beiden nie gefunden, denn Efeu rankte sich in einer schützenden immergrünen Schicht über die Steine. Als Myra sich mit knarzenden Knien auf den kalten Boden setzte, bedauerte sie, dass ihre Eltern keine Bank oder eine andere Sitzgelegenheit aufgestellt hatten. Doch schließlich war sie nie wieder hier gewesen, was vermutlich auch für Diane und Dave galt. Die Gräber wirkten ungepflegt – nicht vergessen, aber im Ruhemodus.

Lou hatte dieses Grab wegen der Trauerbirke für Trixie ausgesucht. Jahre später hatte Diane Myra anvertraut, dass er eigentlich eine Eiche gewollt habe. Trixie habe die Eichen ihrer Heimat, den Schutz ihrer ausladenden Äste und die bunten Farben ihres Laubs in so poetischen Worten geschildert. Doch die Fähigkeit, selbst in der trockenen Erde Arizonas fast alles zum Wachsen zu bringen, war mit ihr auf dem Berghang gestorben. Und so war die Birke das Beste gewesen, was Lou hatte auftreiben können. Ihre sich in sanft gekräuselten Spänen abschälende Rinde wirkte gleichzeitig wunderschön und traurig. Myra wäre mit dieser Wahl einverstanden gewesen, wenn man sie damals gefragt hätte. Doch sie lag zu diesem Zeitpunkt bewusstlos im Krankenhaus, kämpfte um ihr Leben und war in Gedanken noch immer in der Schneewehe gefangen.

Bei Lous Beerdigung war ihr gar nicht aufgefallen, dass er in Trixies Grabstein eine aus einer Eichel entspringende Eiche hatte einmeißeln lassen. Es war eine beeindruckend kunstvolle Arbeit, ein himmelweiter Unterschied zu Lous schlichtem Granitblock. Myra schloss die Hand um die blaue Eichel an ihrer Halskette und ließ sich von ihrer Wärme stärken.

»Ich weiß nicht, warum ich dachte, dass ihr mir helfen könnt.« Trotz der weichen Schicht aus gekräuselter Rinde und Laub unter ihr spürte Myra, wie Kälte ihren Hosenboden durchdrang. Doch es fühlte sich tröstend an, sodass ihr Blut zu brausen aufhörte und ihre Kopfschmerzen sich legten. »Aber ich musste euch einfach sehen. Keine Ahnung, warum ich nicht schon früher hergekommen bin.«

Der Wind frischte auf und zauste ihr Haar, wie Lou es früher getan hatte, und sie hatte den Geschmack von schmelzendem Eis im Mund – ein Vorbote des ersten Schneefalls. Sie spürte, wie etwas sie wegzog. Das Band zwischen ihr und dem winzigen Haus auf dem Dachboden wurde auf unangenehme Weise überdehnt. Allmählich wurde es dunkel, und wieder nahm der Wind zu, bis Myra endlich aufstand. Sie sehnte sich nach einem Zeichen, einem Fingerzeig von den beiden Menschen, die ihr so viel bedeutet hatten und denen auch sie wichtig gewesen war. *Jemanden in sein Herz aufzunehmen, ist eine Verantwortung, mein kleines Eichhörnchen. Aber ich helfe dir, es zu lernen.*

»Du hast mir nicht geholfen«, sagte Myra. »Ich war noch nicht so weit. Du wolltest mir etwas geben, Trixie, aber ich war noch nicht bereit dafür. Mein ganzes Leben habe ich damit verbracht, es ohne dich lernen zu wollen.« Tränen rannen ihr übers Gesicht und gefroren im Wind. »Ich habe nicht geahnt, wie einsam ich war, bis es Aussicht auf eine Veränderung ab. Doch das hieße, dass ich ihn an mich heranlassen müsste. Ich müsste ihm gestatten, mich anzusehen.«

Bis auf den Wind war es totenstill.

»Ich bin es selbst, richtig? Ich bin die Dame. Du hast mir die Aufgabe früher übertragen, als du es gewollt hast. Und auch an einem viel weiter entfernten Ort.« Wehmütig lachte sie auf, als ihr die Wahrheit endlich klar wurde. Das Gewicht der Eichel um ihren Hals, so vertraut, dass es ihr Geborgenheit vermittelte, gewann eine völlig neue Bedeutung, und sie empfand eine Trauer, die sie ratlos machte. »Wahrscheinlich sollte ich jetzt fragen, wie es weitergeht, aber es passiert ja schon seit langer Zeit, nur dass ich es nicht bemerkt habe. Wahrscheinlich war ich bereits ein Zufluchtsort, ohne es zu wollen. Gwen hat mir immer wieder gesagt, dass Menschen, die der *Villa* auf der Webseite so aufmerksam folgten, auf der Suche nach Trost wären. Aber was ist mit mir?«

Ihre klagende Stimme wurde vom Wind weggeweht und schwebte zwischen den Ästen der Trauerbirke. »Du hast gesagt, die Dame wäre sehr oft allein gewesen. Vor Alex hätte mich das, glaube ich, nicht gestört, Trixie. Doch nun habe ich erlebt, wie es wäre, das zu verlieren. Und ich weiß nicht, ob ich es schaffe. Ich weiß nicht, ob ich diese Last tragen kann.«

Aus einem Ort, tiefer noch als ihr Gedächtnis, stieg Trixies Stimme auf. *Wir können uns nicht selbst aussuchen, welche Last wir tragen wollen. Aber wir tragen sie trotzdem.*

Angetrieben von einem drängenden Gefühl, das sie nicht in Worte fassen konnte, kehrte Myra zu ihrem Auto zurück. Eigentlich hätte die Fahrt den Berg hinauf länger dauern müssen als hinunter, aber sie trat das Gaspedal durch, sodass das Auto gierig Kilometer fraß. Furcht nistete sich in ihrer Magengrube ein, wo sie wie ein Kohleklümpchen immer heller und heißer glühte. Als sie endlich in den Kiesweg einbog, sah sie flackerndes Licht hinter den Fenstern des Dachbodens. Sie fing an zu schreien.

43

LOCKHART, VIRGINIA, 2015

Beim Packen spürte Alex das Vibrieren seines Telefons in der Hosentasche. Als er den Namen seines Vaters auf dem Display erkannte, drückte er den Anruf weg. Den nächsten auch. Und den übernächsten. Er packte leichte Kleidung ein. *Braucht man in Arizona Pullover? Sie schreibt immer von der Kälte, aber gibt es dort nicht nur Wüste und Kakteen? Ich nehme mal welche mit, für alle Fälle ...*

Außerdem steckte er sämtliche elektronischen Geräte ein, die er besaß. Nicht nur, weil er sie ohnehin stets dabeihatte, sondern weil ihm eine Geschichte unter den Nägeln brannte, der Drang, zum ersten Mal seit Jahren etwas niederzuschreiben. Er wollte das keimende Pflänzchen der Erzählungen seiner Großmutter pflegen, bevor die Zeit es in Vergessenheit geraten ließ. Zusätzlich zu seinem Rollkoffer packte er auch noch eine schwere Reisetasche, denn er wollte einige der Dinge mitnehmen, die Myra in Miniaturausgabe besaß. Also faltete er die Überdecke aus Pannesamt zusammen und wickelte sie um die Messinglampe. Dann hastete er nach unten und holte den Band mit den Naturgedichten und ein paar Scherben des Porzellans mit Rankenmuster aus der Bibliothek. Als er Willas Porträt betrachtete, stellte er fest, dass der Riss quer über ihrem Gesicht verschwunden war. Von dem Schaden, den sein Vater der Leinwand zugefügt hatte, war nichts mehr zu sehen.

Du hast Zeit bis Freitag. Alex hatte keine Ahnung, wann – oder ob überhaupt – er zurückkehren würde. Außerdem wusste er nicht, was sein Vater mit den Sachen hier anstellen würde, an denen er so sehr hing. Wie rasch würde er das Haus vermieten, verkaufen oder sonst einen Weg finden, ihn, Alex, von dem Ort zu vertreiben, den er als Heimat empfand? Fast ohne nachzudenken, nahm er Willas Porträt von der Wand und trug es hinaus zum Transportcontainer, der in der Einfahrt stand. Nachdem er es ordentlich verstaut hatte, breitete er eine dicke Umzugsdecke darüber. Dann ließ er den Blick über die Kartons mit seinen Habseligkeiten schweifen und stellte fest, dass er noch Platz hatte. Also hastete er zurück ins Haus, um so viel wie möglich zusammenzuraffen. Er rollte den geschnitzten Tisch mit den silbernen Beinen aus der Geheimkammer, schleppte ihn die breite Vortreppe hinunter und schob ihn in den Container zwischen die Kisten voller alter Bücher. Die wasserblaue Kommode in seinem Schlafzimmer war aus so vielen Teilen zusammengeschustert, dass sie sich mit dem Multifunktionswerkzeug in seiner Hosentasche mühelos zerlegen, die Treppe hinunterschaffen und bei den anderen Sachen verstauen ließ. Die Matratze war zwar zu schwer und zu breit, um sie allein zu tragen, doch das Kopfbrett wog nicht viel, da die Schiebetüren nur aus Laminat bestanden, sodass es ihm gelang, es ebenfalls aus dem Haus zu bugsieren. Die Schallplatten, die ihm gefielen – Chopin, Joplin und Debussy, Vinylscheiben voller erinnerter Melodien –, wanderten in einen Karton, den er zu den Bücherkisten stellte.

Schließlich ging er nach oben, um einen letzten Blick in sein Zimmer zu werfen. Die Arme inzwischen leer, blieb er im Flur stehen. Der gläserne Knauf an Willas Zimmertür funkelte in der Nachmittagssonne. Alex hatte nicht viel Zeit in diesem kahlen, karg möblierten Raum mit seinem Panoramablick auf den Fluss verbracht. Die Tür schwang geräuschlos auf und gab wie immer denselben nackten Dielenboden und denselben gewaltigen Kleiderschrank frei, der an der rückwärtigen Wand stand. Alex bewunderte das kunstvoll gearbeitete Möbel aus Mahagoni, das jedoch für diesen Raum völlig überdimensioniert war und dadurch sperrig und fehl am Platz wirkte.

Als ihm klar wurde, dass er den Schrank noch nie geöffnet hatte, durchquerte er das Zimmer und streckte die Hand nach den angelaufenen Griffen aus. Im ersten Moment klemmte die Tür, ging dann jedoch mit einem Krachen auf. Eines der Scharniere war defekt. Im staubigen Inneren des Schrankes entdeckte Alex anstelle der erwarteten Kleidungsstücke zwei Gegenstände: ein Schaukelpferd mit rot lackiertem Sattel und eine Wiege, die auf zwei makellosen Halbmonden aus Eichenholz ruhte. Alex glaubte, diese Dinge wiederzuerkennen. Er griff danach und zerrte sie aus dem Schrank. Die kaputte Tür ließ er offen. Dann brachte er beides nach unten und stellte es zu den bereits eingelagerten Kisten und Kartons.

Allmählich ließ der Druck in seiner Brust nach. Alex fühlte sich, als hätte er Teile seiner selbst dem Zugriff seines Vaters entrissen. Nachdem er den Container zugeklappt und das dicke Vorhängeschloss vorgelegt hatte, rief er die Spedition an, damit alles abgeholt wurde. Da dieses Unternehmen häufig für Rakes and Son tätig war, erfolgte prompt eine Reaktion, und schon eine knappe Stunde später erschien ein Lastwagen am Fuße des Hügels. Alex sah zu, wie der Container vorsichtig auf die Ladefläche gehievt wurde, und blickte dem Laster nach. Als er schließlich ins Auto stieg, brach schon die Dunkelheit herein.

44

LOCKHART, VIRGINIA, 2015

Die Dunkelheit hinter den Bleiglasfenstern der Villa erschien Ruth wie ein Leuchten. So erging es ihm stets, denn für ihn drehte das Haus Licht und Schatten um wie ein Negativ, das einem ein verkehrtes Bild von der Wirklichkeit vermittelte. Auf dem Plattenweg blieb er stehen und blickte die Auffahrt entlang. Alex' Container war verschwunden, und dasselbe galt auch für sein Auto. Er hoffte – eigentlich wusste er es –, dass Alex ebenfalls verschwunden sein möge. Doch der Boden unter seinen Füßen verriet ihm genau, wohin sein Sohn gerade unterwegs war und was ihn dort erwartete. Ganz gleich, wo dieses verdammte Puppenhaus auch stehen und wem es inzwischen gehören mochte. Denn es würde auf ewig *ihres* sein.

Ich werde immer da sein. Das sollst du wissen.

Als Rutherford seiner Mutter die Tür gewiesen, ihr seinen Sohn entrissen und sie dann aus dem Haus geworfen hatte, waren das ihre Worte gewesen. Dabei hatten eine solche Ruhe und Gewissheit in ihrer Stimme mitgeschwungen, dass es geklungen hatte, als wollte sie Ruth verfluchen. Und sie hatte recht behalten. Er hatte es immer gewusst, sosehr er es auch in sich hineingefressen und jeden Funken Erinnerung an sie unterdrückt hatte.

An jenem Abend war er mit Alex in die Villa zurückgekehrt. Nach einem Besuch beim Hausarzt der Familie, dessen lange Bekanntschaft mit den Rakes verhindert hatte, dass übertriebene Nachforschungen wegen des gebrochenen Handgelenks des Kindes angestellt worden waren, war Willa fort gewesen. Doch er hatte ihre Gegenwart noch immer spüren können, die durch die Räume geweht war. Während Alex sich in der Bibliothek unter dem lächelnden Porträt in den Schlaf geweint hatte, war Ruth jeglicher Schlaf verwehrt geblieben. Am nächsten Morgen hatte er die Sachen des Kleinen gepackt und verkündet, sie würden in das Haus im Federal-Stil ziehen, das früher Mildred und Teddy gehört hatte und wo Rutherford eigentlich wohnte. Hier war er Rutherford oder Ruther, nicht Ruth, wie seine Mutter ihn zu nennen beharrt hatte. Ein Name, der ihm bei jedem seiner Besuche in der Villa aus den unterirdischen Tiefen, den Eichen und dem Plattenweg entgegenraunte. Nun stand er wieder hier. Und starrte wieder auf das Haus. Das Haus, wo alles angefangen hatte. Und enden würde.

Am nächsten Morgen – Alex hatte schon beim Aufwachen gegen das Packen, den Aufbruch und die Fahrt quer durch die Stadt zu dem düsteren Federal-Haus protestiert – hatte er die Villa damals zum Verkauf angeboten. *Ich will nach Hause*, hatte Alex immer wieder geschluchzt. Und sosehr Ruth – Rutherford, verdammt, oder Ruther – auch beteuert hatte, die Villa sei nicht sein Zuhause, hatte er den Jungen nicht überzeugen können.

Niemand wollte die Villa damals kaufen. Der Makler, den er mit dem Verkauf beauftragt hatte, machte schon nach der ersten Besichtigung einen Rückzieher, erschien bei Rakes and Son und schob den Scheck mit Prägedruck über Rutherfords imposanten Schreibtisch. »Nicht für alles Geld der Welt«, verkündete er, drehte sich auf dem Absatz um und floh – nicht nur aus dem Büro und aus dem Gebäude, sondern gleich aus Lockhart selbst.

Die Villa wusste, dass Rutherford sie loswerden wollte, und wehrte sich, genau wie Willa es vorhergesagt hatte, sodass er darauf sitzen blieb. Hinzu kam, dass er auch im Federal-Haus der Rakes nachts keine Ruhe fand, weil Alex unablässig weinend nach seiner Großmutter und der Villa rief. Und so dauerte es nur wenige Wochen, bis Ruth den überstürzten Umzug rückgängig machte und wieder in die Villa einzog. Als Alex aus dem Auto stieg, legte sich schlagartig der Wind in den Bäumen, das Raunen unter den Pflastersteinen verstummte, und es wurde friedlich im Haus. Nur dass es ein trügerischer Friede war, denn Rutherford konnte sich nicht allein im Haus aufhalten. Zumindest nicht lange, denn dann stellte sich rasch das altbekannte Gefühl ein, er werde hin und her gezerrt, was ihn in den Wahnsinn trieb. Nur mit Mühe gelang es ihm, die wenigen Jahre durchzuhalten, bis Alex alt genug war, um auf die Saint Thomas Academy zu gehen. Kurz nach dem fünften Geburtstag des Jungen beauftragte er Ellen damit, ihn im Internat abzuliefern. Anschließend verkaufte er das Federal-Haus und bezog eine Eigentumswohnung in der Innenstadt, deren Glasfronten Aussicht auf einen exklusiveren Teil des Flusses hatten. Was die Villa betraf, hätte er sie am liebsten zur Ruine verfallen lassen, nur dass sie sich hartnäckig weigerte, ihm diesen Gefallen zu tun. Nachts spürte er, wie sie sich beharrlich in sein Bewusstsein drängte, und ihm graute vor der Aufgabe, einen neuen Makler aufzutreiben, der Mieter für das Haus suchte.

An jenem Vormittag, als er ein Angebot für das alte Haus seiner Großeltern erhielt, erschien Ellen in seinem Büro und blieb mit verschränkten Armen in der Tür stehen. »Offenbar muss ich mir jetzt eine neue Wohnung suchen, oder?«

Rutherford schüttelte den Kopf, als erwachte er aus einem Traum. Die Wohnung im Souterrain und die Tatsache, dass Ellen niemals ausgezogen war, hatte er ganz vergessen. Da sich die treue Seele so nahtlos in seine Familie eingefügt hatte, war er, ohne nachzufragen, davon ausgegangen, dass sie die Einliegerwohnung in seiner neuen Bleibe beziehen würde. Doch die Villa war eine noch bessere Möglichkeit, denn jemand musste dort nach dem Rechten sehen. Vorzugsweise jemand, der ihn, Rutherford, nicht behelligen würde, und das tat Ellen nie. Als er ihr vorschlug, eine Weile in der Villa unterzukommen, lächelte sie strahlend. »Ja, aber wirklich nur für eine Weile, Ruther. Dieses Haus ist nämlich nicht für mich bestimmt. Es gehört jemand anderem.«

»Erinnere mich nicht daran«, erwiderte Rutherford. Und so redeten die beiden unverdrossen aneinander vorbei. Das Ende vom Lied war, dass Ellen die Villa um einiges länger bewohnte als geplant und erst wenige Wochen vor Alex' Rückkehr auszog.

Eigentlich hätte Rutherford zufrieden sein sollen. Die Firma lief gut, und auch Alex schlug sich wacker, obgleich er zu jenem Zeitpunkt am anderen Ende der Welt weilte, ein zorniger junger Mann, der seinem Vater die Schuld an all dem Elend gab. Rutherford hatte das Gefühl, dass endlich Ruhe eingekehrt war. Wenn da nicht dieser bohrende Schmerz gewesen wäre. Er hatte nach dem Verschwinden seiner Mutter eingesetzt und machte sich wie ein hungriges Tier in seinen Eingeweiden breit. Irgendwann war Ruther es leid, Ellens ständige Versuche abzuwehren, ihn zu einem Arzt zu schleppen, sodass er zu guter Letzt aus freien Stücken einen aufsuchte. Die Diagnose kam nicht überraschend. Und die damit einhergehenden düsteren Zukunftsaussichten entsprachen genau seinen Erwartungen.

Obwohl Rutherford gehofft hatte, seine Mutter endlich los zu sein, war sie – so wie sie es prophezeit hatte – auch weiterhin stets präsent. Das Band zwischen ihnen war unauflöslich und so dicht geknüpft wie das Gewirr aus wuchernden Ästen der Eichen hoch über seinem Kopf. Das Wissen, dass sie recht behalten hatte, ließ den stets in ihm schwelenden Zorn aufflammen, und es war ein gutes Gefühl, ihm jetzt endlich

Luft machen zu können. Er betrat die Villa durch die Vordertür.

Natürlich hatte das Haus mit seinem Erscheinen gerechnet. Es hatte gewusst, dass er kommen würde. Schon vor seinem Aufbruch aus dem Laden, während der letzten Runde, bei der er das Werk seiner Familie bewundert hatte, hatte er irgendwo unter dem Brustbein ein Ziehen gespürt. Es war ein Zupfen, das wehtat wie Zahnschmerzen, die sich auch durch Betasten mit der Zunge nicht lindern ließen. Schließlich war Ruther ins Büro gegangen und hatte Ellens riesige Handtasche aus der Schublade geholt, wo sie wie immer lag. Er hatte die Brieftasche herausgenommen und das einzige Foto von seiner Mutter gemustert, das es seines Wissens noch gab. Es war ein zerknitterter Zeitungsausschnitt, der eine Frau unbestimmbaren Alters neben einer jüngeren Begleiterin zeigte. Lachend reichte sie einem kleinen Kind eine Eiswaffel.

Diesen Zeitungsausschnitt und den abgegriffenen Zettel, der dahinter im selben Fach steckte, hatte er schon vor vielen Jahren durch puren Zufall entdeckt. Eines Tages war Ellen zu seinem Entsetzen schwer erkrankt, was sich als Lebensmittelvergiftung entpuppt hatte. Er hatte darauf bestanden, sie persönlich in die Notaufnahme zu fahren, und die Einweisungsformulare ausgefüllt, während sie bewusstlos in einem Krankenhausbett gelegen hatte. Beim Durchsuchen der Handtasche nach ihrem Ausweis und der Versicherungskarte war er dann auf den vergilbten Zeitungsausschnitt und den Zettel gestoßen, beides abgegriffen mit sich auflösenden Kanten. Damals hatten seine Finger genau dasselbe getan wie jetzt – und wie all die anderen Male, die er Ellens Brieftasche stibitzt hatte, um heimlich einen Blick in seine eigene Vergangenheit zu riskieren. Er hatte den Zettel aus dem Fach genommen und die Handschrift seiner Mutter betrachtet.

Wache über ihn. Wache über dieses Haus. Ich weiß nicht, wann ich zurück sein werde, aber ich bin nie wirklich fort.
WILLA

Rutherford nahm seinen liebsten Waterford-Füller aus der Sakkotasche, wo er immer steckte. Der Füllfederhalter war ein Geschenk von Mildred anlässlich seines Abschlusses an der Saint Thomas Academy. *Für meinen Ruther, mein Steuerruder im Sturm. Großmutter*

Er begann, unter die Worte seiner Mutter auf das abgenutzte Papier zu schreiben. Dabei stellte er bedauernd fest, wie sehr seine Handschrift ihrer ähnelte.

Du kannst jetzt aufhören zu wachen! RUTH

Alles, was in diesem Haus geschehen war, war schon einmal geschehen und würde es wieder tun. Es vergaß nie.

Doch er würde diese Erinnerungen ausbrennen.

45

HIGHWAY I-95, VIRGINIA, 2015

Alex war erst seit einer knappen Stunde unterwegs, als das Telefon schon wieder fordernd nach Aufmerksamkeit verlangte. Er hatte ganz vergessen, dass er es an die Freisprechanlage angeschlossen hatte. Und als er den Anruf gereizt wegdrücken wollte, drang Ellens Stimme aus den Lautsprechern.

»Alex! Ist dein Vater bei dir?«

»Nein, ich bin gar nicht in Lockhart. Warum?«

»Ich kann ihn nirgendwo finden. Nachdem du weg warst, war er ja so wütend. Wir haben ihn in sein Büro bugsiert, und ich konnte ihn überreden, sich kurz zu setzen, während ich ihm einen Tee kochte. Aber dann ist eine ganze Busladung Kundschaft aus dieser Seniorenwohnsiedlung in Arlington reingestürmt – du weißt schon, dort, wo alle Häuser aussehen wie Landgüter im Tudor-Stil ...«

»Ellen, hat diese Geschichte auch eine Pointe?«

»Als ich zurückkam, war er weg. Er ist weder in seinem Büro noch im Lager und auch sonst nirgendwo in der Firma, und ans Telefon geht er auch nicht.«

»Na und? Was erwartest du von mir? Immerhin hat er mich rausgeschmissen. Er soll sich erst mal wieder einkriegen. Und wenn er zurück ist, kann er sich ja überlegen, was er angerichtet hat. Auf mich hört er sowieso nicht.«

»Rutherford Alexander Rakes der Dritte, wenn du glaubst, ich lasse zu, dass du über deinen Vater sprichst, als hätte er dich nicht gern, gibt es ein Donnerwetter. Ja, dieser Mann ist wahrhaftig nicht einfach, und außerdem habe ich mein Lebtag nirgends eine solche Bande problembeladener Wichtigtuer gesehen wie die Mitglieder eurer Familie. Aber ich kümmere mich um Ruther, seit er auf der Welt ist. Ich habe auf ihn aufgepasst, weil seine Mutter mich darum gebeten hat. Und außerdem arbeite ich schon seit Menschengedenken für euch, weil ich euch alle liebe, das schwöre ich bei Gott, und jetzt bin ich absolut sicher, dass etwas Schlimmes passiert ist.«

Alex atmete tief durch und fuhr rechts ran. »Ellen, womit haben wir dich verdient? Er verdient dich jedenfalls nicht. Was soll ich denn tun?«

»Komm zurück. Bitte. Es passt nicht zu ihm, sich einfach in Luft aufzulösen.«

»Ich muss meinen Flieger morgen in DC erwischen. Da ist jemand, den ich sehen will.«

»Wenn es diese Michelle ist, Alex, hat sie ganz bestimmt Verständnis dafür, dass du einen familiären Notfall hast. Sonst ist sie nämlich sowieso nicht die Richtige für dich. Bitte. Er ist viel kränker, als er dir verraten hat, und er regt sich so leicht auf. Nie hätte ich ihm diese Webseite zeigen dürfen. Doch er hat mich ja dazu gezwungen und ist dabei immer wütender geworden. Er sagte, er müsse ein Ende machen, bevor es zu spät ist…«

Alex wendete mit quietschenden Reifen. Die Lichtkegel seiner Heckscheinwerfer beleuchteten eine Staubwolke, als er auf einer Rettungsspur den breiten Mittelstreifen überquerte und sich in den dichten Verkehr nach Süden einfädelte. In die entgegengesetzte Richtung. »Wir treffen uns bei der Villa«, rief er Ellen zu. Als sie auflegte, beendete er die Verbindung. Ohne auf mögliche Radarfallen zu achten, trat er das Gaspedal durch und raste in Höchstgeschwindigkeit und unter wilden Fahrbahnwechseln zurück nach Lockhart.

Bald näherte er sich der Brücke, die über den Fluss führte.

Und da sah er auf der Kuppe eines Hügels in der Ferne einen roten Schimmer.

Als er den Vorort unterhalb der Villa erreichte, waren sämtliche Häuser verlassen, denn die Bewohner hatten sich auf der Straße vor dem eisernen Tor versammelt. Hupend bahnte er sich einen Weg durch die Menge, bis er den Wagen schließlich mitten auf der Straße stehen ließ und ausstieg. Auf den Gesichtern, die sich ihm zuwandten, malten sich Entsetzen, Schadenfreude, Erleichterung oder einfach nur Neugier ab. Und als er am Tor angelangt war, stieß eine Frau links von ihm einen Schrei aus und zeigte mit dem Finger empor.

Auf dem Dach bemerkte Alex eine in Flammen stehende Gestalt, die sich lässig an das mit Schiefer gedeckte Türmchen lehnte. Er rannte den Plattenweg entlang und rief den Namen seines Vaters. Doch anstelle einer Antwort hörte er nur ein wahnwitziges, schrilles Lachen, das der Wind, begleitet von einem Schwall Asche, vom brennenden Haus zu ihm herüberwehte.

»Dad! Halte durch!« Alex stürmte die brennenden Stufen hinauf, bevor ihn jemand aufhalten konnte. Als er nach dem eisernen Türknauf greifen wollte, wurde er von einer Flammenwand zurückgeschleudert. Er hielt sich die linke Hand. »Dad!«, rief er in heller Angst und sah sich panisch nach Hilfe um. Einer Leiter. Einem Feuerwehrwagen. Irgendjemandem, der seinen Vater vom Dach holen konnte. Als er ein Stück zurückwich, sah er, dass Flammen in seinem Turmzimmer züngelten und unter den Bleiglasfenstern der Vorhalle am Kaminsims leckten. Er hielt Ausschau nach seinem Vater. Der Qualm lichtete sich, und er stellte fest, dass Rutherford noch immer am Kamin lehnte und sich vor Lachen krümmte.

»Ich habe es ihr gesagt.« Rutherfords Stimme war bis zur

Unkenntlichkeit verzerrt und dennoch auf grausige Weise sachlich. Der Wind trug ihren Klang, laut wie eine Fanfare, zu seinem Sohn herüber. Es war eine Botschaft aus einer Vergangenheit, die nicht die von Alex war. »Ich habe ihr gesagt, dass ich es niederbrennen würde.« Rutherford balancierte über den Dachfirst und tätschelte beinahe tröstend das geneigte Dach des Turms. Vielleicht wollte er sich ja selbst trösten. Im nächsten Moment sah Alex, wie Flammen aus seinen Fingerspitzen sprühten, die spitzen Konturen seiner Ellbogen und Schultern nachzeichneten und sein mageres, mürrisches Gesicht und seine blank polierten Schuhe umrahmten. Plötzlich ertönte ein Ächzen, als schnappte die Villa nach Luft.

Und dann stürzte das Dach in sich zusammen.

46

PARKHURST, ARIZONA, 2015

Diese Teekanne will sich in den Raum integrieren – nur dass es leider keinen Raum zum Integrieren mehr gibt.

Der Cursor blinzelte Myra an, die ihrerseits die Tränen wegblinzelte und weitertippte.

Heute Morgen ist die Sonne aufgegangen, obwohl ich sie nicht darum gebeten habe. Sie beleuchtet eine Welt, die sich von Grund auf verändert hat, und ich weiß nicht so recht, wo ich anfangen soll.

Der Geruch nach Rauch erfüllte ihren Kopf und den Dachboden, der auf wundersame Weise fast unversehrt geblieben war. Nur die Deckenbalken waren ein wenig angesengt. Das Fehlen von Dianes Kartons hatte es Myra eindeutig erleichtert, in die Küche zu eilen und den Feuerlöscher aus seiner Halterung an der Wand zu reißen. Er war deshalb so gut sichtbar angebracht, weil Myra noch immer an Albträumen litt, in denen Feuer eine Rolle spielte, weshalb ihre Eltern keine Mühe gescheut hatten, die nötigen Brandschutzvorkehrungen zu treffen.

Als Myra nach ihrer Rückkehr vom Friedhof die Treppe hinauf und durch den schmalen Gang auf den Dachboden rannte, war die *Villa Liliput* bereits in Flammen gehüllt, die bis zu den Deckenbalken schlugen. Myra richtete den Strahl des Feuerlöschers auf den unteren Teil des Feuers, wie sie es gelernt hatte. Gleichzeitig schrie sie ihrer Mutter zu, sie solle aufwachen, aus dem Haus laufen und die Feuerwehr rufen. Doch die würde sowieso nicht mehr viel ausrichten können. Myra musste mit ansehen, wie das, was sie auf dieser Welt am meisten liebte, vor ihren Augen verbrannte. Die Flammen schienen es nur auf die *Villa* abgesehen zu haben und verschlangen sie ganz und gar, bis sie endlich gesättigt waren und sich von Myra mit einer weißen Schaumschicht besänftigen ließen.

Als die Feuerwehr eintraf, gab es nichts mehr zu löschen.

Die *Villa Liliput* war eine qualmende Ruine. Dem Haus selbst war nichts geschehen, doch auch das änderte nichts daran, dass es nicht mehr Myra oder ihrer Familie gehörte. Jedenfalls nicht mehr lange, da ja schließlich die Zwangsversteigerung drohte. Weil Myra nur wenig zu packen hatte und ohnehin kaum etwas mitnehmen wollte, beschäftigte sie sich damit, die Möbel zu bergen und in der Hutschachtel zu verstauen. Dann löste sie die *Villa* von der kunstvoll gearbeiteten Plattform – dem Werk ihres Großvaters –, klappte die kleine Welt zu und schloss bis auf Weiteres die Messingscharniere. Wie dieses Weitere aussehen und wo es stattfinden sollte, stand noch in den Sternen.

Nun war Myra schon wieder eine Entscheidung abgenommen worden. Die Messingscharniere der *Villa* waren geschwärzt und zu nicht mehr funktionstüchtigen Klumpen geschmolzen. Die Plattform war bis zur Unkenntlichkeit verkohlt. In der Bibliothek hatte kein einziges Buch überlebt. Dennoch gelang es Myra, die Fassung zu bewahren. Das hieß, bis sie das dunkle Rechteck sah, wo einst das lächelnde Gesicht der Dame gehangen hatte. Seit diesem Moment wollten die Tränen nicht mehr aufhören zu fließen, sosehr ihre Mutter auch versuchte, sie zu trösten. Ausgerüstet mit einer Tasse Kamillentee, schlich sie die Treppe hinauf, als sei Myra noch ein Kind. Sie schlug sogar vor, einige Tage früher als geplant in Richtung Wyoming aufzubrechen, um das

Gästehaus auf dem Grundstück von Myras Onkel zu beziehen, das schon auf ihr neues Leben wartete – wie immer das auch aussehen würde. Aber obwohl Myra nun nichts mehr für eine ungewisse Zukunft zu packen hatte, schob sie den Abschied vor sich her.

Sie wusste nicht, warum sie den Laptop hervorholte und beschloss, etwas zu schreiben. Worte waren schon immer ihr Rettungsanker gewesen, und als sie den Anhänger aus Lapislazuli an ihrem Hals spürte und in Gedanken Trixies leise Stimme hörte, erschien ihr die Sprache wie eine Verbindung zu etwas, das größer war als sie selbst.

Gwen würde sicher wollen, dass ich mich jetzt für die Liebe und Aufmerksamkeit bedanke, die Sie mir und meiner Welt geschenkt haben, schrieb sie. *Und ich bin Ihnen dafür wirklich dankbar. Allerdings muss ich Ihnen ehrlicherweise etwas gestehen: Als ich diese Welt schuf, wusste ich nicht, dass ich es nicht nur für mich alleine tat. Ich wusste nicht, dass sie so vielen von Ihnen als Zuflucht vor der Welt außerhalb des Bildschirms dienen würde, auf dem Sie die Villa betrachten. Ich wusste auch nicht, dass Ihnen die vielen Einzelheiten und die Geschichten genauso viel bedeuten wie mir. Vor all den Jahren ahnte ich nicht, was Trixie, was Großvater mir geschenkt hatten. Die Kraft und auch die Last, die mit diesem Geschenk einhergingen. Ich wusste nur, dass es meine Aufgabe war, darüber zu wachen.*

Und ich habe versagt.

Sie hörte auf zu tippen, rieb sich mit einer unwirschen Bewegung die Augen und holte Luft.

Ich weiß auch nicht, was jetzt kommt. Die Villa ist fort. Ebenso fort wie Trixie und Lou. Und wie dieses Haus, mein Elternhaus, es bald sein wird. Ich war noch nie so allein.

Wieder hielt sie inne. Als sie ein Echo ihrer Tippgeräusche hörte, blickte sie sich verdattert um. Die Überreste der *Villa* gaben keinen Mucks von sich. Das Licht der späten Nachmittagssonne dieses kalten Dezembertages fing sich in seiner Asche. Aber das Geräusch kam auch nicht von ihrer Tastatur, die schwieg, da ihre Finger sie jetzt nicht mehr berührten.

Sie folgte dem Klang zu der Ecke, wo sie das Kleid entdeckte. Der Taft war zwar an den Säumen ein wenig angesengt, doch ansonsten hing es, klein wie ein Puppenkleid, unversehrt an seinem Bügel. Darunter auf dem Boden stand die Hutschachtel.

Das Tippen kam aus der Schachtel. Wenn Myra die Hutschachtel öffnete, wusste sie nie, was sie darin erwartete: reparaturbedürftige Möbelstücke, Werkzeuge, die ein neues Projekt ankündigten, oder ganze Zimmer auf der Suche nach einem Zuhause. Doch als sie diesmal den altrosafarbenen Deckel lüpfte, befanden sich nur die drei Wäscheklammerpüppchen darin. Ihre gelbhaarige Doppelgängerin, der Mann mit dem rotbraunen Wollschopf und den mit Kugelschreiber aufgemalten Bartstoppeln sowie das kleinere Püppchen mit den langen dunklen Zöpfen.

Myra nahm die drei in die Hand.

Für euch gibt es keinen Raum zum Integrieren.

Sie legte die Wäscheklammerpüppchen zurück in die Hutschachtel und brach in Tränen aus.

47

IRGENDWO ÜBER TEXAS, 2015

Erst als die Flugbegleiterin die kleine Flasche vor Alex auf das Tischchen stellte, wurde ihm klar, dass sie ihn schon dreimal gefragt hatte, ob er etwas essen oder trinken wolle, ohne eine Antwort zu erhalten. Beim Anblick des Weins hob er benommen den Kopf. Sie lächelte ihn an.

»Bitte verstehen Sie das jetzt nicht falsch«, flüsterte sie. »Eigentlich dürfen wir das gar nicht. Aber wir sind sowieso fast allein, und Sie sehen aus, als könnten Sie einen Schluck gebrauchen.«

Alex nickte langsam. Den Schmerz in seiner bandagierten Hand nahm er kaum zur Kenntnis, so als wäre sein Gehirn ebenfalls in weichen Verbandsmull gewickelt. Er fühlte sich wie betäubt. »Mein Vater ist gestorben«, sagte er.

»Das tut mir sehr leid.«

»Muss es aber nicht.« Alex hörte selbst, dass seine Stimme nach oben ging, sodass der Satz klang wie eine Frage, die er gar nicht hatte stellen wollen. »Er war … es ist kompliziert. Er war krank. Ich glaube, schon ziemlich lange, obwohl ich nichts davon gewusst habe. Vermutlich hat er deshalb die Welt ganz anders gesehen als seine Mitmenschen. Er hat mit Dämonen gekämpft, die es gar nicht gab.« Er rieb sich mit den Fäusten die Augen, um den Nebel in seinem Kopf zu vertreiben. »Entschuldigen Sie, ich rede wirres Zeug. Aber ich habe kaum geschlafen.«

»Sie brauchen sich nicht zu entschuldigen. Wann ist es denn geschehen?«

»Gestern.«

»Oh, wie traurig. Sie sind wohl unterwegs zur Beerdigung?«

»Beerdigung?« Wieder rieb sich Alex die Augen. »Ja, es wird sicher eine Beerdigung geben. Aber nein, ich will woandershin.«

Die Frau schien zwar verwirrt, tätschelte ihm aber die Hand. »Ach, das habe ich auch schon erlebt. In der nächsten Zeit werden Sie nicht wissen, wo Ihnen der Kopf steht, aber das ist völlig in Ordnung. Hoffentlich finden Sie Zuflucht für Ihre Gedanken.«

»Danke.« Alex holte den am Flughafen ausgedruckten zusammengefalteten Zettel aus seiner Brieftasche. Sobald er in Phoenix wäre, wollte er die Alcove Agency nicht erst mithilfe seines Telefons suchen müssen. Gwen Perkins sah genauso aus, wie sie sich anhörte: kultiviert und kompetent. Sie war seine einzige Verbindung zu Myra. »Eine Zuflucht ist genau das, was ich jetzt brauche.«

Alex dachte daran, wie die Überreste der Villa auf dem Hügel in Lockhart gequalmt hatten, als er nach Arizona aufbrach. Offenbar hatte der Einsturz des Daches die Flammen noch kühner gemacht, da jegliche Barriere fehlte. Sie züngelten so hoch empor, dass die Schaulustigen staunend nach Luft schnappten, als betrachteten sie ein Feuerwerk und kein grausiges Inferno. Anders als erwartet hatte Alex keine Trauer, sondern Erleichterung empfunden, als sein Vater im Feuer verschwunden war. Sie überkam ihn wie eine Welle, die mit der Hitze des lodernden Brandes über ihn hinwegfegte. Das Eintreffen der Feuerwehr und der Krankenwagen nahm er nur am Rande zur Kenntnis. Ebenso die Bemühungen der Sanitäter, die ihn freundlich dazu brachten, seine verbrannte Hand verbinden zu lassen. Als sie ihn zu einer Untersuchung im Krankenhaus drängten, lehnte er dankend ab.

Stattdessen starrte er weiter in die Flammen, als rechnete

er damit, dass sein Vater, die schlanke Gestalt glühend wie ein Stück Kohle, aus der brennenden Haustür treten würde. Aber das geschah natürlich nicht. Den Unglücksort zu verlassen, war weniger eine bewusste Entscheidung als eine Aktion seines Muskelgedächtnisses, das ihn durch die verwunderten Zuschauer zum Fahrersitz seines Autos führte. Schließlich fuhr er den stillen Highway entlang in Richtung desselben Flughafens, der zuvor schon sein Ziel gewesen war. Am Airport von Washington, D. C., angekommen, besaß er wenigstens noch die Geistesgegenwart, Ellen anzurufen. Bei seinem Aufbruch hatte er sie, die Augen starr vor Entsetzen, inmitten der Menschenmenge am Fuße des Hügels gesehen.

Ellen fing an zu reden, sobald sie den Hörer abhob. »Sie durchsuchen noch immer das Haus.« Eigentlich hatte Alex mit Tränen gerechnet, aber ihr Tonfall vermittelte Tatkraft. »Danke, dass du mir Bescheid gibst. Dann müssen sie sich wenigstens nicht vergewissern, dass du nicht mehr da drin bist.«

»Ellen, mein Dad ...«

»Ich habe es gesehen. Alle haben es gesehen. Dass das Dach eingestürzt ist, meine ich. Den Rest natürlich nicht.«

»Welchen Rest?« Alex versuchte noch immer zu verstehen, was er gesehen und was sein Vater getan hatte.

»Wie ich dir bereits gesagt habe, Alex, habe ich nirgends eine so problembeladene Familie erlebt wie deine. Außerdem arbeite ich schon seit vielen Jahren bei euch.« Als sie lautstark Luft auspustete, hatte Alex sofort ihr Gesicht vor Augen. Die formvollendete Wolke aus kurzen, steif gesprayten Locken, deren rote Farbe sie alle zwei Wochen auffrischte. Die Zigarette zwischen den farblich passend geschminkten Lippen. Das Klopfen ihrer rot lackierten Nägel. »Ich bin nur froh, dass er nicht mehr leiden muss.«

»Ich auch.« Alex war durcheinander. Ellen kannte ihn seit seiner frühen Kindheit. Und sie war, wie ihm nun klar wurde, der vernünftigste Mensch in seinem Leben. »Ich weiß nicht, was ich jetzt tun soll.«

»Nun, es wird eine Menge Fragen geben, Alex. So ein Vorfall führt immer zu Gerede. Allerdings hast du einen wichtigen Trumpf im Ärmel.«

»Und der wäre?«

»Der gute Name der Familie Rakes. Das Geld der Familie Rakes. Und die Anwälte der Familie Rakes.« Wieder pustete sie Luft aus. »Außerdem hast du mich. Und in gewisser Weise auch deinen Vater. Er hat nämlich sämtliche Zweifel ausgeräumt, indem er eine Art Abschiedsbrief hinterlassen hat.«

»Was? Wo denn?«

»In meiner Handtasche. Weil er genau wusste, dass ich ihn dort finden würde. Auf einem Brief von deiner Großmutter, den ich immer bei mir trage.«

»Was steht drin?«

Ellens Stimme stockte. Alex erlebte zum ersten Mal, dass sie klang, als wäre sie den Tränen nahe. »Dass ich jetzt aufhören kann, über ihn zu wachen.«

Alex spürte, dass auch ihm Tränen in die Augen traten. »Es tut mir so leid.«

»Mir auch. Für uns beide. Aber du hast jetzt Wichtigeres zu tun, Alex.«

»Du hast recht. Ich muss los, Ellen. Ich habe auf einen späteren Flug umgebucht, denn ich muss sie einfach suchen.«

Kurz blieb es still in der Leitung, und Alex fragte sich schon, ob die Verbindung unterbrochen worden war. Doch dann ergriff Ellen wieder das Wort: »Ja, ich glaube, das musst du. Deine Familie hat schon eine gescheiterte Liebesgeschichte erleben müssen. Deshalb hat sie eine neue verdient. Ich bete zu Gott, dass du sie findest.«

»Welche gescheiterte Liebesgeschichte meinst du?«

»Dein Dad hat nie über deine Großeltern gesprochen, doch ich erinnere mich noch gut an sie. Ich war ein junges Mädchen, als Ford deine Großmutter mit nach Lockhart gebracht hat. Kurz zuvor hatte dein Urgroßvater mich eingestellt. Damals hatte ich ein besseres Händchen fürs Hübschsein als fürs Möbelverkaufen. Ganz im Gegenteil zu heute, denn nun bin ich in beiden Bereichen die Nummer eins.«

»Ellen, das ist jetzt eine unhöfliche Frage, aber wie alt bist du eigentlich?«

»Eine Dame gibt nie ihr wahres Alter zu, Alex. Allerdings muss ich gestehen, dass ich vermutlich Hilfe hatte. Dieses Haus durchdringt einen irgendwie. Jedenfalls war es bei mir so. Ich weiß nicht, wie ich dir sonst erklären soll, dass ich dreiundneunzig Jahre jung bin, mein Lieber. Auch wenn ich mich noch fast so quicklebendig fühle wie damals, als ich zum ersten Mal die Vortreppe der Villa hinaufgestiegen bin. In jenen Jahren war mein Verstand zu alt für meinen Körper, und heute ist er womöglich ein bisschen zu jung. Mir ist klar, was du im Moment empfindest, auch wenn ich es nicht richtig in Worte fassen kann. Aber du kannst mir glauben.«

»Ich habe die beiden nie gekannt.« Alex spürte eine sonderbare Trauer. »Wie waren sie denn?«

»Ich habe noch nie zwei so verliebte Menschen erlebt wie Ford und Willa Rakes. Fast habe ich mich gefühlt wie in einem dieser kitschigen Liebesfilme, nur dass es echt war. Und dann, als er aus dem Krieg zurückkam ... Ach, mein Junge, so ein Elend habe ich noch nie gesehen. Danach war nichts mehr so wie früher.«

»Ich weiß nicht, ob ich die Liebe finden werde, Ellen. Schließlich hat sie den Kontakt abgebrochen.«

»Große Gefühle können einem Angst machen.« Ellens Feuerzeug klickte. »Und allem Anschein nach hat diese junge Frau ihre Welt sehr stark eingegrenzt. Nur dass manche Dinge eben größer sind als wir alle. Überlasse es ruhig mir, die Einzelheiten hier zu regeln. Komm zurück, wenn du so weit bist. Und finde, was ihr beide gesucht habt. Viel Glück.«

Als es wieder still in der Leitung wurde, erkannte Alex, dass Ellen aufgelegt hatte. Er betrachtete die ausgedruckte Adresse in seiner Hand, illustriert mit Gwens Firmenporträt. »Bitte hilf mir, sie zu finden«, flüsterte er. »Ich weiß nicht, an wen ich mich sonst wenden soll.«

Verglichen mit der wiederaufbereiteten, abgestandenen Luft an Bord der Maschine, die Alex auf dem stundenlangen Flug quer über den Kontinent hatte atmen müssen, empfand er die frische Brise bei Aussteigen in Phoenix als trocken und kühl. Und außerdem als weniger drückend und erinnerungsschwer als die stickige Schwüle in Virginia. Während er wie ein Schlafwandler sein Gepäck holen ging, wurde ihm klar, dass er vergessen hatte, einen Mietwagen zu reservieren. Außerdem wusste er gar nicht, wohin er fahren sollte. Also griff er zum Telefon und wählte Gwens Nummer.

»Alcove, Sie sprechen mit Gwen.«

»Gwen. Ich bin es, Alex.«

»Alex! Ich habe schon versucht, Sie zu erreichen. Ich dachte, Sie wollten Ihr Telefon immer bei sich haben. Inzwischen habe ich es aufgegeben, Myra hinterherzutelefonieren, und wollte mich gerade auf den Weg zu ihr machen. Ich rufe Sie an, sobald ich weiß, was los ist.«

»Kann ich mitkommen?«

»Was meinen Sie mit ›mitkommen‹? Wohin mitkommen?«

»Ich möchte Sie gerne begleiten. Um sie zu sehen.«

Gwen hielt inne. »Ich mache mir große Sorgen und kann unmöglich abwarten, bis Sie mit dem Flieger hier eingetrudelt sind.«

»Ich bin schon vor Ort. Im Moment stehe ich in Sky Harbor und habe keine Ahnung, wo ich hinfahren oder was ich unternehmen soll. Aber wenn es jemanden gibt, der mir diese Frage beantworten kann, dann sind Sie das.«

»Verdammt, diese Myra. Wenn ich sie sehe, drehe ich ihr den Hals um.«

Alex runzelte verständnislos die Stirn. »Ich kapiere kein Wort. Warum denn?«

Gwen fing an zu lachen. »Ich habe die Anrufe der Fernsehsender nicht beantwortet, weil sie mich darum gebeten hat. Und jetzt sind Sie da und stehen einfach so am Flughafen. Das ist doch so wahnwitzig wildromantisch, dass wir eine Million Zuschauer kriegen würden. Und weit und breit keine Kamera, die es filmt.« Sie seufzte auf. »Eine verschenkte Chance.«

»Jetzt ergibt alles Sinn, was Myra mir je über Sie erzählt hat. Wo treffen wir uns? Soll ich zu Ihnen ins Büro kommen?«

»Oh, nein, diese Gelegenheit lasse ich mir nicht entgehen. Ich hole Sie höchstpersönlich ab, und dann fahren wir nach Norden.«

»Vorher müssten Sie mir aber helfen, etwas zu erledigen. Das heißt, falls Sie die Einzelheiten kennen. Und auf mich wirken Sie wie jemand, der immer alle Einzelheiten kennt.«

»Ein wahres Wort. Für welche Einzelheiten würden Sie sich denn interessieren, Mr. Rakes?«

»Die Zwangsversteigerung. Myras Haus. Die Bank. Wie viel kostet es, die Sache aus der Welt zu schaffen?«

»Aus der Welt schaffen? Meinen Sie, die Schulden abzubezahlen? Das sind über hunderttausend Dollar. Diane hat einen teuren Geschmack und war, wie sich herausgestellt hat, ziemlich leichtsinnig. Einen Teil haben wir wieder reingeholt, indem wir die Sachen verkauft haben, aber es reicht nicht annähernd. Die Zwangsversteigerung soll nächste Woche stattfinden. Ich habe es bis jetzt nicht geschafft, Myra zu beichten, wie knapp bei Kasse wir sind.«

Alex nickte. »Während Sie unterwegs hierher sind, tätige ich ein paar Anrufe und schaue, was ich tun kann.«

»Was genau soll das heißen? Gehören Sie etwa zu den Leuten, die bei so hohen Schulden etwas unternehmen können?«

»Bis jetzt nicht. Aber ich glaube, inzwischen vielleicht schon.« Alex seufzte tief. »Mein Vater ist tot, und mein Haus gibt es nicht mehr. Die Welt hat sich seit gestern von Grund auf verändert. Ich fühle mich ehrlich gesagt, als könnte ich mich kaum noch auf den Beinen halten. Und es gibt nur einen einzigen Menschen, mit dem ich über alles sprechen kann, was geschehen ist. Über diese gewaltige Last, die mich zu Boden drückt. Allerdings weiß ich nicht, ob sie noch mit mir reden will.«

»Das wird sie, Alex. Keine Ahnung, wie ich es erklären soll. Aber ich glaube, sie wartet schon ihr ganzes Leben lang darauf, mit dir zu reden.«

PARKHURST, ARIZONA, 2015

Myra war nicht sicher, wie lange sie schon auf dem Boden saß, als sie das Knirschen von Autoreifen auf dem Kiesweg hörte. Erschrocken sprang sie auf, spähte aus dem Fenster und stellte fest, dass ihre Mutter aus der Haustür trat und auf Gwens Auto zusteuerte. Eigentlich hatte sie nicht damit gerechnet, Gwen vor ihrer Abreise nach Wyoming noch einmal zu sehen, und das, obwohl diese immer wieder vorgeschlagen hatte, Myra solle doch zu ihr nach Phoenix ziehen. Sie beobachtete, wie Gwen ausstieg und um die Motorhaube herumging, um ihren offenbar zögerlichen Beifahrer aus dem Wagen zu locken.

Alex war größer, als er auf den Fotos aussah. Als er zum Fenster hinaufschaute, wich sie zurück und schlug die Hand vors Gesicht. Im nächsten Moment klopfte es an der Tür. Wie erstarrt blieb Myra stehen und wagte kaum zu atmen, als sie die schweren Schritte ihrer Mutter, gefolgt von Gwens leichtfüßigen, auf den Stufen hörte. Gwen kam in den Raum gestürmt und schnappte entsetzt nach Luft. »Diane, als du gesagt hast, es sei hinüber, wusste ich nicht, dass ...« Als sie heftig den Kopf schüttelte, wirkte sie für einen Moment wie das siebenjährige Mädchen, das sie bei ihrer ersten Begegnung mit Myra gewesen war. »Nicht die *Villa*. Nicht die auch noch.«

»Auch?«, wunderte sich Myra. »Nicht die *auch* noch? Was war denn heute bei dir los, dass du von ›auch‹ redest? Und was, um alles in der Welt, machst du hier? Mit ihm? Ausgerechnet heute?«

»Ich musste dich sehen.« Alex' Stimme klang viel voller und kräftiger als am Telefon und erfüllte den Dachboden. »Etwas Besseres ist mir nicht eingefallen.«

Gwen legte Myra die Hand auf die Schulter. »Myra Malone, ich liebe dich mehr als jeden anderen Menschen auf dieser Welt, und vielleicht wirst du mir das ja nie verzeihen. Doch es gibt eben Dinge, die sich unserem Einfluss entziehen. Deshalb habe ich beschlossen, dass es das Risiko wert ist, mich von dir anbrüllen zu lassen.« Sie wies auf Alex. »Ich glaube, eine Vorstellung erübrigt sich. Außerdem würde das nur Zeit kosten, die ihr beide nicht habt, denn es gibt eine Menge zu bereden.« Sie schaute an Myra vorbei und betrachtete kopfschüttelnd die Ruine der *Villa*. »Ihr habt mehr gemeinsam, als ihr ahnt. Und jetzt überlasse ich euch eurem Schicksal, damit ihr in Ruhe rauskriegen könnt, was los ist.«

Gwen schloss die Tür des Dachbodens hinter sich und stieg mit Diane die Treppe hinunter.

»Es tut mir so leid, Myra.« Als Alex einen Schritt auf sie zutrat, wich sie zurück.

Sie hatte Tränen in den Augen. »Ich weiß, dass ich deinen Erwartungen nicht entspreche.«

Alex machte noch einen Schritt vorwärts und griff nach ihren Händen. Sie stellte fest, dass seine linke Hand mit einer dicken Bandage umwickelt war. »Nein, so habe ich es nicht gemeint. Du übertriffst alles, was ich mir ausgemalt habe, Myra. Nein, mir tut es leid, dass du so viel verloren hast.« Er ließ ihre Hände los, näherte sich der *Villa* und ging vor der verkohlten Ruine in die Hocke. »Ich habe sie nämlich auch verloren.«

Die Wucht seiner Worte traf Myra wie ein Schlag in die Magengrube, denn sie verstand sofort, was er ihr sagen wollte. »Die *Villa*, ist sie ...?«

»Sie sieht genauso aus wie deine. Nur mit einem Unterschied.«

Als Myra die Augen schloss, flackerte ein Feuer hinter ihren Lidern. Hitze stürmte auf sie ein, und Flammen leckten an ihrer Haut. Sie hörte, wie der Wind Ascheflöckchen und schrilles Gelächter herantrug. »Ruth.« Sie schlug die Augen auf und blickte Alex an. »Dein Vater. Oh, mein Gott, Alex, es tut mir so leid.«

Alex schüttelte den Kopf. »Er hatte nicht mehr lange zu leben. Deshalb bin ich ja nach Lockhart zurückgekehrt. Weil er sterbenskrank war und außer mir keine Familie mehr hatte. Eigentlich war ich ihm noch immer böse, weil er mich weggeschickt hatte. Doch inzwischen ist mir klar geworden, wovor er mich schützen wollte.«

»Vor mir wollte er dich schützen.«

»Vor seiner Mutter, meiner Großmutter. Vor Trixie. Vor dir.«

Myra spürte die Last der Jahrhunderte um ihren Hals, eine Verbindung zum Fluss der Zeit, in dem sie ein Anker war, ein Zufluchtsort für die Beladenen. Als Trixie die Verantwortung an sie weitergereicht hatte, war sie noch nicht bereit gewesen. Ohne es zu wissen, hatte sie ihr ganzes Leben damit verbracht, in diese Rolle hineinzuwachsen. Die Kette mit der Eichel, die Trixie ihr über das Köpfchen gestreift hatte, war der Schlüssel, den die Bewahrerin brauchte. Und so hatte Myra ihr Leben einer Aufgabe geweiht, von deren Vorhandensein sie gar nichts geahnt hatte. Einem Ort, der sich auf sie verließ. Und nun gab es diesen Ort nicht mehr.

»Er wollte sich der Pflicht nicht stellen«, sagte Myra. »Als er auf die Welt kam, wusste er nicht, worin sie bestand, und ihm fiel nichts Besseres ein, als dagegen anzukämpfen. Seit seiner Geburt hat er gekämpft und sich gesträubt.«

»Wobei er immer versucht hat, über meinen Kopf hinweg zu entscheiden. Vielleicht hätte ich es ja verstanden, wenn er es mir erklärt hätte ...«

»Hättest du ihm geglaubt?«

»Nein. Damals noch nicht.« Alex erhob sich und stellte sich vor Myra hin. »Aber jetzt glaube ich es.«

»Es gibt nichts mehr, woran man glauben kann. Ihr Geschenk ist vernichtet.«

»Das stimmt nicht ganz. Der Zufluchtsort ist nicht vernichtet.«

»Was redest du da? Schau es dir doch an!« Myra zeigte auf die geschwärzte Hülle, die einmal die *Villa* gewesen war.

»Du bist der Zufluchtsort, Myra. Diese Villa, das Turmzimmer, in dem ich stundenlang an die Decke gestarrt habe, sie fühlten sich nur wegen Willa wie ein Zuhause an. Oder wegen meiner Erinnerungen an sie. Und dann wurde die Villa deinetwegen zu einem Zuhause für mich. Denn dort habe ich dir geschrieben, mit dir gesprochen und deine Stimme gehört. Mein ganzes Leben lang, seit frühester Kindheit, war ich unbehaust. Ich habe mich ungeliebt und vernachlässigt gefühlt. Und dann habe ich dich kennengelernt. Seitdem spielt es keine Rolle mehr, wo ich nachts schlafe – unter einem Schieferdach, in einer mit Teerpappe gedeckten Hütte oder unter dem weiten Firmament. Es kümmert mich nicht mehr.« Er lehnte das Gesicht an ihre Wange und an ihren verschobenen Kiefer und küsste sie auf die Stirn. »Du bist das einzige Zuhause, das ich brauche.«

Myras Arme schlossen sich um seine Taille, worauf er sie fest an seine Brust drückte. Seine Lippen berührten ihre, während Staubflöckchen und Asche in der Luft des Dachbodens schwebten wie eine glitzernde Sternenkonstellation. Sie waren wie ein eigener Planet. Trotz der Last der Jahrhunderte, die auf ihren Schultern ruhte, war Myra stets unbeugsam geblieben. Doch Alex' Liebe brachte ihr Fundament zum Wanken.

Sie war bereit, den Wiederaufbau anzugehen.

»Hoffentlich hast du die Bemerkung ernst gemeint, dass ich das einzige Zuhause bin, das du brauchst. Ein anderes kann ich dir nämlich nicht bieten«, stellte sie fest. »Dieses Haus gehört mir nicht mehr.«

»Stimmt«, verkündete Gwen. Sie stand, Diane hinter sich, in der inzwischen lautlos geöffneten Tür.

»Ich wusste ja gar nicht, dass du auch leise sein kannst. Wie lange stehst du schon da?«, fragte Myra.

»Lange genug. Jedenfalls habe ich alles mitgekriegt, als es richtig spannend wurde. Allerdings muss ich dir leider mitteilen, dass das Haus bereits den Besitzer gewechselt hat. Es wurde abbezahlt.«

»Ich dachte, wir hätten noch Zeit bis zur Versteigerung, um alles in Ordnung zu bringen. War es nicht so, dass niemand sonst das Haus kaufen kann, wenn wir bis nächste Woche die Schulden begleichen?« Myras Stimme zitterte. Aber allmählich wichen Sehnsucht und Verzweiflung der Erkenntnis, dass sie sich endlich der Wahrheit stellen musste. Sie seufzte und presste die Lippen zu einer schmalen Linie zusammen. »Ich weiß, es war unrealistisch, Gwen, aber ich hatte trotzdem Hoffnung. Ich dachte, ich könnte es schaffen. Aber das hätte wohl sowieso nicht geklappt. Nun ja. Jetzt hoffe ich, dass der Mensch, der das Haus gekauft hat, es lieben und auch hier wohnen wird und es nicht einfach nur als Geldanlage betrachtet. Oder es womöglich gar abreißt, um hier ein gruseliges pseudoschweizerisches Skihotel hinzuklotzen.«

»Auf diesen Gedanken bin ich noch gar nicht gekommen«, meinte Alex mit einem Blick auf Gwen. »Gibt es in dieser Gegend überhaupt Schweizer Architekten, die Skihotels bauen?«

»Wir könnten bestimmt ein paar auftreiben, wenn wir genug springen lassen. Nur dass das Haus nicht dir gehört. Du müsstest zuerst die Eigentümerin fragen.«

Alex lachte auf. »Nein, danke, kein Bedarf.«

Myra schaute zwischen den beiden hin und her. »Was wird hier gespielt?«

»Mir gefällt das Haus genau so, wie es ist, was sich prima trifft, weil man mir mitgeteilt hat, dass es nicht meins sein wird, wenn ich die Hypothek abbezahle. Es würde im Besitz der Eigentümerin bleiben.«

»Und diese Eigentümerin bin nicht ich.« Diane trat vor und drückte Myra einen Schlüssel in die Hand. »Sondern du, mein Schatz.«

Myra blieb der Mund offen stehen. »Wie ... wie geht das?«, stammelte sie.

»Es geht eine ganze Menge, wenn man Sätze wie ›Geld spielt keine Rolle‹ und ›Ich nehme alles wie besehen‹ ausspricht«, erwiderte Gwen. »Bis jetzt hatte ich nie Gelegenheit, sie anzuwenden, aber eins sage ich dir, es macht einen Riesenspaß.«

»Und was den Punkt ›wie besehen‹ betrifft ...«, Alex beugte sich vor und hauchte Myra einen vielversprechenden Kuss auf die Lippen, »... habe ich denen bestätigt, das ginge in Ordnung so. Ich würde mich sogar darauf freuen.«

49

PARKHURST, ARIZONA, 2015

Sie brauchten eine Weile, um zu entscheiden, wo sie wohnen wollten, denn schließlich war es für sie beide eine völlig neue Erfahrung, einen anderen Menschen mit einbeziehen zu müssen. Es war ein gewaltiger und folgenschwerer Schritt, weshalb es ihnen nur umso sinnvoller erschien, die Wahl gemeinsam zu treffen. Sobald sie sich im selben Raum befanden, verwandelten sie sich in zwei Hälften eines Ganzen, und sie wussten, ohne es groß erörtern zu müssen, dass sie von nun an jeden dieser Schritte zusammen tun wollten. Diese Einstellung erleichterte ihnen den Neuanfang, was nicht bedeutete, dass dieser einfach gewesen wäre.

Zunächst zog Alex bei Myra ein. Nachdem er das Haus für sie gerettet hatte, war es eindeutig das Sinnvollste, erst einmal hierzubleiben, wo sie sich am sichersten fühlte. So konnten sie nach und nach an den kleinen Schritten arbeiten, die für Myra auf dem Programm standen. Zuerst lernte sie, das Haus zu verlassen und mit Alex ausgedehnte Spaziergänge durch die Berge zu unternehmen. Danach waren die anspruchsvolleren Aufgaben an der Reihe: Ausfahrten mit dem Auto. Einkaufen gehen. Kurze Tagesausflüge. *Das ist alles total neu für mich,* sagte Myra immer wieder, worauf Alex sie daran erinnerte, dass man neue Fähigkeiten einüben müsse und dass er ihr dabei helfen würde.

Irgendwann, inzwischen waren sie schon fast ein Jahr zusammen, suchten sie gemeinsam das Standesamt auf und legten vor einem Friedensrichter das Eheversprechen ab.

In Virginia dauerten die Ermittlungen und amtlichen Untersuchungen nicht lange, da Ellen sich um sämtliche Einzelheiten und Formalitäten kümmerte und die nötigen Anwälte anheuerte. Dank ihrer Tüchtigkeit zweifelte Alex keine Minute daran, dass sich alles aufklären würde, wie sie versprochen hatte. Und schließlich war es für den Spross einer angesehenen blaublütigen Familie ein Leichtes, rasch einige nicht minder angesehene Staranwälte zu verpflichten. Eine ganze Armee von Männern in Maßanzügen und mit polierten Schuhen war schon seit Generationen für die Familie Rakes tätig und stand bereit, um Alex in der Erbschaftsangelegenheit und bei der Unternehmensnachfolge behilflich zu sein. Schließlich hatten etliche Zeugen beobachtet, wie Rutherford Rakes vor dem Einsturz des Daches dort oben balanciert und ins Feuer gelacht hatte.

Natürlich zogen einige argwöhnisch die Augenbrauen hoch, weil es Alex gerade noch rechtzeitig gelungen war, ein paar Gegenstände aus dem Haus zu retten. Auch der Streit mit seinem Vater im Lagerhaus blieb nicht unerwähnt. Aber alle Angestellten bestätigten, dass Rutherford von jeher zu Wutanfällen und Launenhaftigkeit geneigt habe. Außerdem übergab Ellen Rutherfords Nachricht – die Handschrift deutlich erkennbar und die teure Tinte für die Mitarbeiter so einzigartig wie ein Fingerabdruck – den Behörden.

Die Anwälte der Familie Rakes besaßen nicht umsonst jahrzehntelange Erfahrung im Glätten von hochgezogenen Augenbrauen, sodass Alex bald weitere Dokumente erhielt, die im Briefkopf seinen Namen trugen. Es handelte sich um den Grundbucheintrag für das Grundstück, auf dem die Villa gestanden hatte, und die Eigentumsübertragung von Rakes and Son. Noch von Arizona aus ließ er die Trümmer des alten Hauses beseitigen und bat Ellen, ihn bis zu seiner Rückkehr weiter zu unterstützen. Sie lachte auf. »Eigentlich sollte ich jetzt ablehnen, weil ich zu alt bin, und rein in Zahlen betrachtet, stimmt das auch. Doch das Haus hat sich nie für Zahlen interessiert. Es hat so lange gestanden, wie du es gebraucht hast. Und dasselbe gilt auch für mich. Schließlich bin ich schon dein ganzes Leben lang für dich da.«

Und so konnte sich Alex weiter dem Thema widmen, das ihm im Moment am wichtigsten war: Myra.

Jeden Tag wachten sie nebeneinander in Myras altem Himmelbett auf und unternahmen in der frischen Morgenluft einen Spaziergang. Und jeden Abend saßen sie zusammen am Kamin und lasen. Allerdings machten sie beide keine Anstalten, Möbel anzuschaffen oder das Haus wohnlicher einzurichten. Sie hatten es ganz allein für sich, denn Diane war wie geplant nach Wyoming gezogen. Nachdem sie ihre Tochter auf den Scheitel geküsst hatte, hatte sie verkündet, es sei an der Zeit, herauszufinden, was die weite Welt während ihrer Abwesenheit so alles ausgeheckt habe. Sie rief Myra zwar jeden Tag an, doch die körperliche Distanz gab ihnen beiden Luft zum Atmen, sodass die Spannungen zwischen ihnen nachließen. Allmorgendlich wurde Myra von einer Nachricht mit einem Foto geweckt, das ein weiteres Ereignis in Dianes neuem Zuhause zeigte: ein neugeborenes Kälbchen, eine angeschlagene Teetasse in einem Gebrauchtwarenladen oder einen selbst gehäkelten Topflappen. *Am liebsten wäre es auch eine Miniatur,* lautete der Text stets. *Wann immer du so weit bist.*

Myra und Alex warteten darauf, dass einer von ihnen ausspräche, was sie beide längst wussten. Und schließlich war es Myra, die das Wort ergriff. Während einer morgendlichen Wanderung blieb sie mitten in einem Sonnenstrahl stehen, der durch die Gelbkiefern fiel. »Ich glaube, jetzt möchte ich gern dorthin.«

Alex stockte der Atem. »Meinst du Lockhart?«

»Ja. Ich will mir anschauen, wo du aufgewachsen bist.«

»Du weißt, dass ich nicht wirklich dort aufgewachsen bin.«

»Vielleicht nicht alles von dir. Doch der wichtigste Teil von dir war, denke ich, immer dort.« Myra lächelte. »Und ich in gewisser Weise auch.«

Alex nahm Myras Hand und schwenkte sie sacht hin und her, als sie ihren Weg fortsetzten. Kiefernnadeln zerknickten unter ihren Füßen und gaben ihren würzigen Duft frei, der bald die Luft ringsumher erfüllte. »Wenn du dich bereit fühlst, können wir hinfliegen.«

»Was ist mit dem Haus?«

»Das bleibt uns für immer erhalten. Es bedeutet uns zu viel, um es zu verkaufen, finde ich.«

»Es wird so einsam sein, wenn niemand darin wohnt.«

»Ich hätte da einen Vorschlag.« Alex hielt inne und blickte nach links, wo der sanft abfallende Pfad in einen steilen Abhang überging. Es war, als erstreckte sich halb Arizona zu ihren Füßen. »Meine Mom vermisst noch immer die Berge, wo sie aufgewachsen ist, und in Parkhurst sieht es ganz ähnlich aus wie dort. Immer wieder redet sie davon, uns hier zu besuchen und sich vielleicht sogar zur Ruhe zu setzen. Ich glaube, ihr würde das Haus gefallen. Sie könnte vorübergehend oder auch länger hier wohnen, wenn dir das recht ist.«

Myra nickte. Das war sicher die beste Lösung. Sie gefiel ihr. Es gab nichts weiter dazu zu sagen.

Einige Wochen später trafen Myra und Alex in Lockhart ein. Die Reise war für Myra eine Aneinanderreihung von Premieren gewesen: der erste Flughafen, das erste Flugzeug, der erste Flug quer über den Kontinent und zum ersten Mal der Anblick der Landschaft, die tief unter ihnen schimmerte und schillerte wie ein Quilt. Die sommerliche Schwüle in Virginia war eine Überraschung, denn sie fühlte sich für

Myra eher an wie eine feste Masse als wie Luft, die man atmen konnte.

Doch als Alex sie – ebenfalls zum ersten Mal – zum Fuß des Hügels fuhr, das eiserne Tor aufschloss und sie den Plattenweg hinaufführte, war der Eindruck des Unbekannten plötzlich wie weggeblasen. Myra war schon immer hier gewesen. Ihre Schritte hallten an Orten wider, die sich weit unterhalb ihres Gesichtsfelds befanden. Und sie spürte, wie ihr Geist tief unter der Erde Wurzeln schlug, in den Höhlen, die sie sicher bald besuchen würde. Sie fühlte sich so fest mit diesem Ort verwachsen wie die riesigen Eichen. Deren Äste waren nach dem Brand zwar noch angesengt, heilten aber bereits.

Myra wurde von einem tiefen inneren Frieden ergriffen. Sie nahm Alex' Hand, und dann gingen sie gemeinsam auf dem Plattenweg weiter. Sie umrundeten die Stelle, wo die Villa einst gestanden hatte, und schlenderten bis zur Kuppe des Hügels, die eine Aussicht auf den Fluss bot.

»Das hier erinnert mich an das Haus meines Großvaters«, sagte sie. »Die Biegung des Verde Rivers, wo er gewohnt hat, sah ganz ähnlich aus.«

»Schade, dass er das nicht mehr erleben kann.«

»Aber er ist hier. Sie sind alle hier.« Den Kettenanhänger mit der Eichel in der Hand, betrachtete Myra das vorbeiströmende Wasser. Es floss, wie es das schon seit Menschengedenken tat und bis in alle Zukunft tun würde. Wasser war überall gleich. »Und wir werden auch hier sein.«

50

LOCKHART, VIRGINIA, 2019

»Es war einmal ein Haus.« Myra streifte durch den Raum, schaltete Lampen aus und knipste ein Nachtlicht an, ein glattes Stück Porzellan, das geformt war wie der Mond. Sein Schein beleuchtete die Wände des Zimmers. Die tiefblau gestrichene Decke war mit winzigen Birnchen bestückt, die funkelten wie Sterne. Baumäste rankten die Wände hinauf. Ihre Blätter waren rot, golden und orangefarben, und sie beherbergten eine Vielzahl von Vögeln und Eichhörnchen, die den reichlich vorhandenen Eicheln nachjagten. Myra breitete eine blaue Decke über die Wäscheklammerpüppchen in der hölzernen Wiege.

»Könnte es nicht auch ein Schloss sein?«, fragte eine Kinderstimme vom Bett her.

»Klar, ein Schloss ginge auch. Es kann alles sein, was du dir wünschst.« Die Welt jenseits des Eisenzauns mit dem verriegelten Tor bewegte sich in einem anderen Tempo als die innerhalb dieser vier Wände. Das Dach des Hauses reichte fast bis zum Boden, sodass sich Efeu und Blauregen daran emporranken konnten. Sobald das Haus fertig gewesen war – eine bunte Mischung aus Stilrichtungen, stark beeinflusst von der Villa, die einst hier gestanden hatte –, hatten sie ringsherum Rankgewächse gepflanzt. Der Verkäufer im Gartencenter hatte sie kopfschüttelnd gewarnt, diese Pflanzen würden rasch das gesamte Grundstück überwuchern. *Sie werden alles in ihrer Nähe zudecken*, hatte er gesagt. Doch Alex hatte nur gelacht und erwidert, genau das sei auch ihre Absicht.

Obwohl sie niemandem Einblick in die Welt eröffneten,

die sie sich aufgebaut hatten, lebte *Die Villa Liliput der Myra Malone* in anderer Form und in neuen Foren weiter. Aus Gwens Deal mit einer großen Supermarktkette war eine Serie hochwertiger Puppenmöbelwelten in unterschiedlichen Größen zwischen fünfzehn und fünfzig Zentimetern entstanden, die bei allen Altersgruppen auf Begeisterung stießen. Unterdessen hatte Myra angefangen, sich am Entwerfen lebensgroßer Möbel zu versuchen, zusammengebaut aus den Kuriositäten und Fundstücken aus den Trödlerläden, die Alex so magisch anzogen. Schließlich hatten sie eine kleine Boutique in dem Ladenlokal eröffnet, wo zuvor verschiedene Trödler und ein Nachtklub gescheitert waren. Offenbar hatten die Räumlichkeiten genau auf ihren Laden gewartet, der den Namen »Die Hutschachtel« trug.

Jeden Morgen standen Alex und Myra gemeinsam in dem Haus auf, das alles in sich vereinte, was sie in dieser Welt am meisten liebten – angefangen bei dem Haus in Parkhurst bis zu dem von Lou. Es enthielt sogar Steine, die aus der Ruine der Villa geborgen und wiederverwendet worden waren. Sie gingen ins Zimmer ihrer Tochter und weckten sie, damit sie frühstücken und anschließend in Alex' kleinem Auto zur Möbelausstellung am Fluss fahren konnten. Dort lief das kleine Mädchen zwischen den Möbelstücken umher, suchte Farben für Myras Projekte in der Hutschachtel aus und lernte von ihren Eltern, genauso wie Myra von Trixie und Lou gelernt hatte.

Und jeden Abend erzählte Myra ihrer Tochter Geschichten über den Zufluchtsort, der ihnen allen Schutz bot. »Ich will, dass das Haus ein rosafarbenes Schloss ist. Und es muss mit Rosen bewachsen sein«, sagte die Kleine fast immer. Sie streckte sich unter ihrem rosafarbenen Quilt aus, schloss die Augen und stellte sich vergoldete Räume und funkelnde Schätze vor. »Und ich bin dann die Königin.«

Myra lachte auf. »Aber natürlich. Darf ich dich dort besuchen?«

»Aber klar, Mommy. Daddy kann auch mitkommen. Und meine kleine Schwester, wenn sie auf der Welt ist.«

»Wir wissen noch nicht, ob es eine kleine Schwester wird.«

»Klar kriege ich eine Schwester.« Das Mädchen senkte die Stimme zu einem Flüstern. »Ich weiß nämlich mehr, als du denkst.« Sie streckte die Hand aus und tätschelte zärtlich die braune Mähne des Schaukelpferdes neben ihrem Bett. Das Licht fing sich in dem roten Sattel.

Myra nickte. »Du weißt zwar viel, aber vielleicht nicht alles.«

»Bald schon.«

»Ja, bald, Everly.« Als Myra das Gesicht ihrer Tochter mit beiden Händen umfasste und sie auf die Stirn küsste, baumelte die Eichel aus Lapislazuli zwischen ihnen. »Doch jetzt noch nicht.«

Danksagung

Dieses Wort erscheint mir so ungenügend, um auszudrücken, wie viel Dank ich den zahlreichen Menschen schulde, die dieses Buch erst möglich gemacht haben. Mich erinnert es eher an das Emoji mit dem hochgereckten Daumen: *prima Job!* Und dabei reicht meine Dankbarkeit um einiges tiefer. Ich hätte gern ein besseres Wort: *Überwältigungsbekundung* oder *Ewigkeitskniefall* vielleicht. Da muss ich mir noch etwas einfallen lassen. Jedenfalls weiß ich, dass dieser Teil meines Buches mehrere weitere Bände füllen könnte und noch immer nicht all den Leuten gerecht werden würde, die etwas zum Entstehen des Romans beigetragen haben. Ich werde mir Mühe geben, niemanden zu vergessen.

Ich kann nicht anfangen, mich zu bedanken, ohne zu erwähnen, dass meine Familie der Mittelpunkt meines Lebens ist und dass ohne sie nichts möglich wäre. Mein Mann Andy und meine Kinder Payson und Jamie haben mich stets beim Schreiben unterstützt: Genau genommen ist das hier gar nicht mein erstes Buch. Das steht nämlich im Regal und hat einen selbst gemachten Einband. Mein Mann hat recherchiert, wie man das hinkriegt, und das Buch mithilfe unserer Kinder gebunden. Unsere Tochter hat dann die Umschlaggestaltung übernommen und »NUMBER 1 BESTSELLER« auf das Cover geschrieben. Meine Kinder betrachten es als »ihr Buch«, doch in Wirklichkeit gehören alle Bücher ihnen. Jedes einzelne Wort, das drinsteht.

Und auch jenes Buch ist eigentlich nicht mein allererstes. Denn das hieß *Der Drache, der nicht fliegen konnte*. Ich habe es mit acht geschrieben, unterstützt von meiner Mutter Jená, und es ist ebenfalls gebunden, so wie sie es mit all meinen frühen schriftstellerischen Versuchen getan hat. Sie und mein Vater Dennis bewahren es noch immer in ihrem von Wörtern erfüllten Haus auf, wo sie selbst wundervolle Romane verfassen und immer an meine Arbeit glauben. Auch Drew, Paul und Dennis, meine Brüder, halten mir stets die Stange. Paul hat zahlreiche frühe Entwürfe gelesen. Mein Bruder Ted war ebenfalls Schriftsteller. Ich denke oft an all seine Worte, auf die wir jetzt verzichten müssen. Ohne die Hilfe und Unterstützung meiner Familie hätte ich nie eine Zeile zu Papier gebracht. Ich wäre gar nicht dazu in der Lage gewesen. Ich liebe euch alle so sehr. Vielen, vielen Dank.

Es gibt auf der ganzen Welt nicht genügend Dank, um meine fantastische Agentin Maria Whelan und das ganze Team bei Inkwell angemessen zu würdigen. Maria hat so an dieses Buch geglaubt (und mir ausgeredet, etwas daran zu verändern, als ich die Hoffnung verlor). Sie sprach über meine handelnden Personen, als würde sie sie persönlich kennen, und feuert mich auch jetzt weiter an, ganz gleich, mit wie vielen Wahnsinnsideen ich sie überschütte. Und das sind eine ganze Menge. Sie liest sie trotzdem immer wieder. Ich bin so froh, mit ihr arbeiten zu können.

Außerdem hatte ich das gewaltige Glück, bei Berkley mit einem bewundernswerten Team von Verlagsprofis zu tun zu haben. Cindy Hwang, meine Lektorin, verstand schon bei unserem ersten Gespräch, worauf dieses Buch hinauswill, und ich bin ihr für ihre Anregungen unbeschreiblich dankbar. Angela Kim hat meine unzähligen Fragen mit einer Engelsgeduld beantwortet. Rita Frangie hat aus meinem rudimentären Exposé Anregungen zu einer absolut hinreißenden Umschlagsgestaltung gewonnen, bei deren Anblick ich in Freudentränen ausgebrochen bin. Danke an sie und auch an das restliche Team bei Berkley, wie Fareeda Bullert, Chelsey Pascoe, Christine Legon, Alison Cnockaert und Kristin del Rosario. Und zu guter Letzt natürlich an Jennifer Lynes, die Schlussredakteurin, die den gesamten, unglaublich komplexen Ablauf mit sämtlichen Terminen und vertraglichen Verpflichtungen koordinierte. Alles klappte reibungslos, bis sich ein Mischmasch aus Manuskriptseiten und Korrekturfahnen in das Buch verwandelte, das Sie jetzt in Händen halten. Vielen, vielen Dank an alle.

Wie so viele Kolleginnen und Kollegen aus meinem Bekanntenkreis hatte ich das Glück, im Netz auf eine offene Unterstützergemeinde zu treffen. Einige dieser Menschen sind für mich enge Freunde geworden. Danke, dass ihr eure verrückten Einfälle, eure Witze, eure Weisheit, eure Höhen und Tiefen und eure Freundschaft mit mir geteilt habt. Bis heute fühle ich mich oft, als hätte ich in der Schulcaféteria einen Platz am Tisch der coolen Clique ergattert und könnte weggeschickt werden, sobald ich unangenehm auffalle. Nur dass ihr bis jetzt viel zu supernett wart, um mir so etwas anzutun, wofür ich euch ewig dankbar sein werde. Ich werde im Folgenden einige dieser begabten Autorinnen und Autoren auflisten. Halten Sie Ausschau nach ihren Namen und ihren Büchern. Lesen Sie sie. Sie werden es nicht bereuen.

An das ursprüngliche WriteSquad: Joel Brigham, Kyra Whitton, Christy Swift, Kelly Ohlert, Rachael (und Brett!) Peery, Shannon Balloon, Kelly Kates, Falon Ballard und Laurel Hostetter. Ich hätte mir keine aufgeschlossenere Gruppe aus Zuhörerinnen, Problemlöserinnen, Leserinnen und Freundinnen wünschen können. Es ist eine sonderbare Vorstellung, dass wir einander ohne Pitch Wars and Twitter nie gefunden hätten, und ich bin so froh, dass es passiert ist.

Außerdem danke ich Jenn Knott, Kyrie Gray, Julia McCloy, Amanda Lehr, Natalie Kaye, Joseph Thomas, Laura Lewis, Jim Keunzer, Rachel Siemens, Phil Siemens, Leslie Ylinen, Hayley DeRoche und Jennie Egerdie – ihr wart immer für mich da, um meine literarischen Ergüsse zu lesen, mir eure zu lesen zu geben und mich zum Lachen zu bringen.

Dank an die Women's Fiction Writers Association und ihre vielen Unterstützerinnen und talentierten Schriftstellerinnen, insbesondere an meine Gruppe in Raleigh, North Carolina, die mich am Anfang meiner Reise unter ihre Fittiche genommen hat. Ganz besonders dankbar bin ich für den Kontakt zu Rebecca Hodge, meiner Mentorin, ohne die es dieses Buch wohl niemals gegeben hätte. Und ich danke auch Debra Whiting Alexander, Robin Facer, Lisa Roe und vielen anderen.

Danke ebenfalls an Melissa Bowers, Amy Barnes, Melissa Llanes Brownlee, Myna Chang, Stephanie King, Alexandra Otto, Eric Scot Tyron, Patricia Bidar, Kelle Clarke, Regan Puckett, Johanna Bond, Gillian O'Shaughnessy, Tommy Dean, Abbie Barker, Timothy Boudreau, Kristina Saccone, El Rhodes, Sarah Hills, Caroline Bock und Eliot Li – ich danke euch für eure Unterstützung und den unvergleichlich präzisen Umgang mit Sprache.

Ich möchte auch all jenen Autorinnen, Kollegen und guten Freundinnen danken, die dieses Buch gelesen und mir zugehört haben, als ich abwechselnd himmelhochjauchzend und zu Tode betrübt war. Ihr habt mich angefeuert und beraten, und es ist einfach wundervoll, euch zu kennen: Rebecca Royals, Sarah Wright, Margaret Fallon, Deb Love, Katherine Revelle, Lyn Liao Butler, Rachel Mans McKenny, Emily Flake, Katie Gutierrez, Susan Elia MacNeal, Jill Witty, Shannon Curtain, Caitlin Kunkel, Fiona Taylor, Brooke Preston, Lindsay Hameroff, Sheila Athens und so viele andere, die mir die Daumen gedrückt haben. Ich danke euch von ganzem Herzen.

Ich bin mit einer großen, eng verbundenen Verwandtschaft aufgewachsen, die sich in regelmäßigen Abständen versammelt, und zwar in so gewaltiger Zahl, dass wir ein Planungskomitee benötigen. Deshalb kann ich nicht all meine wundervollen Tanten, Onkel, Cousins und Cousinen ersten und zweiten Grades hier auflisten. Dennoch bin ich mir dessen bewusst, dass sie mich schon seit langer Zeit und bis zum heutigen Tag ertragen, und dafür liebe ich sie. Nur meinen Großvater Jim und meine Großmutter Nina möchte ich eigens erwähnen, denn sie lebten eine ewige Liebesgeschichte, wie das vorliegende Buch sie höchstens in Ansätzen schildern kann. Wir haben Nana verloren, während dieses Buch im Entstehen war. Ich denke noch immer ständig an sie. Hoffentlich weiß sie, dass sie sich auf diesen Seiten wiederfindet.

Hineingeheiratet habe ich in eine kleine Familie, bestehend aus hinreißenden Menschen, die mir meinen Überschwang verzeihen und meine Kreativität immer gefördert haben. Ich bin euch so dankbar. Danke an Amy, Melinda, Tom, Charles und Ronni für eure Liebe und Unterstützung.

Wer nicht auf dieser Liste steht, soll wissen, dass er es trotzdem tut. Die Zeit, die Sie investiert haben, um dieses Buch zu lesen, bedeutet mir unglaublich viel. Und Sie ebenfalls. Vielen Dank.

Diskussionsthemen

1. *Die Villa Liliput der Myra Malone* handelt eigentlich von den Orten und Menschen, die wir immer in uns tragen. Welchen Ort – ein Zimmer, eine Gegend, ein Haus – haben Sie nie wirklich hinter sich gelassen? Was ist Ihnen an diesem Ort ganz besonders im Gedächtnis geblieben? Warum?

2. In diesem Buch ist Freundschaft ein ebenso großes Thema wie Liebe. Wer ist Ihre Gwen? Wer ist Ihre Ellen? Durch welche Lebensphasen haben sie Sie begleitet und wie?

3. Myra hat ihr Leben einer Beschäftigung gewidmet, welche die meisten Menschen als Hobby betrachten würden. Gibt es etwas, das Sie begeistert und in Ihrem Umfeld womöglich auf Unverständnis stößt? Würden Sie diese Leidenschaft zu Ihrem Beruf machen, wenn Sie könnten? Warum oder warum nicht?

4. Alex und Myra verlieben sich zuerst in die Worte des anderen, lange bevor sie einander zu Gesicht bekommen. Haben Sie je eine Beziehung begonnen, ohne den anderen zuvor gesehen zu haben? Was ist daraus geworden? Welche Worte sind Ihnen aus diesem Erlebnis im Gedächtnis geblieben?

5. Vieles, was Myra von Trixie und Lou gelernt hat, versteht sie erst später als Erwachsene. Haben Sie als Kind Erfahrungen gemacht, die Ihnen damals nicht wichtig erschienen und die Sie erst später zu schätzen wussten?

6. Was, wenn Sie alles, was Sie lieben, einschrumpfen könnten, um es immer bei sich zu tragen? Würden Sie es tun? Was wäre das und warum?

7. Ein wichtiges Thema dieses Buches ist, dass sich die handelnden Personen zu den Menschen entwickeln müssen, die sie sein sollten. In Willas Fall eher im wörtlichen, bei Myra, Alex und Diane eher im übertragenen Sinne. Welche Wendungen in der Handlung ermöglichen ihnen Ihrer Ansicht nach, das zu tun? Haben Sie sich je verändert? Was oder wer hat Ihnen dabei geholfen?

8. In diesem Buch kommen mehrere Liebesgeschichten vor. Welche hat Ihnen am besten gefallen? Welche am wenigsten? Warum?

9. Das Buch beginnt mit einem Blogeintrag von Myra – »Es war einmal ein Haus« –, der die Leserinnen und Leser auffordert, sich ihr Traumhaus vorzustellen. Wie würde Ihres aussehen, und wo würde es stehen?

10. Gab es in Ihrem Leben je eine Trixie? Wer war das, und was hat diese Person Ihnen bedeutet?

11. Welche Themen, Szenen oder Wendungen in dieser Geschichte sind Ihnen am stärksten in Erinnerung geblieben? Warum?

12. Stellen Sie sich vor, Sie könnten mit einer beliebigen Person aus diesem Roman ein Gespräch führen. Wer wäre das, und wo würde dieses Gespräch stattfinden?